Catharina Elisabetha Goethe

Briefe
an ihren Sohn Johann Wolfgang,
an Christiane
und August von Goethe

Herausgegeben von
Jürgen Fackert

Philipp Reclam jun. Stuttgart

Umschlagabbildung:
Catharina Elisabetha Goethe
Gemälde von Oswald May, 1776

Universal-Bibliothek Nr. 2786

Bibliographisch ergänzte Ausgabe 1999
Gesamtherstellung: Reclam, Ditzingen. Printed in Germany 1999

ISBN 3-15-002786-1

1

den 23ten Mertz 1780

Lieber Sohn! Diesen Augenblick bringt mir Herr Paulsen zwey Briefe, die mich so in einen Freuden und Jubelthon gestimt haben, daß es gar nicht ausgesprochen werden kan. Unser Bester Fürst! hat mich mit einem gantz herrlichen schreiben begnadig, und unsere Theureste Fürstin Amalia that des gleichen. O thue mir die einzige Liebe und dancke unterthänigst auch vor diese der Frau Aja gemachte Freude. Wenn es aber auch kein Weimar und keine solche herrliche Menschen drinne gäbe – ferner keinen Häschelhanß – So würde ich catholisch und machts wie Mahler Müller. Da uns

Paulsen: Kommerzienrat Johann Jacob Heinrich Paulsen, Bürgermeister zu Jena. Von Herzog Carl August am 19. März 1780 bei der Frau Rat angekündigt: »Mein vielgeliebter Comercien Rath Paulsen wünscht sein figürchen Ihnen sehen zu lassen . . .«
Fürst: Herzog Carl August von Sachsen-Weimar. Er lernte Goethe auf der Durchreise nach Paris 1774 in Frankfurt kennen. Goethe folgte seiner Einladung nach Weimar im November 1775.
Fürstin Amalia: Herzoginmutter Anna Amalia von Sachsen-Weimar, geb. Prinzessin von Braunschweig-Wolfenbüttel, Mutter Carl Augusts. Begründerin und Mittelpunkt des »Weimarer Musenhofs«. – Auf einer Kunstreise besuchte sie im Jahre 1778 auch Frankfurt und lernte die Frau Rat kennen. Beide wechselten während der Jahre 1778 bis 1784 zahlreiche Briefe.
Frau Aja: Ehrenname der Frau Rat, den sie sehr liebte und selbst ständig gebrauchte. Goethe leitet in »Dichtung und Wahrheit« (IV, 18) beim Bericht vom Besuch der Grafen Stolberg und ihres Freundes von Haugwitz die Herkunft des Namens vom italienischen ›aia‹ (Haushofmeisterin) ab: »Sie [die Mutter] wußte in ihrer tüchtigen graden Art sich gleich ins Mittelalter zurückzusetzen, um als Aja bei irgendeiner lombardischen oder byzantinischen Prinzessin angestellt zu sein. Nicht anders als Frau Aja wird sie genannt, und sie gefiel sich in dem Scherze . . .« – Eine zweite Deutung geht auf die »schöne Historie von den vier Haimonskindern« zurück, die Goethe in seiner Jugend eifrig gelesen hat. ›Aja‹ ist dort der Name der Mutter, die ihre als unbekannte Pilger zu ihr gekommenen Söhne mit Liebe und Fürsorge bewirtet.
Häschelhanß: Von der Mutter gebrauchter Kosename Goethes.
würde ich catholisch: sarkastische Redensart in auswegloser Situation.
Mahler Müller: Friedrich Müller, genannt »Maler Müller«, Dichter des

aber Gott so begnadig hat, so freuen wir uns auch dieses Erdeleben |:nach unserer Fason und wie wirs eben haben können:| sehen den 3ten Feyertag den Julius von Tarendt u. s. w. In deinem Garten muß es jetzt wieder schön seyn, wiewohl heut bey uns noch garstig kalt Wetter im Schwang geht. Der Vater und alle Auserwählte grüßen dich – Der Postwagen will fort, lebe wohl! Ich bin ewig

deine treue Mutter *Aja.*

N.S. Viele hertzliche grüße an Wieland – Seinen Oberon erwarte ich und mehr gute Seelen mit Schmertzen.

2

Sontag den 17 Juni 1781
Morgens 9 uhr

Noch ist Printz Constantin nicht hir – Ich werde Ihn nach meiner gewohnlichen art – freundlich und holdselig empfangen, und am Ende dieses, dir den ferneren Verlauf erzählen. Von Kalb und von Seckendorf waren bey mir, und schienen

Sturm und Drang, konvertierte 1779/80 aus Not und Krankheit zum Katholizismus.

Julius von Taren[d]t: Drama von Johann Anton Leisewitz, erschienen 1776 und am 28. März 1780 in Frankfurt aufgeführt.

Der Vater: Johann Caspar Goethe, Doktor der Rechte und Kaiserlicher Rat.

Wieland: Christoph Martin Wieland war 1772 als Erzieher Carl Augusts nach Weimar gekommen. Mit Goethe seit 1775 befreundet.

Oberon: »Ein Romantisches Heldengedicht in zwölf Gesängen.« Zuerst veröffentlicht im »Teutschen Merkur«, 1780, I.

Printz Constantin: Prinz Friedrich Ferdinand Constantin von Sachsen-Weimar, jüngerer Bruder Carl Augusts. Zusammen mit dem Legationsrat Johann Carl Albrecht ging Prinz Constantin im Juni 1781 auf eine zweijährige Bildungsreise nach Italien, Frankreich und England. Am 19. Juni 1781 traf er auch bei der Frau Rat in Frankfurt ein.

Von Kalb: Johann August Alexander von Kalb wurde 1776 zusammen mit Goethe in die Verwaltungsspitze Weimars berufen. Er wurde Präsident der ›Kammer‹, d. h. der Finanzverwaltung, Goethe Mitglied des ›Geheimen Rates‹, der Exekutive des Herzogtums. Von Kalb mußte 1782 sein Amt, dessen er schon 1781 nicht mehr sicher war, wegen Unfähigkeit abgeben.

von Seckendorf: Carl Friedrich Siegmund von Seckendorff, Kammerherr und Schwager von Kalbs. Übersetzte den »Werther« ins Französische.

vergnügt zu seyn, da ich aber wuste daß erster dein so gar guter Freund nicht mehr ist; so war ich Ihm zwar überaus höfflich, nahm mich aber übrigens sehr in acht, um nicht nach Frau Aja ihrer sonstigen Gewohnheit gleich vor Freude aufzufahren wenn mann deinen Nahmen nent – Ich machte im gegentheil meine sachen so fein, als wenn der größte Hof meine Säugamme gewesen wäre – Sie waren aber kaum 10 oder 12 Tage nach Düsseldorf gegangen so kamen Sie schon wieder hir an – da ließen Sie mir ein Commpliment sagen – gingen nach Darmstadt, und versprachen in der Rückreiße mich nocheinmahl zu sehen. Das was ich hätte zuerst schreiben sollen, komt jetzt, nehmlich, Tausend Danck vor deinen Brief, der hat mir einen herrlichen Donnerstag gemacht, daher auch dieser gute Tag mit einigen meiner Freunde, auf dem Sandhof mit Essen Trincken Tantzen und Jubel fröhlig beschloßen wurde. Da du aber ohnmöglich rathen kanst, warum gerade dieser Brief mir so viele Wonne verursacht hat; so ließ weiter, und du wirsts verstehen. Am vergangen Montag den 11 dieses kam ich aus meiner Montags Gesellschafft nach Hauß, die Mägdte sagten daß Merck da gewesen und morgen wieder kommen wolte – Ich kleidete mich aus, wolte mich eben zu Tische setzen |:es war gleich 10 Uhr:| als Merck schon wieder da war – Dieses späte kommen befremdtete mich schon etwas – noch unruhiger wurde ich als Er fragte, ob ich keine *gute* Nachrichten von Weimar hätte – weiter erzählte Er daß von Kalb und von Seckendorf wieder hir wären, Er mit Ihnen gesprochen, und auch noch diesen Abend mit Ihnen speiste – Ich habe gar keine Nachrichten von Weimar, Sie wißen Herr Merck daß die Leute dort, so oft nicht schreiben – Wenn Sie aber was wißen so sagen Sies – Der Docter ist doch nicht kranck

Sandhof: Vergnügungsort am Mainufer bei Sachsenhausen.
Montags Gesellschafft: regelmäßige Zusammenkünfte im Garten der Familie Stock.
Merck: Johann Heinrich Merck, Kriegsrat (= Zahlmeister) in Darmstadt, Freund Goethes aus der Frankfurter Zeit. Scharfer Kritiker (die Frau Rat nannte ihn Mephisto), redigierte zusammen mit Goethe 1771/72 die »Frankfurter Gelehrten Anzeigen«.

– Nein sagte Er davon weiß ich nichts – aber allemahl und auf alle fälle solten Sie suchen Ihn wieder her zu kriegen, das dortige Infame Clima ist Ihm gewiß nicht zuträglich – Die Haupsache hat Er zu stande gebracht – der Herzog ist nun wie Er sein soll, das andre Dreckwesen – kan ein anderer thun, dazu ist Goethe zu gut u. s. w. Nun stelle dir vor wie mir zu muthe war, zumahl da ich fest glaubte – daß von Kalb oder Seckendorf etwa schlimme Nachrichten von Weimar gekriegt und sie Mercken erzählt hätten. So bald ich allein war stiegen mir die grillen mächtig zu kopf. Bald wolte ich an den Herzog, bald an die Herzogin Mutter, bald an dich schreiben – und hätte ich Dinstags nicht meine Haut voll zu thun gehabt; so wäre gewiß was pasirt, nun aber war der Postag versäumt Aber Freytags solte es drauf loß gehen, mit Briefen ohne Zahl – Donnerstags kam nun dein lieber Brief meinem geschreibe zu vor – und da du schreibst daß du wohl wärst, waren meine Schruppel vor das mahl gehoben. Lieber Sohn! Ein wort vor Tausend! Du mußt am besten wißen was dir nutzt – da meine Verfasung jetzt so ist, daß ich Herr und Meister bin, und dir also ungehindert gute und ruhige Tage verschaffen könte; so kanst du leicht dencken, wie sehr mich das schmertzen würde – wenn du Gesundheit und kräffte in deinem Dinste zusetzen, das schaale bedauern hintennach, würde mich zuverläßig nicht fett machen. Ich bin keine Heldin, sondern halte mit Chilian das Leben vor gar eine hübsche sache. Doch dich ohne Noth aus deinem Würckungs-Kreiß heraus reißen, wäre auf der andern seite eben so thörig – Also du bist Herr von deinem Schicksahl – prüfe alles und erwähle das beste – ich will in Zukunft keinen Vorwurf weder so, noch so haben – jetzt weiß du meine Gedancken – und hiermit punctum. Freylich wäre es hübsch wenn du auf die Herbstmeße kommen könstes, und ich einmahl über all das mit dir reden

Schruppel: Skrupel.
Chilian: Albert Köster vermutet »eine Anspielung auf Ludwig Holbergs Komödie ›Ulysses von Ithacia‹, in der der Diener Chilian mehrfach sein Leben in Sicherheit zu bringen sucht«.

könte – doch auch das überlaß ich dir. Der Vater ist ein armer Mann Cörpperliche Kräffte noch so zimmlich – aber am Geiste sehr schwach – im übrigen so zimmlich zufrieden, nur wan Ihn die langeweile plagt – dann ists gar Fatal – An der Reparatur des untern Stocks hat Er noch große Freude – meine wohnstube die jetzt gantz fertig ist, weißt Er allen Leuten – dabey sagt Er, die Frau Aja hats gemacht, gelt das ist hübsch – nun wird die Küche gemacht, das ammusirt auch gar sehr, und ich dancke Gott vor den glücklichen einfall den ich da hatte – wenigstens geht der Sommer dabey herum |: denn vor August werd ich nicht fertig :| vor den winter mag die Zukunft sorgen. Wen[n] die Herzogin einen Sohn

(Zu S. 6.) *Herbstmeße:* Goethe kam nicht zur Messe nach Frankfurt. Am 11. August 1781 schrieb er statt dessen aus Weimar: »Was meine Lage selbst betrift, so hat sie, ohnerachtet großer Beschweerniße, auch sehr viel erwünschtes für mich, wovon der beste Beweis ist, daß ich mir keine andere mögliche denken kann, in die ich gegenwärtig hinüber gehen mögte. Denn mit einer hypochondrischen Unbehaglichkeit sich aus seiner Haut heraus in eine andere sehnen, will sich dünkt mich nicht wohl ziemen. Merk und mehrere beurtheilen meinen Zustand ganz falsch, sie sehen das nur was ich aufopfre, und nicht was ich gewinne, und sie können nicht begreifen, daß ich täglich reicher werde, indem ich täglich so viel hingebe. Sie erinnern sich, der lezten Zeiten die ich bey Ihnen, eh ich hierhergieng, zubrachte, unter solchen fortwährenden Umständen wäre ich gewiß zu Grunde gegangen seyn. Das Unverhältniß des engen und langsam bewegten bürgerlichen Kreyses, zu der Weite und Geschwindigkeit meines Wesens hätte mich rasend gemacht . . . Wie viel glüklicher war es, mich in ein Verhältniß gesezt zu sehen, dem ich von keiner Seite gewachsen war, wo ich durch manche Fehler des Unbegrifs und der Übereilung mich und andere kennen zu lernen, Gelegenheit genug hatte, wo ich, mir selbst und dem Schicksaal überlaßen, durch so viele Prüfungen ging die vielen hundert Menschen nicht nöthig seyn mögen, deren ich aber zu meiner Ausbildung äußerst bedürftig war . . . Sie sehen, wie entfernt ich von der hypochondrischen Unbehaglichkeit bin, die so viele Menschen mit ihrer Lage entzweyt, und daß nur die wichtigsten Betrachtungen oder ganz sonderbare, mir unerwartete Fälle mich bewegen können meinen Posten zu verlaßen . . . Indeß glauben Sie mir daß ein großer Theil des guten Muths, womit ich trage und würke aus dem Gedanken quillt, daß alle diese Aufopferungen freywillig sind und daß ich nur dürfte Postpferde anspannen laßen, um das nothdürftige und Angenehme des Lebens, mit einer unbedingten Ruhe, bey Ihnen wieder zu finden . . . ohne diese Aussicht . . . würde mir manches viel saurer werden . . .«
Herzogin Louise Auguste von Sachsen-Weimar, geb. Prinzessin von Hes-

bekommt; so stelle ich mich vor Freude ungeberdig – laße es mich ums Himmels willen gleich erfahren. Der Kayser Joseph hat unserer Stadt ein groß gaudium gemacht, Er kam zwar im strengsten Inconito – aber das half alles nichts – die Franckfurther als echte Reichbürger stunden zu Tausenden auf der Zeil am Römischen Kayser |: wo das Quartir bestelt war :| Drey Kuschen kamen, alles hatte schon das Maul zum Vivat rufen aufgespert – aber vergebens – Endlich kam Er in einer schäße mit 4 pferden – Himmel und Erde was vor ein Lermen! Es lebe der Kayser! Es lebe unser Kayser – nun komt aber das Beste – Nachdem Er gespeißt |: um 4 Uhr :| ging Er zu Fuß in sein Werbhauß im rothen Ochsen auf der Schäffergaß – vor Freude ihren Kayser zu Fuß gehen zu sehen hätten Ihn die Menschen bald erdrückt. Die Soldaten wolten zuschmeisen um Platz zu machen – loßt sie holter gehn – schlagt ja nit – sagte Er sahe alle freundlig an, zog den Hut vor jedem ab – Als Er zurück kam stelte Er Sich in ein Fenster |: nicht auf den Balcon :| und der Lermen ging mit Vivat rufen von neuen an. So groß aber die Freude der gantzen Stadt war; so übel machte die Ankunft des Monarchen dem Herrn von Schmauß, du wirst dich des dicken Kerls noch wohl erinnern – Als Kriegs Commisair hatte Er alle Liefferungen – betrog aber so, daß so wie der Kayser hir an kam – aus Furcht zur Rechenschafft gezogen zu werden – Sich in Mayn stürtze und ersoff. Du fragst, wie der

sen-Darmstadt, Gattin Carl Augusts. Galt als kühle, unnahbare Frau, zu der auch die Frau Rat keine engere Beziehung gewinnen konnte, als die Herzogin 1793 in Frankfurt weilte. – Erbprinz Carl Friedrich wurde am 2. Februar 1783 geboren.

Joseph II., deutscher Kaiser von 1765 bis 1790, dessen Krönung im Jahr 1764 Goethe ausführlich in »Dichtung und Wahrheit« (I, 5) schildert. Er war am 27. Mai 1781 in Frankfurt.

Inconito: Als Graf Falkenstein hatte der Kaiser bereits vor seinem Regierungsantritt die Länder des Reiches incognito bereist.

schäße: Chaise.

zuschmeisen: zuschlagen.

holter: halt.

von Schmauß: Carl Caspar Schmauß von Livonegg, seit 1772 in Frankfurt.

Kayser aussieht – Er ist gut gewachsen, sehr mager, von der Sonne verbrant – hat einen sehr gütigen Blick im Auge – Sein Anzug war, ein grauer überrock die Haare in einem Zopf – Stiefflen – Bastienne Manscheten – Jetzt wartes alles auf Seine Zurückkunft denn es ist ein spaß, und eine halbe Krönung. Franckfurth ist ein curioser Ort, alles was durchpasirt muß den nehmlichen weg wieder zurück – Vivat Franckfurth!!!

Dinstag d 19ten Juni Morgens 10 uhr

So eben erschiene Printz Constantin mit Seinem Begleiter – Frisch, gesund, und über unsere Gegenden und lage besonders den Maynstrohm sehr vergnügt. Wir waren ungemein aufgeräumt und behaglich zusammen, Frau Aja, Ajate das kanst du leicht dencken, doch alles hübsch mit Maß und Ziel – Sie wird ja einmahl gescheid werden – Unserer lieben Frau Herzogin dancke zum voraus vor Ihren Brief – Ehestens komt die Antwort – In optima Forma – So viel vor dießmahl – Lebe wohl! Vergieß die Herbstmeß nicht – Gott befohlen.

den 19 Juni 1781. Frau Aja.

3

[Februar 1786]

N.S. Schon am 1ten Jenner dieses Jahrs, habe ich die Juwelen und Spitzen an Frau von Stein mit dem Postwagen überschickt – Ich hoffe von Zeit zu Zeit auf antwort des glücklichen ankommens – aber vergebens – da nun die garanti des Postamts bald zu Ende geht so erbitte ich mir nur zwey Zeilen, um aus der Verlegenheit zu kommen.

Bastienne Manscheten: Batistne Manschetten.
Ajate: hübsche Verbalisierung.
N.S.: Postskriptum eines Briefes der Frau Rat an ihren Sohn, das Goethe offenbar abtrennte, um es an Frau von Stein weiterzureichen.
Frau von Stein: Charlotte Albertine Ernestine von Stein, geb. von Schardt, Hofdame in Weimar und Gattin des Oberstallmeisters Fritz von Stein. War bis zur Abreise Goethes nach Italien (1786) seine intime Freundin und Vertraute.

4

Frankfurth den 17 November 1786

Lieber Sohn! Eine Erscheinung aus der Unterwelt hätte mich nicht mehr in Verwunderung setzen können, als dein Brief aus Rom – Jubeliren hätte ich vor Freude mögen daß der Wunsch der von frühester Jugend an in deiner Seele lag, nun in Erfüllung gegangen ist – Einen Menschen wie du bist, mit deinen Kenntnüßen, mit dem reinen großen Blik vor alles was gut, groß und schön ist, der so ein Adlerauge hat, muß so eine Reiße auf sein gantzes übriges Leben vergnügt und glücklich machen – und nicht allein dich sondern alle die das Glück haben in deinem Wirkungs kreiß zu Leben. Ewig werden mir die Worte der Seeligen Klettenbergern im Gedächnüß bleiben »Wenn dein Wolfgang nach Maintz reißet bringt Er mehr Kenntnüße mit, als andere die von Paris und Londen zurück kommen – Aber sehen hätte ich dich mögen beym ersten Anblik der Peters Kirche!!! Doch du versprichts ja mich in der Rückreiße zu besuchen, da mußt du mir alles Haarklein erzählen. Vor ohngefähr 4 Wochen schriebe Fritz

Brief Nr. 4: Goethe wurde während seines römischen Aufenthaltes im Auftrag des österreichischen Gesandten beim Vatikan, des Kardinals Grafen Franz von Hrczan-Harras, überwacht. In einem Bericht an den österreichischen Hof- und Staatskanzler, Anton Wenzel Fürst Kaunitz, schreibt der Gesandte: »Er [Goethe] hatte auch einen starken Briefwechsel mit verschiedenen Gelehrten, und seiner Mutter in Frankfurt, von welch letzterer mein deutscher Secretarius einen Brief in seine Hände bekommen, und ich hier beilege.« – Um diesen Brief handelt es sich hier.
aus Rom, wohin Goethe heimlich am 3. September 1786 abgereist war, schrieb Goethe seiner Mutter am 4. November: »Wie wohl mir's ist daß sich soviele Träume und Wünsche meines Lebens auflösen, daß ich nun die Gegenstände in der Natur sehe die ich von Jugend auf in Kupfer sah, und von denen ich den Vater so oft erzählen hörte, kann ich Ihnen nicht ausdrücken. Alle diese Dinge seh ich freylich ein wenig späte, doch mit desto mehr Nutzen und viel in kurzer Zeit . . . Ich werde als ein neuer Mensch zurückkommen und mir und meinen Freunden zu größerer Freude leben . . .«
Klettenbergern: Susanna Catharina von Klettenberg war eine Zeitlang geistiger Mittelpunkt der Frankfurter Pietistengemeinde. Goethe verkehrte oft bei ihr nach seiner Rückkehr aus Leipzig.

von Stein er wäre deinetwegen in großer Verlegenheit – kein Mensch, selbst der Herzog nicht, wüste wo du wärest – jedermann glaubte dich in Böhmen u. s. w. Dein mir so sehr lieber und Intresanter Brief vom 4ten November kam Mittwochs den 15 ditto Abens um 6 Uhr bey mir an – Denen Bethmännern habe ihren Brief auf eine so drollige Weiße in die Hände gespielt, daß sie gewiß auf mich nicht rathen. Von meinem innern und äußern Befinden folgt hir ein genauer und getreuer Abdruck. Mein Leben fließt still dahin wie ein klahrer Bach – Unruhe und Getümmel war von jeher meine sache nicht, und ich danke der Vorsehung vor meine Tage – Tausend würde so ein Leben zu einförmig vorkommen mir nicht, so ruhig mein Cörpper ist; so thätig ist das was in mir denkt – da kan ich so einen gantzen geschlagenen Tag gantz alleine zubringen, erstaune daß es Abend ist, und bin vergnügt wie eine Göttin – und mehr als vergnügt und zufrieden seyn, braucht mann doch wohl in dieser Welt nicht. Das neueste von deinen alten Bekandten ist, daß Papa la Roche nicht mehr in Speier ist, sondern sich ein Hauß in Offenbach gekauft hat, und sein Leben allda zu beschließen gedenkt. Deine übrigen Freunde sind alle noch die sie waren, keiner hat so Rießenschritte wie du gemacht |: wir waren aber auch imer die Lakqueien sagte einmahl der verstorbene Max Mohrs :| Wenn du herkomst so müßen diese Menschen

Fritz von Stein: Friedrich Constantin Freiherr von Stein, jüngster Sohn von Charlotte von Stein. Kam 1782 als Zögling zu Goethe und blieb bis zur Reise nach Italien in dessen Haus.
Bethmännern: Bankhaus Gebrüder Bethmann.
Brief: Goethe bat seine Mutter in dem Brief vom 4. November: »Inliegenden Brief schicken Sie an die Bethmänner ohne daß diese eben erfahren daß der Brief durch Sie gegangen ist. Die Bethmänner haben mir ohne es selbst zu wissen unter einem fremden Namen [Jean Philippe Möller] Credit gemacht.«
Papa la Roche: Georg Michael Frank von Lichtenfels, gen. La Roche, Geheimer Konferenzrat (= Minister) des Erzbischofs von Trier. Ein spöttischer Voltairianer, der »Briefe über das Mönchswesen« publizierte. Heiratete 1754 Sophie Gutermann von Gutershofen.
Max Mohrs: Friedrich Maximilian Moors, Jugendfreund und Schulkamerad Goethes, später Rechtsanwalt in Frankfurt und Goethes Gegner in seinem ersten Prozeß.

Kinder alle eingeladen und herrlich Traktiert werden – Willprets Braten Geflügel wie Sand am Meer – es soll eben pompos hergehen. Lieber Sohn! Da fält mir nun ein Unthertäniger Zweifel ein, ob dieser Brief auch wohl in deine Hände kommen mögte, ich weiß nicht wo du in Rom wohnst – du bist halb in Conito |: wie du schreibst :| wollen das Beste hoffen. Du wirst doch ehe du komst noch vorher etwas von dir hören laßen, sonst glaube ich jede Postschäße brächte mir meinen *einzig geliebten* – und betrogne Hoffnung ist meine sache gar nicht. Lebe wohl Bester! Und gedenke öffters an

deine

getreue Mutter

Elisabetha Goethe.

5

d 4ten December 1792

Lieber Sohn!

Auf Order Ihro Durchlaucht des Herrn Hertzogs von Weimar soll ich dir schreiben, daß du mögstes hieher kommen. Hier sieht es bunt aus; seit vorgestern haben die Hessen unsere Stadt ocubirt – Gott gebe daß sie sich drinnen erhalten, sonst mögte es curios mit uns aussehen. Diesen Brief schreibe ich auf Befehl – doch thut mirs leid, dich aus deiner ruhigen Lage heraus zu ziehen, in eine Gegend, wo mann in beständiger Angst lebt und athmet. Biß vorgestern hatte ich noch immer guten Muth – aber nun bin ich sehr schwermüthig – so was läßt sich nicht Schreiben. Ich bin eine

(Zu S. 11.) *Wenn du herkomst:* Goethe fuhr ohne Aufenthalt in Frankfurt 1788 nach Weimar zurück.
in Conito: als Maler Jean Philippe Möller.
Brief Nr. 5: Die Frau Rat richtete ihren Brief nach Pempelfort, einem Landsitz bei Düsseldorf, wo sie Goethe als Gast Friedrich Jacobis vermutete.
ocubirt: Frankfurt wurde im Verlauf des ersten Koalitionskrieges am 20. Oktober 1792 von französischen Revolutionstruppen unter General Adam Philippe Graf von Custine besetzt und am 2. Dezember von Preußen und Hessen wieder befreit, nachdem Frankfurter Handwerker die französischen Kanonen zerstört hatten.

schlechte geografin – will dir also nur melden – daß der gantze Landstrich von Speyer, Worms und Maintz unsicher – und du auf dieser Rutte nicht her kommen kanst. Ich weiß nicht ob ich wünschen soll, dich bald zu sehen oder ob das Gegentheil zuträglicher wäre – Gott mag es lencken, ich weiß nichts. Lebe wohl! und schreibe wenigstens daß mann erfährt an was mann ist. Ich bin wenigstens vor jetzt, die verstimmte und sehr unruhige

Frau Aja.

6

den 14ten December 1792

Lieber Sohn! So eben erhalte einen Brief von Fritz Jacobi wodurch ich erfahre daß du in der Mitte dieses Monaths wieder in deinem ruhigen Weimar einziehen wilsts – du wirst einen Brief von mir vorfinden – worinn der Herztzog dich (der dich aber noch in Düsseldorf glaubte) hieher invitite – ich gabe dir schon in dem Schreiben einen Winck, daß es jetzt hir gar kein Spaß ist – nun da du gar 30 meilen in dieser Witterung reißen soltst – um an einen Ort zu kommen – wo wenn zum Unglück Custine zurück kommen solte – du doch wieder fortmüßtest; so dächte ich du entschuldiges dich so gut du könstest – Wir leben hir in täglicher Angst und Gefahr – und wenn ich einen gran Furcht mehr hätte, als ich Gott sey Danck nicht habe; so ginge ich in die weite Welt – so aber soll und muß ichs abwarten. Willmer hat endlich der Raths stelle entsagt – bey der Ge-

Fritz Jacobi: Friedrich Heinrich Jacobi, schwärmerischer Schriftsteller und Philosoph, mit Goethe seit 1774 befreundet.
invitite: invitierte (einlud).
Custine: Graf Adam Philippe von Custine, frz. General, vgl. Anm. zu *ocubirt*, Brief Nr. 5.
Willmer: Johann Jacob von Willemer, Bankier in Frankfurt; seit 1789 Ratsherr, später Finanzagent der preußischen Regierung. Großer Gönner des Frankfurter Theaters. In dritter Ehe mit Marianne Jung, Goethes »Suleika«, verheiratet.
entsagt: weil seine (zweite) Frau Maria Magdalene, geb. Lang, vor Schreck über die von Custine befohlene Verhaftung Willemers gestorben war.

legenheit kam nun abermahls die alte Frage an mich, ob ich denn noch keine Entscheidente Antwort von dir erhalten hätte – ich sagte du hättest her kommen wollen, aber die Kriegs Unruhen wären die Ursach deines Ausenbleibens u. s. w. Meine Gründe davor und dagegen habe ich dir in einem Brief vorgelegt – auch glaube ich wenn du Lust gehabt hättest würdest du flincker geantwortet haben. Ich glaube allemahl, daß dir in deiner jetzigen Verfaßung nach Leib und Seele beßer ist – als in einer neuen Laufbahn – denn du bist in dem eigentlichen Sinn des Worts ein Freyherr. Doch verdinte die Achtung deiner Freunde auf alle Fälle eine Rückantwort – auch habe ich sonst bey jedem Fall das Anfragen aufs neue. Vordißmahl ist der Canseley Rath Metzler von der goldenen Kugel getrofen worden. So lange Maintz noch nicht wieder in deuschen Händen ist, schweben wir imer noch in Furcht und Unruhe – zumahl da auf unsere gute Stadt von Maintz und Straßburg aus so infame Lügen ausgestreut werden – die Blesirten und Gefangenen muß mann fragen was die Franckfurther an ihnen gethan haben – das all zu erzählen, reichte kein Rieß papir aus – underdeßen sind die Francken jetzt erboßt – und kämen sie zurück Gott weiß ob nicht diese Verläumdungen doch Unkraut unter den Waitzen gesäht hätten. Wollen Gott vertrauen und es abwarten. Ich habe einen Officier und 2 gemeinen zu Einquartirung es sind Hessen – gute Leute aber |:unter uns gesagt:| sehr arm – ich muß sie füttern, – die Frantzo-

Entscheidente Antwort: Goethe war nach dem Tod seines Onkels Johann Jost Textor für einen Ratsherrensitz in Frankfurt vorgeschlagen worden. Auf die Anfrage, ob er gegebenenfalls die Wahl akzeptiere, antwortete er erst am 24. Dezember. – Unter »Trier, den 29. Oktober« findet sich hierzu ein längerer Abschnitt in der »Campagne in Frankreich«.
Metzler: Johann Wilhelm Metzler, Dr. jur. und Kanzleirat, wurde 1802 und 1805 auch Zweiter Bürgermeister.
infame Lügen: So hieß es in französischen Zeitungen, Frankfurter Banditen und Henkersknechte hätten mit Mordwaffen aller Art (zum Beweis hatte Custine ein langes Messer nach Paris geschickt) die Franzosen niedergemetzelt. Der Frankfurter Rat versprach daraufhin demjenigen 24 000 Livres, der einen einzigen ermordeten Franzosen namhaft machen könnte.

sen hatten die Hüll und die Füll – daß das füttern sehr incomdirt kanst du leicht dencken – doch da es jeder thun muß so ists nicht anders. Lebe wohl! Behalte mich in Liebevollen Andencken – und hirmit Gott befohlen!

Goethe.

N.S. Es ist eine Ewigkeit daß ich kein Modejournahl und keinen Mercur gesehen habe.

7

den 19ten Decemb. 1792

Lieber Sohn!

Hir schicke ich Christkindleins bon bon mit Bitte dem jungen Herder Augst benamset etwas in meinem Nahmen davon zu komen zu laßen. Hir leben wir in Furcht und Erwartung der Dinge die kommen sollen – Die Höchsten und Hohen Herschaften versichern uns zwar daß alles gut gehen werde, das ist verdolmescht daß die Francken nicht wieder kommen würden – so lange aber Maintz nicht in deuschen Händen ist – dürfen wir noch nicht Vicktoria rufen – und die Wolfhaut noch nicht feilbieten. Du wirst dich jetzt von deinen gehabten Strapatzen in deinem neuen schönen Hauß und unter deinen Freunden erholen – daran thuts du nun sehr gescheidt. Ihro Durchlaucht die Frau Herzogin Amalia haben die Gnade gehabt mich wegen der Kriegsunruhen nach

incomdirt: inkommodiert (beschwert, belästigt).
Modejournahl: »Journal des Luxus und der Moden«, hrsg. von Georg Melchior Kraus und Friedrich Justin Bertuch, erschien in Weimar von 1786 bis 1820.
Mercur: »Der Teutsche Merkur« (seit 1790 »Der Neue Teutsche Merkur«), von Wieland nach dem Vorbild des »Mercure de France« herausgegebene literarische Zeitschrift, erschien 1773 bis 1810.
Augst: August Wolfgang Herder, geb. 1776. Herders (s. Anm. zu *Behördte*, Brief Nr. 22) zweiter Sohn und Patenkind Goethes.
die Wolfhaut . . . feilbieten: gebräuchlicher: die Bärenhaut verkaufen; hier im Sinne von ›nicht vor der Zeit frohlocken‹.
Hauß: Vor der Abreise nach Frankreich im August 1792 erhielt Goethe von Carl August das Haus am Frauenplan mit großem Garten zum Geschenk.

Weimar zu invitiren – dancke Hochdenenselben in meinem Nahmen – und sage dieser vortreflichen Fürstin – Ich hätte guten Muth der Gott der mich bißhieher gebracht, würde weiter sorgen. Ihro Durchlaucht der Herzog befindet sich wohl und vergnügt – deßgleichen Ihro Königliche Majestät von Preußen – Gott gebe dir ein fröliges Neuesjahr – und uns den edlen Frieden – diß ist der Wunsch deiner treuen Mutter

Goethe.

8

Am neuen Jahrs Tag 1793

Lieber Sohn! Vielen Danck vor deinen schönen Brief der ist wie er sein soll ich werde bey deinen Freunden Gebrauch davon machen. Die Stelle des Cappelmeister ist zwar noch nicht ersetzt, aber es ist so ein jämmerlich Amt daß wenn der Mann nicht Clavir stunden dabey gibt er ohnmöglich davon leben kan – auch glaubt Doctor Hetzler |: mit dem ich da-

Königliche Majestät: Friedrich Wilhelm II. von Preußen.
Brief: vom 24. Dezember 1792: ». . . Gewiß hätte mir nichts schmeichelhafter sein können als die Anfrage: ob ich mich entschließen könne eine Ratsherrnstelle anzunehmen wenn das Los mich träfe? die in dem Augenblicke an mich gelangt da es vor Europa, ja vor der ganzen Welt eine Ehre ist als Frankfurter Bürger geboren zu sein. Die Freunde meiner Jugend die ich immer zu schätzen so viele Ursache hatte, konnten mir kein schöneres Zeugnis ihres fortdauernden Andenkens geben als indem sie mich in dieser wichtigen Epoche wert halten an der Verwaltung des gemeinen Wesens teil zu nehmen . . . Bei der unwiderstehlichen Vorliebe die jeder wohldenkende für sein Vaterland empfindet, würde es mir eine schmerzliche Verleugnung sein eine Stelle auszuschlagen die jeder Bürger mit Freuden übernimmt und besonders in der jetzigen Zeit übernehmen soll, wenn nicht an der andern Seite meine hiesigen Verhältnisse so glücklich und ich darf wohl sagen über mein Verdienst günstig wären. Des Herzogs Durchlaucht haben mich seit so vielen Jahren mit ausgezeichneter Gnade behandelt, ich bin ihnen so viel schuldig geworden, daß es der größte Undank sein würde meinen Posten in einem Augenblicke zu verlassen da der Staat treuer Diener am meisten bedarf. Danken Sie also . . . auf das lebhafteste den würdigen Männern . . .«
Doctor Hetzler: Johann Ludwig Hetzler, seit 1786 Ratsherr und Senator, 1793 Zweiter Bürgermeister, 1797 Schöff.

von sprach:| daß sie gar nicht wieder würde besetzt werden – und daß unsere überhaubt so elende Kirchenmusick nach und nach gantz eingehen dürfte. Deine zurückgelaßne Sachen, schicke ich längstens heut über 8 Tage mit dem Postwagen an dich ab – villeicht geschiehts noch ehnder – nemlich den Freytag noch in dieser Woche – du glaubst nicht was einem die Einquartirung vor allerley Molesten macht daß mann vieles drüber vergißt – Entschuldige mich also daß die Sachen auf deinen ersten Brief nicht gleich fortgeschickt worden sind. Die Lampe mit 3 Lichtern ist besorgt, so bald sie fertig ist bekomst du sie wohl eingepackt – es sind schon sehr viele davon verschickt worden, und sind immer glücklich angelangt. Da sie vermuthlich vor deinen Gebrauch ist; so mache ich dir damit ein kleines Neujahrs Geschenck. Ich laße einstmahl im Jorick, daß das ein böser Wind wäre, der *Niemandt* was guts zuwehte – das trieft nun mit unserm Schauspiel ein – der Krieg und seine Unruhen die so viele Menschen incomodiren und ruiniren macht der anterprißе den Beutel voll – Da der König von Preußen und alle Generälle – Herzogen und Printzen alle Abende drinnen sind; so ist dir das ein Leben wie die Krönung – das Hauß das nun schon längst fertig ist hast du gesehen – es ist zimlich groß – aber vor jetzt meistentheils zu klein – So einen Specktackel wie am 2ten Christag habe ich noch nicht |:selbst die Krönung nicht:| drinnen erlebt – über 2000 menschen mußten zurück – mann konte keinen Appfel zu Erde werfen – Von der Seite wird es sich nun freylich und zwar mit Nutzen halten. Gott bewahre unsere Stadt vor einem

zurückgelaßne Sachen: Vom 16. bis 22. August 1792 wohnte Goethe bei seiner Mutter.
ehnder: eher, früher.
Molesten: Ärger, Schwierigkeiten.
ein böser Wind . . .: Lieblingszitat der Frau Rat aus Laurence Sternes fiktiver Reisebeschreibung »A Sentimental Journey through France and Italy. By Mr. Yorick« (1768): »'t is an ill wind, said a boatsman . . ., which blows nobody any good.«
anterpriße: frz. entreprise (Unternehmertum).
Hauß: das bereits am 3. September 1782 eröffnete Frankfurter »Komödienhaus«.

Bombartement – denn da könnten wir alle arm und elend werden – und also die Enterpriße gantz nathürlich mit – das wollen wir nun nicht hofen – sondern Gott vertrauen – und den Deuschen Glück und Seegen wünschen. Mein Befinden ist Gott sey [Danck] gantz gut, ich bin wohl und auch vergnügt – trage was ich nicht ändern kan mit Gedult – warte auf beßre Zeiten ängstige mich aber nicht vor der Zeit – nur ist mir *unter uns gesagt* die deusche Einquartirung sehr lästig – Bey den Frantzosen wenn mann da gemeine hatte hatte mann keine Officire und umgekehrt – Jetzt habe ich zwey Offciere und zwey gemeine – da werden nun statt einer Stube zwey geheitzt, das bey dem theuren Holtz eine garstige Spculation ist – ferner hatten die gemeinen Francken Fleisch, Reiß und Brod im überfluß – diese haben nicht als elendes Brod – die Frantzöische Officire wären lieber Hunges gestorben, als daß sie was gefodert hätten, diesen muß mann es sogar auf die Wache schicken – Summa Summarum es ist eine große Last – meine sind Heßen – wies mit den Preußen ist, weiß ich nicht – da hast du so ohngefähr meine jetzige Lage.

Gott erhalte dich in diesem Jahr mit allem was dir lieb und theuer ist gesund und vergnügt. Er schencke uns den edlen Frieden diß ist mein und der Wunsch von Vielen Tausenden – Behalte mich in Liebevollem Andencken und sey versichert, daß ich bin

deine treue Mutter
Goethe.

N.S. Ihro Durchlaucht der Herr Herzog befindet sich wohl – es scheint Ihm hir zu gefallen. Noch eins! Doctor Hetzler läßt dich an den Rußischen Ofen erinnern – wovon du ihm ein Model, oder eine Beschreibung versprochen hättest – dencke! Er ist dis Jahr Burgemeister.

Bombartement: Frankfurt war am 2. Dezember 1792 von den Hessen bombardiert worden.

9

den 6ten Jenner 1793

Lieber Sohn! Hir schicke ich dir deine, und deines Schildknappen zurück gelaßne Sachen. Ich war nur froh daß es kein Meißner porzelain war, denn Einpacken ist einmahl meine Forse Rolle nicht. Dein Brief hat seine Würckung gethan – und ich bin froh daß sie mich jetzt in Ruhe laßen – ich dancke dir davor – Wenn der Einballirte Pack fortsoll, so muß mein Brief vor dißmahl kurtz seyn – Vor die überschickten Modejournahle und Mercure dancke recht sehr – die Laterne ist aufs beste nochmahls bestelt – ich hoffe daß sie bald fertig und bey dir erscheinen wird. Alle deine Freunde grüßen dich – das thut auch

deine treue Mutter
Goethe.

N.S. Jetzt hangt hir der Himmel voller Geigen – alle Tage wird gedantzt – Ihro Durchlaucht diverdiren Sich nebst den übrigen überaus wohl!

10

den 22ten Jenner 1793

Lieber Sohn! Ich habe die Gnade gehabt am vergangenen Sontag bey Ihro Durchlaucht der Regirenden Frau Hertzogin in Gesellschaft der Mama la Roche und verschiedenen

Schildknappen: Paul Götze, ehemaliger Küchenjunge, den Goethe als Zögling zu sich nahm; wurde später sein Diener und begleitete ihn auf seinen Reisen nach Schlesien, Italien und Frankreich.
Forse: frz. force (Stärke).
Durchlaucht: Herzog Carl August.
diverdiren: frz. divertir (angenehm unterhalten).
Frau Hertzogin: Herzogin Louise von Sachsen-Weimar.
Mama la Roche: Sophie von La Roche, geb. Gutermann von Gutershofen. Jugendliebe Wielands, heiratete 1754 Georg Michael Frank von Lichtenfels, gen. La Roche (s. Anm. zu *Papa la Roche*, Brief Nr. 4). Erfolgreiche Erzählerin der Empfindsamkeit, besonders mit ihrer »Geschichte des Fräuleins von Sternheim«, zuerst: Leipzig: Weidmanns Erben und Reich 1771. – Goethe war 1771/72 häufiger Gast im Hause La Roche.

Preuschischen Officiren zu Mittag zu speißen. Wir waren sehr vergnügt – blieben biß 5 Uhr – gingen dann samt und sonders ins Schauspiel. Der junge Gerning ist schon im September nach London gereißt – ich glaube nicht daß Er bunte Gläßer gefunden hat, sonst hätte ich sie gewiß bekommen – denn was thäte Er nicht vor dich! Unsere Situation ist immer noch die nehmliche – Ich füttre noch 2 Heßische Officire und 2 ditto Gemeine. Wenn diese Menschenkinder nur nicht den gantzen Tag Toback rauchten meine Zimer sehen aus wie eine Wachtstube!! Lebe wohl! Behalte in gutem Andencken

deine treue Mutter
Goethe.

11

den 7ten Februar 1793

Lieber Sohn! Inliegender Brief kommt aus all zu großer Ordnung so spät zu dir – ich hatte ihn so wohl aufgehoben, daß er mir gantz aus den Gedancken kam – und darüber vergeßen wurde – Verzeihe mir dieses Versehen – der Schreck so ich drüber empfand, mag zur Büßung dienen. Wir haben jetzt die Königliche Garde von Potzdamm hir – ich habe einen Kapitain, und einen Leutnandt – deßgleichen vier gemeinen! Im Vertrauen seye es dir gesagt – ich fange an das Ding hertzlich müde zu werden – die Ordnung und Ruhe war in meinen jungen Jahren schon mein Element – und jetz da ich alt bin ist es mir gantz und gar Bedürfnüß – seit anno 1790 treibe ich mich in beynahe ewigem Taumel herum – Mein Hauß sieht zum Erbarmen schmirig aus – und ist die Historia zu Ende – so brauche ich ein volles Jahr biß alles wieder in vorigen Stand kommt. Übrigens

Gerning: Johann Isaak Freiherr von Gerning, Kaufmann und Legationsrat in Neapel. 1798 als Vertreter Neapels auf dem Kongreß von Rastatt. 1804 Geheimer Rat von Hessen-Homburg, 1804 Geheimer Rat des Großherzogtums von Hessen.
bunte Gläßer: Gerning besorgte tatsächlich bunte Gläser, die Goethe für optische Versuche benötigte.

befinde ich mich aber wohl – von dir hoffe ich ein gleiches – Lebe wohl! und liebe deine

treue Mutter Goethe.

N.S. Die Durchlauchdigsten Herschaften befinden sich in höchstem Wohlseyn. Die bestelte Laterne wird bald fertig seyn – und bey dir erscheinen.

12

den 15ten Mertz 1793

Lieber Sohn! Es ist Raum genung in der Frau Aja ihrem Häußlein, kome du nur – freylich mußt du dich mit dem zweyten Stockwerck begnügen – aber einem Mann der eine Cammpangne mitgemacht und dem die Erde sein Bett und der Himel sein Zelt war, verschlägt nun so was nichts – Übrigens sols an nicht fehlen was zur Leibes Nahrung und Nothdurft gehört. Ich habe jetzo eine sehr brave Einquartirung – und ich rechne es mir vor ein wahres Unglück, daß sie in ein paar Tagen fortgeht – was ich hernach bekomme muß in Gedult erwartet werden. Aber daß der König die Meße |: wie mann mich gestern vor gewiß versichert hat:| hir bleibt das ist mir und der gantzen Stadt ein wahres Jubelfest – den so wie der König von uns allen geliebt wird, ist wohl schwerlich noch ein Monarch geliebt worden – wenn Er einmahl weg geht; so weine ich dir gewiß 8 Tage, und vergeßen wird Er von uns allen Zeitlebens nicht. Den andern Monath wird es nun wahrscheinlich über das bedauerungs würdige Maintz hergehen! Wir können Gott nie genung dancken, daß wir noch so zu rechter Zeit von den Freiheits-Männern sind befreit worden! Wenn wir sie nur nicht wieder zu sehen kriegen! Gantz bin ich noch nicht beruhigt, so lange Maintz – Worms und Speier in ihren Händen und

Maintz: Mainz wurde nach der französischen Besetzung unter dem äußeren Zwang des Generals Custine und dem ideologischen Einfluß des ›Clubs‹, dem Idealisten wie George Forster angehörten, am 18. März 1793 die erste deutsche Republik. – Im April 1793 wurde Mainz von den Koalitionstruppen eingeschlossen und im Juli erobert.

sie nicht über den Reihn gejagt sind; so lange ists imer noch so, so. Alles was nun noch zu sagen wäre – wollen wir aufs mündliche erzählen verspahren – denn ich schwatze ohnehin lieber als ich schreibe – Herr Gerning läßt sich dir bestens empfehlen – und freut sich einen Brief von dir zu erhalten. Lebe wohl! Gott! Schencke uns eine fröhliche Zusammenkunft! Dieses wünschet hertzlich

deine treue Mutter
Goethe.

13

den 26ten Aprill 1793

Lieber Sohn! Ich erwarte dich mit großem Vergnügen. So nahe der Schauplatz des Krieges bey uns ist; so ists so ruhig als wenn das große Werck am Ende der Welt vor sich ginge – Lange währet es mit dem bedauerungs würdigen Maintz – Gott gebe nur daß es bald in deusche Hände kommt – denn so lange das nicht ist; so lange sind wir immer noch nicht gantz ohne Furcht. Ohngeachtet die Stadt vorjetz wenig besetzt ist, so habe ich doch von den wenigen noch mein Theil, und was das lustigste bey der Sache ist, einen Stock Frantzosen der kein Wort Deusch kan – Er ist von den Emigrirten und bey der Preuschischen Arme Ingenieur – So lange der nun hir bleibt – bleibts auch mit Maintz ruhig. Mündlich von all dem Specktackel ein mehreres. Lebe wohl! Es hoffet dich bald von Angesicht zu sehen

deine treue Mutter
Goethe.

N.S. Weil aber deine Vorsätze sich öffters wunderbahr verändern, und dir etwan dein Plan durch unvorhergesehene Zufälle vereitelt würde, so lasse mich ja nicht vergeblich warten – so was kan ich durchaus nicht vertragen.

Ich erwarte dich . . .: Goethe kam am 16. Mai 1793 nach Frankfurt, verbrachte zwei Wochen bei seiner Mutter und reiste am 26. März weiter nach Mainz, wo er bis zur Kapitulation blieb.

14

den 14ten Juni 1793

Lieber Sohn! Der dumme Fuhrmann sagte er bringe ein Kistgen, und bringt einen Kasten der 1 7/8 Centner wiegt und 9 f Fracht kostet. Die Maschine die drinnen ist, ist nach der Meinung des Jägers den du geschickt hast, eine Schlangen Spritze – die mag nun biß auf weitere Order bey mir liegen bleiben. Ich werde an dein Liebgen schreiben – und den Brief an Herrn Mahler Meyer (Er heißt doch so??) adresiren. Ich bin Gott Lob wohl – Es grüßen dich alle Freunde – deßgleichen thue auch ich – Lebe wohl!

deine treue Mutter
G.

N.S. So wie ein Kistgen oder sonst was ankommt, so werde es öffenen und sind Bürgergenerahle drinnen, dir durch Herrn Bansa die verlangten 6 Exemplare zuschiken –

15

den 20ten Juni 1793

Daß Ihnen die überschickten Sachen Freude gemacht haben, war mir sehr angenehm – tragen Sie dieselben als ein kleines

Brief Nr. 14 sowie Nr. 16–19 gingen nach Mainz ins Lager.
Liebgen: Christiane Vulpius (1764–1816). Goethe lernte sie nach seiner Rückkehr aus Italien im Sommer 1788 kennen; sie zog nach der Geburt des Sohnes August (am 25. Dezember 1789) zu ihm. Erst 1806, nach der Schlacht bei Jena, legitimierte Goethe das Verhältnis.
Mahler Meyer: Hans Heinrich Meyer. Goethe traf den Maler in Rom, schätzte ihn wegen seines umfänglichen Wissens (man nannte ihn später »Goethes lebendes Lexikon«) und seiner pädagogischen Begabung. »Er hat mir zuerst die Augen über das Detail, über die Eigenschaften der einzelnen Formen aufgeschlossen . . .« Wurde 1792 auf Wunsch Goethes an die Zeichenschule nach Weimar berufen; gab zusammen mit Goethe »Die Propyläen« (1798–1800) heraus.
Bürgergenerahle: Goethes Lustspiel »Der Bürgergeneral«. Zuerst: Berlin: Unger 1793.
Bansa: Johann Conrad Bansa und Dietrich Bansa, Besitzer einer Kommissions- und Speditionsfirma auf der Zeil, einer der Hauptstraßen Frankfurts.
Brief Nr. 15: Erster Brief an Christiane Vulpius.

Andencken von der Mutter deßjenigen den Sie Lieben und hochachten und der wircklich auch Liebe und Hochachtung verdient. Zehn kurtze Tage war Er nur bey mir und seinen Freunden – wir lebten herrlich und vergnügt – und trösten uns auf seine Wiederkunft – und hoffen Ihn alsdann etwas länger zu genießen. Sie können nicht glauben wie lange uns die Zeit wird, biß Maintz wieder in deuschen Händen ist – denn so lange die Freitheits Männer es im Besitz haben, dürfen wir noch nicht Jubiliren – Doch Gott lebt noch! und es kan alles beßer gehen als Viele jetzt glauben –: Ein einziger Augenblick kan alles umgestalten: sagt Gevatter Wieland – und Gevatter Wieland hat recht. Verzeihen Sie daß Ihnen von Kriegs und Kriegs-geschrey so was vor tragire – wir sehen und hören aber Tag-täglich nichts als Bomppen – Kuglen – Pulver Wägen – Blesirte – Krancke – Gefangne u. d. g. Tag und besonders Nachts gehts Canoniren beynahe an einem fort – da ists nun freylich kein Wunder, daß im Reden und Schreiben imer von der Sache was heraus kommt – da mann freylich etwas Beßeres und Intereßanter reden und Schreiben könte und solte. Das soll auch jetzt sogleich geschehen – indem ich mich nach dem Befinden des kleinen lieben Augst erkundigen will – ich hoffe er ist Gesund und munter? sagen Sie ihm wenn er hübsch geschickt wäre und das A. B. C. lernte; so wollte ich ihm herrliches bon bon – und schöne Spielsachen schicken. Nun leben Sie wohl und vergnügt! Dieses wünscht von gantzem Hertzen

Ihre Freundin
Goethe.

Ein einziger Augenblick . . .: Lieblingszitat der Frau Rat aus Wielands »Oberon« (VII, 75): »Mir sagt's mein Herz, ich glaub's, und fühle was ich glaube, / Die Hand, die uns durch dieses Dunkel führt, / Läßt uns dem Elend nicht zum Raube. / . . . / So laß uns fest an diesem Glauben halten, / Ein einz'ger Augenblick kann alles umgestalten!«
Kriegs-geschrey: Mark. 13, 7: »Wenn ihr aber hören werdet von Kriegen und Kriegsgeschrei, so fürchtet euch nicht. Es muß so geschehen. Aber das Ende ist noch nicht da.« – Goethe greift es, das Philistertum ironisierend, in »Faust« I (Vor dem Tor) V. 860 ff. auf: »Nichts Bessers weiß ich mir an Sonn- und Feiertagen / Als ein Gespräch von Krieg und Kriegsgeschrei, / Wenn hinten, weit, in der Türkei . . .«

16

den 21ten Juni 1793

Lieber Sohn! Das verlangte Buch ist weder auf der Bibliothek noch sonst zu haben – Freund Rieße hat sich alle Mühe drum gegeben. Es sind ein paar Schu und 1 paar Pantofflen mir von meinem Schuster überliefert worden, die vermuthlich nach Weimar gehören – doch ohne deine Order schicke ich sie nicht weg. Überbringer dieses bittet nochmahls um dein Vorwort bey Ihro Durchlaucht dem Herrn Hertzog von Weimar. Ich habe Eile – Lebe wohl! Behalte deine Mutter lieb, und grüße Schlosser.

G.

17

den 25ten Juni 1793

So eben erhalte von Herrn Unger 12 Exemplare vom Bürgergenerahl – Davon sende dir auf dein Verlangen 6 – die übrigen werde aufheben, biß zu deiner Zurückkunft. Inliegender Brief ist von Weimar – ich habe ein gutes Briefelein an dein Liebgen geschrieben – das Ihr vermuthlich Freude machen wird. Mit der größten Ungedult warten wir auf den Fortgang der Belagerung von Maintz – dencke es hat seit Samstags Frau Aja Feuer im Ofen!! Auch habe seit dem 23. Juni wieder Einquartirung – einen krancken Hauptmann der von Hüffer heißt, und von Landau kommen ist, um sich hir Curiren zu laßen – Er hat eine Soldaten Frau bey sich, die ihm in meiner Küche kocht – einen Bedienten

Rieße: Johann Jacob Riese, Jugendfreund Goethes, Sekretär bei der Armenkasse in Frankfurt.

Überbringer: Pfeiffer-Belli vermutet den Frankfurter Kaufmann Carl Wilhelm Thurneisen.

Schlosser: Johann Georg Schlosser, Dr. jur., Jugendfreund Goethes und Mitredakteur bei den »Frankfurter Gelehrten Anzeigen«; heiratete 1773 Goethes Schwester Cornelia. – Goethe besuchte nach der Zerstörung von Mainz Schlosser in Heidelberg. (Siehe Goethes Aufzeichnungen in den »Tag- und Jahresheften« 1793.)

Unger: Johann Friedrich Unger, Berliner Verleger von Goethes »Neuen Schriften«, deren Hauptteil »Wilhelm Meister« (Bde. 3–6) bildete.

und Reitknecht – sind alle gar brave Leute die mit ihrem Logie sehr zufrieden sind – und mich wenig incomodiren. Freylich thut ihnen auch das gute Essen, und die weichen und reinlichen Betten überaus gut – Wenn uns Gott nur den Winter Ruhe schenckt! Nun wollen das beste hoffen! Lebe wohl! Das ist der Wunsch

deiner treuen Mutter
Goethe.

18

den 8ten Juli 1793

Lieber Sohn! Freund Rieße schikt dir hirbey die verlangten Zeitungen mit Bitte keine davon zu verliehren – auch muß du nicht übel deuten, daß die neusten nicht dabey sind, indem die Lesegesellschaft ihrer noch bedarf. Die Spritze ist an Fritz fortgeschickt – Vermuthlich hat Er sie jetzt. Daß mein Brief Freude gemacht hat freut mich – wolte Gott ich könte alle Menschen froh und glücklich machen, dann solte mir erst recht wohl seyn. Schlosser läßt dich grüßen – und ich soll dir die trauige Nachricht vom Tode seiner Julie melden – das Mägchen thut mir sehr leid – es war gar ein liebes Geschöpf – Freuen würde es den gebeugten Mann, wenn du Ihm einmahl ein paar Worte sagen woldest. Briefe – das Gedicht u. s. w. soll alles wohl bestelt werden – einen Bürgergenerahl habe Willmern geliehen der ihn noch nicht wieder gegeben hat – hir schicke also die übrigen 5 Exemplar. Ich bin von der Hitze so matt und unleidlich – daß *du* es seyn mußt – der mich bewegen kan – eine Feder in die Hand zu nehmen. Nach dem Lustspiel wird jetzt in allen Buch-

Lesegesellschaft: 1787 gründete der Buchhändler Friedrich Eßlinger die erste Journal-Lesegesellschaft in Frankfurt, in der gegen elf Gulden Jahresbeitrag 89 deutsche und fremdsprachige Zeitungen gelesen werden konnten. Die Brüder Riese (Friedrich Jakob als literarischer und Johann Jacob Riese als ökonomischer Verwalter) führten die Lesegesellschaft sicher durch die Kriegswirren.
Fritz: Friedrich Heinrich Jacobi.
Julie: Catharina Elisabeth Julie Schlosser, zweite Tochter aus Schlossers Ehe mit Cornelia.

läden herum geschickt, ists zu haben; so komts hirmit – ists nichts – so kan ich auch nicht helfen – Lebe wohl! Keine Zeile mehr von

deiner
vor Hitze faulen und matten Mutter
G.

19

Lieber Sohn! Götzens unvermuthtete Ankunft hat mich sehr gefreut – Durch ihn übersende dir Nankinet zu Beinkleider und Weste so gut als du ihn Ehlen weiß nicht zu kaufen bekomst – nur darann muß du dich nicht stossen, daß es ein überrock von mir war – wenn alles gemacht ist – wirds ihm wohl niemand ansehn was es vorher war. Den Zeug zu einem Unterbett und zwey Pfühlen will sogleich besorgen und nebst dem Taffel gedeck mit dem ersten Postwagen nach Weimar schicken. Gott! Seegne dein Schwalbacher Wasser trincken! nehme dich nur zur Abendzeit vor Verkältung in acht – den der Nordwind so erquickend er ist – macht gern Bauchgrimmen. Wegen der Zeitungen soll ich dir noch sagen, daß einige Stücke fehlen – gantz ohne Unordnung gehts in Rießens Lesegesellschaft |: ohngeachtet aller angewandten Mühe :| doch nicht her – Er läßt sich deßwegen entschuldigen. Die Hitze ist beynahe unerträglich – wie mags erst bey Euch seyn!! Lebe wohl! Behalte lieb –

den 10ten Juli
1793

deine
dich liebende Mutter
Goethe.

20

den 11ten Juli 1793

Hir übersende 1 gantzes Stück Bettzwilch dieses gibt ein Unterbett und einen Pfühl – anbey folgt noch 2¾ Ehlen

Nankinet: Nanking (Baumwollstoff).
Ehlen weiß: ellenweise.

zum zweyten Pfühl – wünsche guten Gebrauch. Anbey kommt ein Taffelgedeck von 1 Taffeltuch und 12 Sevietten – ich hoffe es soll Ihnen allen wohl gefallen, weil es würcklich nach meiner Meinung sehr hübsch ist. Gestern war Götze aus dem Lager bey mir, und versicherte mich daß mein Sohn und alle übrigen gesund munter und vergnügt seyen – Es wird von den braven Deuschen eine Schantze nach der andern Erobert – und wir hoffen es soll mit Maintz bald zu Ende gehn – Götze hat mir versprochen so bald Maintz in deuschen Händen wäre auf Tod und Leben zu reiten, um mir die erste Nachricht davon zu bringen. Gott gebe daß es bald geschieht!! Leben Sie wohl! Grüßen das gantze Hauß von

Ihrer
ergebenen Dienerin
Goethe.

21

den 6ten September 1793

Lieber Sohn! Die Briefe und Commisiohnen die dein letzer Brief enthielt habe besorgt. Die Meße ist gläntzender als in vielen Jahren – das Schauspiel befindet sich gut dabey – die Zauberflöthe ist bezahlt. Übrigens geht alles seinen alten Gang fort. Mit Herrn Stock welcher sich dir bestens empfehlen läßt – habe über alles das bewußte geredet – Er will die Sache mit betreiben helfen – aber übereilen wollen wir solche Haupstücke nicht. Nach der Meße wird der Catalog

Zauberflöthe: Mozarts Oper »Die Zauberflöte« wurde in Frankfurt am 16. August 1791 aufgeführt und trotz erhöhter Eintrittspreise mehrfach wiederholt.
Stock: Jacob Stock, Ratsherr, seit 1805 auch Schöff in Frankfurt. Die Frau Rat verkehrte nach dem Tode ihres Gatten (1782) sehr regelmäßig im Hause Stocks, mit dessen Frau Esther, geb. Moritz, sie eng befreundet war.
das bewußte: Goethe hatte während seines Frankfurter Aufenthaltes vom 11. bis 19. August 1793 der Mutter geraten, das für sie allein zu große Haus im Hirschgraben zu verkaufen.
Catalog: der Katalog der umfangreichen Bibliothek von Johann Caspar Goethe.

von den Büchern verfertigt. Es wird hoffentlich alles gut gehen – Gott! laße mich nur gesund – denn dieses alles ist mit großer Unruhe verbunden. Wollen das beste hoffen – Von allem wird dir Nachricht geben

deine treue Mutter
Goethe.

22

den 10ten September 1793

Lieber Sohn! Habe die Güte innliegenden Brief an seine Behördte abzugeben. Wie ich der Frau Gräfin von Guttenhofen ihr Banquier geworden bin, das mag der Schutzpatron von Maintz wißen ich weiß es wenigstens nicht. Wenn Sie mir aber nicht auf eine oder die andre art ein $^1/_4$ procent in die Ficke wirft; so dancke vor Ihre Kundschaft. Lebe wohl! diß wünscht

deine treue Mutter
Goethe.

23

den 31ten September 1793

Lieber Sohn! Ich hoffe daß du glücklich in deiner Heimat angelangt bist – Hir kommt ein Brief – auch ist mit dem Freytägigen Postwagen ein Pack Musick an dich abgegangen. Mit meinem Befinden gehts etwas besser. Neues pasirt gar wenig – das Schachern Handlen und Verkaufen – ist jetzt

Behördte: Adresse; nämlich die Johann Gottfried Herders, dem 600 Taler zugesandt wurden. Herder, Dichter, Geschichtsphilosoph und Ästhetiker des Irrationalismus, lernte Goethe 1770 in Straßburg kennen, bedeutender Einfluß auf dessen Frühwerk (Shakespeare, Volkslied); wurde 1776 auf Goethes Veranlassung als Generalsuperintendent nach Weimar berufen.
Guttenhofen: Sophie Gräfin von Coudenhoven, geb. Gräfin von Hatzfeld, vertraute Freundin des Mainzer Kurfürsten, des Erzbischofs Friedrich Carl von Erthal. Goethe, der sie in Düsseldorf kennengelernt hatte, bezeichnete sie als »eine schöne, geistreiche Dame«, »la parure du château«.
Ficke: Tasche.

mein einziger Gedancke – Von allem solst du Nachricht haben. Lebe wohl! Grüße dein gantzes Hauß, von

deiner treuen Mutter
Goethe.

24

den 9ten November 1793

Lieber Sohn! Das beykommende Anliegen des unterstützung bedürfigen jungen Menschen empfehle dir bestens – die Armuth macht ihn so schüchtern daß er einem Jammert – kanst du was zur Erleichterung |:durch Verschafung des Freytisches:|* beytragen; so thuts du ein wahres gutes Werck. Hercules misttete einmahl einen Stall aus, und wurde vergöttert – gemistest habe ich – aber mit der Vergötterung wils noch nicht so recht fort. Drey Centner Papier habe durchsucht – das wenige nützliche (wovon du in einem Kästlein auch etwas erhalten haben wirst) habe beybehalten – das andre auf die Papirmühle verkauft – Die zwey Böden, und der 3te Stock sind nun von allem unnützen ammeblement gerei[n]igt – das alte Holtzwerck das gar nicht zu brauchen war ist zum verbrennen klein gemacht worden – die andern noch brauchbahre Sachen habe in einen öffendtlichen Ausruf gethann weiß aber noch nicht was draus gelößt worden ist. Mit Verkaufung des Haußes wirds so gehalten: Erstlich wird Schlossers Ankunft erwartet um auch mit Ihm drüber zu reden – Zweytens muß ich *vor allen Dingen* meinem Stand und Würden gemäß ein Logie haben – daß ich mich in meinen letzten Lebens Jahren nicht zu guterletzt herunter setze. Denn im 5ten Act soll ablaudtirt und nicht gepfeiffen werden – mit Gogel ists nichts der nimbt niemandt – Doch

* Der junge Mensch kommt erst auf Ostern und studirt Theologie.

Hercules . . .: Herkules mußte als fünfte Arbeit den Stall des Königs Augias mit 3000 Rindern an einem Tag ausmisten, was ihm nur durch die Umleitung zweier Flüsse durch den Stall gelang.
ammeblement: frz. ameublement (Möblierung, Ausstattung).

habe meine Lauerer aufgestelt – die werden schon was auftreiben. Drittens nach Schlossers Abreiße – laße unter Herrn Stocks Anleitung einen verschwiegenen Zimermeister das Hauß so ohngefähr schätzen – und Schätzung und das weitre soll du sogleich erfahren. Deßgleichen mit den Weinen. Ärgerlich ist mirs daß der Mann der den Catalogus der Bücher machen soll und will so viel zu thun hat, daß der Anfang noch nicht hat gemacht werden können – denn die schöne Witterung wäre dazu sehr dienlich geweßen – Nun muß ich Odem holen – denn mir ist noch immer als säße ich auf dem obern Boden und hätte die 3 Centner Papire um und neben mir, 14 Tage habe daran ausgesucht – O! das war eine verwünschte Arbeit – jedes noch so unbedeutende Päckgen, war mit Cordel umbunden – nun das alle aufzumachen!!!

Viele Grüße von allen Freunden – besonders der Sopfie Bethmann – Der König war wieder 3 Tage hir – und freundlicher und liebreicher wie jemahls! Den Confect wirst du doch wohl erhalten haben?

Neues gibts hir nichts, als daß die Zauberflöte 18 mahl ist gegeben worden – und daß das Hauß immer geproft voll war – kein Mensch will von sich sagen laßen – er hätte sie nicht gesehn – alle Handwercker – gärtner – ja gar die Sachsenhäußer – deren ihre Jungen die Affen und Löwen

(Zu S. 30.) *Gogel:* Johann Noë Gogel-Koch, verheiratet mit Margareta Sibylla Koch, Weinhändler und Bankier am Roßmarkt.

Sopfie Bethmann: Anna Sophie Elisabeth von Bethmann-Metzler, Tochter des 1776 von Joseph II. geadelten Frankfurter Bankiers Peter Heinrich von Bethmann-Metzler und Catharina Elisabeth, geb. von Bethmann, einer Jugendfreundin Cornelias. – König Friedrich Wilhelm II. von Preußen lernte Sophie von Bethmann 1793 auf einem Ball in Frankfurt kennen und umwarb sie stürmisch.

geproft: gepfropft.

die Affen . . . machen: Pfeiffer-Belli fand im »Almanach der deutschen Bühne auf das Jahr 1835« die hübsche Anekdote: »Zu dem Schauspieldirektor Ihlée kam eines Tages eine sachsenhäuser Frau, ihn zu bitten, ihren Sohn doch manchmal zu einem Affen in der Zauberflöte verwenden zu wollen. Das Gesuch wurde in folgenden wenigen, aber kräftigen Worten der derben Mundart vorgetragen: ›Es is mer net um die lausige Sechsbatze zu duhn; es is mer nor, daß des Oos e bissi Manier lernt.‹«

machen gehen hinein so ein Specktackel hat mann hir noch nicht erlebt – das Hauß muß jedesmahl schon vor 4 uhr auf seyn – und mit alledem müßen immer einige hunderte wieder zurück die keinen Platz bekommen können – das hat Geld eingetragen! Der König hat vor die 3 mahl als Er das letzte mahl hir war, und nur die einzige kleine Loge von Willmer innehatte 100 Carolin bezahlt.

Gerning hat mir deinen Brief überbracht – und 4 Carolin – 3 davon sind noch in meiner Hand worüber du disponieren kanst. Die Castanien sind besorgt – aber unter 14 Tagen kanst ich sie nicht schicken die Croneburger Frau will mir die schönsten |: die vorjetzt noch in den Hülssen sind :| aussuchen – auch die Brunellen will besorgen. Bey aussuchung der Papire wovon dir eintheil hirmit zugeschickt wird – habe seelige Stunden gehabt – ich war dabey 25 Jahre jünger – ich wünsche dir eine gleiche Freude. Heute als den 24ten October erwarte ich Schlosser da soll viel geredet werden, und das Resultat solst du erfahren. Schlosser war hir und hat den Plann mit dem Hauß und den Weinen sogleich gebiligt – nun werde sachte vorwärtzt gehn – Da Gerning immer noch hir bleibt so werde diesen Brief nicht schließen – villeicht kan ich noch eins und das andre melden. Dem Himmel sey Danck! Endlich ist der Mann erschienen, der den Catalog der Bücher macht – heute ist der 3te Tag da er mit beschäftigt ist. Die Cast[a]nien werde zwischen die Betten packen und dir so bald ein Fuhrmann da ist zuschicken – denn ich hoffe daß wir im punct der Einquartirung diesen Winter zimmlich ruhig seyn werden. Vergeße der Stockin ihre Tablo nicht in Ordnung zu bringen. Da Gerning Morgen verreißt – so sage dir nur noch in gutem Andencken zu behalten

deine treue Mutter
Goethe.

Croneburger Frau: aus Kronberg im Taunus.
Brunellen: Prünellen, Pflaumen, bes. gedörrte Pflaumen.
der Mann: Johann Wilhelm Liebholdt, einst Schreiber in Goethes Anwaltskanzlei, später Makler in Frankfurt (vgl. »Dichtung und Wahrheit« IV, 17).

25

den 19. Decemb 1793

Lieber Sohn! Schon längst würde ich deine Briefe beantwortet haben – wenn ich nicht gehoft hätte dir von unsern Verkauf Speculationen nähre Nachricht mittheilen zu können – jetzt vernim wie die Sachen stehen. Lippold ist mit dem Abschreiben des Bücher Catalogs biß auf den heutigen Tag noch nicht fertig – freylich sinds 1693 Stück – und da er sonst viel zu thun hat; er ihn auch des verschickens wegen sehr sauber auf Postpapir schreibt – und die Tage kurtz sind – und er sein einziges Auge (am andern ist er lange blind) bey Licht schonen muß; so gehts etwas langsam, doch das meiste ist gethann – und bald wird er in deinen Händen seyn. Herr Gogel hat die Weine probirt – hat davor 7500 f gebothen. Da aber eine Schwalbe keinen Sommer macht, und ich immer hofe noch mehr zu bekommen – so werden sie noch vor den Feyertagen von Herrn Peter Dorville probirt werden – hernach kommt die Reihe an Herrn Dick im Rothen Hauß – mann kan ja jedem seine Meinung hören – und doch thun was mann will. Die versprochne 1000 f bekomst du aufs allerspätste anfang Mertz – solte es mit den Weinen voran gehen so bekomst dus den Augenblick – Noch hat sich kein schicklich quartir vor Frau Aja presendtirt – es wird sich schon geben – wenigstens habe |: wenn die Bibliotheck und die Weine einmahl fort sind :| mir das Ausziehen sehr erleichtert – Die Boden – die Vorplätze sind von den alten zum Theil Wurmstichigen Möbel befreit – ich habe 250 f davor gelößt – und ich dancke dir, daß du mir den ersten Gedancken dazu eingegeben hast. Dem kleinen Mädelein seine Rolle war kurtz – Gott! Erhalt dich und was noch übrig ist. Ohne Zweifel wirst du schon erfahren haben, daß

(Zu S. 32.) *Stockin:* Wie aus späteren Briefen hervorgeht (Nr. 33 und 34), wünschte sich Esther Stock das Muster eines gerahmten Fächers.
Dorville: Peter Friedrich (Pierre) d'Orville, Weinhändler.
Dick: Johann Adam Dick, Weinhändler und Gastwirt im »Rothen Haus«, Frankfurts größtem Gasthof.
Mädelein: Cornelia, das Töchterchen Goethes und Christianes, lebte nur vom 22. November bis 3. Dezember 1793.

die Max Brentano so geschwind aus der Welt gegangen ist – das war ein harter Schlag – vor Brentano und seine 12 Kinder – auch Mama Laroche ist zu beklagen. Der Centner vom besten Reiß 109 ℔ kostet $11^{1}/_{2}$ Thaler. Hirbey kommt auch die Rechnung von der Straßen Laterne – Herr Handelsmann Nicolaus Schmidt auf dem Liebfrauenberg hat sie besorgt und wird sich ein Vergnügen machen, auch Weimar damit zu verschönen. Viele Grüße an Herrn Gerning – Vom September – October – November – und December erbitte mir die Modenjournahle – auch was vom Mercur vor mich parat liegt. Lebe wohl! Grüße dein gantzes Hauß von deiner

treuen Mutter
Goethe.

26

den 23ten Decemb. 1793

Lieber Sohn! Alles was ich dir zu gefallen thun kan, geschieht gern und macht mir selbst Freude – aber eine solche infame Mordmaschine zu kaufen – das thue ich um keinen preiß – wäre ich Obrigkeit die Verfertiger hätten an Halseißen gemußt – und die Maschine hätte ich durch den Schinder offendtlich verbrennen laßen – was! die Jugendt mit so etwas abscheuliches spielen zu laßen – ihnen Mord und Blutvergießen als einen Zeitvertreib in die Hände geben – nein da wird nichts draus. Hirbey kommt ein stück von unserm Anzeigblättgen da sehe und sey Stoltz daß du ein Franck-

Max Brentano: Maximiliane (»Maxe«) Brentano, geb. von La Roche, Tochter von Sophie von La Roche und Mutter von Clemens und Bettina Brentano, verheiratet mit dem Frankfurter Großkaufmann Peter Anton Brentano.
Schmidt: Philipp Nicolaus Schmidt, Kaufmann (Farben und Flachs) im Kleinen Hirschgraben. Mitglied des »Ausschusses Löblicher Bürgerschaft von 51 Personen«, des bürgerlichen Kontrollorganes für Finanzen. Beriet die Frau Rat in allen geschäftlichen Angelegenheiten.
Mordmaschine: offenbar eine Miniatur-Guillotine.
Anzeigblättgen: In den »Allgemeinen Frag- und Anzeigungsnachrichten« vom 17. Dezember 1793 erschien ein Aufruf angesehener Frankfurter

furter Burger bist. Wöchendtlich sind schon 3000 f beysammen die jede Woche biß zum ersten Mertz vor Lebens mittel vor unsere Brüder die braven Deuschen bestimmt sind. Das heiße ich doch deusches Blut in den Adern haben. Unsere Kaufmans Söhne aus den ersten Häußern – tragen alle Unniformen und sind mit den geringsten Schuster und Schneider einverstanden ihrer Vaterstadt im Fall der Noth beyzustehn – unsere Brave Sachsenhäußer sind aufs Quartir amt gegangen – und haben gebethen wann Truppen zum Einquartiren kämen, so möchte mann sie ihnen geben. Leute die ein stübgen – und gröstentheils unbemittelt sind – unsere Metzger haben fast keine Hembter mehr – sie haben sie alle in die Hostpitäler getragen – und das alles aus gutem Hertzen und freyem Willen – es ist niemand eingefallen ihnen so was zuzumuthen – nun verwunder mann sich noch daß Franckfurth reich wird – grünt und blüht – Gott muß ja das belohnen! Jetzt genung von meinen braven Landsleuten – wogegen sich alle andre Reichs-städte verkriechen müßen. Die Schachtel mit dem langen Brief und dem bon bon wirst du nun haben. Lebe wohl! Ich bin

deine treue deusche Mutter
Goethe.

N.S. Sage Götzen was der Heilige Christ nicht gethan hätte, sollte der Neujahrsmann thun – vor Spielsachen – sonst brächte der Heilige Christ nichts – da wäre er ja zu groß.

Kaum hatte ich meinem Vaterländischen Pradiodißmuß Luft gemacht, als dein lieber Brief ankam, auf den ich mit ein paar Worte noch antworten will. Daß große Freude über

Bürger, »unsern Deutschen Waffen-Brüdern im Felde zwischen hier und Strassburg einen Beweis Deutscher Theilnahme zu geben . . .«. Die Frau Rat hatte sogar schon am 2. Dezember »vor die deuschen Krieger 16 Gulden« gezahlt.
ihrer Vaterstadt . . . beyzustehn: Am 20. Dezember 1793 war der Beschluß (vom 16. Dezember) veröffentlicht worden, »Frankfurts Löbl. Bürgerliche Schützen-Gesellschaft« um 500 Mann zu verstärken.
Hembter: Hemden.
Neujahrsmann: Die Frau Rat schickte ihm vier Gulden.
Pradiodißmuß: Patriotismus.

die Rückkunft des Durchlauchtigsten Herzogs bey Euch allen ist, das ist nun kein Wunder – da sich gantz Franckfurth freute ihn wieder gesund und wohl zu sehen – Ich war leider dißmahl nicht so glücklich. Ich hoffe doch nicht daß ich in Ungenade bin, das wäre mir unerträglich – auch wüßte ich nicht wodurch ichs verschuldet hätte. Daß meine Prinßessinnen meiner gedacht haben freut mich – daß es Ihnen wohl und glücklich gehen mögte ist mein heisester Wunsch. Du wirst Stocks eine große Freude mit den Fächern bereiten – vor die Mühe dancke einstweilen – aber sie verdienen auch, denn Stock gibt sich viele Mühe mit meinem treiben und verkaufen – und ist ein treuer und verschwiegner Rathgeber. Daß Gerning froh und frölig ist, das glaub ich gern – Seine Mutter besuchte mich gestern – und empfahl ihn auf beste deiner Freundschaft. Daß der gute Bode todt – thut mir leid – wir haben manchen Spaß miteinander gehabt – Herrn Crunelius werde sogleich bezahlen – und wegen dem schuldig seyn sey ohne Sorgen – ich bin dir laut meines Versprechens mehr schuldig als du mir – aber mein Brief den du jetzt in Händen hast, wird dich über alles belehrt haben. Noch einmahl Lebe wohl!

27

den 7ten Jenner 1794

Lieber Sohn! In meinem Leben habe ich noch nie so heis und inbrünstig gewünscht – Weine – Hauß – Bibliothe u. s. w. loß zu werden wie jetzt – wie kan ich weg da mir das alles noch auf dem Rücken liegt – und in denen Trublen denckt kein Mensch an Kauf oder Handel – erlößt uns Gott von den Feinden – daß nichts mehr zu fürchten ist – dann ruhe – dann raste ich nicht – biß ich der Sorge loß bin – jetzt höre

Daß meine Prinßessinnen . . .: Siehe auch den Brief Nr. 101.
Seine Mutter: Maria Magdalena Gerning, geb. Moors.
Bode: Johann Joachim Bode übersetzte 1768 Sternes »Sentimental Journey« und lebte seit 1778 in Weimar.
Crunelius: Johann Balthasar Peter Grunelius, Frankfurter Textilkaufmann, von dem Goethe eine englische Decke bezogen hatte.

auch meinen Plann – alles was aus Hauß – Wein – Bibliotheck – gelößt wird theile ich in zwey Theile einen bekömst du – um ihn anzulegen wie dirs nützlich und gut deucht – nur die Intereßen muß du mir geben – denn da ich hernach kein Hauß habe, so muß ich im Zinß wohnen – da ich keine Weine |: denn die geringen müßen auch fort – auch der Garten wenigstens mache ich keinen Herbst mehr sondern verkaufe die Trauben am Stock :| mehr habe, so muß ich doch auch zu meinem Gebrauch welchen kaufen – Schlosser bekomt auf die nehmliche Condition die andre Hälfte – Sterbe ich so hat jeder doch schon etwas im Besitz – die Capitalien die hir angelegt sind – bleiben vor der Hand – und sind bald getheilt – Mitalledem, daß mir die Last den Rücken drück, werde ich doch weder schnell, noch unüberlegt verfahren, dir und Schlosser von allem Bericht erstatten und ohne Euren Rath und Willen nichts thun – 5 Stück alte Weine sind vorhanden 2 Stück von 1706, 1 Stück von 1719, 2 Stück von 1726 – die 3 ersten sind die besten, doch muß alles miteinander gehn – 3 Stück von unserm Garten von 47 der aber schlecht ist, 1 Stück 88 und 89 halb und halb – und 1 Stück allerley Jahrgänge durcheinander – denn seit 10 Jahren gabs keinen gantzen Herbst – bald 2 Ohm – bald 1 Ohm u. s. w. Vertheilt nutzen sie nichts – ich habe sie also zusammen schmeißen laßen. Meinem Bendermeister der brav ist habe ich 100 f versprochen – wenn er sie gut anbrächte – das würde er auch schon gethann sich wenigsten alle Mühe gegeben haben, wenn die Deuschen sich nicht so hätten jagen laßen – und wir jetzt die Bescherung wieder so nahe hätten. Wenn ich 10000 f vor den gantzen Keller kriege, so hätte groß Lust sie weg zu geben – wollen sehn – aber fort müßen sie. Vor dein gütiges Anerbieten mich aufzunehmen dancke dir – aber alles im Stiche laßen!! Wie würden sie haußen

der Garten wurde erst nach ihrem Tod verkauft.
Stück: 1 Stück = 8 Ohm = 1200 Liter.
Bendermeister: Küfer.
jagen laßen: Die Koalitionstruppen mußten Ende 1793 über den Rhein zurückgehen.

wenn sie ein lehr Hauß antrefen! Vor der Hand habe ich noch guten Muth – Einmahl glaube ich steif und fest sie kommen nicht wieder zu uns – und dann habe ich glauben an Gott – der hat auch bey der Sache noch was zu sagen. Aber unsere Madatores soltest du sehen! Bey all dem Unglück muß man lachen – und die hohe Nobeleße!! Aber ein prächtiger Feldzug war das einmahl wieder – das muß wahr seyn – sehen und hören verleidet einem – und unsere Stadt da wimelts von Blesi[r]ten – ich soll auch einen Leutnant nebst Feldchirugius und 2 Bedinten empfahen – der arme Mensch ist durch die Brust geschoßen – ich habe noch was darüber sagen wollen, aber ich mag nicht. Herr Doctor Behrends mein Leibmedicus läßt sich dir gehorsambst empfehlen, und fragt an, ob im Fall der Noth es erlaubt seye – seine Frau und die kleinsten Kinder nach Weimar zu spediren – Er verlangt weiter nichts – als daß sie vor ihr Geld dort leben dürften, nur mögte er wißen – ob mann so gerade zu kommen könte, oder ob der Herr Hertzog Durchlaucht – oder die Regirung darum ersucht werden müßte. Er bittet deßwegen sehr mir in ein paar Zeilen Auskunft darüber zu ertheilen. Und daß es bald geschehen muß versteht sich – Eben so gern möchte ich wißen, ob mein Plan dir so gefält – denn da es vor der Hand nichts als Plan ist; so kans noch nach Gutbefinden alles geändert werden. Lieber Sohn! Zum Fortgehn habe ich keine Lust – auch versichern uns alle Officire daß wir gar nicht zu fürchten hätten – auch ohne diese Versicherungen sind wir seit ein paar Tagen wieder ruhiger – indem Hülfe von allen Orten zu unserer Sicherheit ankommen soll – Gott! verläßt uns nicht das bin ich fest überzeugt – Unterdeßen dancke ich dir vor deine Liebe und Sorgfalt. Sey doch so gut und trage Götzen auf, mir die schon im vorigen Brief verlangte Modenjournahle und Mercure zu übersenden. Der treue Schildknapp wird doch mein kleines Neujahrs Geschenck erhalten haben? Grüße Herrn Gerning, und dancke ihm vor das mir überschickte herrli-

Doctor Behrends: Dr. med. Johann Adolph Berends.

che presendt. Viele Grüße und Küße an dein gantzes Hauß von

deiner treuen Mutter
Goethe.

N.S. Der Hollendische Gesandte Baron von Kinckel empfiehlt sich dir auf beste – Auch Frau Schmerber und *Demoiselle.*

28

den 13ten Jenner 1794

Lieber Sohn! Nun wirst du meinen langen Brief vom 7ten Jenner erhalten – und meine Meinung daraus zur Gnüge ersehen haben. Vor deinen lieben Brief vom 8ten Jenner worinn du mir deine Hülfe zu meinem fortreißen so hertzlich und liebevoll anbietest – dancke ich dir recht von Hertzens grund. Ich habe noch zur Zeit nicht die geringste Furcht – eben so wenig dencke ich ans Weggehen – Ein panischer Schrecken hat sich freylich über gantz Franckfurth verbreitet – und es wäre kein Wunder wenn man mit dem Strudel fortgerißen würde – Furcht steckt an wie der Schnupfen – ich hüte mich daher so viel ich kan den Memmen auszuweichen – um mir den Kopf nicht auch verdrehen zu laßen – doch ist das sehr schwer zu vermeiden – den es ist ein Gemeinplatz wo |:wie bey Feuer Unglück:| jede Ganß und jeder Strohkopf sein Scherflein wischi waschi anbringen kan – und wie ein Kind dem die Amme ein Gespenster Mährgen erzählt hat sich vor dem weißen Tuch an der Wand entsetzt – gerade so gehts bey uns – Sie glauben wenns nur recht fürchterlich klingt |:wahrscheinlich oder nicht das wird nicht mit kaltem Blut untersucht – das ist alles eins, je toller

Baron von Kinckel: Näheres nicht festzustellen.
Frau Schmerber: Marie Eleonore Schmerber, geb. de Saussure. – Pfeiffer-Belli zitiert aus einem Brief Katharina Stocks vom 20. November 1814, der von einem Besuch Goethes im Stockschen Haus berichtet: »Bei unserem Essen war Niemand wie wir 4, Er, Hr Schmidt der Vormund, sein Jugendfreund Riese u. Fr Schmerber, seine Jugendfreundin, diese 2 spielten Spiele in Wahrheit und Dichtung mit.«

je glaubwürdiger:| *alles.* Zum beweiß nur |:unter Tausendt:| ein Geschichgen. Den 3. Jenner kommt Abens um 7 Uhr Frau Elise Bethmann im Nachthabit, außer Odem zu mir gerent – Räthin! liebe Räthin! Ich muß dich doch von der großen Gefahr benachrichtigen die Feinde bompardiren Mannheim mit glühenden Kuglen – der Commandandt hat gesagt, länger als 3 Tage könte er sich nicht halten u. d. m. Ich bliebe gantz gelaßen – und sagte eben so kalt – wie machen sies dann – daß sie Mannheim beschießen können – sie haben ja keine Batterien schießen sie dann vom flachen Ufer hinüber – da werden ja die Kuglen biß sie über den breiten Reihn kommen wieder kalt – und was der Commandandt zu thun gedenckt, wird er schwerlich austrommlen laßen – woher weiß denn das euer Coreßpondtend – schreibe du ihm, er wäre ein Haßenfuß – So ein Gerüchte verbreitet sich nun, und da die Bethmanns als gewaltige Leute bekandt sind, so glaubt alles sie habens aus der ersten Quelle – da dancke ich nun Gott, daß ich so viel Verstand habe das trierum trarum nicht zu glauben – und das lustigste ist, das sie alle gute Nachrichten nicht glauben – Die Obrigkeit hat den Senator Luther an den Hertzog von Braunschweig – den Kaufmann Jordis an Generahl Wurmser abgeschickt um von der Lage der Sachen Gewißheit zu erfahren – Beyde kamen mit den besten Nachrichten und Versicherungen zu rück – das hielft aber alles nichts – sie wollen sich nun einmahl fürchten – sie wollen nun ohne Brandschatzung doch Brandschatzung geben – denn glaubst du

Elise Bethmann: Catharina Elisabeth von Bethmann-Metzler.
trierum trarum: Unsinn, dummes Zeug.
Senator Luther: Johann Nicolaus Luther, Ratsherr, 1798 Zweiter Bürgermeister.
Hertzog von Braunschweig: Herzog Karl Wilhelm Ferdinand von Braunschweig, Bruder der Herzogin Anna Amalia von Sachsen-Weimar. Oberbefehlshaber des preußischen Interventionsheeres.
Jordis: Johann Heinrich Jordis, Frankfurter Bankier.
Wurmser: Dagobert Sigmund Graf von Wurmser, Kaiserlicher General und Kommandant des österreichischen Heeres; ging 1793 über den Rhein zurück und wurde im Januar 1794 von seinem Posten abberufen.

wohl daß die Transportirung der hir gelegenen Wahren schon eine Milion f fortzuschafen gekostest hat! Aber so was hat mann auch sehen müßen um es zu glauben! Der Roßmarckt wo alles gewogen werden muß, ist doch ein großer Platz – aber da war vor Fuhren keine Möglichkeit durchzukommen – und das nicht etwann einen Tag, nein, vom ersten Rückmarsch der Deuschen biß auf den Augenblick wo ich schreibe. Da sind 10 Meßen Kinderspiele dagegen. Vorgestern ist mein Nachbar Dübari mit Frau und 6 Kinder auch auf und davon. Ich wolte nur daß alle feige Memmen fort gingen, so steckten sie die andern nicht an. All das Zeug und wirr warr hat mir nun Gott! sey Danck noch keine trübe Stunde gemacht – ich schlafe meine 8 Stunden nett hinweg – eße und trincke was manirlich ist – halte meine Montag Commpanie auch die ditto Sontag in Ordnung – und welches das beste ist, befinde mich wohl. Den plesirten Leutnant habe ich nicht bekommen, davor aber einen Preußischen Obristen nahmens Jungherrn mit 4 seiner Leute – die glauben nun wenigstens im Paradieß zu seyn – aber was die auch freßen!! die waren so ausgehungert daß es ein Jammer war! Gestern ließe ich ihnen einen Schweinebraten zu Tische tragen – das war dir eine Königliche Pläsir. Ich bin nicht gern überbringerin bößer neuigkeiten – also wenn Gerning noch bey dir ist; so sage ihm folgendes nicht – seine Mutter ist vermuthlich auch aus Angst über die gegenwärtige Zeitläufte – Närisch geworden – will nach Italien zu ihrem Sohn und dergleichen mehr. Vergeße die Antwort die Doctor Behrends begert nicht – und noch einmahl sagt dir vor deine Liebe und Aufmercksamkeit vor mein Wohl den besten Danck

deine treue Mutter
Goethe.

Dübari: Jean de Bary, aus alter niederländischer Emigrantenfamilie, die im 16. Jh. aus religiösen Gründen nach Frankfurt kam.
Montag Commpanie: Siehe Anm. zu *Montags Gesellschafft*, Brief Nr. 2.
ditto Sontag: Auch sonntags war die Frau Rat regelmäßiger Gast der Familie Stock, abends traf man sich zum L'hombrespiel.

N.S. glaube nicht alles was von hir geschnackt wird – es sind viel feurige Kuglen von der Bethmann drunter.

29

den 21ten Jenner 1794

Lieber Sohn! Dein letzter Brief hat mir einige Unruhe verursacht – die Sache ist von zu großer Wichtigkeit um nicht reiflich überlegt, und verlohnt der Mühe daß mann sie von mehr als einer Seite betrachtet. Nach meiner Einsicht steckts du dich in eine unübersehbahre Last! Wäre unser Hauß wircklich verkauft, so wäre die Sache noch ehnder thulich, denn Schlosser würde keine Einwendungen machen – kann mann denn aber in den jetzigen Zeitläuften nur die minstete Hoffnung zum baldigen Verkauf haben – ist nur einige Wahrscheinlichkeit da um zu glauben, daß dieser kommende Feldzug der letzte seyn wird – und wer wird in diesen Trubelen ans Kaufen dencken! Nun überlege! Du bist also genöthig da du kein Geld hast 45000 rth. zu verintreßiren – und Gott weiß wie lange zu verintreßiren – kanst du mir denn den Ausgang dieses leidigen Kriegs sagen – weiß du denn ob uns unsere Besitzthümer bleiben? daß du Güter zum voraus drauf kaufen wilsts – verkaufe doch die Haut nicht biß du den Bären hast. Ich bin ruhig und in völligem Zutrauen zu Gott daß alles gut gehen wird – aber die Zeit und wann ja das weiß ich nicht – und wenn ich dich in oben gesagter Verlegenheit wüßte, das würde mich mehr ängstigen, als alle ohne Hoßen in gantz Franckreich. Thue jetzt was und wie du es vor gut finstest – mein Versprechen halte ich – das zu lößende Geld aus dem Hauß soll du auch alleine haben – mehr kann ich nicht sagen: Nur noch eins – Das Gut scheint mir zu groß vor dich – du bist kein Landmann

geschnackt: schnacken (schwätzen, Unsinn reden).
die Sache: Goethes Plan, ein Landgut zu kaufen; erst 1797 erwarb er den Besitz Ober-Roßla bei Weimar.
verintreßiren: verzinsen.
ohne Hoßen: les sansculottes (die ohne Kniehosen), Name der französischen Revolutionäre.

– hast andre Lieblings Beschäftigungen – wirst leicht zu bevortheilen seyn u. s. w. und wenn du denn ein Gut haben wilst – muß es denn eins um so einen enormen preiß seyn. Wie du hir warst, so sprachst du von einem von viel geringerem Gehalt – aber 45000 rth!! da wurde mir ganz schwindlich vor den Augen. Noch einmahl – thue was du wilst – nur ängstige mich nach geschenen Sachen nicht – auch mit den 3 procent will ich zufrieden seyn – Ich will ja alles thun, was ich kan und vermag, nur mögte meine paar Jahre noch ruhig durchleben – das ist das einzige was begehrt und verlangt

deine treue Mutter
Goethe.

N.S. Dancke dem braven Götze vor sein Anerbieten – und vor das überschickte Modenjournahl.

30

den 6ten Jenner 1794

Lieber Sohn! Hier erscheint endlich der Catalogus – gefält dir die Einrichtung so soll er so gedruckt werden – nur eins halte ich vor nicht gantz schicklich – nehmlich daß des Vaters Nahmen vorgedruckt wird – es braucht ja niemandt zu wißen von wem die Bücher sind – und der Nahme thut zur Güte der Bücher nichts – ich ließe ihn also weg – nicht allein über dießes sondern überhaupt erwarte dein Urtheil. Suche dir nun aus was dir etwann nützlich deucht – alsdenn soll ihn Schlosser auch bekommen – schicke ihn zu dem Ende bald zurück. Gleich zu Anfang des Mertzens kans du die versprochne 1000 f haben – sollen sie so wie schon geschehen

leicht zu bevortheilen: Was tatsächlich geschah: Ohne den Besitz überhaupt gesehen zu haben, schloß Goethe den Kaufvertrag ab; nachträglich mußte er die schlechte Lage und den miserablen Zustand der Gebäude feststellen.
Jenner: verschrieben für Februar.
des Vaters Nahmen . . .: Der Name des Vaters wurde im Druck nicht erwähnt.

an Herrn Bansa ausgezahlt – und dir hernach durch Herrn Streuber übermacht werden? auch darüber erbitte mir deine Meinung. Mit dem andern Verkauf ist jetzt alles wie leicht zu dencken ist still – doch hat sich ein neuer Liebhaber zu den Weinen gemeldet – Er wird sie vielleicht die andre Woche probiren – den Erfolg solst du sogleich erfahren – es ist Herr Dick im Rothenhauß – Wegen der Gemählde ist mir eingefallen, ob ich nicht sie Herrn Nothnagel an bieten solte – ich wolte 100 Carolin davor fordern – mann könte ja hören was er dazu sagte – übereilen werde nichts – auch nichts vor mich thun – sondern deine Meinung vor allen Dingen hören – ohngeachtet die Zeitläufte so beschaffen sind, daß mir des Diogines sein Faß am liebsten wäre – ich wolte es schon rollen!! Wir haben wieder Winterquartire die Hüll und die Füll! 3 Battalion Preuschisch Garde – so viele plesirte und Krancke – daß die Obrigkeit genöthigt war vorige Woche doppelte Einquartirung ankündigen zu laßen – Wollen sehen wie wir uns durchdrücken – nur das Holtz ist eine theure Speculation – du hast gesehen wie gut ich mich

Streuber: Johann Lorenz Streiber, Kaufmann und Bankier in Eisenach. Seine Tochter Marie Sophie war mit Johann Conrad Bansa in Frankfurt verheiratet.

Gemählde: Johann Caspar Goethes Sammlung, durchweg zeitgenössische Kunst Frankfurter Maler, umfaßte etwa 120 Gemälde. In Heinrich Sebastian Hüsgens »Nachrichten von Frankfurter Künstlern und Kunstsachen« (1780) figuriert sie unter den 15 als sehenswert bezeichneten Galerien der Stadt.

Nothnagel: Johann Andreas Benjamin Nothnagel, Maler; Besitzer einer Wachstuch- und Tapetenfabrik, die auch Goethes Vater belieferte. Räumte dem jungen Goethe ein kleines Kabinett zur Ölmalerei ein.

100 Carolin: Goethe notierte 1795 in den »Tag- und Jahresheften«: »In dem Laufe dieser Jahre hatte meine Mutter den wohlbestellten Weinkeller, die in manchen Fächern wohlausgerüstete Bibliothek, eine Gemäldesammlung, das Beste damaliger Künstler enthaltend, und was sonst nicht Alles verkauft, und ich sah, indem sie dabei nur eine Bürde los zu sein froh war, die ernste Umgebung meines Vaters zerstückt und verschleudert.«

des Diogines sein Faß . . .: Goethe griff diesen Vergleich in einem Brief vom 14. August 1794 an Fritz von Stein auf: »Für meine Person finde ich nichts Rätlicheres, als die Rolle des Diogenes zu spielen und mein Faß zu wälzen.«

versehen hatte zwey Jahre hätte ich vor mich dran gehabt – aber! aber! das marschirt – mein krancker Obrister geht wie nathürlich nicht vor die Haußthüre – also wird den gantzen Tag eingeheitzt – bekomme ich nun noch einen – dann wirds schön werden – Was das alles am Ende noch werden soll – das weiß glaube ich der größte Politicker nicht – genung wir sind in einem wirr warr – der nicht ärger seyn kan – Laßen wir das Ding gehen wie es kan – ängstigen uns nicht vor der Zeit – bringen unsere Tage so vergnügt zu als wir können – denn wir können dem Rad des Schicksahls doch |: ohne zerschmettert zu werden :| nicht in die Speichen greifen u. s. w. Dencke! vorige Woche ist die Zauberflöthe zum 24ten mahl bey voll gepropftem Hauße gegeben worden, und hat schon 22000 f eingetragen! Wie ist sie denn bey Euch executirt worden? machens eure Affen auch so brav, wie unsere Sachsenhäußer? Jetzt will ich einpacken, damit die Geschichte Morgen bey Tages anbruch fort gehen kan – Lebe wohl! Grüße alles in deinem Hauße – auch den braven Götze von

deiner treuen Mutter

Goethe.

N.S. Hast du meinen letzten Brief wegen des Guts beherztigt? ich möchte eben nicht gern eine Last auf deinem Halsse wißen – das würde mich sehr drücken.

31

den 9ten Mertz 1794

Lieber Sohn! Hir kommt das Türckische Korn wünsche daß es wohl gerathen und gedeihen mögte. Ich habe so ein drängen so ein treiben in meinem inneren – die Gedancken und Ideen jagen sich so untereinander – wie die Knaben wenn sie Jägers spielen! Sie dir alle zu erzählen würde mich im Schreiben, dich im Lesen ermüden – 14 Tage erwarte ich schon einen braven von Freund Stock mir vorgeschlagenen Werckmeister – der mein Wohnhauß von untenan, biß oben

Affen: Siehe Anm. zu *die Affen . . . machen*, Brief Nr. 24.

aus besichtigen und aldenn sagen soll was es ungefähr werth seye – ehe das geschehen ist – habe ich keine feste Gewißheit im fordern – 20000 f hat es der Vater mit sambt den Möbeln ehedem geschätzt – wollen hören was der Mann sagen wird – ja wenn die Ohnehoßen wieder zu Hauße wären – das wäre freylich ein ander Ding – Verschleudern thue ich es nun gewiß nicht – und den gantzen Verlauf solst du erfahren – die Gebrüder Thurneißen haben das große Hauß dem Braunenfelß gegenüber das dem Adlichen Hauß Frauenstein gehört – gantz |: der Meßläden wegen :| gemithet – Thurneiß hat mir eine Wohnung darinnen angebothen – ich liebe aber die Lage nicht – der Roßmarck oder die Gegend der Hauptwache muß es seyn – So eine Art von Hoffnung habe ich – in dieser mir so sehr am Hertzen liegende Gegend meine noch übrigen Tage zu verleben – aber die Sache ist noch im brühen – und nicht gantz klahr – Summa Summarum es ist eben noch nichts im klahren – müßen es mit Gedult erwarten – biß sichs aufklährt. Übrigens befinde ich mich wohl – habe biß auf den heutigen Tag – meinen alten krancken Obersten noch im Hauß müßen eben froh seyn daß es nicht ärger ist – doch mir gefallen so wenig wie dem Eulenspiegel die großen Glücksfälle – wenn mann ein Bein bricht – ists ein großes Glück – das es der Hals nicht war u. s. w. Lebe wohl! Ich schreibe bei Licht – und das amusirt mich nicht – bald ein mehreres von deiner

treuen Mutter.

Thurneißen: Isaak und Carl Wilhelm Thurneisen, Frankfurter Kaufleute.
Braunenfelß: Um 1350 vom Patrizier von Brunenfels erbautes Haus am Römerberg. 1495 trat dort erstmals das Reichskammergericht zusammen. Seit 1694 im Besitz der »Frauensteiner Gesellschaft«. – *dem Braunenfelß gegenüber* lagen die im 14. Jh. erbauten Patrizierhäuser »Zum Grimmvogel« und »Zum Paradeis«.
Frauenstein: sog. »Frauensteiner Gesellschaft«, urspr. eine Genossenschaft von Kaufleuten und Krämern, die von 1444 bis 1694 ihren Sitz im Haus »Frauenstein« am Römerberg hatte.
Eulenspiegel: So heißt es in der XXII. Historia der Eulenspiegel-Bücher: »So wär das ein groß Glück, wenn ein Schieferdecker vom Dach fiel und bräch nur ein Bein und sonst kein Glied: solches Glück wollte er gern entbehren.«

N.S. muß auch noch Nachtlichter vor heute – vor den krancken Hermann machen.

32

den 1ten Aprill 1794

Lieber Sohn!
Die Bürgerkrone wäre nun verdient! Mama la Roche kommt nicht zu Euch – ich könte um meinen Ruhm zu vergrößern Euch rathen laßen wie ich die Sache betrieben doch kan vor dißmahl die Verheimlichung meiner Talente |: aus Gründen die Ihr gleich hören solt :| nicht statt finden. Gestern fuhr ich nach Offenbach – zum Glück oder Unglück das kan ich noch nicht bestimmen war die l. R. nach Hanau gefahren aber ihre Tochter die Hoffräthin Möhn war bey der Hand – ich will die Geschichte dialogisiren es klingt beßer als das ewige sagte ich, sagte Sie. *Frau Aja* – Ey Ey die Mama reißt doch auch immer im Lande herum ich habe gehört sie will auch nach Weimar – *Möhnin* – ja es ist so etwas im Werck – *Aja* – ja über diese Reiße hätte ich doch etwas mit Mama zu reden – doch da sie nicht da ist kan ichs ihnen auch vertrauen – aber versprechen sie mir daß Wieland in seinem gantzen Leben nichts von alledem was ich jetzt sagen werde erfahren soll – *Möhnin.* ja das verspreche ich. *Aja.* Wieland ist mit Arbeiten so überhäuft daß er die Nächte zu Hülfe nehmen muß – weil es eine absulute Nothwendigkeit ist, daß

Mama la Roche . . .: Aus Furcht vor den Franzosen hatte Sophie von La Roche ihren Jugendfreund Wieland in Weimar um Aufnahme gebeten. »Hier waren wir nun«, schrieb Goethe später in den »Tag- und Jahresheften«, »in dem Fall, ihm und uns einen Freundschaftsdienst zu erweisen. Angst und Sorge hatten wir schon genug, dazu noch obendrein die Wehklagen zu erdulden, schien ganz unmöglich. Gewandt in solchen Dingen, wußte meine Mutter, selbst so vieles ertragend, auch ihre Freundin zu beschwichtigen, und sich dadurch unseren größten Dank zu verdienen.«

Hoffräthin Möhn: Luise von Möhn, zweite Tochter von Sophie von La Roche und Gattin des Hofrates Ernst von Möhn, den die Frau Rat in ihren Briefen an die Herzoginmutter Anna Amalia als »Ungeheuer«, »Unthier« und »dumm wie ein Heu Pferd« charakterisierte.

die Sachen fertig werden – darunter leidet sein ohnehin nicht starcker Körpper – nehmen sie nun noch Zerstreuung dazu! sein Geist würde durch das Daseyn seiner Freundin gantz auf andre Gegenstände geleitet werden – Demohngeachtet müßte seine angefangne Arbeit vollendet seyn, da könte warlich eine gantze Zerrüttung der Maschine bewürckt werden u. d. m. Legen sie das der Mama an Hertz und sie wird mir vor meine ihr gegebene Wincke dancken – Damit aber Wieland von unserm Plann |: der doch in Wahrheit bloß zu seinem besten angelegt ist :| nicht ahndet; so muß die Mama einen Brief an ihn Schreiben, worinn sie mit großem Bedauren Umstände angibt |: die bey jetzigen Zeiten leicht zu erfinden sind :| die sie verhindern zu kommen. *Möhnin.* Das alles soll befolgt werden – das verspreche ich ihnen. Nun könt Ihr gantz ruhig seyn denn zum Überfluß will sie Morgen nach Franckfurth und kommt zuverläßig zu mir – und da will ich so empfindsam Salbatern als wenn mann sagte Baal Samen daß man es könte vor Balsam nehmen. Was macht du denn vor ficks facks mit deiner Unschlüßigkeit – wunderlicher Mensch! nehme deine Jugendfreunde die du ungern verkaufen siehst – suche dir aus was dir Freude macht, was kommt denn auf ein 100 f mehr oder weniger an – du hast ja das erste und größte Recht dazu – nur mache daß ich den Catalog noch vor oder zu Anfang der Meße bekomme – denn zu Anfang des Sommers wird hir eine andre große Bibliothecke verkauft, da mögte ich die unserige gern mit anstoßen – es ist profitabeler – nun muß Schlosser den

so empfindsam Salbatern: Sophie von La Roche lieferte mit ihrem Roman »Die Geschichte des Fräuleins von Sternheim« einen wichtigen Beitrag zur sog. Empfindsamkeit, einer Gegenströmung zur rationalistischen Aufklärung, der sie das Gefühl, die Religion, den Enthusiasmus entgegenstellte. Sentimentaler Gefühlskult, Frömmelei und überhaupt unechte Übertreibung prägten aber vielfach den Lebensstil der Empfindsamen, der der Frau Rat so verhaßt war.
Baal Samen: phönikisch ›Herr des Himmels‹. – Das Wortspiel mit Balsam ist unverständlich.
ficks facks: Gaukelspiel.
zu Anfang der Meße: Die Versteigerung der Bibliothek fand am 12. August 1794 statt.

Catalog noch haben – auch muß er gedruckt und in die Welt geschickt werden, drum zaudre und zögre nicht länger – nimb was du wilt und damit Holla – alsdann schicke ich dir den gantzen ausgesuchten Plunder auf einmahl – was soll ich jetzt und den abermahl packen und schicken u. s. w. Mit dem Verkauf der Sachen werde mich gantz zuverläßig nicht übereilen – doch stille sitze ich auch nicht – ich würcke und treibe die Sache so im stillen – denn wer nicht sucht, der findet auch nicht. Heute habe ich unsern alten Bekandten Peter Melchior zum Mittagessen – da wollen wir ein schwatzen – 20 Jahre uns zurück dencken – Kriegs und Kriegsgeschrei soll nicht in Anschlag kommen – die großen Herrn mögen sich einander bescheißen |: das ist doch das rechte Wort :| Das soll uns nicht kümmern. Der Churfürst von Cöln räumt |: so sagt man :| sein Argief – und zwar nicht aus Furcht vor den Frantzosen – Ha! wenn die Sage wahr wäre – da lachte ich mir einen Buckel. Lebe wohl! Grüße alles in deinem Hauß

von deiner treuen Mutter
Goethe.

33

den 5ten May 1794

Lieber Sohn!
Sobald Lippold seine Meßgeschäfte zu Ende gebracht hat; so wirst du die Bücher nebst deinem überschickten Heft erhalten – auch soll das Tuch zu den Halsleinen und der Batist mitkommen. Zu Euerer nochmahligen Beruhigung gebe ich Euch mein Ehrenwort, daß Mama la Roche gantz gewiß nicht kommt. Sie ist sehr kranck geweßen und ist es zum Theil noch, das mag die Ursach ihres nichtschreibens geweßen seyn – über den Punct seyd also völlig ruhig. Jetzt

Melchior: Johann Peter Melchior, Frankfurter Bildhauer und Freund Goethes. Er fertigte Reliefbilder Goethes (1775 und 1785) und seiner Eltern (1779) an.
Argief: Archiv.

eine Bitte und Auftrag von Madame Stock, im Fall die Fächer noch nicht in Rahmen sind, solche nicht machen zu laßen, sondern nur eine Rahme über die andern Beyde verfertigen zu laßen – Ursach – weil Sie von ihrem Bruder noch mehr Zeichnungen aus Italien erhalten die sich beßer zu Tablo (weil sie die Form haben) schicken als die dreyeckige der Fächer. Gerning war hir, und zwar in Dulci Jubilo – Er hat prächtige presendte vom König und der Königin von Neapel erhalten – du wirst das mehrer von Ihm selbst erfahren. Der Brief an Nothnagel ist bestelt. Wir haben ja eine gantze Karavanne von Sänger von deinem Theather erhalten! Herr Weyrauch debütite als Hironimus Knicker und gefiel recht gut – desgleichen Madam als Konstanse in der Entführung – von Anfang war sie etwas verpflüpfs – denn es war das Hauß gedrück voll – gegen das Ende gings besser – auch wurde Sie durch applaudiren aufgemuntert – aber als Königin der Nacht – da konte Sie kein Wort von der Rolle – da war mir angst und bange – das zweyte mahl ging aber beßer – das Hanchgen im Trüben ist gut fischen – hat sie recht brav gespielt und gesungen. Herr Demmer! das ist ein herrlicher Mann – den Tamino hat er vortreflich gespielt – und unsere Opern haben durch ihn sehr gewonnen – seine Frau ist nur als Claudia einmahl aufgetretten – da kan

Bruder: Friedrich Ludwig Moritz, lebte als Kaufmann in Neapel.
König . . . von Neapel: Während der Kaiserkrönung Leopolds II. hatten Ferdinand IV. von Neapel und Marie Caroline, geb. Erzherzogin von Österreich, im Gerningschen Haus in Frankfurt gewohnt; bald danach trat der junge Gerning als Diplomat in den Dienst Neapels.
Hironimus Knicker: »Hieronymus Knicker«, komische Oper in zwei Aufzügen von Karl Ditters von Dittersdorf, den Text bearbeitete Goethes späterer Schwager Christian August Vulpius.
Konstanse: Konstanze, Sopranrolle in Mozarts Oper »Die Entführung aus dem Serail«.
verpflüpfs: verblüfft.
Königin der Nacht: Sopranrolle in Mozarts Oper »Die Zauberflöte«.
im Trüben ist gut fischen: Singspiel aus dem Italienischen nach Giuseppe Sartis »Fra i due litiganti il terzo gode«, deutsch von Johann André, Köln 1786.
Tamino: Tenorpartie in der »Zauberflöte«.
Claudia: in Lessings Trauerspiel »Emilia Galotti«.

mann noch nicht viel sagen. Vorrige Woche ist die Zauberflöte zweymahl bey so vollem Hauße gegeben worden, daß alle Thüren offen bleiben mußten sonst wäre mann vor Hitze erstickt! Mein Lieber Fritz Stein ist noch hir, und lebt wie der Vogel im Hanfsaamen stetzt Lustig Heysa Hopsasa – Er ist immer noch der Liebe Junge der Er vor 9 Jahren war. Wie mir es geht? Hertzlich erbärmlich. Die Bibliotheck wird wohl das erste seyn was ich mit Ehren vom Halse kriege – Hätten die Ohnehoßen so viel Wein getruncken als mann ihnen Schuld gibt; so wäre jetzt nicht möglich so eine enorme Me[n]ge Weine noch vorzufinden, da vergeht keine Woche, wo nicht in den Maintzer Gegenden 50 . 60 . und mehrre Stücke des besten Weins feilgeboten werden – da sitze ich denn, und ist nicht die geringste Nachfrage. Auch mit der Schätzung des Haußes bin ich sehr unzufrieden – dencke 14000 f im 22 f Fuß!! Freylich werde ich es nicht so weg geben – aber ich kan doch auch die Schätzung nicht vorweißen – ohne mir Thort zu thun. 20000 f hat es der Vater mit den Mobilien geschätzt. Jetzt muß ich andre Leute ins Spiel ziehen – und sehen obs beßer geht – daß du von allem Nachricht haben sollst, versteht sich. Noch eins! Ich habe in einem zimmlich großen Kasten Handzeichnungen und andre dahin einschlagenden Dinge, die ich mit Fleiß nicht in den Catalog habe bringen laßen, vor dich zurück gelegt, und werde solches alles mit den Büchern mitschicken – obs aber gute oder schlechte Dinge sind verstehe ich nicht. Wenn etwa Ihro Hochfürstliche Durchlaucht die Regirende Frau Herzo-

Fritz Stein: Friedrich von Stein begann eine Bildungsreise nach England und Schottland und machte Station in Frankfurt.
stetzt Lustig Heysa Hopsasa: aus Papagenos Arie: »Der Vogelfänger bin ich ja . . .« im 1. Aufzug der »Zauberflöte«.
Fuß: Münzfuß: bestimmt durch den Feingehalt der Münze. In Frankfurt galt seit 1765 die österreichisch-bayrische Münzkonvention, die den 20-, den 22- und 24-Guldenfuß einführte. Ersterer galt bei Zöllen, der zweite bei der Schatzung, der dritte im Handel. Preußische Friedrichdors von 1763 galten im Jahr 1765 nach dem 20-Guldenfuß 7 Gulden und 17 Kreuzer, nach dem 22-Guldenfuß 8 Gulden und 1 Kreuzer, nach dem 24-Guldenfuß 8 Gulden und 45 Kreuzer.
Thort: frz. le tort (Unrecht, Schade).

gin eine Oberhoffmeisterin brauchte so hat sich bey mir eine Frau von Schilden gebohrne Gräfin von Rantzau gemeldet – Sie ist von ihrem Manne geschieden – und geht ihr kümerlich – will sogar ohnendgeldlich in Dinsten tretten – ist eine gute Freundin von Sophie Bethmann – und in dieser Rücksicht habe es doch Schreiben müßen, um sagen zu können ich hätte es geschrieben. Lebe wohl! Behalte lieb

deine treue Mutter
Goethe.

34

den 25ten May 1794

Lieber Sohn!
Ob zwar die Bücher hoffendtlich diese Woche gepackt und alsdann so bald als möglich durch einen Fuhrmann an dich abgeschickt werden sollen; so hat es mir doch vor inliegendes Holländische Tuch, und den Batist zu lang gedauert. Verwundre dich nicht daß der Batist aus lauter Lappen besteht – Dein Bettschatz wird es schon einrichten, daß es reichlich an 12 Hemden Manschetten und Voderstriche gibt – die Stockin kauft vor ihren Mann immer solche Lappen – warum aber nicht vom gantzen Stück? Antwort – weil es die nehmlichen Dinste thut und weil der Batist |: da kein Frantzoß mehr her darf :| jetzt enorm theuer ist – die Hälfte ist zum allerwenigsten gespart – brauche alles gesund. Meine Revolution ist in vollem gang – was nun draus werden wird muß sich jetzt bald entscheiden – über die Weine habe alle verständige Leute meiner Bekandschaft um Rath gefragt selbst solche die in gleichem Fall waren wie z. E. Doctor Hetzler der in der Etlingischen Erbschaft mit Erbe war – der war nun so gütig mir die Specivication so wohl der Jahrgänge, als auch die Taxation – und den endlichen Verkauf aus dem Inventario mitzutheilen – daraus ich denn ersehen habe, daß da diese Weine ohngefähr mit den unserigen

Etlingischen Erbschaft: Johann Ludwig Hetzler war mit einer Tochter des Frankfurter Schöffen und Senators Gottlieb Ettling verheiratet.

in gleichem Verhältnüß stehen – ich sie vor 8000 f loßschlagen kan – den diese Gattung ist nur vor wenige brauchbar – Gogel und Dick sind hir die eintzigen die sich mit so alten Burschen abgeben – nun hat Gogel 7500 f geboten, jetzt habe gestern dem Dick Proben davon geschickt – und bietet der 8000 f so soll er sie in Gottes nahmen haben – den 1tens bringe ich sie nicht an; so muß ich wieder etliche 100 f anwenden um auffüll Wein zu kaufen – 2tens entbehre ich jährlich 320 f Intereßen – und 3tens bin ich der Kellersitzerey müde und satt – Vorgestern mußte wieder um alles aufzufüllen – Trinckwein zu brechen u. s. w. 5 Stunden unter der Erde seyn! und endlich 4tens wenn ich ein ander logie beziehe – da wäre es nun gantz ohnmöglich die alten Herrn mitzunehmen – und verkaufe ich nun das Hauß so müßte der Keller geräumt werden – und da wäre ich gezwungen noch Kellerzins zu bezahlen – das beste ist sie machen vor der Zeit Platz. Mit dem Hauß ist es jetzt in zimmlicher Bewegung – Lippold hat den Auftrag 3 bis 4 Competenten sind muthmaßlich da – Herr Handelsmann Chamo – Herr Müller der in der Bethmännischen Handlung ist – Herr Senator Metzler Tochtermann von Herrn Keller. Lippold bietet es vor 30000 f an – das glaube ich nun eben nicht zu erhalten – müßens eben abwarten. Vor mich scheint sich auch etwas zu presentiren – wenn mir das gelänge; so würde ich nach meiner Empfindung sehr glücklich seyn! Es liegt auf der Seite des Roßmarcks wo die Aussicht die gantze Zeil vor sich hat; hat die Morgensonne – und ich bekäme folgendes – auf der Erde 1 Stube von 2 Fenster vor meine Mägde – eine Küche – Hoff – Holtzplatz – Wasser – Regenpompe – Keller – 1ter Etage Wohnstube von 3 Fenster fohrnenheraus die Aussicht nach der Zeil – gleichdran die Schlafstube von

entbehre ich . . .: bei einer 4%igen Verzinsung von 8000 Gulden.
Competenten: Bewerber.
Chamo: Franz Georg Chamot, wurde 1807 Senator.
Müller: Johann Müller, Teilhaber bei der Bethmannschen Bank.
Metzler: Dr. jur. Johann Wilhelm Metzler.
Keller: Johann Leonhard Kellner, Senator; besaß einen Landsitz in Oberrad, wo die Frau Rat häufig zu Gast war.

2 Fenster in Hoff – auf dem nehmlich Stock noch 2 Stuben jede mit 2 Fenster auch in Hoff gehendt – Vorplatz – privet – Kammern u. s. w. Das wäre nun alles gantz herrlig; in die Schlafstube würde eine Klingel die in die Mägdte Stube ginge angebracht – so wie ich was bedürfte – geklingelt – da hätte ich oben meine gantze Bequemlichkeit u. s. w. Nun kommt aber, das große *Aber* – es ist nur erst im Riß und noch nicht gebaut! Wird sich aber auch in der Woche aufklähren, und gebaut ist deßwegen doch bald, weil kein Keller und kein Fundament gegraben wird. Aus dieser Relation siehest du, daß alles in Gährung ist, und daß Frau Aja alle Hände voll zu thutn hat – nicht minder daß der guten Frau ihre Seelenkräfte sehr in thätiger Bewegung sind – so lange mir es nur an Eßen – Trincken und Schlafen keinen Abbruch thut – so mags meinetwegen kochen biß mans genießen kan. Jetzt kein Wort mehr – ich bin müde, und vor daß daß ich die Molcken trincke – ist diese Epistel lang genung. Lebe wohl! dießes wünscht

deine treue Mutter
Goethe.

N.S. Du hast doch verstanden, was ich dir neulich schriebe – nehmlich daß die Stockin die Neapolitanischen Fächer nicht in Rahmen |: in so fern es nicht schon sind :| eingefaßt haben will – sondern von den andern beyden – eine Rahme zu Probe – weil du sehr beschäftigt bist, so nims nicht übel daß ich dirs nocheinmahl ins Gedächtnüß rufe.

35

Sontags d. 15ten Juni 1794

Lieber Sohn!
Meinen besten Danck vor Reinecke den ertz Schelm – es soll mir aufs neue eine köstliche Weide seyn! Auch verdient Herr Unger Lob und Preiß wegen des herrlichen Papiers und der unübertrefbahren Lettern – froh bin ich über allen Aus-

Reinecke: »Reineke Fuchs«, Hexameterepos in zwölf Gesängen. Zuerst: Berlin: Unger 1794.

druck, daß deine Schrieften alte und neue nicht mit den mir so fatalen Lateinischen Lettern das Licht der Welt erblickt haben – beym Römischen Carneval da mags noch hingehen – aber sonst im übrigen bitte ich dich bleibe deusch auch in den Buchstaben – Auf Gevatter Wielands Wercke hätte ich prenumorirt aber vor der neuen Mode erschrack ich – und ließe es bleiben. Hir Schlossers Producten – ich hatte sie vergeßen beyzupacken – mich freut daß die Kasten glücklich angelandet sind – und daß ich sie vom Halsse habe – wünsche viel Vergnügen daran zu erleben. Das Päckgen an Ifland habe sogleich besorgt. Noch ist alles bey mir im alten – zwar haben zwey Mäckler das Hauß von obenan biß untenaus besehen – sind aber noch zur Zeit nicht wieder erschienen. Müßen es eben abwarten. Übrigens befinde ich mich so gantz leidlich von Hertzen gesund – und daß vor dieses Jahr das lincke Bein wie vorm Jahr das rechte so kleine Späße macht – demohngeachtet gehe ich beynahe täglich aus – z. E. heute zu Stocks in Garten – bin vergnügt und lustig – und sehe Morgen die Erbschleicher von Gotter u. s. w. Lebe wohl! Grüße dein gantzes Hauß – und behalte lieb

deine treue Mutter
Goethe.

Römischen Carneval: »Das Römische Carneval«. Mit 20 colorierten Tafeln. Berlin: Unger. Weimar und Gotha: Ettlinger 1789.
Wielands Wercke: (1) »Sämmtliche Werke«. XXXVI Bände, VI Supplemente. Leipzig: Göschen 1794–1802. Prachtausgabe in verschiedenen Formaten. – (2) »Sämmtliche Werke«. XXXIX Bände, VI Supplemente. Leipzig: Göschen 1794–1811.
prenumorirt: pränumerieren (vorauszahlen, subskribieren).
Schlossers Producten: Johann Georg Schlosser schrieb am 10. Mai 1794 an Goethe: »Die gute Mutter wird Dir den VI. Th. meiner kleinen Schriften [Basel 1793] und ein kleines Wesen von mir schicken, das Du gut aufnehmen magst.«
Ifland: August Wilhelm Iffland, Schauspieler und Bühnenautor; wurde 1796 Direktor des Nationaltheaters in Berlin, 1811 Generaldirektor der Kgl. Schauspiele. Förderte als Theaterleiter – im Gegensatz zum deklamatorischen Stil des Weimarer Theaters – ein möglichst realistisches Spiel.
die Erbschleicher, Lustspiel von Friedrich Wilhelm Gotter, zuerst: Leipzig 1789.

N.S. Der, so mir von dem Reinecke die Blätter aufgeschnitten hat soll großen Danck davür haben – Aufschneiden ist meine Sache nicht, ich thue es nur in den größten Nöthen.

36

den 26ten Juli 1794

Lieber Sohn! Habe doch die Güte mir mit dem ersten Postwagen das geschriebne Verzeichnüß der Bücher so du empfangen hast mir zuzuschicken – ich habe es höchst nöthig alle Nummern müßen nathürlich wegen der entstandenen Lücken in andre Ordnung gebracht werden – der Schuft von Buchdrucker hat das von Lippold geschriebne verlegt oder gar zerrißen – die Auction geht im Augst vor sich – ich ersuche dich also mir mit dem deinigen auszuhelfen. Ohne diesen Vorfall hättest *du* keinen Brief von mir erhalten, denn bey uns gehts toller zu wie jemahls – alles packt – alles rüstet sich zur Flucht – woher all der wirr warr entsteht kan ich mit Zuverläßigkeit nicht sagen – es verbreiten sich Gerüchte die ich nicht dem Papier anvertrauen mag – genung so arg war es noch nie!! Um nun nicht gantz unthätig zu seyn – um mich wenigstens so viel mir möglich ist von Vorwürfen die mich trefen könten frey zu machen – so habe Gestern meine beste Sachen die sich transportiren laßen in 3 große Kisten durch Lippold Packen und durch den Freund in der Noth Nicolaus Schmidt nach Langensaltze zu seinem Schwager Herrn Polecks überbringen laßen – warum nicht zu dir? das will ich dir sagen – der mangel an Fuhrleuthe die gerade nach Weimar gehn war die Ursache – Schmidt als ein der Sache Verständiger hat mir diesen Rath gegeben – und ich dumm in diesen affähren – habe ihn befolgt. All mein gutes Weißzeug gemacht und ungemacht – Silber und Geschmeide ist aufs beste gepackt – einbalirt

Polecks: Christoph Ernst Polex, Kaufmann in Langensalza, mit einer Schwester von Nicolaus Schmidt, des »Finantz Ministers« der Frau Rat, verheiratet.
einbalirt: frz. emballer (verpacken, emballieren).

u. s. w. In der größten Unruhe – da Stroh – Seile u. d. g. im Hauß ehren lage – kommt noch eine neue Erscheinung von Einquartirung – K. P. Capitain und Quarttier Meister von Goeltz! nun kommt aber das beste – Er bringt seine Gemahlin mit!! Ach Herr jemine! Warhaftig die Frau Aja wird recht getrillt – Gott! Erhalte mir meinen guten Muth und mein fröhliges Hertz – diesen Troblen ohngeachtet – hat mir um 5 Uhr mein Eyerkäße recht gut geschmeckt – und diesen Abend werden mir Ehlenlange Krebse die Last des Tages versüßen. a propo! Wann bekomme ich dann einmahl wieder Modejournahle – seit dem Monath Mertz habe ich nicht gesehn – auch Mercure wens beliebt – Ich habe dir 10 Centner Bücher geschickt – also – den Gelehrten ist gut predigen. Länger habe heut nicht Zeit – ich muß noch zwey Briefe schreiben – an Schlosser der nach Bareuth Emigrirt – und an Peter Melchior der in die weite Welt marschirt. Lebe wohl! Gedencke zuweilen an deine in jetzigen Zeiten geplagte Mutter – Grüße alles was dir lieb ist

von

der Frau Aja

wohlgemuth.

37

den 15ten Augst 1794

Lieber Sohn!

Ich muß dir Bericht von unserm Hauß erstatten und wie biß jetzo die Sache ist betrieben worden – erbitte mir über das alles eine prompte und die Sache entscheidende Antwort – denn nichts ist fataler als das nicht wißen was mann eigendtlich thun oder nicht thun soll. Zwey Mackler haben es vor ohngefähr 3 Monath besehen da der Preiß ihnen aber vermuthlich zu hoch war blieben sie weg – nun kam der Lermmen die Frantzosen kämen – da war nathürlich alles stille –

Hauß ehren: Ehren, Ähren, Öhrn, mitteldt., oberdt. für Hausflur.
in die weite Welt: Melchior bereiste Bayern und die Pfalz.
Frau Aja wohlgemuth: so auch ein Vers in ihrem (gereimten) Weihnachtsbrief von 1781 an Fräulein von Göchhausen.

Gestern meldete sich ein Käufer der botte 22000 f in 24 f Fuß – 30000 f ist zu viel und das obige ist kein gantz schlechtes Gebot – aber erhöhet kan es villeicht doch noch werden – ich dencke vor 24000 könte mann es laßen – das größte wäre 25000 f – doch hat das alles so keine Eile – ich will nur gewiß seyn worauf ich halten soll. Ich verkaufe – ich behalte es, alles wie du und Schlosser die Sache betrieben haben wollest ein Stückgen Allwißenheit wäre jetzt so übel nicht! Gibts bald Friede so könte mann noch warten – sollten aber die Francken das gantze Reich überschwemmen und in ihren Siegen fortfahren – so mögte freylich in einem Winckelgen meiner Vaterstadt ohnbesorgt vor Haus und Hof ruhig dem Specktackel zusehn. Ihr Männer die Ihr die Sache beßer einsehn müßt als ein Weib das nicht das geringste davon versteht – Ihr müßt Rath ertheilen – meinen Rücken will ich ein vor allemahl frey haben – ich bin gantz Resingnirt – ich verkaufe ich laße es seyn – wie Ihr wolt – so theuer Ihr wolt u. s. w. Mit dem Aufbauen einer Wohnung worauf ich mich so freute gehts nicht. Der Mann kan kein Geld bekommen – die Leuthe die jetzt so was mit fremdem Geld unternehmen wollen, sind sehr übel dran – die Capitalisten geben ihre Gelder auswerths – um nicht alles an einem Fleck zu haben – ich selbst habe auf Anrathen Herrn Schöff Schlosser 3000 f an Churpfaltz zu 5 procent ausgeliehen. Eine Wohnung hätte ich folglich noch nicht – allein das soll der Sache kein Hindernüß in den Weg legen – ich will mich schon durchbringen. Jetzt überlege, und gib mir so bald als möglich |: den ich habe den Mackler auf die Antwort meiner Kinder vertröstest :| eine entscheidende Antwort. Die Mode Journahle die Mercure sind angekommen – aber das beste was ich von dir verlangte ist ausengeblieben – nehmlich der geschriebne Catalog von den Büchern die du empfangen hast – und den ich sorgfältig wieder auf dein Begehren mit den Büchern dir zurück geschickt habe – ist er noch vorhanden

Schlosser: Hieronymus Peter Schlosser, Bruder von Goethes Schwager Johann Georg Schlosser. Seit 1777 Ratsherr, 1786 und 1789 Zweiter Bürgermeister, seit 1792 Schöff.

so habe die Güte ihn mir mit dem ersten Postwagen zu übersenden – solte er aber nicht mehr bey Handen seyn – so melde es wenigstens mit ein paar Worte – da müßten wir eben sehen – wie wir uns sonst aus der Verwirrung heraushülfen. Schlosser ist nach Bareuth geflüchtet – sogleich werde auch an Ihn schreiben und mir seinen Rath und Meinung erbitten. Lebe wohl! Ich bin und bleibe

deine treue Mutter
Goethe.

38

den 29ten Augst 1794

Lieber Sohn!
Ich bin in einer Art von Verlegenheit die aber mehr dich als mich angeht – Mit dem Haußverkauf will es nicht recht vorwärths gehen – die Ursach dieser Trenteley kan ich nicht ergründen – Gleich nach Empfang deines und Schlossers Briefe |: die völlig gleichlautent sind :| ließe dem Mackler zu wißenthun, daß meine Kinder den Kauf genehmigten – und daß nun weitere Absprach drüber genommen werden könte. Ich glaubte also – daß gleich den andern oder doch einige Tage hernach die Sache ins klahre kommen müßte – Heute sinds 8 Tage daß meine obige Antwort ihnen hinterbracht worden ist – und ich höre und sehe nichts – den Mackler treiben – wäre ein wahrscheinliches Zeichen, daß mir das Hauß zur Last wäre und würde keine gute Wirckung hervorbringen – und da er Nutzen davon hat; so muß sein eigener Vortheil ihn von selbst antreiben – der Sache ein Ende zu machen. Mir liegt nun in gewißer Rücksicht die Sache nahe – auch nicht nahe – ich kans abwarten – auch so lange nichts gantz und gar abgesagt wird – ist Hoffnung daß es noch vorwärths gehen kan – auch würde ich dir keine Silbe biß zum Ausgang er seye nun so oder so geschrieben haben, wenn dein Gedancke dich auf neue mit dem Guts Kauf einzulaßen – mir das Schreiben nicht als höchst

Trenteley: nddt. trendeln (trödeln).
Guts Kauf: Siehe Anm. zu *die Sache*, Brief Nr. 29.

wichtig vorgestelt und mir ängstliche Gedancken und Überlegungen zugezogen hätte – Jetzt überlege wie die Sache zu betreiben oder nicht zu betreiben ist – meinen Willen hast du [zu] allem deinem Thun und Laßen – nur gegen Ohnmöglichkeiten kan ich nicht kämpfen – und Unruhe im Gemüthe ist mir ärger als |: ich schriebe das schon einmahl :| als alle ohne Hosen bey der gantzen Armee – die haben mir noch keine einzige schlaflose Nacht gemacht. So bald ich was weiteres höre solt du es erfahren – biß dahin Lebe wohl!

Deine treue Mutter
Goethe.

39

den 14ten September 1794

Lieber Sohn! Ich bin dir doppelten Danck schuldig den ich hirmit von gantzem Hertzen erstatte: Einmahl vor deinen letzten lieben Brief der mich von so großer Sorge und Bangigkeit befreit hat, und denn vor den geschriebenen Catalog den ich hirmit danckbarlichs zurückschicke – er hat uns gute Dinste gethan – aus Versehn waren nemlich Bücher im gedruckten Catalog z. E. Pitaval Rechtshändel angezeigt – die nun in der Bibliothecke nicht zu finden waren – aus deinem Catalog ersahen wir nun, daß sie in deinen Händen und nicht wie wir wähnten abhanden gekommen waren, und damit war es gut u. s. d. m. Gott lob und danck! das wäre nun auch vorbey! Verkauft sind sie – aber was draus gelößt worden ist weiß ich noch nicht – in der Meße haben die Ausruffer zu viel zu thun – um Rechnung ablegen zu können – Mit unserm Hauß ists noch immer stille – jetzt muß ich es gedultig abwarten – an Kopf schmeiße ich ihnen das schöne – gut unterhaltende Hauß gewiß nicht – zumahl da durch das Verzögern ein schönes vor mich paßendes Logie an

Pitaval: François Gayot de Pitaval: »Erzählungen sonderbarer Rechtshändel«. 9 Bände. Leipzig 1747–67.
an Kopf schmeiße: Frankfurter Redensart für ›verschleudern‹.

andre vermithet worden ist – doch Gott! der mir von Jugend an so viele Gnade erwißen hat – der wird schon ein Plätzgen aussuchen, wo ich meine alten Tage ruhig und zufrieden beschließen kan.
Hirbey kommt ein einschlag von einem Schauspieler, den ich aber nicht kenne – von seinen Talenten also keine Rechenschaft ablegen kan – auch ein Brief von der Fiala – um dir zu sagen wie ich zur Einlage gekommen bin. Nun noch eins! Weiß du keinen Rath zu geben vor den Doctor Wolfgang Starck – den älsten Sohn des Pfarrer Starck? Dieser ist sein Vaterland müde und satt – alle Cabalen die gespielt werden zu erzählen wie die schlechtesten Subjecte ihm vorgezogen werden das wäre zu weitläufig – Er mögte also gern in ein ander Land als Amtmann – oder was er nur seyn könte wenn es auch nur 500 f einträge – an Schlosser will ich auch schreiben – freylich muß du ja niemandt von Verwandtschaft ins Weimarische bringen das setzt kein gutes Blut – auch ist das die Meinung nicht – sondern villeicht nach Deßau oder sonst – genung. Er hat mich sehr darum gebethen – und ich lege es so hin.
Jammer und Schade daß du jetzt nicht hir bist – aber freylich früher hättest du kommen müßen – so ein Jahr ist seit 1748 nicht geweßen – gantze körbgen mit Pfirsingen wurden mir von guten Freunden verehrt – es kan seyn, daß der Herbst noch in die Meße fält – so reif ist alles – wenn nur Friede wäre – da wolten wir jublen!! Heute ist ein prächtiger Sontag – darum schreibe ich auch nicht eine Zeile mehr – ich Marschire auf und davon – Lebe wohl! Grüße alles in deinem Hauße – nochmahls meinen Danck! und Lebe wohl! das wird Seele und Leib erquicken

deiner treuen Mutter
Goethe.

Fiala: Fanny Fiala, Schauspielerin und Mitglied der Seylerschen Theatertruppe.
Starck: Wolfgang Starck, Dr. jur. und Rechtsanwalt; ältester Sohn des Pfarrers Johann Jacob Starck und der zweitjüngsten Schwester der Frau Rat, Anna Maria, geb. Textor.

N.S. Hier ein Stückgen Bordüre die in einem der Mercure gelegen hat – mann kan immer so was brauchen.

40

den 5ten October 1794

Lieber Sohn! Da in diesem Jahr alles einen Monath früher kommt wie sonst; so sind auch die Castanien schon bey der Hand – und zwar so schön wie Italienische Maronen – erlusttire dich dran mit deinem gantzen Haußе welches ich auch bitte freundlich zu grüßen. Bey uns siehts wunderselsam aus – Franckfurth ist von ausgewanderten von Achen Coblentz u. s. w. gepropft voll! sollen nun wie es heißt – die Winterquartire auch starck werden; so wird das eine saubre Wirthschaft geben – wollen indeßen auf Gott vertrauen – und so viel nur immer möglich in unsrer Behaglichkeit bleiben – und unsern guten Muth |: der uns schon so viele wichtige Dinste geleistet hat: | nicht verliehren. Was mir am unangenehmsten ist – ist daß ich eben dieser Zeitläufte wegen – unser Hauß noch eine weile werde behalten müßen – doch wenn ich bedencke wie viel unglückliche Menschen jetzt froh wären wenn sie ein Hauß hätten, und wüsten wo sie ihr Haupt hinlegen sollten; so schäme ich mich, und bitte Gott um Vergebung vor meine Ungedult und Narrheit. Lieber Sohn! ich muß dich doch auch einmahl wieder an die Fächer und Tablo von Stocks erinnern – besorge doch daß die Sachen einmahl zurück kommen. Wie ich höre, so kommen die Weyrauchs wieder zu Euch – es ist mir vor die Leute recht lieb hir wolte es mit ihnen gar nicht gehen – Lilla der Frau ihre letzte Darstellung – keine Hand hat sich

Achen, Coblentz: Das linke Rheinufer mußte im September 1794 den Franzosen überlassen werden.
ihr Haupt hinlegen: Vgl. Matth. 8, 20 und Lukas 9, 58: ». . . Die Füchse haben Gruben, und die Vögel unter dem Himmel haben Nester; aber des Menschen Sohn hat nicht, da er sein Haupt hinlege.«
Lilla: »Lilla oder Schönheit und Tugend«, Singspiel von Vicente Martin y Soler. Aus dem Italienischen (»Una Cosa rara« von Lorenzo da Ponte, Wien 1786) von Johann André, Cöln 1788.

gerührt – sie hat mich gedauert – freylich haben wir gar trefliche Lillas gehabt – eine Unzelmann – Willmann – Schick – das hat die Sache freylich vor die gute Frau verschlimmert.
Merckwürdig neues pasirt vor der Hand hir nichts – eine allgemeine Sage geht umher – daß der König von Preußen ehestens hir eintrefen würde – das würde wieder ein geträsche wegen der Sophie B. geben! Lebe wohl! Grüße alles was dir lieb ist und alles was fragt nach

deiner treuen Mutter
Goethe.

41

den 17ten November 1794

Lieber Sohn!
Es ist schon zimmlich lange daß wir nichts von einander vernommen haben – drum soll dieser Morgen gewidmet seyn, dir eins und das andre vorzutragen. Die Castanien wirst du erhalten haben? Den Confect bekomst du auf den Heiligen Christ – früher kan mann die Manigfaltigkeit nicht haben das ist die Ursach der Verzögerung. Der Vetter Wolfgang Starck braucht deine Hülfe nicht – er hat sich selbst eine Charge zugetheilt – Er hat ein Weib genommen und sitzt deßwegen gut oder schlimm in Franckfurth fest. Siebenstück Modejournal und Siebenstück Mercure sind in meinen Händen – gelegenheitlich erbitte ich mir die folgenden. Lieber Sohn! Ich ersuche dich sehr angelegentlich die Sachen die du von Herrn Stock in Händen hast – doch bald möglichst Retour zu schicken – ich bin schon so ofte drum gefragt worden |:Es ist ein precium affectionis:| ich weiß denn niemals

Unzelmann: Christina Friederika Conradina Unzelmann, geb. Flittner, Stieftochter des Schauspieldirektors Gustav Friedrich Wilhelm Großmann. Heiratete 1785 den mit der Frau Rat einst eng befreundeten Schauspieler Karl Wilhelm Ferdinand Unzelmann.
geträsche: Getratsch, Geschwätz.
Sophie B.: Sophie von Bethmann-Metzler, vgl. Anm. zu *Sopfie Bethmann*, Brief Nr. 24.
precium affectionis: etwa: Preis für die Freundschaft.

eine rechtliche Antwort zu geben, und bin jedesmahl in Verlegenheit – Ich bitte dich also nochmahls spedire die Sachen bald – und wilt du dich bey Stocks |: die wie du selbst weiß sehr gute Menschen sind :| recht insinuiren so laße ein paar Zeilen die Sachen begleiten. Adreßire sie an mich – ich will gerne das Porto des Postwagens bezahlen – damit sie franck und frey in ihre Hände kommen. Bey uns fängt die Gefahr wieder an zu wachsen – mann fürchtet daß das arme Maintz wieder eine Belagerung auszustehen hat – das war wieder ein Ruhmvoller Feldzug vor die Deuschen!!! Zum Ruhm muß mann ihnen nachsagen, daß sie sich hir recht wohl befinden. Meine jetzige Einquartirung ist gut, und belästigt mich sehr wenig – Oberauditer Lückdicke nebst seiner Frau – und einem Bedinten – das geht an – Zwar kochen sie in meiner Küche – brauchen meine Mägde als wärens ihre eigne – aber alles das macht keine große Unruhe – dann etwas muß mann doch tragen. Übrigens befinde ich mich sehr wohl nach Leib und Seele – weiß von keiner Furcht – laße kommen was ich nicht ändern kan – genieße das gegenwärtige – und da ich die Speichen des großen Rades nicht aufhalten kan; so wäre es ja Narrheit drüber zu greinen daß mann so schwach sich fühlte. Noch eins! Ich mögte deinem Augst gerne zum Heiligen Christ eine kleine Freude machen – etwas zu einem Kleidgen – oder Spielsachen u. d. g. Gehe mit deiner Freundin zu rathe und schreibe bey Zeiten – damit ichs zeitig besorgen kan. Jetzt Lebe wohl! Grüße dein gantzes Hauß und behalte in gutem Andencken, deine

treue Mutter
Goethe.

insinuiren: lat. sinus (Herz, Brust); wörtl.: jemandem etwas ins Herz legen; sich diskret in Erinnerung bringen.
ein Ruhmvoller Feldzug: Vgl. Anm. zu *Achen, Coblentz*, Brief Nr. 40.

42

den 8ten December 1794

Lieber Sohn!

Ich hoffe beykommendes Zeug welches warm hält, und doch leicht ist wird dem kleinen Augst wohl behagen – Der prächtige Franckfurther Confect wird in der Christwoche erscheinen. Daß du vor dißmahl ohne Einquartirung noch davon gekommen bist – darüber freue dich – denn die Last die wir nun zwey volle Jahre tragen ist gar kein Spaß – wenn nur das Einfeuern nicht wäre! du kanst nicht glauben was das Holtz kostest das hir so enorm theuer und beynahe nicht einmahl zu bekommen ist, sonst im übrigen bin ich mit meiner dißmahligen Einquartirung wohl zu frieden Oberauditor Lückdecke nebst seiner Frau – Er ein gescheidter klahrer Kopf – Sie ein gutes Weib – freylich kochen sie in meiner Küche – da aber meine Tracktemente in 3 Schüschlen und die ihrige in zwey bestehen – so gehts doch. Was ich sage daß die 20 tausend Mann Preußen zurück kommen? nichts anders als was einmahl ein Cardinahl dem Pabst der gantz erstaunt |: weil er in der größten stille in seinem Kloster gelebt hatte :| über die menge Menschen die er am Tage seiner Erhöung vor sich sah antwortete als der Pabst ihn fragte: wovon leben diese alle? Ihro Heiligkeit sie bescheisen einander. Aus dem gantzen Weßen wird kein Menschenkind gescheid – ich verbreche mir auch gar nicht den Kopf drüber – das Ende das doch einmahl komen muß wirds aus weißen – wer bestuhltgängelt worden ist. Daß Stocks Bilder eingepackt sind ist mir sehr lieb – wollen sie also erwarten. Auch habe ich kein klein gaudium daß endlich nach langem sehnen und harren Willhelm endlich erscheint – erbitte mir ein Exemplar. Du bist überzeugt daß es mir immer Freude macht dich bey mir zu haben – gibt also Gott Frieden so habe ich statt einer Freude zwey. Ich soll dir im Nahmen des

Tracktemente: Traktament (Versorgung, Bewirtung).
Schüschlen: Schüsseln.
Willhelm: Goethes Roman »Wilhelm Meisters Lehrjahre«. Berlin: Unger 1795/96, auch in den »Neuen Schriften«, Bde. 3–6.

Pfarrer Starcks den Tod seiner Frau melden – Er ist im Schreiben nicht sehr geübt – und bittet deßwegen um Verzeihung. Minister von Hardenberg läßt dir viel schönes sagen – es ist ein freundlicher Lieber Mann. Schlosser hat mir schon lange den Auftrag gegeben dir vor Reinecke den Fuchs zu dancken – Er und sein gantzes Hauß hatten viele Freude und Wonne darob. Ich hoffe daß die beyden Halstücher den Jungfer Mägden ein angenehmes Christgeschenck sein werden, denn ich habe zwey gantz gleiche |: damit sie sich nicht über die Wahl veruneinigen :| und recht schöne |: wie der Augenschein lehret :| ausgesucht – Jetzt lebe wohl! Grüße alles in deinem Hauße und behalte lieb

deine treue Mutter
Goethe.

43

den 19ten Jenner 1795

Lieber Sohn!
Den besten und schönsten Danck vor deinen Willhelm! Das war einmahl wieder vor mich ein Gaudium! Ich fühlte mich 30 Jahre jünger – sahe dich und die andern Knaben 3 Treppen hoch die preparatoien zum Puppenspiel machen – sahe wie die Elise Bethmann brügel vom ältesten Mors kriegte und dergleichen mehr. Könte ich dir meine Empfindungen so klahr darstellen – die ich empfand – du würdest froh und frölig seyn – deiner Mutter so einen vergnügten Tag gemacht zu haben – Auch die Romantzen die Reichart zum Glück vor mich in den Clavier sch[l]üßel gesetzt hat machten

seiner Frau: Anna Maria Starck, geb. Textor, die Schwester der Frau Rat, war am 8. Dezember 1794 gestorben.
Hardenberg: Karl August Freiherr (später Fürst) von Hardenberg, preuß. Außenminister, 1808 Nachfolger des Freiherrn vom und zum Stein als Staatskanzler. Nahm einst zusammen mit Goethe in Leipzig Zeichen- und Malunterricht bei Adam Oeser.
Elise Bethmann: Catharina Elisabeth von Bethmann-Metzler.
Mors: Friedrich Maximilian Moors.
Reichart: Johann Friedrich Reichardt, Kgl. Kapellmeister in Berlin, vertonte seit 1780 zahlreiche Lieder Goethes.

mir große Freude besonders was hör ich draußen vor dem Thor – was auf der Brücke schallen? die wird den gantzen Tag gesungen – also noch einmahl vielen Danck. Freund Stock war über deine Güte und Höfflichkeit sehr gerührt auch in seinem Nahmen dancke ich – Schlossern habe sein Exemplar so gleich überschickt – dem wird es auch wohlgethan haben. Nun noch etwas vom äußern – was ist das vor herrlich Papier was vor vortrefliche Lettern!! das ließt sich mit Lust – Tausendt Danck daß du das herrliche Werck nicht mit Lateinischen Lettern hast drucken lassen – ich habe dir es schon einmahl geschrieben daß ichs nicht ausstehn kan. Jetzt von meinem Thun und laßen nur so viel, daß ich Gott Lob bey der entsetzlichen Kälte auser einem Cathar mich wohlbefinde – daß ich meinen Oberauditor nebst Ehegemahlin noch zur Einquartirung habe, daß es vor jetzt hir gantz ruhig ist |: versteht sich wegen der Frantzosen :| denn sonst ist Lerm und Romur genung bey uns – die gantze Armme wird von hiraus versorgt 500 Wagen gehen beständig hin und her – mann weiß weder obs Sonn oder Werckeltag ist – Wenn nicht Friede wird, so fürchtet mann sehr aufs Frühjahr – Ich habe mich Gott sey Danck noch nie gefürchtet – und jetzt mag ich nicht anfangen – müßens abwarten – nehmen einstweilen die guten Tage mit – und grämen uns nicht vor der Zeit – Ein einziger Augenblick kan alles umgestalten. Schlosser lebt jetzt in Anspach – Ihm gefälts wohl – aber die Schlossern der ist ihr Mährgen in Brunen gefallen – alles war drauf angelegt in Düsseldorf den Frieden abzu-

was hör ich . . .: Lied des Harfners in »Wilhelm Meisters Lehrjahre« (II, 11).
Ein einziger Augenblick: Siehe die Anm. zum Brief Nr. 15.
die Schlossern: Nach dem Tod Cornelias hatte Schlosser 1778 Johanna Catharina Sibylla Fahlmer, das »Tantchen«, wie Goethe seine Jugendfreundin und Vertraute einst nannte, geheiratet.
Mährgen . . .: So auch am 29. April 1788 an Unzelmann nach dessen Weggang aus Frankfurt: »Ihnen kann ich sagen daß mir Ihr Weggehen leid sehr leid gethan hat, daß mein Steckenpferd total ruinirt ist – daß mir beym Eßen die Zeit unausstehlich lang wird mit einem Wort, daß mein Mährgen im Brunen liegt, und wohl schwerlich wieder heraus gezogen wird.«

warten – nun sind die Jacobis selbst nach Wansbeck emigrirt. Noch eins! die Fortsetzung vom Willhelm wird doch nicht lange ausenbleiben – denn ich habe ihn noch nicht binden laßen – laße einem nicht so lange auf die Forsetzung harren – denn ich bin gar begirig drauf. Lebe wohl! Küße den kleinen Augst – auch deinen Bettschatz von deiner

. treuen Mutter

Goethe.

N.S. Ein päckgen ich glaube es war von deiner Hand, an Semmering ist sogleich besorgt worden.

44

Die Kälte ist so schrecklich daß ich in meiner Stube eingegraben bin wie der Dachs in seiner Höle – Lebe wohl! und gedencke meiner

deine treue Mutter

Goethe.

den 26ten Jenner 1795

45

den 9ten Mertz 1795

Lieber Sohn!

Lange habe ich nichts von dir – lange hast du nichts von mir gehört – eigentlich wüßte ich auch nichts daß das Schreiben lohnte, denn bey uns ists immer noch im alten – haben Einquartirung – theure Zeit – befinden uns wohlauf – hoffen auf den Frieden – das ist alles und so immer einerley macht nicht schreibselig. Die Ursach gegenwärtiges Schreibens kanst

die Jacobis: Friedrich Heinrich Jacobi emigrierte 1794 nach Eutin, Wandsbeck und Hamburg.

Semmering: Samuel Thomas Sömmering, Arzt und Anatom, 1784 bis 1794 Professor in Mainz. Tauschte mit Goethe Erfahrungen zur Farbenlehre aus.

Brief Nr. 44: Nachschrift zu einem Brief Johann Georg Schlossers »An Bruder Wolf«, Anspach den 21. Jenner 1795.

du aus inliegendem Brief ersehen – Fiala ist eine anerkandt gute Schauspielerin – Königinnen – edle Mütter ist ihr Fach – Sie ist noch so schön – daß Sie die jüngsten verdunckelt – hat einen edlen Anstand – auch einen guten Moralischen Charackter – ist friedliebend – fern von Cabalen macherrey – mit einem Wort, ein brauchbahres Subjetzt. Bey uns sind leider ihre Rollen-Fächer besetzt – sonst würden wir Sie mit Freuden wieder bey uns gesehen haben. Könnt Ihr Sie nun beym Weimarrer Theater brauchen – so habe die Güte mir solches zu berichten – im Fall es auch nichts wäre – so wirst du doch mir Nachricht |: nur mit ein paar Zeilen :| zu kommen laßen – damit Sie ihr Fortkommen anderswo suchen kan. Nun noch eins! mir fehlt das 12te Stück von 1794 vom Mercur – und auch das 12te Stück von 1794 vom Modejournahl – von 1795 habe noch gar keins erhalten – mache so ein Päckgen zusammen und schicke es mit dem Postwagen. Wann erscheint denn wieder etwas vom Willhelm?? laße uns nicht so lange warten. Lebe wohl! Grüße alles in deinem Hauße was dir lieb ist von

deiner treuen Mutter
Goethe.

46

den 10ten Aprill 1795

Lieber Sohn! Künftigen Montag wird seyn der 13te Aprill gehen an dich zwey Kistger ab – in einem ist das Türckische Korn 2 ℔ Türckisch garn und etwas Rabuntzlen – ich habe letzre mit den Wurtzlen laßen ausheben – wenn sie gleich in die Erde kommen; so hoffe ich daß sie gedeihen – sie wachsen hir in keinen Gärten sondern wild – es ist mir übel gegangen biß ich sie durch Bauersleute bekam – die Artischokken pflantzen sind diesen strengen Winter alle erfrohren – und sind keine zu haben. Mit den Löwen von Seekatz die im

Rabuntzlen: Rapunzeln (Salatpflanzen).
Seekatz: Johann Conrad Seekatz, Darmstädter Maler des Rokoko; bekannt sein Porträt der Familie Goethe im Schäferkostüm (1762), jetzt

andern Kistgen erscheinen ist mirs Curios gegangen – indem ich vor kurtzem die Gemählde um 250 f verkauft habe – ich schickte also gleich zu dem Käufer und bekam aus gefälligkeit um einen billigen preiß das Gemählde zurück. Vor die journahle besonders aber vor Willhelm dancke recht schön und aufs beste.

Daß er nicht aus meinen Händen kommt – das versichre ich. Hier gehts durcheinander wie Kraut und Rüben – bald Friedensgerüchte – bald wieder das Gegentheil – mann muß eben alles mit Gedult abwarten. Das Gemählde wird mit dem Brief ankommen – Lippo[l]dt und der Schreiner haben die Sache geschwind betrieben – das ander weil ich auf die Rapuntzlen |: weil ich sie frisch schicken wolte :| warten mußte geht den 13ten ab. Den Augenblick kommt die Nachricht und zwar von sicherer Hand daß Friede ist! die Nachricht ist zu schön um noch was hinzuzusetzen – nur noch daß ich bin

deine treue Mutter
Goethe.

47

den 1ten May 1795

Lieber Sohn!

Endlich erscheint Gott sey Danck die Zeit daß ich das Hauß um 22000 f im 24 Fuß verkaufen kan – die Last die ich bißher getragen habe wurde mir sehr beschwerlich mit jedem der es sehen wolte mußte ich |: wie nathürlich :| vom Boden biß in den Keller hinauf und herabsteigen, das meinen ofte von Schmertz beschwerten Beinen eben kein Labsal war – und so bald sie den Preiß von 2000 Carolin hörten kam keiner wieder – ein eintziger |: Professor Bouklair :| bote

im Goethehaus Weimar. – Das erwähnte Bild mit den Löwen ist heute nicht mehr auffindbar.

Friede: Am 5. April 1795 schloß Preußen in Basel einen Sonderfrieden mit Frankreich. Preußen trat seine linksrheinischen Besitzungen an Frankreich ab und verpflichtete sich zur Neutralität.

Bouklair: Pierre Louis de Bauclair, Professor an der Académie militaire in Hanau, seit 1793 in Frankfurt.

18000 f. Die Ursach läßt sich leicht erklähren – vor 40 Jahren war unser Hauß eins der schönsten in der Stadt – der Lussus ist seit der Zeit nun so gestiegen – daß es vor sogenandte Vornehme und reiche Leute die jetztige Modische Herrlichkeiten nicht hat – keinen Saal wo 40 Persohnen speißen können – in dem Vorderhauß in allen Zimmern Durchzüge – auch sind die Zimer den vornehmen Leuten nicht hoch genung u. s. w. Leute von einer andern Gattung war es wieder zu hoch im Preiß – zumahl da es nur eine Küche hat – Der jetzige Käufer ein junger Weinhändler macht seine Hauptspeculation auf den Keller – da ich nun die Sache recht sehr zu frieden bin; so kommt es jetzt hauptsächlich auf dich an denn Schlosser ist das weiß ich zum Voraus alles recht – Vernim also die Contizionen es wird also um 22000 f im 24 Fuß verkauft 4000 f in eben dem Fuß werden gleich abgelegt – 18000 f bleiben drauf stehen und werden als Insatz im Römer eingeschrieben – in 3 Jahren werden wieder 4000 f abgelegt – bist du es nun zufrieden so schicke mir |:wenns möglich ist:| mit ehester Post deine vitimirte Einwilligung – Herr Schöf Schlosser – und Freund Stock wollen mir in allem mit Rath und That an Handen gehn – diesen Nachmittag kommt Schlosser zu mir – um einstweilen die Puncte zusamen zu überlegen – ich will zu dem Ende diesen Brief noch ofen laßen um dir die Unterredung mitzutheilen. Ein Hauptpunct ist – daß ich nicht ausziehe biß ich ein vor mich anständiges Logi ausgemacht habe – den in den paar Jahren als ich villeicht noch hir bleibe verkriege ich mich in kein Loch. Noch etwas das mir den Kauf annehmlich gemacht hat, ist, das Taxiren eines im übrigen gantz braven Zimmermeister das ich dir beylege –

Käufer: ein junger Weinhändler namens Johann Gerhardt Blum und dessen Verlobte Susanna Maria Soldan, die das Haus bereits ein knappes Jahr später wieder verkauften.
Contizionen: Conditionen (Bedingungen).
abgelegt: bar bezahlt.
Römer: Hypothek, die im Rathaus (Römer) eingetragen werden mußte.
vitimirte: vidimiert (von lat. vidi, ich habe gesehen): beglaubigt.
Schöf Schlosser: Hieronymus Peter Schlosser.

daß also kein Mensch sagen kan mann hätte es verschleudert. Herr Schöff Schlosser war da es ist doch ein gefälliger braver und thätiger Mann – Er hat alle Puncte so schön aufgeschrieben – daß nichts dran auszusetzen ist – Heute werden sie von dem Käufer und mir einst weilen unterzeichnet biß die von dir und Schlosser vidimirte Vollmachten ankommen – da als denn der rechte Kaufbrief nach der Ordnung unterschrieben und besiegelt wird. Auch will Herr Schöff Schlosser den Kaufbrief selbst verfertigen – das ist recht freundschaftlich. Es scheint sich alles zum besten vor deine alte Mutter anzuschicken – indem auch ein Logi in der schönsten Gegend der Stadt nehmlich auf dem Roßmarck wird zu haben seyn – Morgen will ich es besehen. Wie will ich so froh seyn wenn ich auf dem Roßmarck heraus kucke – und die Last die mich nun schon lange drückt loß seyn werde – denn Gott weiß was es mit dem Frieden noch gibt. Gestern z. E. Canonirte es wieder den gantzen Tag fürchterlich in der Gegend von Maintz – Ich weiß du gönst mir in meinem Alter noch die bevorstehnende Ruhe – und schickt deine Einwilligung sogleich nach Empfang dieses. Lebe wohl! Ich bin ewig

deine treue Mutter

Goethe.

N.S. Der Brief war schon gesigelt aber auf wohlmeinenden Rath Herrn Schöff Schlossers mußte die Taxtation des Haußes welche ich dir beygeschloßen hatte wieder heraus nehmen und zu dem Ende hir behalten daß im Fall der Käufer von meiner minderjährigen Enckelin auch sicherheit begerte – dem hisigen Curatel Ammt die Schätzung vorgelegt werden könte daraus den zu ersehen wäre – wie das Hauß um 7000 f höher als die Taxtation verkauft worden wäre – indem der Geschworne Taxtator es um 14000 f im 22 f Fuß also ohngefehr zwischen 15 und 16000 f im 24 f Fuß geschetzt hat. Lebe wohl! und Antworte bald.

Enckelin: Louise Marianna (Lulu) Schlosser, älteste Tochter Cornelias.

48

den 16ten May 1795

Lieber Sohn!

Vielen und hertzlichen Danck vor die überschickte Vollmacht! Nichts als dein Cathar weßen – |: da ich nun einmahl nichts von cörpperlichem Unbehagen an dir leiden mag – weil ich mir gleich dabey allerley unruhige Gedancken mache:| konte mich heute etwas niederschlagen – und mir Wasser unter den Wein gießen – denn seit 14 Tagen schwimme ich in Vergnügen! Ursach? weil sich *alles* zu vereinigen scheint um mir die Unruhe des Aus und Einzugs zu erleichtern. Da du von dem Fortgang meiner Angelegenheiten gerne von Zeit zu Zeit unterrichtet seyn mögest, so vernim *die vor mich* gantz sonderbahr glückliche Wendung der Dinge. Heute vor 14 Tagen wurde die Punctation von beyden Theilen unterschrieben – Schöf Schlosser |: der sie auch aufgesetzt hat:| war mein Zeuge – Herr Handelsmann und 51iger Ammelburg war des Käufers Zeuge – Die Punctation war |: wie mann es vom Schöf Schlosser erwarten konnte:| ordentlich – deutlich und nichts vergeßen – Ein Punct darinnen besagte, daß ich im Hauß müßte wohnen bleiben, biß eine schickliche Gelegenheit sich mir darböte – und biß ich eine Wohnung nach meinem Gefallen finden würde. Nun hatte ich ein Ideal im Kopfe – worann ich selber zweifelte obs zu finden seyn dürfte – denn Erstlich solte es nicht weit von meiner jetzigen Wohnung entfernt seyn, weil alle meine besten Freunde um den Fleck herum wohnen – Fingerlings – Metzler – Stocks – Hetzler – Moritz u. s. w. Zweytens sollte es eine schöne Aussicht haben – drittens 3 Zimmer an

Punctation: Kaufvertrag.
Ammelburg: Johann Jacob Ammelburg, Frankfurter Kaufmann und seit 1777 Mitglied des »Ausschusses Löblicher Bürgerschaft von 51 Personen«, der Bürgervertretung mit Kontrollkompetenz der städtischen Finanzen.
Fingerlings: Johannes Fingerlin und Maria Elisabeth, geb. Schaaf, Frankfurter Bankiersfamilie.
Metzler: Catharina Elisabeth von Bethmann-Metzler.
Moritz: Catharina Sibylla Moritz, geb. Schöll, Witwe des dänischen Legationsrates und Kreisgesandten in Frankfurt Johann Friedrich Moritz, Eltern von Esther Stock.

einer Reihe – und virtens alles was zur Haußhaltung gehört – großer Vorplatz – Küche – Speißekammer auf einer Etage. Gleich den Tag nach unterschriebener Punctation komt ein Mackler – und bietet mir ein logi mit allen oben benanten und verlangten Eigenschafften an – Auf dem Roßmarckt im Goldenen Brunnen – ja sage ich das mag wohl recht hübsch seyn aber es ist zwey Treppen hoch – Das sehen haben sie umsonst sagte der Mann – und wohl mir daß ich diesen klugen Rath annahm – einen Tag später und mein Ideal war an andre vermiettet – zum Haarausreißen wäre es gewiß gekommen! Nun ging ich oder beßer gesagt ich lief hin. Im hinaufsteigen prüfte ich die Treppe sehr genau – nun fande ich sie sehr gut – auch nicht auserordentlich hoch – indem die Stockwercke obs schon ein neu Hauß ist – nicht so enorm in die Höhe getrieben sind – nun besahe den Vorplatz – schön – groß – wie ich ihn wünschte – wie ich aber in die Zimmer kam so kan ich dich auf Ehre versichern, daß ich dastunde wie simpel vor Erstaunen – nein eine solche Aussicht – eine solche Lage ist in der gantzen Stadt nicht mehr anzutrefen – die Küche ist hell und schön – eine große Speißekammer – großer Holtzplatz Summa Sumarum mein gantzes Ideal – was nun die zwey Stiegen betrieft; so war das nun gerade nicht in meinem Plann – allein ich überlegte, daß ich in unserm Hauß die Treppe mehr zu steigen habe, indem Kleider – Geräthe – Porzelain und der gleichen alle obenauf sind – und dann, daß Frau Aja nicht herum läuft – sondern wenn sie aus geht nur einmahl im Tag die nun an sich gute Treppe zu steigen hat – den Preiß wußte ich ehe ich es in Augenschein nahm nehmlich 400 f. – nun habe ich in unserm Hauß 900 f weniger 20 versessen – und meine Gemächlichkeit die ich davor hatte, ist dir am besten bekandt. Wem habe ich aber alle diese Freuden zu verdancken? niemandt als Gott und dir – du hast mich auf den glücklichen

im Goldenen Brunnen: mit Aussicht auf Zeil und Katharinenkirche mitten im Zentrum Frankfurts.

versessen: durch den Verlust der Zinsen (vier Prozent von 22 000 Gulden).

Einfall gebracht – meine noch übrigen Jahre in Ruhe verleben zu können. Davor bin ich nicht allein von Hertzen danckbahr – sondern da du vom Verkauf der Baumwißen 1000 f als Geschenck erhalten hast; so mache ich dir vom Verkauf der Weine ebenfals mit 1000 f ein Geschenck – das du Anfang Augst auf welche Art es dir am gemächlichsten ist beziehen kanst – biß dahin gehen sie ab – und den eigendlichen Preiß – der noch bey mir nicht fest bestimt ist solst du als dann auch erfahren. Um nun gantz in Ruhe und Zufriedenheit zu kommen, so lege ich mit dem Überschuß der Weine ein Capital ab – daß ich mit Pfarrer Starck gemeinschaftlich besessen – und das Er jetzt zum Fortkommen seiner beyden verheurateten Söhne braucht – und mich drum ersucht – und ich Ihm auch bewilligt habe. Von den Alten weinen solt du noch 12 Bouteillen bekommen – nicht allein aber das sondern der Käufer unseres Haußes Herr Weinhändler Blum will von seinen kostbahren Rüdesheimer – Hochheimer u. d. g. von jedem etwas beypacken – womit ich dir denn auch ein Geschenck gemacht haben will – Sollten die Weine – bey Ihro Durchlaucht oder sonst guten Freunden Beyfall finden; so empfehle ich den wircklich braven Mann – ich habe versprochen es zu thun – und entledige mich hirmit meines Versprechens. Noch eins! Ich habe verschiedne Sachen, die mir den Auszug erschwören würden – und vor die ich auch keinen Platz im neuen Quartir finden könte – Als da ist das berühmte Puppenspiel – unser Fammilien Portrait wovon wenigstens die Rahme – und das Bret zum übermahlen noch tauglich sind – ferrner noch andre Rahmen – 3 Büsten von Stein – 1tens Ihro Durchlaucht der Herr Herzog – 2tens Durchlaucht Herzogin Amalie – 3tens du selbst. In meinem neuen Hauße muß ich nun auf alles das Verzigt thun, aus Mangel des Platzes – entweder ich laße

Baumwißen: Grundbesitz der Familie, der von Peter Heinrich von Bethmann-Metzler aufgekauft wurde.
lege ich . . . ab: Sie zahlte den Anteil Pfarrer Starcks aus.
Söhne: Dr. Johann Wolfgang Starck und Gottfried Wilhelm Starck.
Fammilien Portrait: Siehe Anm. zu *Seekatz*, Brief Nr. 46.

nun dieses alles Einpacken und schicke es mit einem Fuhrmann zu dir – oder ich verschencke es. In dem alten Hauß werde noch zwey Monath bleiben müßen – denn das neue muß geweißt und verschiedne Dinge noch in Ordnung gebracht werden – So weit wären wir nun – was noch geschieht soll alles zu deiner Wissenschaft gelangen. Noch ein unruhig 1/4 Jahr dann hoffe ich froh und zufrieden – gantz ruhig dem Lauf der Dinge zuzusehen und jeden Alexander zu bitten, mir aus der Sonne zu gehn. Meine 3 Zimmer im Neuen Hauß Möblire ich hübsch und ordendtlich aber aller kling klang wird verkauft – Herr Blum hat Lust die Möbel in der guten rothen Stube zu kaufen – ich habe sie Taxiren lassen 15 Carolin ohne Lüster und Wandleuchter – gibt Er es nicht; so wirds mit allem andren Überfluß im öffendtlichen Ausruff verkauft. Erfreue mich bald mit ein paar Zeilen – und mache das Maaß meiner Freuden voll – Indem du mir die völlige Herstellung deiner Gesundheit verkündigest – diß soll mich mehr freuen als alles übrige. Lebe wohl! Grüße alles in deinem Hauße was dir Lieb ist von deiner

treuen Mutter Goethe.

N.S. Wenn das Geld wieder durch Herrn Banßa könte an dich gelangen – der Canal wäre recht hübsch. So einen langenbrief habe ich lange nicht geschrieben – aber müde und matt bin ich auch –

49

den 22ten Juni 1795

Lieber Sohn!
Ungefähr vor 8 Tagen ist eine Kiste mit den zwey Lüster an dich abgegangen – Von den Spiegelen sind nur 3 die gantz ohne allen Mackel sind, und die brauche ich selbst und muß da ich 5 Pfeiler zu besetzen habe noch 2 vor meinen Gebrauch kaufen – dir ist bekandt, daß alle die Möbel besonders die Spiegel 40 Jahre gedient – und den 7jährigen Krieg – 3 Krönungen – und nun noch 3 Jahre Einquartirungen aus-

Alexander . . . gehn: von Diogenes überliefert.

gehalten haben – daher ists nicht zu verwundern – daß hie und da etwas beschädigt worden ist – ich glaubte daß mann solches vielleicht ohne große Umstände Repariren könte – und erkundigte mich deßhalb bey Tabor der sagte mir aber, daß bey viel oder wenig der gantze Spiegel neu mit Queck-silber belegt werden müßte das sind nun die alten Herrn nicht werth – sie sollen also sämtlich im Ausruf verkauft werden – Was die Betten anlangt so habe nur ein eintziges übrig das ich nicht entbehren kan – mann kan kranck wer-den – oder einen Freund z. E. du selbst zum Besuch bekomen u. d. g. m. Aber Gelegenheit kan doch sich vorfinden zu einem Bett zu gelangen – da es nicht auf einen Stutz seyn muß – so gibts hir mehrmahlen Vorfälle in Ausrüffen u. d. g. wo sich schon so was finden wird – den Judenkram will be-sorgen. Wegen des Buchs habe von Lippold noch keine Ant-wort – heute soll er aufs neue erinnert werden – Vor den Willhelm dancke recht sehr – das thut auch Herr Stock – Je-dermann ist nur auf den Fortgang der Geschichte sehr er-picht – und wartet mit Ungedult auf die folgenden Theile – welches dann vor den Autor ein gutes Zeichen ist. Jetzt Lie-ber Sohn! wirds du so bald nichts wieder von mir hören – den dieser Brief ist schon 8 Tage in Gedancken geschrieben geweßen – aber Zeit hatte ich nicht dazu – denn nun bin ich im größten wirr warr ich ziehe aus und ziehe ein – und da doch die Hauptsache durch *mich* besorgt werden muß – und es das erstemahl im meinem Leben ist, *daß* ich aus und ein-ziehe; so kanst du dir meine Geschäfftigkeit leicht dencken!! Aber die Freude in mein schönes logi so bald als möglich ein-zukehren versüßt mir alle Mühe. So eben sagt mir Lippold daß er das Buch erhalten hat – daß es aber noch unter den andern läge er will mir es aber ehestens zu stellen – als denn solst du es gleich mit dem Postwagen erhalten. Lebe wohl!

Tabor: Johann August Tabor, Kaufmann und Hofrat. Besitzer eines Geschäftes für Glaswaren und einer Möbelfabrik. Großer Mäzen des Frankfurter Theaters, das er von 1786 bis 1788 leitete.
auf einen Stutz: sofort, plötzlich.
Judenkram: Stoffreste, Spitzen und Bänder, die man billig bei jüdischen Händlern kaufen konnte.

Ich habe heute noch viel zu thun – und sage nur noch, daß Gerning sehr vergnügt ist – und daß ich ewig bin

deine treue Mutter
Goethe.

50

den 24ten Augst 1795

Lieber Sohn!
Schon längst hätte ich dir eine Beschreibung meines Aus und Einzugs überschickt – aber ich wollte erst deine Rückkehr nach Weimar abwarthen – Gott sey Danck! der dir das Carlsbad so wohl hat gedeihen laßen – auch freuts mich, daß ich etwas dazu habe beytragen können. Die Lüster wirst du wohl erhalten haben? auch ist ein Fuhrmann unterwegs der dir 12 Bouteillien vom alten Tyrannen Blut – und 6 ditto von verschiedenen Sorten |: wovon der Preiß hir bey kommt :| von Herrn Blum der unser Hauß gekauft hat überbringt – solte bey Hoff oder in der Stadt sich jemandt finden dem er behagte; so solte mir es lieb seyn. Ehe ich zu meiner Erzehlung schreite muß ich dir noch innliegenden Brief vom Herrn Schöf von Holtzhaußen und seine Bitte wegen des armen Menschen ans Hertz legen – wenn du was |: woran ich nicht zweifle :| dazu beytragen kanst wirst du es gewiß thun. Dein Ruhm und Nahme wird dadurch bey deinen Landsleuten noch erhöht und bekömt einen neuen glantz – du kenst ja die Herrn Profeßoren – und weißt die Wege die mann um so etwas zu erlangen einschlagen muß – im October wird der arme junge erscheinen. Schon 6 wochen wohne ich in meinem neuen Quartir – mein Aus und Einzug ging so glücklich von statten, daß ich wenig oder gar keine Ungemächlichkeit davon empfunden habe – zwey Preußische Soldaten haben mir alles hin getragen – weder Schrei-

Rückkehr: Goethe war im Juli 1795 zur Kur in Karlsbad und in der zweiten Augusthälfte in Ilmenau.
Tyrannen Blut: alte Weine (vgl. »Dichtung und Wahrheit« IV, 18).
Holtzhaußen: Anton Ulrich Carl von Holtzhausen, seit 1785 Schöff, 1800 und 1806 Erster Bürgermeister.

ner noch Fuhrwerck habe ich nöthig gehabt und nicht das mindeste ist beschädigt worden. Freuen wirst du dich wenn du einmahl herkomst – wenn du mein niedliches logiegen sehen wirst. Eingerichtet bin ich gantz exelentz – ich habe gerade so viel als ich brauche – 3 gar schöne Stuben in einer reihe, eine von 4 Fenster die auch wohl einen Saal vorstellen könte ist so lange mann noch nicht einzuheitzen braucht, meine Wohn und Besuch Zimmer – die zweyte von 3 Fenster ist mein Schlafzimer – die von zwey Fenster haben meine zwey Mägde – ich habe letztere so hübsch eingerichtet daß wann ich die Freude habe, dich bey mir zu sehen – es dein Zimer wird – meine Leute will ich schon hintenaus verstekken – Ferner ist ein schöner geräumiger Vorplatz hinter den Zimmern wo alle meine Schräncke stehn – eine schöne helle Küche – alles auf einem Platz auch noch Speißekamer – Holtzplatz – so daß ich die Treppe nicht zu steigen brauche, als wenn ich ausgehe – das ist das innre – aber nun die Aussicht – da ists ohne allen streit das erste Hauß in Franckfurth – die Hauptwache gantz nahe – die Zeil da sehe ich biß an Darmstädter Hof – alles was der Catharinenporte hinein und heraus kommt so mit der Bockenheimerstraße u. s. w. und denn das jetzige Soldaten weßen! So eben werden die Anspacher auf dem Paradeplatz gestelt – um 11 Uhr die Wachtparade mit treflicher Kriegerischer Musick alles an mir vorbey – und Sontags wenn die Catharinenkirche aus ist – und die Wachtparade dazu kommt so siehts auf dem großen Platz aus wie am Krönungstag – sogar an Regentagen ist es lustig die vielen hundtert Paraplü vormiren ein so buntes tach – das lustig anzuschauen ist – ich muß dir auch noch sagen wie ichs mit der Einquartirung habe – das Hauß ist auf gemeine eingeschrieben jetzt hat es 4 Mann vom Regiment Taden – 2 hat der Haußherr – die andern 2 haben wir nehmlich Herr Bernus – Frau Rittern und ich – Frau Rittern gibt die Stube, Bettung – ich gebe täglich dem einen vor Kost 8 xr Herr Bernus dem andern ebenfals 8 xr –

Haußherr: Johann Heinrich Bauer, Brauereimeister und Gastwirt.
Herr Bernus – Frau Rittern: Mitbewohner des Hauses.

weiter hören und sehen wir von ihnen nichts und bleiben im übrigen ruhig. Ich bin mit einem Wort sehr vergnügt – bereue meinen Tausch gantz und gar nicht und dancke dir noch vielmahls daß du mich auf den guten Gedancken gebracht hast. Nun ich weiß daß du wieder in Weimar bist, soll auch der Judenkram bald erscheinen – das beste davon sind zwey Neßeltüchern Kleider wovon das eine recht hübsch ist – sage aber noch nichts davon – damit es mehr Spaß macht. Den Brief habe bestelt – Gerning grüßt dich – Noch etwas! Ich habe von meinen Möbel die ich nicht mitnehmen konte noch wolte einen Ausruf im alten Hauß gehalten – was draus gelößt worden weiß ich noch nicht – ich hoffe doch so viel um die Tapeten im neuem Hauß umsonst zu haben. Jetzt lebe wohl! Auf die Fortsetzung des Romans freue mich sehr. Grüße alles von

deiner treuen Mutter
Goethe.

51

den 24ten September 1795

Lieber Sohn!
Hier kommt der Juden kram – wünsche damit viel Vergnügen! Auch gratulire zum künftigen neuen Weltbürger – nur ärgert mich daß ich mein Enckelein nicht darf ins Anzeigblättgen setzen laßen – und ein öffendlich Freudenfest anstellen – doch da unter diesem Mond nichts Vollkommenes anzutrefen ist, so tröste ich mich damit, daß mein Häschelhans vergnügt und glücklicher als in einer fatalen Ehe ist – Küße mir deinen Bettschatz und den kleinen Augst – und sage letzterem – daß das Christkindlein Ihm schöne Sachen von der Großmutter bringen soll. Das inliegende an Bethmann Metzler habe sogleich besorgt – Auch von Kappel solst

Weltbürger: Der am 1. November 1795 geborene Sohn Karl, der bereits am 18. November starb.
Anzeigblättgen: die seit 1772 erscheinenden »Allgemeinen Frag- und Anzeigungsnachrichten« (seit 1807 »Frankfurter Intelligenzblatt«).

du nachricht haben – schickt Bethmann so lang der Kasten offen ist den Credit brief so komt er mit – sonst schicke ich ihn mit der reitenden post. Hier ist alles auf neue in großer Unruhe – die Kayerlichen retiren sich – die Frantzsosen werden bald wieder bey uns seyn – nun trösten uns zwar die sich noch hir befindende Preußen – und sagen die Francken gingen nur durch – und wir hätten unter ihrer Obhut nicht zu befürchten – müßens eben abwarten – ich bin frölich und gutes Muths – habe mir über den gantzen Krieg noch kein grauhaar wachssen laßen – schaue aus meinem Fenster wie die Östreicher ihre krancken auf Wagen fortbringen – sehe dem Getümmel zu – speiße bey offenem Fenster zu Mittag – besorge meine kleine Wirthschaft – laße mir Abens im Schauspiel was daher tragiren – und singe Freut euch des Lebens, weil noch das Lämpgen glüht u. s. w. Arbeiten thue ich vor der Hand nicht viel – und wer jetzt einen Brief von mir erhält – kan dick thun – die Witterung ist zu schön – meine Aussicht zu vortreflich – wärest du nicht der Wolfgang – du hättest warten können. Nur einen Augenblick wünschte ich dich jetzt her – vor Getümmel konte ich beynahe nicht fortschreiben – der gantze Roßmarck steht voll Bauern wagen die Stroh und Heu zu Marckte gebracht haben – die Wachtparade der Preußen soll aufziehen es ist auf dem großen Platz kein Raum – die Bauern kriegen Prügel u. s. w. Von dem Bockenheimer Thor herein kommen – Wagen mit Betten – die Maintzer flüchten – genug es ist ein Schari wari das Curios anzuhören ist. So eben kommt von Herrn Kappel die Antwort, daß er Burgunder Wein erwartete – so bald er ankomt – will er dir Proben schicken. Lebe wohl! grüße alles was dir lieb ist

von deiner treuen Mutter
Goethe.

(Zu S. 80.) *Kappel:* Johann Heinrich Kappel, Frankfurter Weinhändler.
retiren sich: retirieren sich, ziehen sich zurück.
Freut euch . . .: 1793 von Johann Martin Usteri geschrieben, von Hans Georg Nägeli vertont.
Schari wari: Charivari (frz.), geräuschvoller Trubel.

N.S. mit Verlangen und großem Vergnügen erwarte die Fortsetzung vom Willhelm.

52

den 16ten October 1795

Lieber Sohn!

Seit 5 Tagen erwartete ich deine Ankunft anstatt deiner kommt nun ein Brief der von veränderten Umständen spricht – und wo zu meinem Leidweßen dein noch längeres Ausbleiben mir angedeutet wird. Wenn die Umstände die sich verändert haben dich und deine Geschäfte betrefen; so kan ich nichts dagegen sagen – wäre aber unsere jetzige Lage darundter gemeint, so weiß ich wieder nicht warum du dich abwendig machen läßt her zu kommen – zumahl da die Frantzsosen im Rückmarsch begrifen sind. Wir sind gantz ruhig – am Montag war starcke Canonade – wo die Kayerlichen die Frantzen zurück drengten – wir sind seit 3 Jahren das Ding so gewohnt worden – daß alles seinen ordentlichen Gang dabey fortgeht. Die Ursach deines Ausenbleibens seye nun welche es wolle so habe zwey Bitten an dich, Erstlich mir den Tag deiner Abreiße von Eißenach zu berichten – damit ich nicht Tagelang |: wie seit Sontag der Fall war :| am Fenster mich bald blind gucke und jede Postschäße vor die deinige halte – zweytens daß du bey guter Tageszeit eintrifts – denn da es nicht mehr mein eigen Hauß ist; so müßen verschiedne Einrichtungen getrofen werden – die bey Nacht sehr beschwerlich wären – z. E. Ich habe von meinem Haußherrn eine Stube vor deine Bedinung gemithet – alles geht bey Zeit schlafen – ich kan nicht zur Stube ohne den Haußherrn allso – den Gelehrten ist gut predigen. Ich befinde mich Gott sey Danck! Lustig – munter und gesund –

Ankunft: Am 13. Oktober schrieb Goethe aus Eisenach an Christiane, daß er »wohl sobald nicht fortkomme, denn die Oesterreicher sind mit 60tausend Mann über den Mayn gegangen und werden sich wohl um Franckfurt herum mit den Franzosen balgen«. Und am 16. Oktober: »Du kommst um den Muff und das Kind um die Pelzmütze, denn ich gehe nicht nach Franckfurt, sondern komme bald wieder.«

doch etwas grämlich über dein Ausbleiben – denn ich hätte doch Lust zu wetten, daß so etwas von feurigen kuglen von der Bethmann ihrer Fabrick schuld an deinem Ausbleiben ist. Dein Koffer ist wohlbehalten angekommen – kome du auch bald – und verlebe mir die noch so schöne Herbst tage nicht in Eißenach. Lebe wohl! Ich hoffe dir bald mündlich sagen zu können daß ich bin

deine treue Mutter
Goethe.

N.S. Daß alle deinen Freunden Zeit und weile lang wird biß du kommst – kanst du aufs wort glauben. Auch habe ich dir ein Theatralisch Donnerwetter bestelt – das dich hoch gaudiren wird. So eben zieht die Preußische Wachtparade auf – kuckstest du doch mit mir dem Fenster herraus!!!!!!!!!!!

53

[December 1795]

Lieber Sohn!
Hir kommt das gewöhnliche bon bon – unten in der Schachtel – liegt Infanteri und Cavaleri vor den kleinen Augst – Er kan bey den langen Winter abenden sich damit amusiren – in der Entfernung und dem seltenen Briefwechsel kan ich ohnmöglich wißen was dem Kind etwa Freude machen mögte – auch sind größre Spielwercke wegen des Transports zu kostspielig – nehmt also mit dem vorliebt. Die Castanien werden jetzt ersetzt seyn. Vor die Übersendung des Willhelm dancke hertzlich das Intereße steigt; so wie es weiter fort geht – Habe Danck daß du der unvergeßlichen K. noch nach so vielen Jahren ein so schönes Denckmahl gestifftet hast Sie kan dadurch nach Ihrem Tod noch gutes stifften. Ehe ich dieses schließe, will ich nachsehn, wie viele Mercure

von feurigen kuglen . . .: Vgl. den Brief Nr. 28.
der unvergeßlichen K.: Susanna Catharina von Klettenberg, vgl. Anm. zu *Klettenbergern*, Brief Nr. 4.
Denckmahl: die »Bekenntnisse einer schönen Seele« in »Wilhelm Meisters Lehrjahre« (6. Buch).

und Modejournahle mir fehlen es ist lange her daß ich keine bekommen habe. Hir kommt ein Brief davon der Verfasser entweder ein geni oder ein Lustiger Spaßmacher ist – ließ nur meine Adreße! Hir ist jetzt alles ruhig und still – wir haben eine gantz kleine Besatzung von Kayerlichen und die fernen Nachrichten lauten noch immer sehr gut – Ich bin gesund vergnügt und frölig – es gefält mir täglich im neuen Logi beßer und beßer – wie konte ich nur 46 Jahr auf dem Hirschgraben wohnen!! No. 7. 8. 9. 10. 11. 12. fehlen vom Mercur und vom Modejournahl also 1/2 Jahr schicke sie mit Gelegenheit und wens dir gemächlich ist. Dencke im Mertz werde ich Urgroßmutter!! Da will ich Respeck von allen Menschen |: und zwar mit recht :| fodern – Louise beklagt sich über deine Unoncklichkeit du hättest Ihr nicht geantwortet – Wir sind freylich so in alle 4 Winde zerstreut das es beynahe heißt – wer ist meine Schwester u. s. w. Dem allen ohngeachtet bin ich doch vors zusammen halten – denn so kommen wir doch nicht wieder zusammen.

Gott! Segne dich im Neuen Jahr – Er laße Seine Lieb und Güt um – bey und mit dir gehn was aber ängstest und betrübt gantz ferne von dir stehn Amen.

Deine treue Mutter
Goethe.

N.S. Herr Stock danckt dir recht hertzlich vor den überschickten Willhelm. Er war sehr kranck und läßt sich deßwegen |: weil Er immer noch schwach ist :| durch mich endschuldigen daß Er nicht selbst geschrieben habe.

Gestern wars du die Ursach eines sehr vergnügten Tages – die Elise Bethmann gab verschiedenen großen Musick Künstlern ein Dine nach Tische setzt sich der eine an's Forto piano

Louise Schlosser hatte am 5. Juni 1795 Ludwig Nicolovius geheiratet und am 30. Mai zum ersten Mal wenige Zeilen an Goethe gerichtet.

wer ist . . .: Matth. 12, 48 und Mark. 3, 33: ». . . Wer ist meine Mutter, und wer sind meine Brüder?«

Er laße . . .: 7. Strophe des Liedes »Nun danket all und bringet Ehr'« von Paul Gerhardt, 1653 von Johann Crüger vertont: »Er lasse seine Lieb und Güt / um, bei und mit uns gehn, / was aber ängstet und bemüht, / gar ferne von uns stehn.«

und singt mit der herrlichsten Stime: kents du das Land wo die Citeronen blühn? das war etwas auserordtenliches – der Ausdruck dahin dahin hat bey mir ein Gefühl zurück gelaßen – das unbeschreiblich ist – die Sophie Bethmann soltet du diese Worte declamiren hören – ich versprach es dir zu schreiben – und in aller nahmen zu dancken – und thue es hiemit. Gott! Segne dich im Neuen Jahr Amen.

54

den 2ten Februar 1796

Lieber Sohn!
Schon längst hätte ich mich vor die überschickten Mercure und Modejournahl bedancken sollen, aber ich hatte ein Machwerck unterhänden wo, wann es zu rechter Zeit fertig werden solte Fleiß und Anstrengung nöthig war. Meine Enckelin Louise kommt im Mertz in die Wochen – da werde ich nun Urgroßmutter! Um nun diesem Vorfall noch mehr Raritet zu geben, entschloß ich mich eine Arbeit vor zu nehmen, die |:ich wette mein Hab und Fahrt:| seit der Erschaffung der Welt |:ein starck stück:| keine Urgroßmutter verfertigt hat: nehmlich die Spitzen an das Kindszeug die Häubger und Ermelger zu klöpplen – und nicht etwa so lirum larum, nein, sondern ein Brabanter Muster 3 Finger breit und wohl zu bemercken *ohne Brille!* Nun dencke dir die kurtzen Tage – mancherley Abhaltungen und du, und wer es hört wird meinen Fleiß bewundern – daß das Wunderwerck ficks und fertig auch schon spedirt ist. Daß dem lieben kleinen Söhngen seine Rolle hienieden so kurtz aus getheilt war, thut mir sehr leid – freylich bleiben nicht alle Blüthen um Früchte zu werden – es thut weh – aber wenn die Saat gereift ist und kommt dann ein Hagelwetter und

kents du . . .: Lied Mignons (»Wilhelm Meisters Lehrjahre« III, 1).
Ermelger: Ärmelchen.
lirum larum: urspr. Bezeichnung des Tons der Bauernleier; hier: gemein, gewöhnlich.
so kurtz: Siehe Anm. zu *Weltbürger*, Brief Nr. 51.

schlägts zu Boden was in die Scheuern eingeführt werden solte, das thut noch viel weher – Wenn aber nur der Baum stehen bleibt; so ist die Hoffnung nicht verlohren. Gott! Erhalte dich – und den Lieben Augst – und deine Gefährtin – diß ist mein innigster und hertzlichster Wunsch. Daß das Judenkrämgen seine Bestimmung erfült hat freut mich – die weimarer Damen sind geschickter und haußhälterischer wie bey uns, da muß alles neu seyn sonst gehts nicht. Den eingeschlagenen Brief den jungen Menschen betrefendt, habe an Herrn Schöff von Holtzhauß überschickt, damit Er sieht, daß du in der Sache thätig geweßen bist. Jetzt noch etwas von meinem Thun und laßen. Ich befinde mich diesen Winter |:der aber auch freylich den Nahmen nicht verdient:| sehr wohl und vergnügt – wir haben 3 Batalion Grenadir Kayerliche zur Einquartirung – es sind Niederländer die kein Wort deusch können – im Anfang wars nicht angenehm, mann glaubte die Feinde zu hören, jetzt wißen wir woran wir sind – Herr Bernus – Frau Rittern und ich, haben Mann – Frau und Knäbelein von 10 Wochen zu unserm Antheil erhalten – Sie wolten kein Geld, sondern die Kost – da füttert sie Herr Bernus eine Woche – und ich eine – Frau Rittern gibt die Stube und Bett da sind sie und wir gantz vergnügt – Heute bekommen sie bey mir Fleischbrüh Suppe – Weißkraut und Rindfleisch, das ihnen sehr wohl behagen wird. Auch verdienen es die braven Kayerlichen daß es ihnen bey uns wohlgeht, denn nächst Gott waren sie unsere Retter. Gott verleihe uns bald den edlen Frieden – das ist der allgemeine Wunsch. Lebe wohl! Behalte mich in gutem Andencken – grüße alles was dir lieb ist von

deiner treuen Mutter
Goethe.

55

Den 28ten Februar 1796

Lieber Sohn!

Hir etwas von Schlosser – und bey dieser Gelegenheit kan ich dich von meinem Wohlbefinden benachrichtigen. Das ist aber auch alles was ich dir zu schreiben habe – denn wie ich im übrigen diesen Winter gelebt habe dürfte dir wohl schwerlich so Intereßant seyn um die Zeit mit Leßen zu verderben doch zum Spaß nur etwas: Frau Bethmann ist verreißt – und Ihre Töchter und ich kommen die Woche etliche mahle zu sammen auch sind noch einige gute Freunde dabey wie du gleich hören solst: was wir da treiben? wir leßen – vorige Woche lassen wir Schillers Dom Karlos! jeder bekam eine Rolle – Sophie die Königin – Herr von Schwartzkopf |: der gantz vortreflich ließt: | den Dom Karlos – Posa ich – Fürstin Eboli – die Jeni Bethmann – Domingo Herr Gerning – König Phillip Herr von Formey – Herzog Alba Eduarts Hoffmeister Herr Wagner – die kleineren Rollen vertheilten wir wieder unter uns – du kanst nicht glauben wie uns das Freude gemacht hat – künftige Woche gibts was neues – Ach! Es gibt doch viele Freuden in unseres Lieben Herr Gotts seiner Welt! Nur muß man sich aufs suchen verstehn – sie finden sich gewiß – und das kleine ja nicht verschmähen – wie viele Freuden werden zertretten – weil die Menschen meist nur in die Höhe gucken – und was zu ihren

etwas von Schlosser: Pfeiffer-Belli vermutet Schlossers Schrift »Platos Briefe nebst einer historischen Einleitung und Anmerkungen«, Königsberg 1795.

Schwartzkopf: Joachim von Schwartzkopf, Legationsrat und braunschweigischer und mecklenburg-strelitzischer Ministerresident in Frankfurt. Heiratete im November 1796 Sophie von Bethmann-Metzler.

Jeni Bethmann: Johanne Caroline Louise von Bethmann-Metzler, Schwester von Sophie von Bethmann-Metzler.

Formey: Pfeiffer-Belli vermutet einen preußischen Offizier aus Berliner Hugenottenfamilie.

Eduart: Eduard von Bethmann-Metzler, Bruder von Sophie von Bethmann-Metzler.

Wagner: Pfeiffer-Belli vermutet den Arzt Anton Ulrich Friedrich Carl Wagner.

Füßen liegt nicht achten. Das war einmahl wieder eine Brühe von Frau Aja ihrer Köcherrey. Lebe wohl! Grüße alle deine Lieben von

deiner treuen Mutter
Goethe.

56

den 19ten Mertz 1796

Lieber Sohn!
Herr Dorville und Bernhardt von Offenbach empfehlen dir durch mich Überbringer dieses Herrn Fräntzel einen großen Meister auf der Violine – Er macht eine große Reiße – oder hat sie zum theil schon gemacht, villeicht verschaft Ihm deine Bekandtschaft die Gnade, sich vor der Durchlauchtigsten Herrschaft hören zu laßen – oder auch sonst bey deinen Freunden Ehre legts du gewiß ein wo du Ihn auch einzuführen die Güte haben wirst. Solchen alten Freunden konte diese kleine Gefelligkeit ohnmöglich versagen –

deine treue Mutter
Goethe.

57

den 22ten Aprill 1796

Hier kommt das welsche korn – wünsche gute gedeiliche Witterung – daß Herr Ifland Euch sehr wohl unterhalten wird darann zweifelt niemand der diesen Künstler kent – hir wird auch wacker drauf loß tragirt – die Meße war unserm Theater sehr ersprißlich – und thrug schönes Geld ein. Neues gibts bey uns gar nichts, das der Tinte werth wäre – Schlosser kommt mit Sack und Pack in 3 wochen hieher und geht alsdann vermuthlich auf Lebenslang nach Eutin – Lebe wohl! Grüße alles was dir lieb ist von

deiner treuen Mutter
Goethe.

Bernhardt: Bernard, ehemals hugenottische Kaufmannsfamilie in Offenbach. Peter Bernard unterhielt ein eigenes Theater und Orchester.
Fräntzel: Ferdinand Fränzl, Violinsolist, später Musikdirektor.

58

geschrieben am längsten tag 1796

Lieber Sohn!

Sogleich nach erhaltung deines Briefes habe die Einlage an Freund Rieße übergeben. Er empfielt sich dir bestens, und wird ehestens eine vollständige Relation an dich übersenden – zugleich Mittel und Wege angeben wie die dortige Lotteri ihren rechten Schwung bekommen kan – das alles wirst du also durch Ihn bestens erfahren. Nun von meinem Thun und Laßen. Hir war wieder einmahl alles in großen Schwulitäten – eingepackt – fortgegangen – Pferde bestelt – täglich vor ein Pferd 11 gulden bezahlt damit es parat wäre – manches Hauß brauchte 6 auch noch mehrre – war also alle Tage so viel Pferde so viel Carolinen – die Kuscher haben wieder ihren Schnitt gemacht – auch die Schreiner – Packer u. d. g. Bey diesem Specktackel bliebe ich wie die gantze Zeit her ruhig – packte nicht – regte mich nicht – Eßen – Trincken und Schlaf bekame mir wohl – Erfahrung brachte Hoffnung – der 3 mahl geholfen hat, hats nicht verlernt – Er kan auch jetzt helfen, und Er thats durch die braven Sachssen, die haben uns wieder vordißmahl befreyt. Auch trägt zu meinem ruhigseyn nicht wenig bey, daß ich unter so guten Menschen wohne – die eben so ruhig und still sich betrugen wie ich – denn wenn mann unter so verzagten Haaßen sich befindet; so kostest doppelte Mühe sich aufrecht zu

(Zu S. 88.) *Ifland:* Iffland spielte vom 25. März bis 21. April 1796 in Weimar.

(Zu S. 88.) *Eutin:* Schlosser blieb zwei Jahre in Eutin und kehrte am 10. November 1798 nach seiner Wahl zum Syndicus nach Frankfurt zurück.

Einlage: ein Lotteriespielplan.

Hir war wieder . . .: Die Österreicher hatten nach ihrer Eroberung von Mannheim Ende 1795 einen Waffenstillstand mit Frankreich vereinbart. Der Vertrag wurde jedoch im Juni 1796 wieder gekündigt, so daß sich Frankfurt als Freie Reichsstadt wieder im Kriegszustand befand. Der französische General Jourdan rückte mit seinen Truppen bis Wetzlar vor, wo er am 15. Juni 1796 von den Sachsen geschlagen wurde. – Anschließend besetzte der neutrale preußische General Friedrich Ludwig zu Hohenlohe-Ingelfingen Frankfurt, um eine von Jourdan angedrohte Brandschatzung zu verhindern.

halten – die Furcht steckt an, wie der Schnuppen – und macht aus dem Singularis alle mahl den Pluralis sie macht es noch immer wie vor 4000 Jahren da sagten die Syrer, der König hätte wieder sie gedingt die *Könige* der Hethiter und die *Könige* der Egypter – sagten also statt König Könige! Zweyte Buch der Könige Cap 7 v. 6. Schlosser war mit Weib und Kinder 10 Tage hir – viel Genuß war nicht bey der Sache – denn die Unruhe war etwas starck, und sein Dichten und Trachten ging nach dem Nordischen Canaan. Ich laße jedem Menschen gern seyn Himmelreich – denn in der Himmelreichs Faberick habe noch nicht viel progreßen gemacht und bin sehr froh, wenn die Menschen es ohne mich finden. Im übrigen pasirt hier wenig neues – das verdindte beschrieben zu werden – mit deinen alten Freunden sieht es ohngefähr so aus: Rieße ist etwas Hipoconder – Crespel ist ein Bauer geworden, hat in Laubach Güter gekauft das heißt etliche Baumstücke – baut auf dieselbe ein Hauß nach eigner Invenstion hat aber in dem kickelsort weder Mauerer noch Zimmerleute, weder Schreiner – noch Glaßer – das ist er nun alles selbst – es wird ein Hauß werden – wie seine Hoßen, die er auch selbst Fabricirt – Muster leihe mir deine Form!! Jetzt einen gelehrten *artickel*: wann kommt denn wieder ein Willhelm Meister zum vorschein – die Leipziger Meße ist doch zu Ende? In diesem gantzen Jahr habe noch keinen Mercur noch kein Modejournal erhalten – es ist freylich von mir so etwas impertinent immer noch das zu verlangen, was die guten Freunde mir schon so viele Jahre die Güte hatten zu zuschicken – ich frage auch deßwegen nur gantz höfflich an ohne es geradezu zu pretendiren. Jetzt Lebe wohl! Grüße alles aufs beste und freundlichste in deinem Hauße von deiner

treuen Mutter
Goethe.

Crespel: Johann Bernhard Crespel, Jugendfreund Goethes. Gehörte zur »Samstagsgesellschaft« junger Frankfurter, die die Frau Rat nach der Abreise ihres Sohnes nach Weimar um sich sammelte.
Laubach: Dorf in der Wetterau.
kickelsort: winziges Nest (Gickel = Hahn).

59

den 22ten Juli 1796

Lieber Sohn!

Aus den Zeitungen wirst du die jetzige Lage deiner Vatterstadt erfahren haben – da aber das Tagebuch von Frau Aja zuverläßig nicht darinnen steht und ich doch mit Zuversicht glaube daß es dir nicht gleichgültig ist wie ich diese Epoche überstanden habe; so werde eine kleine Relation davon abstatten. Vor denen Frantzosen und ihrem hereinkommen hatte ich nicht die mindeste Furcht daß sie nicht Plündern würden war ich fest überzeugt – wozu also einpacken? ich ließe alles an ort und stelle und war gantz ruhig – auch glaubte kein Mensch daß die Kayerlichen sich hir halten wollten – es war wie die Folge auch gezeigt hat wahrer Unsinn – da sie es aber doch thaten; so fing die Sache an bedencklich zu werden – das Hauß wo ich wohne ist in Zeiten der Ruhe eins der schönsten in der Stadt – aber desto fürchterlicher in solchen Tagen wie die vergangenen wahren – der Kayerliche Commandtant wohnte gegen mir über, nun sahe ich all den Specktackel – die Frantzosen mit verbundenen Augen – unsern Burgemeister – alles in Furcht was das werden solte u. s. w. den 12ten gegen Abend fing das Bombardement an wir setzen uns alle in die untere Stube unsers Haußherrn wie es etwas nachließ ging ich schlafen – gegen 2 uhr früh morgens fings wieder an wir wieder aus den Betten – nun fing ich an auszuräumen nicht vor den Frantzosen aber wohl vor dem Feuer – in ein paar Stunden war alles im Keller biß auf die Eißerne Kiste die uns zu schwer war –

Relation: hier: Bericht.
die Kayerlichen: Nach dem Abzug der Preußen (vgl. Anm. *Hir war wieder . . .*, Brief Nr. 58) verlegte der Kaiserliche General Graf von Wartensleben ein Truppenkontingent nach Frankfurt. Dessen Kommandant weigerte sich, den nachrückenden Franzosen unter General Kléber die Stadt zu übergeben, worauf Frankfurt in der Nacht vom 12. zum 13. Juli bombardiert wurde. Am 14. Juli beschlossen die Heerführer, »Vermögen und Sicherheit der Einwohner unter den Schutz der französischen Großmut« zu stellen. Frankfurt mußte 6 Millionen in bar und 2 Millionen in Sachlieferungen als Kriegskontribution zahlen.

ich ließ meines Schwager Major Schuler seinen Fourirschütz nebst noch einem starcken Mann holen – die brachten sie denn glücklich in Keller. Biß an diesen periodt war ich noch gantz berugigt – jetzt kamen aber so schreckliche Nachrichten wie der wie jener |:es waren Leute die ich kante:| der von einer Haupitze Todt geschlagen, dem der Arm dem der Fuß vom Leibe weg u. d. g. nun fing mir an Angst zu werden und ich beschloß fortzugehn freylich nicht weit – nur dem Bombardement aus zuweichen – da war aber kein Fuhrwerck ums Geld zu haben – endlich hörte ich, daß in meiner Nachbahrschaft eine Familie nach Offenbach führe – ich ließe sie bitten mich mitzunehmen – und es wurde mit vieler Höfflichkeit bewilliget. Ich bin keine von den verzagten Seelen, aber diese schreckliche Nacht die ich gantz ruhig in Offenbach bey Mama la Roche zu brachte, hätte mir in Franckfurth vielleicht Leben oder doch Gesundheit gekostet – den 12ten 13ten und 14ten bliebe ich also in meiner Freystadt – den 15ten früh kam die Nachricht daß die Capitulation geschloßen und nichts mehr Leib und Leben betrefendt zu befah[r]en sey – nur müßte mann machen den Tag noch zurückzukommen weil den 16ten die Frantzosen einrücken würden und als dann die Thore geschloßen seyn würden – nun wäre ich um keinen Preiß in Offenbach geblieben – einmahl weil mann mich vor Emigrirt hätte halten können – zweytens weil meine schöne Zimmer als gantz lehr stehend |:denn meine Mägde hatte ich auch mitgenommen:| hätten weggenommen werden können. Nun war wieder Holland in Noth! war wieder kein Fuhrwerck zu haben – Da erbarmte unser alter Freund Hans Andre über mich, gab mir sein artiges Küschgen und rasch war ich wieder im gol-

Schuler: Georg Heinrich Cornelius von Schuler, Major einer Frankfurter Kompanie, später Oberst und Frankfurter Stadtkommandant. Seit 1767 mit der jüngsten Schwester der Frau Rat, Anna Christine Textor, verheiratet.
Fourirschütz: frz. fourir (Bursche).
Hans Andre: Johann André, Jugendfreund Goethes aus der Lili-Zeit (vgl. »Dichtung und Wahrheit« IV, 17). Musiker und Komponist (z. B. von Goethes Singspiel »Erwin und Elmire«). Gründer eines bedeutenden Musikverlages in Offenbach.

denen Brunne danckte Gott von gantzem Hertzen vor meine und vor die Bewahrung meiner Wohnung. Es ist gantz begreiflich daß ein größer Unglück das kleinere verdrängt – wie die Canonade aufhörte – waren wir wie im Himel – wir sahen die Frantzosen als Retter unsers Haab und Beschützer unserer Heußer an – denn wenn sie gewolt hätten so stünde kein Hauß mehr – und zum löschen spantten sie ihre Pferde vor die Spritzen die von den Dorfschafften zum löschen herbey eilten. Gott! Schencke uns den Frieden! Amen! Lebe wohl! Grüße alles in deinem Hauße, und behalte lieb

deine treue Mutter
Goethe.

N. S. vor die überschickten jounarle und Mercure dancke bestens – villeicht finden sich die 3 fehlende Mercure noch, bemühen solst du dich aber deßwegen nicht.

60

den 1ten Augst 1796

Lieber Sohn!
Du verlangst die nähreren Umstände des Unglücks unserer Stadt zu wißen. Dazu gehört eine ordendtliche Rangordnung um klahr in der Sache sehen zu können. Im engsten Vertrauen sage dir also, daß die Kayerlichen die erste ursach geweßen sind – da sie nicht im stande waren die Frantzosen zurück zu halten – da diese vor unsern Thoren stunden – da Franckfurth keine Festung ist – so war es Unsinn die Stadt ohne daß sie den minsten vortheil davon haben konten ins unglück zu bringen –. Mit alledem wäre allerwahrscheinlichkeit nach kein Hauß gantz abgebrandt – wenn der fatale Gedancke |: den sich niemand ausreden ließe :| die Frantzosen würden plündern – nicht die Oberhandt behalten hätte – das war das unglück von der Juden gaße – denn da war alles ausgeräumt – beynahe kein lebendiges weßen drinnen – der Unsinn ging so weit, daß sie vor die lehren Häußer große Schlößer legenten. Da es nun anfing zu brennen, so konte erstlich niemandt als mit Gewalt in die zugegeschloße-

nen Häußer – zweytens waren keine Juden zum löschen da – drittens waren gantz nathürlich in den Häußern nicht die minsteste anstalt – wenn es die Christen eben so Horndumm angefangen hätten, so wäre die halbe Stadt abgebrandt – in allen Häußern – waren die größten Bütten mit Wasser oben auf die Böden der Häußer gebracht – so wie eine Kugel zündete waren naße Tücher – Mist u. d. g. bey der Hand – so wurde Gott sey danck – die gantze Zeil – die große und kleine Eschenheimer gaße – der Roßmarckt – die Tönges und Fahrgaße gerettet – daß nicht ein Hauß gantz niedergebrandt ist – ja beßer zu sagen gar nichts das der Mühe werth wäre zu sehen – Der andre Theil der Stadt der Römerberg Maynzergaße und so weiter kamme ohnehin wenig hin – und that gar nichts. Auf der Frieburger gaße ist unser ehemahliges Hauß abgebrandt – auch der gelbe Hirsch hintenhinaus. Von unsern Bekandten und Freunden hat niema[n]dt etwas gelitten – nur ein Bekandter von mir Kaufmann Graff der in unserm Sonntags kräntzen bey Stocks ist – hat durch die Einbildung es würde geplündert einen großen Verlust gehabt – Er glaubte nehmlich wenn Er sein gantzes Waaren lager bey jemandt der in Preußischen Dinsten wäre und wo der Preußische Adler über dem Eingang angebracht wäre; so seye alles gerettet – In unserm alten Hauß auf der Frieburger gaße wohnte nun ein Preuschischer Leutenant – also brachte der gute Mann seyn Haab und Fahrt in dieses Hauß in höltzerne Remisen – nun ist ihm alles verbrandt – und die vielen Öhlfäßer – der ungeheure vorrath von Zucker |:er ist ein Spetzerey Händler:| machte zumahl das öhl das Feuer noch schrecklicher – noch andre Leute folgten dem unglücklichen Beyspiel – trugen aus ihren sicheren Wohnungen alle ihre Sachen – Geld – Silber – Betten – Geräthe Möbel – in dieses unglückselige Hauß – und verlohren alles. Überhaubt hat der Gedancke der Plünde-

anstalt: Vorbereitung (getroffen).
ehemahliges Hauß: das alte Textorsche Haus in der Friedberger Gasse.
der gelbe Hirsch: großer Gasthof für Fuhrleute.
Graff: Georg Clemens Graff.

rung der Stadt mehr Geld entzogen – als selbst die Brandschatzung – denn es sind Häußer die das Packen – fortschicken 600 – 1000 und noch mehr gekostest hat – daß der gute Hetzler und Schloßer als Geißlen sind mitgenommen worden, wirst du aus den Zeitungen wißen. Unsere jetzige Lage ist in allem Betracht fatal und bedencklich – doch vor der Zeit sich grämen oder gar verzagen war nie meine Sache – auf Gott vertrauen – den gegenwärtigen Augenblick nutzen – den Kopf nicht verliehren – sein eignes werthes Selbst vor Kranckheit |: denn so was wäre jetzt sehr zur Unzeit:| zu bewahren – da dieses alles mir von jeher wohlbekommen ist, so will ich dabey bleiben. Da die meisten meiner Freunde Emigrirt sind – kein Comedienspiel ist – kein Mensch in den Gärten wohnt; so bin ich meist zu Hauße – da spiele ich Clavier ziehe alle Register paucke drauf loß, daß man es auf der Hauptwache hören kan – leße alles untereinander Musencalender die Welt Geschichte von Voltäre – vergnüge mich an meiner schönen Aussicht – und so geht der gute und mindergute Tag doch vorbey. So wie weiter was wichtiges vorgeht – das sonderlich Bezug auf mich hat, solts du es erfahren. Küße deinen lieben Augst in meinem Nahmen – Grüße deine Liebste – von

deiner treuen Mutter
Goethe.

N.S. Aber wo bleib der Willhelm??

61

den 7ten Augst 1796

Lieber Sohn!
Deinen zweyten Brief vom 29ten Juli habe auch erhalten – und übersende dir hirmit was du verlangt hast – was noch

Schloßer: Hieronymus Peter Schlosser.
Geißlen: Die letzten der als Geiseln weggeführten Ratsmitglieder kamen erst am 22. Dezember 1796 zurück.
Welt Geschichte: »Essai sur l'histoire générale et sur les mœurs et l'esprit des Nations«, 1759, deutsch bereits 1760 unter dem Titel »Versuch einer allgemeinen Weltgeschichte«.

ferner heraus kommt will ich sammlen, und dir gleichfalls zuschicken. Villeicht hast du die übergabe und Einnahme unserer Stadt noch nicht so in der Ordnung geleßen – drum lege sie mit bey – Ist es aber nicht abscheulich daß wir unschuldige Leute in dem 4ten artickel noch als Schuldbeladene dastehn!! Ernst der verschiedne Jahre bey dir war und nachher zu Gerning kam hat vorige woche auch einen unerhört dummen |: denn Boßheit traue ich ihm nicht zu: | Streich gemacht – Lotheringer Husaren waren auf eine Nacht hir Einquartirt zum Unglück konnten sie deusch – auf den Straßen sprachen nun die Leute mit ihnen – erkundigten sich |: wie das so gewohnlich ist: | nach diesem, nach jenem – Ernst komt auch dazu und sagt: Jetzt ist es beßer hir zu seyn als am 2ten December 1792 da die Metzger und Juden die Frantzosen tod schlugen – die Burger so dabey stehn – gehen sogleich zum Burgemeister – Ernst wird ins Rathhauß – und von da grade ins Gefängnüß geführt, sitzt bey Waßer und Brod u. s. w. Unsere Situation ist noch die nehmliche – alles hoft auf den Frieden der *allein* uns und gantz Teuschland retten kan. Ich bin die gantze Woche zu Hauß – nur Sontags gehe zu Stocks – mir ists nicht beßer |: vor jetzt: | als in meiner eigenen Gesellschaft – Gerning ist von unsern Freunden der brafste – Er besucht mich ofte – auch Schwartzkopf |: nunmehr declarirter Bräutigam von der berühmten Sofia Bethmann: | Sie hat durch diese wahl viel bey mir, und dem gantzen Pupplicum gewonnen – So wie etwas geschied, das dir zu wißen nöthig ist, solst du es erfahren von

deiner treuen Mutter
Goethe.

N.S. Ich werde mich erkundigen, ob Fuhrleute sicher nach Weimar Sachen mitnehmen können – in dem Fall wird Frau Aja einen etwas großen Judenkram überschicken – nicht von

in dem 4ten artickel: Der 4. Artikel der Kapitulationsurkunde lautete: »Kein Vorwurf darf den Einwohnern wegen ihrer vorigen Aufführung gemacht werden.«
Ernst: der Weimarer Kaufmann Ernst Brecht.
1792: Vgl. Anm. zu *ocubirt*, Brief Nr. 5.

Lumppen und Lappen, sondern von verschiedenen brauchbahrem Weßen zum Haußhalt – Was es alles ist, wird als dann eine Spezivication anzeigen. Grüße alles in deinem Hauße und gehabe dich wohl.

62

den 17ten September 1796

Lieber Sohn!

Wir sind nun wieder in Kayerlichen Händen – Gott gebe daß wir biß zum Frieden drinnen bleiben! Den die Sieben wochen war Odem holen unter Henckers Hand – Tagtäglich lebte man in Angst vor warten der Dinge die noch kommen konten. Der 7te September war mir gantz besonders ängstlich – auf dem großen platz den ich jetzt übersehen kan – bemerckte ich verschiedenes das mir gar nicht behagte – Ich danckte Gott wie die Nacht herbey kam, denn da wards ruhig – den 8ten früh um 5 uhr stunde ich auf und sahe zu meiner unaussprechlichen Freude unsere Franckfurther Soldaten auf der Hauptwache – meinen Augen nicht trauend holte ich meine Lorngette und sie gingen mit Stöcken |: denn die Gewähre hatten die F. alle mitgenommen :| auf und nieder – was ich da empfand läßt sich nicht beschreiben – daß ich Gott hertzlich danckte versteht sich wohl von selbst – und des Abens unsern Zapfenstreich wieder zu hören war mir lieblicher als eine Oper von Morzart. So weit wären wir nun wieder – Gott! wird ferner durchhelfen. Burgemeister Schweitzer hat viel gethan – die gantze Burgerschaft trägt ihn beynahe auf den Händen – unsere Sachsenhäußer wolten Ihn in Römer statt der Pferde im Thriumpf ziehen – welches Er sich nun freylich verbate. Herr Doctor Schleußner war bey mir, und versprach im Rückweg mit seiner Freundin

in Kayerlichen Händen: Nach dem Sieg der Österreicher unter Erzherzog Karl am 3. September 1796 bei Amberg (Würzburg) verließen die Franzosen am 8. September Frankfurt.
Schweitzer: Friedrich Carl Schweitzer, seit 1783 Ratsherr, in den Jahren 1791, 1794 und 1796 Zweiter Bürgermeister, 1797 Schöff.
Schleußner: Dr. Gabriel Jonathan Schleußner, Arzt in Jena.

wieder zu mir zu kommen – was ich Ihm dienen kan werde mit Vergnügen thun. Daß du in unserer gegenwärtigen Verfaßung an mich gedacht hast, davor dancke ich dir sehr hertzlich – solten wir das Unglück noch einmahl haben die F. hirher zu bekommen; so bleibe ich schwerlich da – aber so weit weg gehe ich auch nicht – wollen hoffen daß uns Gott behüten wird. Der Christenkram ist gepackt – ambalirt – und geht – oder ist villeicht schon fort. Herr Nicolaus Schmidt war so gütig die Besorgung zu übernehmen. In dem Kram wirst du bey den Franckfurther Edicten die bezahlte Rechnung von Nothnagel vorfinden. Schicke du nur was von geleße nicht in deinen Kram dient – es wird schon in meinen dienen. Der gute Gerning hat seine Mutter verlohren vor Ihn ist es ein großer Verlust – Er will wieder Castanien vor dich besorgen – welches mir um des willen lieb ist – weil Er Bekandschaft mit dem Pfarrer in Cronenburg |: wo die besten zu haben sind :| hat, und die Bauern vor ihren Herrn Pastor die schönsten aussuchen – diese Gefälligkeit sie vor mich nicht haben. Sehr viele Kaufmannsgüter komen hir an, ob aber demohngeachtet viel aus der Meße werden wird, darann wird wegen Mangel an Geld noch gezweifelt. Aber eine Hitze stehen wir schon den gantzen September aus, die beynahe unerträglich ist. Mehr kan ich vor heute nicht schreiben – pro primo weiß ich nichts mehr – pro Secundo muß ich noch einen langen Brief an Demoiselle Sophie Bethmann nach Leipzig fertig machen – denn wir correßpondiren miteinander, daß es eine Lust ist. Lebe wohl! Behalte mich in gutem Andencken – Grüße alles in deinem Hauße – von

deiner treuen Mutter
Goethe.

Edicten: Gesetzessammlung aus der Bibliothek von Johann Caspar Goethe und von ihm 1742 eigenhändig geschrieben: »Series statutorum, edictorum atque decretorum Francofurtensium«, 21 Bände.
geleße: Lektüre. So Goethe am 3. November 1773 an Elisabeth Jacobi: »Hier schick ich Mamagen ein Geles.«
Pfarrer in Cronenburg: Johann Ludwig Christ, Pfarrer in Kronberg im Taunus.

N.S. Wenn der Kasten angekommen ist; so berichte es nur mit ein paar Zeilen, den Brief nach Italien habe sogleich besorgt.

63

den 1ten October 1796

Lieber Sohn!
Das ist das erstemahl daß ein Brief von hiraus nach Weimar ist verlohren gegangen – schon am 17ten September schickte dir einen zimmlich langen Brief – worinn der Abzug der Frantzosen – der Einmarsch der Kayerlichen – meine Empfindungen darüber – daß gute Croneburger Castanien durch Freund Gerning besorgt würden – ferner daß der dermahlige Christenkram bald abreißen würde – daß der mir zugeschickte Herr Doctor bey mir geweßen – und mehrre Dinge die ich jetzt wieder vergeßen habe. Solte mein Brief noch ankommen, so bitte dich recht sehr mir solches sogleich durch ein paar Zeilen zu wißen zu thun – nicht um des Briefs wegen denn da ist so viel nicht dran gelegen – sondern weil ich ihn durch jemand habe auf die Post tragen laßen auf den ich einen Argwohn habe – Den 26ten September ist der Kasten mit einem fuhrmann gantz francirt an dich abgegangen – unter den Edicten von hir – befindet sich die bezahlte Rechnung von Nothnagel – alles diß stunde im nicht angekommen Brief. Da du Strickgarn verlangst aber etwas unbestimt davon schreibst, so will ich aufs gerathe wohl 1 ℔ No. 5. schicken. Es fängt jetzo hir Gott lob und danck! wieder an etwas Lebendig zu werden – eins nach dem andern komt wieder – Gellert hat recht: schilt nicht den Unbestandt der Güter u. s. w. Der erste Zappenstreich von unsern Franckfurthern drang mir lieblicher ins Ohr – als

Gellert: Christian Fürchtegott Gellert, beliebter Schriftsteller (Fabeln, Lustspiele, empfindsame Familienromane) der Aufklärungszeit; als Professor für Poesie und Rhetorik in Leipzig auch Lehrer des jungen Goethe. Das Zitat ist aus seiner ›Erzählung‹ »Das Kartenhaus«, 8. Strophe: »Schilt nicht den Unbestand der Güter, / Du siehst dein eigen Herz nicht ein; / Veränderlich sind die Gemüther, / So müßtens auch die Dinge seyn.«

die schönste Oper von Morzard – und da der Thürmer zum erstenmahl seine Zincken und Posauen erthönen ließ und – meine Hoffnung stehet feste auf den Lebendigen Gott: zu uns herrunter thönte sange ich unter hellen freuden Thränen mit. Mit deinem Brief vom 24ten September – muß doch auch ein Irthum vorwalten – denn du läßt schreiben: Ich schicke hir wieder einige Mercure und Modejournahle – der Brief kam aber gantz Solo auf der reitendenpost – auch ist der Ort vergeßen von wannen der Brief kam – Ich bin immer in Franckfurth, daher ists nicht nöthig den Ort anzugeben – denn wenn du die Zeit in Jena warst, so habe noch Hoffnung daß mein Brief von 17 September nicht verlohren, sondern villeicht in Weimar liegen geblieben ist. Auf den 4ten Band des Romans freue ich mich hertzlich. Kanst du glauben daß die alte Räthin Moritz und der Pfarrer Claus den 3ten Theil vom Willhelm geleßen – die Klettenbergern gleich erkandt – und sich hertzlich drüber gefreut haben. Lebe wohl! Empfehle mich doch auch einmahl wieder deinen Durchlauchten zu Gnaden – auch Freulein Thusnelde – ferner Gevatter Wieland – Krauße – Herder und seinem Weibe – Wir haben doch manche frohe Stunde miteinander gehabt – und Leben Gott Lob noch alle – da muß mann doch nicht thun, als ob das Schattenreich einem schon aufgenommen hätte – Zuweilen so einen freundlichen Blick so

Zincken und Posauen . . .: wahrscheinlich biblische Reminiszenz.
meine Hoffnung: Kirchenlied aus dem Jahr 1679 von Joachim Neander. Neander war vorübergehend als Hauslehrer in Frankfurt tätig.
4ten Band: »Wilhelm Meisters Lehrjahre«, Band IV, Berlin: Unger 1796.
Moritz . . . Claus: Catharina Sibylla Moritz, geb. Schöll, Mutter von Esther Stock, und Johann Andreas Claus gehörten zum Kreis um Fräulein von Klettenberg.
Thusnelde: Louise (genannt Thusnelde) von Göchhausen, Hofdame und Gesellschafterin der Herzoginmutter Anna Amalia, mit der zusammen sie im Sommer 1778 auch die Frau Rat besuchte.
Krauße: Georg Melchior Kraus, in Frankfurt geborener Maler, ging 1774 nach Weimar und wurde 1780 Direktor der Herzoglichen Zeichenschule. Mitherausgeber des »Modejournals«. 1778 zusammen mit Anna Amalia Gast der Frau Rat in Frankfurt.
seinem Weibe: Caroline Herder, geb. Flachsland, seit 1773 Herders Gattin. (Leonore im »Pater Brey«.)

ein Kopfnücken oder der gleichen – thut einem auf seiner Wanderschaft sehr wohl. Die Ankunft des Kastens bist du auch so gütig zu berichten. Nocheinmahl Lebe wohl! Grüße alles in deinen Hauße von

deiner treuen Mutter
Goethe.

64

den 9ten October 1796

Lieber Sohn

Überbringer dieses ist der Sohn deines ehemaligen sehr guten Bekandten und Freundes Herrn Andre von Offenbach – Er geht nach Jena auf die Universität – kanst du Ihm mit gutem Rath an Handen gehn – auch sonst Ihm förderlich und dinstlich seyn; so wäre es erwiederung alter und neuer |: von seinem Vater mir bey der letzten Fluch[t] nach Offenbach erzeigten freundlichen Aufnahme :| Freundschafts dinste. Überzeugt von deiner Willfährlichkeit verbleibe

deine treue Mutter
Goethe.

65

den 15ten October 1796

Lieber Augst!

Das ist ja vortreflich daß du an die Großmutter so ein liebes gutes Briefelein geschrieben hast – nimmermehr hätte ich gedacht, daß du schon so geschickt wärest – wenn ich nur wüßte womit ich dir auf kommenden Christag eine kleine Freude machen könte – weißt du was? sage was du gerne haben mögstet deinem Vater – und der soll mir es schreiben – besinne dich, denn es hat noch Zeit – Zur Belohnung deines schönen Briefes, schicke ich dir hir etwas bon bon – Aber den Christag soll eine große große Schachtel voll ankommen – du mußt brav lernen und recht geschickt seyn – da wirst du bald groß werden – und dann bringt du mir die

der Sohn: Johann Anton André.

Journahle und Mercure selbst. Lebe wohl! Grüße Vater und Mutter von

deiner dich hertzlich liebenden Großmutter
Elisabetha Goethe.

66

den 4ten November 1796

Lieber Sohn!

Vor deinen Willhelm Meister dancke ich hertzlich – Stocks und Sömmering thun das nehmliche und grüßen dich vielmahls. Der 4te Band ist gantz herrlich! Ich bin noch nicht mit zu Ende – denn es ist Confect womit ich mich nur Sontags regalire – mir ist Angst und bange – daß das der letzte Band seyn mögte – künftigen Sontag werde es erfahren – denn ich leße es ungebunden – und kucke um Leben nicht in den letzten Bogen – noch einmahl meinen besten Danck davor. Die Kupferplatte habe sogleich mit dem Postwagen abgeschickt. Über die Langsamkeit des Fuhrmanns habe eine rechte Ärgernüß – Herr Schmidt schickt hirmit inliegenden Zettel – um zu bezeugen daß alles auf beste ist besorgt worden – nun ankommen wirds endlich doch einmahl – und da der hiesige Güterbestätter den Fuhrmann kent; so müßte im äußerten Fall derselbe in Verantwortung gesetzt werden – ich hoffe immer noch, daß das alles nicht nöthig seyn soll. Ich mögte deinem Augst gern eine kleine Freude auf die Christtage machen – dazu mußt du mir behülflich seyn – Hoßen und Weste von hübschen Winterzeug – wenn das beliebt würde, so müßte aber der Schneider befragt werden wie viel er dazu braucht, auch müßte die Breite an gegeben werden z. E. ist das Zeug Ehlen breit so braucht mann so viel u. d. g. Weißt du aber etwas anders so berichte es. Unser Liebes Franckfurth komt wieder nach und nach ins alte Gleiß – Gott sey ewig danck, daß unsere Verfaßung geblieben ist – davor war mir am bängsten – mit den Schulden –

regalire: frz. regaler (reichlich beschenken und bewirten).
Güterbestätter: Spediteur.

und was die Bürger am Ende werden beytragen müßen wird sichs auch geben – von dem Gelde das vom Kirchen und Bürger Silber ist geschlagen worden, soll Augst auch einen Convensthaler zum Andencken in seine Spaarbüßse haben – es sind doch 80000 f zusammen getragen worden – von Maleberth – und die alte Frau Leerse haben keinen Silbernen Löffel mehr – und der Pfarrer Starck |: der nun gestorben ist: | hat sein schönes Müntzcabinet auch dazuhergegeben – genung jeder hat gethan was ihm möglich war – die ärmsten Leute haben die Patengeschencke ihrer Kinder dargebracht – auch haben die Frantzsosen gesagt so eine Einigkeit zwischen Magisterrath und Bürgerschaft wäre ihnen noch in keinem Lande in keinem Orte vorgekommen. Es wird dir bewußt seyn daß alles was mann beygetragen hat auf 6 Jahre zu 4 procent verintresirt wird – nun ginge mir es sehrsonderbahr – den 1ten Juli legte Pfeil 7200 f an mich ab die wurden denn sogleich wieder angelegt und zwar recht gut zu 5 procent – den 16ten kammen die Freiheits Männer da war nun bey mir große Noth – ich hatte nur so viel als ich zum täglichen Leben brauchte – geben mußte ich – auch hätte ich mich zu Tode geschämt und gekrämt – also Geld herbey! Aber woher! Jeder brauchte das seine vor sich selbst – ich war nicht allein in diesem Fall – Frau Schöff Schlosser, Herr Hoffrath Steitz – Jungfer Steitz und mehrre – wir

Gelde: Um die enormen Kontributionsforderungen der Franzosen erfüllen zu können, mußten aus privaten Spenden Münzen geprägt werden. Sie tragen die Umschrift: »Aus den Gefäsen der Kirchen und Burger der Stadt Franckfurt 1796«.
Maleberth: Friedrich Wilhelm von Malapert-Neufville, Kgl. Preußischer Kammerherr. Die Familie hatte das Monopol im Salzhandel und bewohnte das »Salzhaus« am Römerberg.
Leerse: Rahel Eleonore Leerse, geb. de Neufville, Bankierswitwe.
Pfarrer Starck . . .: gestorben am 17. Oktober 1796.
Pfeil: einer der Söhne des ehemaligen Sekretärs von Johann Caspar Goethe, Leopold Friedrich Pfeil. Die Summe war als Hypothek auf dem Pfeilschen Haus eingetragen.
Schlosser: Margarete Rebekka Elisabeth Schlosser, geb. Steitz, verheiratet mit Hieronymus Peter Schlosser.
Hoffrath Steitz: Christian Friedrich Steitz, Bankier; Hofrat und Resident von Sachsen-Weimar. Bruder von Frau Schöff Schlosser.

schickten den Lippoldt nach Hanau – es war nichts – Endlich erbarmte sich ein unbeschnidner Jude aber zu 9 procent und nach Versatz von 3 Kayerlichen Obligationen!! Ich überlegte und da fiel mir ein – daß dieser Wucher bey mir nur 8 Monathe dauern dürfte – indem ich stipulirter maßen das andre Jahr vom Hirschgräber Hauß 2000 f abgelegt bekomme – die doch wieder angelegt werden müßen – also ist der Verlust nicht groß – ich bekomme so zu sagen doppelte Intereßen – einmahl vom Hauß und von der Stadt – also nahm ich das Geld – und im May kriegt er es wieder – So habe ich mich durchgedrückt. Heute habe eine sehr gute Nachricht gehört – |: wenn sie wahr ist: | die Stadt ist vom Convent vor Neuterahl erklährt, und die Geißlen kommen in 14 Tagen wieder – das wäre herrlich. Lebe wohl! Behalte lieb

deine treue Mutter
Goethe.

N.S. Grüße alles in deinem Hauße.

67

den 4ten December 1796

Lieber Sohn!
Hir kommt ein gantz Musterhaftes stück Warndörfer Tuch vor den Lieben Augst zu Hembten – Gott laße Ihn dieselben gesund verwachsen und zerreißen – die Infanteri und Cavaleri nebst dem Zuckerwerck erscheint wie es Sitte ist in der Christ woche. Herr Schmidt läßt sich dir bestens empfehlen – du solst keine Sorge wegen des noch nicht angekommenden

(Zu S. 103.) *Jungfer Steitz:* Tochter von Hofrat Steitz. Steitz selber war wie Schöff Schlosser als Geisel in Paris.
ein unbeschnidner Jude: also ein Christ.
stipulirter maßen: (lat. stipulatio, Verabredung, Festsetzung) verabredungsgemäß.
vor Neuterahl erklährt: Erst am 2. Dezember 1796 erklärte die französische Direktorialregierung Frankfurt für neutral; die letzten Geiseln kehrten am 22. Dezember zurück.
Warndörfer: aus Warnsdorf (Böhmen).

Kasten haben – er schaffte ihn gewiß herbey. Den ersten theil der Revolution in England von Albrecht habe durch deine Güte erhalten – wenn der 2. theil erscheint; so erbitte mir ihn ebenfals. Der 4te Band von Willhelm Meister wird mit einer Begirde nicht gelesen – sondern verschlungen – Willmer sagt: so hätte er in seinem Leben nichts geleßen, daß ihn so im innerstern bewegt hätte – genung eins reißts dem andern aus der Hand – mich hat es auserordendtlich ergötzt – jetzt fange ich an es vom Anfang zu behertzigen – den den Faden kan man ohnmöglich im Gedächnüß behalten – alles freut sich auf die Fortsetzung. Von meinem Thun und Lassen ist übrigens nicht viel zu erzählen – als daß ich Gott sey danck wohl und vergnügt bin – Meine gute Freunde und Bekandte sind alle wieder hir – Sophie Bethmann ist nun in aller Form Frau von Schwartzkopf u. s. w. Ich bin Ihre ausgewählte Freundin – und die Vertraute vom gantzen Hauß – Eße oft in Gesellschaft von Mama la Roche daselbst – genung ich ammusire mich so gut es gehen will – die alte Montags Gesellschaft ist auch wieder im gang – ins Commedien-spiel wird auch gegangen – zu Hauß bin ich sehr fleisig – stricke – Klöpple Spitzen – besorge meine kleine Geschäffte – Eße – trincke – Schlaffe – das ist so ohngefähr mein |:beynahe Schlaraffen:| Leben. Lebe wohl! Grüße dein gantzes Hauß – und behalte Lieb

deine treue Mutter
Goethe.

68

Den 17ten Decemb 1796

Lieber Sohn!

Ich freue mich sehr daß der Kasten mit dem Geräthe und der rahren Decke endlich einmahl angekommen ist – auch

Albrecht: Heinrich Christoph Albrecht, »Leben und Tod Karls I. von England«, Schleswig 1786, hatte den Nebentitel »Die Revolution in England«.

Montags Gesellschaft: regelmäßige Gesellschaft im Garten der Familie Stock.

hoffe ich daß das Stück Tuch zu Hembten vor den lieben Augst auch glücklich durch den Postwagen zu Euch gelangt ist. Hir kommt nun noch – Eine Arche Noa es ist zum bewundern was alles drinnen enthalten ist, ich glaubte dem Augst dadurch Spaß zu machen – Auch Invanteri und Cavalleri – ferner einen Conv:thaler – von dem Kirchen und Bürger zur Brandschatzung bey getragenen Silber – Bitte mit dem allem vorliebt zu nehmen. Die Feyertage werde mir ein großes gaudium mit Willhelm Meister machen – und ihn vom Anfang leßen – indem mann ohnmöglich den Faden der Geschickte behalte kann den in einem 1/2 Jahr verwischt sich manches – jetzt habe aber alle 4 theile vor mir – das soll mir wohl behagen den der Gang der sonderbahren Geschichte hat meine Erwartung auf höchste gespant. Der 4te theil macht hir eine erstaunliche Wirckung – und mit Schmertzen wartet jedermann auf den 5ten theil – die Hollweg – Metzler – Willmer Thurneißen sind gantz bezaubert davon – besonders Willmer – dem hat die Marianne den Kopf so verrückt, daß Er beynahe einen dumenstreich gemacht hätte – wenn ich sogerne schriebe als ich plaudre; so würde dir die Sache erzählen, das ist mir aber zu weitläuftig genung Er glaubt sich in dem Fall des Willhelms zu befinden. Jetzt Lebe wohl! der Brief muß heute in die Confect Schachtel gepackt werden – den übermorgen geht der letzte Postwagen vor Christag ab – nun muß ich diesen Mittag selbst zum Contitor um das Zuckerwerck auszusuchen habe heute sonst noch allerley zu thun. Schlißlich, grüße alles in deinem Hauße von

deiner treuen Mutter
Goethe.

die Hollweg: Susanna Elisabeth Bethmann, heiratete 1780 den Bankier und Teilhaber der Bethmannschen Bank Johann Jacob Hollweg, der sich seitdem Bethmann-Hollweg nannte.
Metzler: Catharina Elisabeth von Bethmann-Metzler.
Marianne: Schauspielerin und Geliebte Wilhelm Meisters, Mutter seines Sohnes. – Willemers spätere Frau Marie Anne, geb. Jung, kam allerdings erst 1798 nach Frankfurt.

69

den 14ten Mertz 1797

Lieber Sohn! Inlage kommt von Herrn Bernhadt von Offenbach – mit der inständigsten Bitte an dich als seinen alten Freund – sobald als möglich an mich darüber Auskunft zu geben – du wirst dadurch Ihn – mich und dein gantzes vaterländisches Pupplicktum sehr verbinden. Ich erwarte also darüber je ehnder – je lieber eine gnügliche Antwort zu erhalten. Wie stehts denn mit deiner Italienischen Reiße? Gerning den ich offte mit fragen behellige – sagt Er hätte noch keine positiefe Antwort – Wenn ich die Freude haben soll dich zu sehen; so muß ich es doch zeitlich vorher wißen denn in meinem jetzigen Logi sind andre Verhältnüße – als in einem Hauße da mann allein Herr und Meister ist. Lebe wohl! Grüße alles und behalte lieb

deine treue Mutter.

N.S. um keinen Postag zu versäumen schriebe dieses Nachmittags 2 Uhr – vor mich eine garstige Schreibstunde.

70

den 24ten Mertz 1797

Lieber Sohn!

Vielen und schönen Danck vor die geschwinde Nachricht wegen dem Sänger – Herr Bernhardt danckt ebenfals auch auf beste – auch hat mich dein Brief noch von einer andern Seite sehr gefreut und erheitert – denn die Italienische Reiße war so wie die Sachen *jetzt* in Italien stehen – gar nicht nach meinem Geschmack – So viel Vergnügen ich haben werde, dich einmahl in meiner neuen Einrichtung bey mir zu haben;

Bernhadt: Bernard stand kurz vor dem Konkurs, dem er durch die Auflösung seiner Privatkapelle entgehen wollte.
Italienischen Reiße: Goethe plante 1797 eine dritte Reise nach Italien, die ihn aber wegen der Kriegsunruhen nur nach Süddeutschland und in die Schweiz führte.
Italien: Im Winter 1796/97 besiegte der junge Artilleriegeneral Bonaparte das österreichische Heer in mehreren Schlachten und eroberte am 2. Februar 1797 Mantua.

so würde der Gedancke daß du in das Land wo jetzt Räuber und Mörder ihren Sitz aufgeschlagen haben hin wollest mir alle Freude vereitelt und geheimer Kummer hätte mir allen Spaß verdorben – Gott bewahre! die Wege sind unsicher – was könnte da alles geschehen!! Genung ich bin froh, daß du wahrscheinlich in deinem friedlichen Sachsen bleibst – und Gerning machen läßt – was Er nicht laßen kan. Übrigens leben wir immernoch in Erwartung der Dinge die da kommen sollen – Gott! weiß ob wir die Freyheits männer nicht noch einmahl zusehen kriegen – unsere Obrigkeit thut sehr heimlich was einer aus ihren Mittlen in Pariß wo Er ungefähr 6 Wochen war aus gerichtet hat – mann glaubt daß es etwas guts seyn müße – wenigstens hoft mann es. Neues pasirt hir nichts das des Schreibens werth wäre – Lebe wohl! Dancke dem Lieben Augst vor die überschickten Modejournahle und sein Briefgen wenn wieder so was bey der Hand ist, soll er mir es schicken. Die Großmutter wird ihn auch recht lieb haben – Gott befohlen.

Deine treue Mutter
Goethe.

71

den 15ten May 1797

Lieber Sohn!
Schon wieder eine Bitte von Herrn Bernhard – die Oper Cosa van Tutti – oder so machen sies alle – soll in Weimar so sehr viel durch den verbeßerten Text gewonnen haben – denn den wir hir haben der ist abscheulich – es ist also dieser verbeßerte Text darum Herr Bernhardt dich höfflich er-

Obrigkeit: Wegen des Abschlusses eines Neutralitätsvertrages mit Frankreich verhandelten in Paris zwei Kaufleute als Bevollmächtigte des Rates: Detmar Friedrich Wilhelm Basse und Conrad Ölsner. Dieser Vertrag sicherte Frankfurt die Neutralität zu und garantierte die Befreiung von künftigen Kontributionen. Frankreich behielt sich das Recht des freien Durchmarsches und der Besetzung vor.
verbeßerten Text: Mozarts Oper »Cosi fan tutte« wurde in Weimar in der Bearbeitung von Christian August Vulpius am 10. Januar 1797 gegeben.

suchen läßt – alle Kosten des Abschreibens und was sonst etwa dabey ist – soll mit dem größten Danck erstattet werden. Friede hätten wir nun – das Feuer ist gelöscht aber nun geht es ans Aufräumen – da wird mann sich noch die Finger an den rauchenden Balcken verbrennen – nun es wird auch gehen – die Frantzosen besuchen uns noch Tag täglich – Generahl Hoche hat die Zauberflöthe am Donnerstag verlangt – die den auch bey vollem Hauße ist gegeben worden. Semmering den ich gestern sprache – läßt dich grüßen – und wird dir ehestens etwas vortrefliches das Auge betrefendt übersenden – Grüße den Lieben Augst meinen kleinen Correßpondenten und bitte Ihn mir bald wieder Modejournahl und Mercure zu senden von jedem habe ich erst den Jenner – Neues pasirt hir weiter nichts – als daß die Polickticker die Frantzosen jetzt nach Norden marschiren laßen – Lebe wohl! Grüße alles was dir lieb ist von

deiner treuen Mutter
Goethe.

72

den 2ten Juni 1797

Lieber Sohn!
Die Mercure – Modejournale und das Geld vor das Loteriloß dieses alles ist glücklich angelangt – meinen besten Danck davor! Die letzte |:Gott gebe daß sie es war:| Geschichte

Friede: Am 18. April 1797 schlossen Österreich und Frankreich in Leoben einen Präliminarfrieden, in dem Österreich auf Belgien und Mailand gegen Entschädigung durch venezianisches Gebiet verzichtete. Die endgültige Friedensregelung sollte einem Kongreß (dem späteren Kongreß von Rastatt) überlassen bleiben.
Hoche: Lazare Hoche, frz. General.
etwas vortrefliches: Am 15. Juni dankte Goethe für Sömmerings Schrift »Über das Organ der Seele«.
Die letzte . . . Geschichte: Ereignete sich schon am 22. April 1797, also fünf Tage nach dem Friedensschluß. – In einem Brief Hölderlins an seine Schwester Heinrike Breunlin, geb. Hölderlin, ist der gleiche Vorfall mit wenigen Abweichungen beschrieben: »Den zweiten Tag nach Karls [Hölderlins Halbbruder Carl Christoph Friedrich Gock] Abreise war die französische Kavallerie schon vor unsern Toren, beinahe in demselben

drohte unserer Stadt mehr Unglück und Schaden, als alles vorhergegangne – denn wir gliechen Leuten die in guter Ruhe und größter Sicherheit in tiefem Schlaf liegen – weil sie Feuer und Licht ausgelöscht glauben – so was glaubten wir auch – und wie mann eine Hand umwendete war Vorsicht und Mühe unnütz und wir waren im größten Unglück. Senator Milius brachte schon am 2ten December voriges Jahres vom Nationahl Confent die Neutralität vor unsere Stadt von Paris |: wo Er sich 6 Wochen aufgehalten hatte: | mit – die Declaration vom Confent war vortreflich zu unsern gunsten abgefaßt besonders wurden wir über den letzten Rückzug vom 8ten September 1796 sehr gelobtet und geprießen – wer hätte da nun nicht ruhig seyn sollen? Das waren wir auch – kein Mensch emigrirte – niemandt schickte etwas weg – die meisten Meßfremden |: besonders die Silberhändler von Ausspurg: | hatten ihre Buten ofen und blieben ruhig hir – die Frantzsosen waren nahe an der Stadt – wir erwarteten sie in einer Stunde – die Kayerlichen waren zu schwach um sich zu halten – wir sind Neuterahl erklährt – also ist von keinem Bompatemant die Rede – genung ich kuckte zum Fenster hinaus und wolte sie ankommen sehen – das war Mittags um 2 Uhr – aufeinmahl kommt die Fritz Metzlern mit Sturm in meine Stube ruft schir auser Odem Räthin es ist Friede! Der Commandant von Milius hat einen

Augenblicke, da ein Kurier von Buonaparte an General Hoche hier durchkam, und die ganze Stadt mit Friedensjubel erfüllt hatte. Es war eine ganz eigne Situation. – Die Franzosen vor den Toren wollten auf die Friedensnachricht keine Rücksicht nehmen; (sie wollten ihrer ordre folgen, auch die Frankfurter Messe ein klein wenig plündern). General Hoche, an den der Kurier war, war noch nicht gegenwärtig, und so war man einen ganzen Mittag ungewiß, wie es werden würde, denn einen ernstlichen Angriff hätte die kaiserliche Garnison nicht abgewartet. Aber die beiderseitigen Generäle kamen denn doch zu einem Waffenstillstand endlich überein; die Franzosen zogen sich hinter die Nidd, ein paar Stunden von hier zurück, und wir leben jetzt wieder ganz ruhig.«

Milius: Johann Jacob Mylius.

Rückzug: Siehe Anm. zu *in Kayerlichen Händen*, Brief Nr. 62.

Metzlern: Susanna Metzler, geb. Fingerlin, Gattin des Bankiers Friedrich (Fritz) Metzler.

Courir vom Bononaparte – es ist ein Jubel – Gott befohlen ich muß weiter die gute Nachricht verbreiten u. s. w. Gleich daraus kommt der Burgemeister Schweitzer – und Syndicus Seger in einer Kusche um ins Frantzöische Lager zum le Feber zu fahren und Ihm zu gratuliren – wie Sie an die Hauptwache kommen – werden Sie von den Bürgern umringt die Kusche muß stillhalten – Sie versichern die gute Nachricht vom Frieden – Alt und Jung schwingt die Hüte ruft Vivat es ist ein Jubel der unaussprechlich war – wem in aller Welt fält es jetzt ein an Unglück zu dencken!! Keine 6 Minuten nach dieser unbeschreiblichen Freude, kommt die Kayerliche Cavaleri zum Bockenheimerthor herein gesprengt |: so etwas muß mann gesehen haben beschreiben läßt sichs nicht :| der eine ohne Hut – dort ein Pferd ohne Reuter – und so den Bauch auf der Erde gings die Zeile hinunter – auch hörte mann schißen – alles gerithe in Erstaunen was ist das vor ein Friede so rief immer eins dem andern zu – nun zu unserer Errettung. Ein Kayerliger Leutenant hatte |: und zwar ohne Order :| die Gegenwart des Geistes in wehrender galopate den Gattern am Thor zu und die Zugbrücke auf zuziehen – ohngeachtet noch nicht alle Kayerliche in der Stadt waren – das war nun unser Glück, denn wären die Frantzosen nachgestürmt; so wäre die Masacker in der Stadt loßgegangen – und hätte ein Burger sich nur der Sache angenommen; so war Plünderung und aller Greuel da – und am Ende hätte es geheißen *wir* hätten die Neutralität gebrochen – die Frantzosen Tod geschlagen u. s. w. Burgemeister Schweitzer und Seeger wurden geplündert le Feber wolte durchaus nicht glauben daß Friede wäre – Er hätte noch keinen Courir – von unserer Neutralität wüßte Er kein wort – Endlich überredete der Kayerliche Commandant den

(Zu S. 110.) *Friede:* Erst am 17. Oktober 1797 wurde der Friede von Campo Formio geschlossen. Die Verhandlungen hatten bereits am 1. Juni begonnen.
Seger: Carl Friedrich Seeger, unter Carl von Dalberg Staatsrat.
le Feber: Pierre François Lefèbre, frz. General, 1804 Marschall und Herzog von Danzig.
Leutenant: von Brzezinsky, österreichischer Oberleutnant.

Generahl le Feber mit in die Stadt zu kommen – versicherte auf sein Ehren wort – daß Friede wäre und daß freylich der Courir nicht bey allen Generahls zugleich ankommen könte – darauf ging Er mit – der Burgemeister Schweitzer auch und mehrere vom Magisterath gingen alles in Römischen Kayser trancken – und alles endigte sich zu unserm Glück. Dem braven Leutenant – und dem Wirth im weißen Lamm in Ausburg haben wir allso unsere Rettung zu dancken – der erste macht das Thor ohne Order zu haben zu – der andre weißt dem Courir einen kürtzern Weg nach Franckfurth er kommt auf diesem weg 6 Stunden früher – Gott hat wohl schon durch geringre Mittel aus großen Nöthen geholfen – und solte mein Glaube an die Ewige Vorsehung wieder einmahl schwach werden – so will ich mir zurufen: *dencke an den 22ten Aprill.* Die Frantzosen sind jetzt täglich |: weil sie noch in der nähe liegen :| in unserer Stadt – besuchen fleißig das Schauspiel – Vorgestern war auf Verlangen des neu vermählten Erbprintzen von Heßencaßel und seiner Gemahlin Palmira das ist eine Oper!! sie wird hir mit aller möglichen Pracht gegeben. Hir kommt auch die No. von Lotteri Loß – Lebe wohl! Grüße alle und behalte lieb

deine treue Mutter
Goethe.

73

den 5ten Juni 1797

Lieber Sohn!
Alles was ich vermag um dich ruhig und zufrieden zu machen will ich von gantzem Hertzen gerne thun – ohngeachtet ich gantz gewiß weiß, daß Gott mich deinen – ich

Römischen Kayser: großer Frankfurter Gasthof.
Erbprintzen: Erbprinz Wilhelm von Hessen-Kassel hatte am 13. Februar 1797 Prinzessin Auguste von Preußen, Tochter Friedrich Wilhelms II., geheiratet.
Palmira, Prinzessin von Persien, Oper von Antonio Salieri, bearbeitet von Johann Ihlée. Goethe sah eine Aufführung am 13. August 1797 (vgl. seinen ausführlichen Bericht an Schiller vom 14. August 1797).

kan das Wort nicht schreiben – nicht erleben läßt; so will ich doch auf deine Erbschaft Verzicht und überhaubt alles thun was dir Vergnügen machen kan – damit du ruhig und ohne Kummer die Reiße antretten – und noch 40 Jahre theils in Italien theils in Weimar des Lebens genüßen kanst und solts – Auf dein herkommen freue ich mich hertzinniglich! Bitte dich aber nur um das einzige daß ich es 8 Tage vorher gewiß weiß – auch ob du einen oder zwey Bedienung mitbringst – denn was ich dir damahls |: als du kommen wolstest aber nicht kamst :| schriebe gielt auch vor jetzt – nehmlich daß ich eine Stube vor deine Leute von meinem Haußwirth borgen muß – meine Wohnung ist der Lage nach einzig in ihrer art – nur so viel platz wie ehemahls im alten Hauß habe ich freylich nicht – davor bin ich aber auch aller Haussorgen quit und loß. Die Briefe habe sogleich besorgt. Ich zweifle nicht daß du dein Vorhaben die deinigen auf alle Fälle zu versorgen recht kräftig ins Werck richten wirst – solte es aber villeicht räthlich sein um mehrer sicherheit willen auch hir jemandt um Rath zu fragen von deßen verschwiegenheit mann versichert wäre; so darfst du mir nur den Auftrag geben und auch das soll befolgt werden.
Heute ist mirs nicht mehr schreiberlich drum Lebe wohl! Grüße alle deine Lieben – besonders meinen kleinen Correßpondtenten und ich werde ihm auch bald wieder schreiben. Gott befohlen.

Deine treue Mutter
Goethe.

N.S. Aus Thurneißens briefgen kanst du ersehen wie sie es hir mit der Oper halten wollen.

74

den 17ten Juni 1797

Lieber Sohn!
Hier kommt die acte in aller Form zurück. Zwey Senatoren haben sie unterzeichnet – und besiegelt – deßgleichen auch

acte: Der Wortlaut der von Goethe selbst entworfenen ›acte‹ folgt im ein Herr Notarius – aufgehalten habe ich die Sache auch nicht denn den 15ten erhielte ich sie und heute beym Abgang haben wir den 17ten warum sie aber 8 Tage unterwegs war denn den 9ten ist dein mitgekommender Brief von Jena datirt und den 15ten erhielte ich sie erst – das hat nun weiter nichts zu bedeuten – es soll nur beweißen, daß ich nicht saumselig geweßen bin dir ein ruhiges Gemütht zu verschaffen. Gerning hat mir meine Freude dich einmahl wiederzusehen in etwas getrübt – es könte seyn sagte Er, daß du zu Ihm nach Ausburg kämest und dann reißet Ihr miteinander – ich will dir in keine Wege deinen Plann verrücken oder gar hinderlich seyn – du mußt wißen was dir am zuträglichsten ist – nur eins bitte ich in diesem Fall mir von dir aus nehmlich eine Adreße wo ich in deiner Abweßenheit meine etwaige zu schreibende Briefe hinschicken soll – denn es können ja Fälle vorkommen, daß ich nach Weimar schreiben müßte – auch eine ditto vor Italien – Ich verwundre mich nur daß du in das vor jetzt noch so unruhige Land reißen wilsts – das muß du nun freylich alles beßer verstehen wie ich – es ist nur so eine kleine Mütterliche Sorge die villeicht sehr unnützt ist – aber villeicht kommt du doch noch erst hieher – und hörsts das geplauder von Frau Aja denn darinn ist sie immer noch sehr starck – siehts meine kleine aber hübsche Wohnung u. s. w. Auf das Werck worinnen eine Frau Aja vorkommen soll freue ich mich sehr – so wie über

Anschluß an diesen Brief. – Nach Erhalt dieser Verzichterklärung setzte Goethe am 24. Juni 1797 sein Testament auf, worin er seinen Sohn August zum Universalerben einsetzte. Der »Freundin und vieljährigen Hausgenossin Christiane Vulpius« vermachte er die Nutznießung seines gesamten Vermögens, »doch unter der Bedingung, daß sie auf Erziehung unseres Sohnes mütterlich das nöthige verwende«.

Notarius: Jonathan Gottlieb Hacker.

dann reißet Ihr miteinander: Goethe an Christiane am 14. Juni 1797: »Gerning lädt mich ein mit ihm über Regenspurg und Wien nach Italien zu gehen, ich kann mich aber nicht darauf einlassen, weil ich noch Nachricht von Meyer [aus Florenz] erwarte und ungewiß bin ob dieser nicht gar wegen seiner Gesundheit heraus und in die Schweiz geht.«

Frau Aja: »Hermann und Dorothea«. Erschien im »Taschenbuch für 1798«, Berlin 1797.

alles was von dir kommt. Noch eins! Hetzler hat die Acte geleßen und findet sie bündig und gut. Lebe wohl! Grüße alle deine Lieben – und laße mich bald gute Nachrichten von dir hören dießes wird von Hertzen freuen

deine treue Mutter
Goethe.

N.S. Hier kommt der Nahme eines jungen Mannes der künftige Herbstmeße nach Jena gehen wird um dort Jura zu studiren – sein Vater ein nicht reicher Mann hat mich sehr gebeten – seinen Sohn dir zu empfehlen und um die stelle an einem Freytisch gantz gehorsambst zu bitten – kanst du vor deiner Abreiße dieses gute Werck thun – so thue es so was bringt allemahl Seegen – und da du doch auf alle Fälle noch an mich schreiben mußt; so sage mir nur mit wenig worten was ich den guten Leuten antworten soll.

[Wortlaut der beigefügten ›acte‹]

Da ich mich entschlossen habe, meinem Sohne, dem Herzogl: Sachsen Weimarl: Geheimen Rath, Herrn Johann Wolfgang von Goethe, auch dadurch einen Beweiß meiner sorgfältigen Theilnehmung an seiner häuslichen Verfassung und meiner mütterlichen Liebe zu geben, daß ich mit ihm einig worden bin, ihn auf den Fall, wenn er, des großen Unterschiedes der Jahre unerachtet, vor mir versterben sollte, über die Folgen dieser Möglichkeit in Ansehung seines Nachlasses völlig zu beruhigen: So erkläre ich hierdurch mit freyer Überlegung, daß, wenn ich auch gegen den Lauf der Natur meinen obgenannten Sohn überleben sollte, ich dennoch sein Vermögen an Immobilien, Mobilien, Activen und worin es irgend nur bestehen möchte, ganz zu seiner eigenen Disposition überlassen, und jede Anordnung, die er unter den Lebenden oder auf den Todesfall darüber treffen möchte, es sei auf eine rechtsförmliche Weise, oder ohne alle Feierlichkeit der Rechte, vollkommen anerkennen und als gültig bestehen lassen will, ohne mich irgend einiger zur Schwächung oder Vernichtung seiner gemachten Dispositionen abzielenden Rechtsmittel zu bedienen. Zu dem Ende entsage ich, wohlbedächtig, dem in den Gesetzen geordneten Pflichttheil und überhaupt allem Beerbungsrecht, das mir auf den Nachlaß meines Sohnes bey Überlebung desselben zustehen möchte; ich begebe mich auch aller Exceptionen, die etwa zur Entkräftung

dieser meiner freywilligen Anerklärung und Entsagung ersonnen werden könnten, besonders der Verletzung der Überredung und der Wiedereinsetzung in den vorigen Stand, und wünsche übrigens meinem Sohne die längste und zufriedenste Lebenszeit.
Zur Beglaubigung dieser Renunciation habe ich meinem Sohne gegenwärtige Urkunde ausgestellt und solche eigenhändig unterschrieben.
So geschehen Frankfurth am Main den 17 Junii 1797.

Catharina Elisabetha Goethe. Wittib.
Johann Ludwig Hetzler Sen. als Zeuge.
Jakob Stock Sen. als Zeuge.

75

den 1ten Juli 1797

Lieber Sohn!
Ich hatte selbst eine wahre Freude daß ich die Acte so geschwind befördern konte – du kanst sie einmahl deinen Enckeln vorweißen damit sie sehen wie du vor sie gesorgt hast – zu etwas weiterem dient sie nicht – darauf gebe ich dir mein Wort. Die Päckgen an Herrn Meyer 3 an der Zahl habe von Herrn Gerning zurück erhalten. Hier überschicke dir 2 Planne von der hiesigen Lotteri – einen von der jetzt im Ziehen begriefenen – der andre auf die folgende – daß ich mich hertzlich auf deine Herkunft freue, das brauche ich dir wohl nicht zu beschwören – dein Aufenthalt bey mir wird eine wahre Erholung vor deine Lunge seyn – denn Frau Aja fühlt sich so redeselig – daß du Mühe haben wirst ein ja oder nein schicklich anzubringen. Vor heute weiß ich nichts mehr als alles zu grüßen was du lieb hast – und daß ich die Nachricht von deinem herkommen mit Freude erwarte – Lebe wohl! diß ist der Wunsch deiner

treuen Mutter
Goethe.

(Zu S. 115.) *Exceptionen:* lat. exceptio (Einspruch).
Renunciation: lat. renuntiatio (Verzicht, Abdankung).

76

den 25ten Juli 1797

Lieber Sohn!

Die Ankündigung deines Koffers hat mir große Freude gemacht er soll wohl aufgehoben seyn – aber vor der Rückreise deßselben ohne dich dancke gantz gehorsambst!! Denn das Fenster gucken von zwey Jahren her das habe ich noch nicht vergeßen – jede der Zeil herunter kommende Postkusche wurde scharf beobachtet – und das dauerte 14 Tage – Mitalledem rühre ich nichts an – laße alles stehen wie es steht – biß du schreibst den und den reiße ich ab, und hoffe den und den bey ihr zu seyn – denn schöne Geister – sind schöne Geister und damit Holla. Mir wäre es sehr lieb wenn du es einrichten könstes bey hellem Tag in Goldenen brunen deinen Einzug zu halten – des Nachts ankommen liebe ich nicht – zumahl in einem dir gantz frembten Hauß – Hir hast du meine Willens meinung – Bald also hoffe ich dir mündlich zu sagen – wie sehr sich auf deine Herkunft gefreut hat

deine treue Mutter
Goethe.

N.S. Grüße alles in deinem Hauße – lieblich und freundlich wie es sich gehört – gebührt und gezimt.

77

den 24ten Augst 1797

Liebe Freundin!

Das Vergnügen so ich in Ihrem Lieben traulichen Umgang genoßen macht mich noch immer froh – und ich bin meinem Sohn vielen Danck schuldig daß Er mir solches zu verschaf-

Einzug: Goethe reiste zusammen mit seiner Familie am 30. Juli ab, trennte sich in Gelnhausen von ihr und erreichte am 3. August, frühmorgens um acht Uhr, Frankfurt. Er blieb bis zum 25. August.

Das Vergnügen . . .: Christiane und August kehrten schon am 7. August nach Weimar zurück. – Am 15. August schrieb Goethe an Christiane: »Meine Mutter hat dich recht lieb, und lobt dich und erfreut sich des Kleinen.«

fen die Güte hat haben wollen. So kurtz unsere Zusammenkunft war, so vergnügt und hertzlich war sie doch – und die Hoffnung Ihnen meine Liebe einst auf längre Zeit bey mir hir zu sehen erfreut mich zum voraus – Da wir nun einander kennen; so wird die Zukunft immer vergnügter und beßer vor uns werden – behalten Sie mich in Liebevollem Andencken – und von meiner seite glauben Sie das nehmliche. Die Gründe die mir mein Sohn von seiner Reiße vorgestelt hat konte ich nicht wiederlegen – Er geht also in die Schweitz – Gott! Begleite Ihn und bringe Ihn so gesund und heiter wieder zu uns als Er weg geht; so wollen wir uns über seine Abweßenheit beruhigen, und Ihm dieße Freude das schöne Schweitzer land nach so viel Jahren einmahl wieder zu sehn von Hertzen gönnen – und wenn ich Ihn bey seiner Rückkunft wohl genährt und gepflegt habe – Ihnen meine Liebe wohlbehalten wieder zurück spediren werde – das wiedersehn wird *uns allen* große Freude machen – das soll denn einstweilen unser Trost sein. Vor Ihren Lieben Brief dancke Ihnen hertzlich – auch dem lieben Augst dancken Sie durch einen hertzlichen Kuß von der Großmutter vor den seinen, auch sagen Sie Ihm, daß das Mändelgen mit den Schellen sich als noch hören ließe – und daß ich Infanteri und Cavaleri aufs Christkindlein bestellen wolte. Leben Sie wohl! Behalten diejenige in gutem Liebevollen Andencken, die mit wahrer Liebe und Hertzlichkeit ist und seyn wird

dero

treue Freundin und Mutter

Elisabetha Goethe.

78

den 23ten September 1797

Liebe Freundin!

Zwey ja dreyfachen Danck bin ich Ihnen schuldig – vor die Huflandischen Bücher – vor die auserordentlichen schönen

Huflandischen Bücher: Goethe hatte am 24. August Christiane gebeten, seiner Mutter »Hufelands Buch über das lange Leben« mit dem Titel

und wohlgerathenen Strümpfe – die mir wie angegoßen sind – und mich diesen Winter vor der Kälte wohl beschützen sollen – und endlich daß Sie mir doch ein klein Fünckgen Licht von meinem Sohn angezündet haben – vermuthlich wißen Sie also wo Er ist? Gestern waren es 4 Wochen daß Er von hir weggereißt ist und ich habe noch keine Zeile von Ihm gesehen – die Briefe die nach seiner Abreiße bey mir eingelaufen sind – liegen ruhig auf meinem Tisch – da ich nicht weiß wo Er ist – und ich sie also ohnmöglich Ihm nachschicken kan. Da ich von Ihnen Liebe Freundin höre daß Er wohl und vergnügt ist – so bin ich ruhig – und will alles andre gedultig abwarten. Unsere Meße ist dißmahl auserordtlich Brilliant – Königliche Bräute – zukünftige Churfürstinnen – Printzen – ditto Printzeßinnen – Gaffen* – Baronen – mit und ohne Stern u. s. w. Es ist ein fahren – Reiten – gehen durcheinander – das Spaßhaft anzuschauen ist – mittlerweile wir nun hir gaffen klaffen und ein wahres Schlarraffen Leben führen – Sind Sie meine Liebe arbeitsam – sorgsam – wirthschaftlich – damit wenn der Häschelhans zu rück kommt – Er Kammern und Speicher angefült von allem guten vorfinden wird – nehmen Sie auch davor meinen besten Danck – denn ein wirthschaftliches Weib – ist das edelste Geschenck vor einen Biedermann – da das Gegentheil alles zerrüttet und Unglück und Jammer über die gantze Familie verbreitet – Bleiben Sie bey denen Ihnen beywohnenden Edlen Grundsätzen – und Gott! und Menschen werden Wohlgefallen an Ihnen haben – auch wird die Ernde die Mühe reichlich belohnen. Grüßen Sie den lieben Augst und dancken Ihm durch einen Kuß vor seinen Lieben Brief – Gott! erhalte Ihm zu unser aller Freude gesund – und laße Ihn in die Fußstappen seines Vaters tretten Amen. Behalten

* soll Graffen heißen

»Makrobiotik« aus seiner Bibliothek zu senden. – Christoph Wilhelm Hufeland war Arzt in Weimar und Professor an der Universität Jena. *Königliche Bräute:* Prinzessin Friederike Louise von Baden, Braut des schwedischen Königs Gustav IV. Adolph, machte auf ihrer Reise nach Schweden am 21. September 1797 Station in Frankfurt.

Sie mich indeßen in gutem liebevollen Andencken – und Seyn versichert daß ich biß ans Ende meiner Tage seyn werde

dero
treue Mutter – und Freundin
Goethe.

N.S. Haben Sie die Güte mir den Musterstrumpf zurück zu schicken – vor diesen Winter habe an dem einen paar genung – wenn ich übers Jahr noch bey der Hand bin; so schicke ich Ihnen wieder ein Muster – und ich weiß daß Sie die Güte haben werden es als dann abermahl zu besorgen. Auch sagen Sie dem Lieben Augst daß Er ehestens auch ein Briefgen von mir haben soll – heute aber hat die Großmutter viel und mancherley zu betreiben – und Er soll vor dißmahl mit Kuß und Gruß vorliebt nehmen. Vor das Modejournal dancke gleichfals.

79

Den 5ten Nov 1797

Liebe Freundin
Hir kommen die Castanien – ich wünsche daß sie wohl schmecken und eben so bekommen mögen – es gibt dieses Jahr nicht viele – sie halten immer gleichen Schritt mit dem Wein – wenn der nicht im Überfluß geräth; so gerathen sie auch nicht. Jetzt wünsche ich nur, daß mein Sohn sie mit verzehren hälfen möge – Sollten Sie wohl glauben, daß ich noch biß auf den heutigen Tag keine Silbe von Ihm gesehen habe – weiß nicht in welcher Himmels-gegend Er sich befindet – weiß eben nichts, platterdings gar nichts – das ist doch wircklich courios – wenn ich gefragt werde wo Er ist; so sage ich in der Schweitz – weiter weiß ich keine Antwort zu geben – müßens eben abwarten – endlich wird das Inconito doch ein Ende nehmen und wir werden erfahren wo Er eigendlich ist – was Er treibt, und wenn Er zurück komt. Wir meine Liebe Freundin leben jetzt in großem Jubel weil es Gott sey Danck endlich Friede geworden ist, und wir

Friede von Campo Formio (17. Oktober 1797), in dem nach Preußen nun

keine Kriegs unruhen mehr zu befürchten haben! Unser rechtes gaudium geht freilich erst an wenn das Reich auch dabey ist, und das kan noch diesen Winter über dauren biß alles ins reine gebracht ist – aber Furcht und Angst ist doch verschwunden – und ich sehe schon im Geiste das Friedens fest feyern – höre schon alle Glocken läuten – potz Fischen! Was wollen wir da Vivat rufen! Sie wißen meine Liebe wie nahe ich an der Hauptwache wohne da wird der werthe Friede aus getrompetet aus gepauckt – das wird ein Leben sein!!! Mittler weile werden wir doch auch etwas von meinem Sohn erfahren – das gibt denn noch eine große Freude die letzte gebe uns Gott je ehnder je lieber Amen. Haben Sie die Güte Ihrem Herrn Bruder recht schön zu dancken vor die 2 vortreflichen Taschen bücher die sind in und äußerlich gantz herrlich – das eine wird nur zur parade alle Sonntage und Festage gebraucht – das ist so schön, daß es nur die besten Freunde von mir in die Hände nehmen dürfen – und der Inhalt hat auserordentliche Wirckung gemacht – jedermann findet es gantz vortreflich – unser Senior Doctor Hufnagel hat ein Brautpaar mit den worten womit Herrmann und Dorothea eingesegnet worden – zusamengegeben und dabey gesagt – eine beßre Copulation rede wüßte Er nicht. Ich hoffe sein langes Stillschweigen bringt uns wieder so etwas gutes – womit wir freudig überrascht werden sollen. Leben Sie wohl! Grüßen und küßen den lieben Augst –

auch Österreich der Abtretung des linken Rheinufers an Frankreich zustimmte.
Bruder: Christian August Vulpius, studierte Philosophie und Literaturgeschichte. Kam 1790 nach Weimar und wurde durch Goethes Vermittlung Theater-, später Bibliothekssekretär. Vielgelesener Unterhaltungsschriftsteller. Verfasser des anonym erschienenen Räuberromans »Rinaldo Rinaldini«, Leipzig 1798–1800.
Taschen bücher: zwei Exemplare des »Taschenbuches für 1798«, das den Erstdruck von »Hermann und Dorothea« enthielt. Davon war eines besonders kostbar gebunden.
Hufnagel: Wilhelm Friedrich Hufnagel, Senior Ministerii (des Schulwesens) und Konsistorialrat. Versuchte eine Reorganisation des verwahrlosten Frankfurter Schulwesens durch die Verwirklichung der pädagogischen Ideen Pestalozzis.

und sagen Ihm, daß der Christtag im Anmarsch ist und daß die Großmutter nicht ermanglen würde ihr gethanes Versprechen zu halten – übrigens seyn Sie versichert, daß ich vor jetzt und immer bin

Ihre wahre Freundin und Mutter
Goethe.

80

Den 4ten December 1797

Lieber Sohn!
Das erste ist, daß ich dir dancke daß du diesen Sommer etliche Wochen mir geschenckt hast – wo ich mich an deinem Umgang so herrlich geweidet – und an deinem so auserordentlichen guten an und Aussehen ergötzt habe! Ferner daß du mich deine Lieben hast kennen lernen worüber ich auch sehr vergnügt war, Gott erhalte Euch alle eben so wie bißher – und Ihm soll dafor Lob und Danck gebracht werden Amen. Daß du auf der Rückreiße mich nicht wieder besucht hast that mir in einem Betracht leid – daß ich dich aber lieber den Frühling oder Sommer bey mir habe ist auch wahr – denn bey jemand anders als bey mir zu wohnen – das ertrüg ich nicht – und bey schöner Jahres Zeit ist auch Raum genung vorhanden – mit entzücken erinnre ich mich wie wir so hübsch nahe beysammen waren – und unser Weßen so miteinander hatten – wenn du also wieder kommst wollen wirs eben wieder so treiben nicht wahr? Deine zurück gebliebene Sachen würden schon ihren Rückmarsch angetretten haben, wenn ich nicht die Gelegenheit hätte benutzen wollen – ein Christkindlein zu gleich mitzuschicken – packe also den Kasten alleine aus damit weder Freundin noch Kind vor der Zeit nichts zu sehen bekommen den Confect schicke wie nathürlich erst in der Christwoche nach. Solte das was ich vor meine Liebe Tochter gewählt habe nicht gefallen – indem ich unsere Verabredung bey deinem

Lieber Sohn: Goethe war am 20. November wieder in Weimar angekommen.

Hirseyn gantz vergeßen habe; so schicke es nur wieder her und ich suche etwas anders aus – mir hat es sehr wohl behagt – aber daraus folgt nicht daß es derjenigen vor die es bestimmt ist auch gefallen muß – heute wird noch vor den lieben Augst allerley zusammen getribst – und ich hoffe, daß künftigen Freytag den 7. dieses die Raritäten auf den Postwagen gethan werden können – wenigstens will ich mein möglichstes thun – Was Herrman und Dorothea hir vor große Wirckung verursacht hat – davon habe schon etwas an meine Liebe Tochter geschrieben – Hufnagel ist so gantz davon belebt daß Er bey Copulationen und wo es nur möglich ist gebrauch davon macht – zur Probe dienet innliegendes – Er behauptet *so* hättest du noch gar nichts geschrieben. Vor die vortreflichen Taschenbücher dancke hertzlich – in und auswendig sind sie zum küßen – Hufnagel hält alle die es nicht haben oder es nicht als ein Handbuch im Sack beysich tragen – vor Hottentoten – die Elisa Bethmann mußte in seiner Gegenwart sogleich eins von den theuresten Exemplaren kaufen u. s. w. Vor den Frieden sey Gott Tausendmahl gedanckt! Wenn das wieder loßgegangen wäre – was wäre aus unserer guten Stadt geworden!!! Jetzt prepariren wir uns auf das Friedens fest – unser vortreflicher Theater Mahler mahlt Decorationen dazu – der Singsang ist auch fertig – Paucken und Trompeten sind auch bey der Hand – das wird ein Jubel werden – an der Hauptwache wird er ausposaunt! alle meine Freunde wollen aus meinen Fenstern den Jubel mit ansehn auf so viele Angst verdient mann doch wieder einmahl einen fröhligen Tag zu haben. Seit dem du weg bist hat unser geschickter Mahler 3 neue Decorationen gemacht – ein sehr schönes Zimmer – eine Stube vor arme Leuthe die gantz vortreflich ist – und einen Garten der zum

zusammen getribst: zusammengetrieben.
Theater Mahler: Giorgio Fuentes. Goethe besuchte ihn, nachdem er seine Dekorationen zur Oper »Palmira« außerordentlich bewundert hatte und aus ihnen die »Lehre der Theatermahlerey« meinte »abstrahieren« zu können, am 17. August 1797 in seinem Frankfurter Atelier. (Vgl. Goethes Brief an Schiller vom 18. August 1797.)

erstenmahl im Don Juan sich presentirt hat – alles mit großen Ablaudisement. Ich schicke dir auch alle Comedien Zettel mit, über die eingeführten kleinen wirst du lachen – solte mann glauben daß das eine Ersparnüß jährlich von 700 f ist! Dein Looß ist mit 50 f heraus gekommen 5 wurden abgezogen vor die übrigen 45 f habe wieder ein neues zur 13ten Lotheri genomen – 728 ist die No. Das wäre so ohngefähr alles vor dißmahl. Lebe wohl! Behalte mich in gutem Andencken – Grüße deine Lieben von

deiner treuen Mutter
Goethe.

81

den 23ten December 1797

Lieber Sohn!
Ich habe mit Vergnügen vernommen daß der Kasten glücklich angekommen – und daß das Christkindlein dir wohlgefallen hat – Jetzt zur Beantwortung deiner Fragen. Der Gemahl der Demoisell Sarascin heist Leutnant von Waldenfels – das Regiment Lankens ehedeßen Anspach. Lodoiska hat hir kein Glück gemacht – mein Gulden vor abonnemend Suspendi hat mich sehr geschmertzt – die Musick |: sagen Kenner :| soll sehr schön seyn – vor unser Publicum war es keine Speiße – an den Decoracionen war auch nichts besonders – wir haben außer dem vortreflichen Italienischen Mahler noch einen |: der aber jetzt nicht mehr da ist :| der wolte auch sein Kunstück machen – es war ein Wald und im Hindergrund das Schloß des Tyrannen – das aber auf die Decorationen der Palmire gar nicht schmecken wolte – die andern waren unsere schon offte gesehne – ein Zimer u. d. g.

Don Juan: Mozarts Oper »Don Giovanni«.
Sarascin: Elisabeth Barbara Sarasin, Tochter eines Frankfurter Kaufmannes. Heiratete 1797 den preußischen Hauptmann Ernst von Waldenfels vom Infanterie-Regiment von Laurence.
Lodoiska ou les Tartares, comédie héroique, paroles de Fillette-Loreaux, musique de Cherubini. Paris 1791. In einer Bearbeitung des Frankfurter Theaterdichters Schmieder am 6. September 1797 aufgeführt.

– außer der Lodoiska und dem Tyrannen |: ich weiß seinen Nahmen nicht mehr :| die sehr schön waren – Sie von blauem atlas reich mit Peltz verbremt – Er gelb und rothen atlas so wie ein Pohle oder deß gleichen – die andern die rußische Kleider – die in den Strelitzen paradiren – überhaubt da ich es dem Himel sey Danck nur einmahl gesehen und vor Langerweile bald fortgegangen wäre; so erinnre ich mich weiter nichts als was ich oben gesagt habe – zudem ist es ein vierthljahr daß die Sache vorgefallen ist – und wir haben in der Zeit so viel und mancherley gesehen und gehört daß die arme Lodoiska gantz verwischt ist und ihrer nicht mehr gedacht wird – Es ist allerdings wahr daß Demoiselle Woraleck |: jetzt Madam Canabich :| durch das Feuerwerck das am Ende abgebrandt wurde sehr beschädigt worden ist – allein Sie war schuld dran – bey belagerung des Schloßes soll Sie oben auf dem Thurm seyn – Sie stand aber unten zwischen den Culißen – ein Schwärmer fuhr ihr ins Gesicht und das Pulver verbrante ihr Anglitz und Haare, zum Glück machte Sie in dem Schrecken die Augen fest zu sonst hätte Sie das Gesicht verliehren können – 3 biß 4 Wochen daurte es biß Sie geheilt und wir Sie wieder sahn – das geschah in der 2ten Vorstellung – wo ich nicht zugegen war – da die Sache nun nicht behagte, und dieser Zufall dazu kam, so wird dieses |: vor mich :| so langweilige Stück nicht wieder aufleben. Somit hätte ich denn deine Fragen so pünctlich wie möglich beantwortet. Wir haben einige herrliche Theater aquisionen gemacht – nehmlich den großen Baßist Mauerer der in Wi[e]n so viel aufsehn gemacht hat und zwar mit allem Recht – Er ist 19 Jahr alt – schön von Gestalt – und einen Baß wie wir noch keinen gehört haben – als Sarastro war des Bravo rufen kein Ende – ferner einen Herrn Stadler

Strelitzen: »Die Strelitzen«. Drama von Joseph Marius Babo. Zuerst: Frankfurt 1790.
Woraleck: Josepha Woraleck, Sopranistin. Gattin des Musikdirektors Carl Cannabich, der in Frankfurt verschiedentlich Opern inszenierte.
Mauerer: Franz Anton Maurer.
Stadler: Johann Carl Stadtler.

der Väter rollen spielt – außer Ifland haben wir auch noch nicht seines gleichen gesehen – wenn er auf dem Zettel steht – lauft alles ins Schauspiel aber es ist auch der Mühe werth – weiter eine Madam Gromes – Herrn Blum – Demoiselle Spitzeder alle 3 zur Oper – auch alle sehr brauchbahr – es werden noch so viele erwartet, daß wir biß Ostern noch manches Debütt zu sehen bekommen werden. Das wäre nun alles gantz lustig anzuschauen wenn wir nur einmahl wüsten was es um uns herum werden solte – das lincke Reinufer scheint verlohren zu seyn – das macht denn doch diesem und jenem Kopfweh – müßens eben holter abwarten – das Grämen vor der Zeit halte ich vor ein sehr unnützes Geschäfte. Ich hoffe daß du und deine Lieben Hauß-geister sich wohl befinden werden meine Persohn ist Gott sey Dank wohl und vergnügt – und sehe heute die Palmire – Wünsche Euch alle gute liebliche Feyertage und ein frohes neues Jahr – und hoffe auf dein Versprechen dich bald wieder in dem kleinen Stübgen zu sehn – Grüße Deine Lieben – auch Schiller – Böttiger – auch bey Gelegenheit Gevatter Wieland – Herder – Bertuch – Krauße und alles in Weimar was mich kent – und nicht vergeßen hat! Lebe wohl! dießes wünscht

deine treue Mutter
Goethe.

82

den 12ten Jenner 1798

Liebe Freundin!
Die 3 liebe Briefe so ich von Ihnen – meinem Sohn – und dem Lieben Augst erhilte haben mir einen recht sehr frohen Tag gemacht – besonders war es mir erfreulich, daß das

holter: halt.
Böttiger: Carl August Böttiger, Gymnasialdirektor in Weimar. War mit Goethe einige Jahre befreundet, mußte Weimar verlassen, als er Goethes Inszenierung des »Ion« (1802) von August Wilhelm Schlegel kritisierte.
Bertuch: Friedrich Justin Bertuch, Industrieller und Verleger. Besitzer der Blumenfabrik, in der einst Christiane Vulpius arbeitete. Mitherausgeber des von der Frau Rat eifrig gelesenen Modejournals.

Christkindlein wohl gefallen hat – es soll so was eine überraschung seyn und da kommt die Sorge hintendrein, ob mann auch nach gusto die Sachen ausgesucht habe – desto erfreulicher ists wenn mann Freude verbreitet hat. Wir leben hir in wunderlichen ereignüßen und Begebenheiten – der Friede sieht dem Krieg so ähnlich wie zwey Tropfen wasser nur daß kein Blut vergoßen wird – Maintz ist in Frantzöischen Händen so wie die gantze Gegend – was uns bevorsteht ist in Dunckelheit eingehüllet – gekocht wird etwas das ist gewiß – denn um nichts sitzt unsere Obrigkeit nicht biß Nachts 11 Uhr im Rathhauß – ich begreife nicht was der Congreß in Rastadt eigendtlich vor Nutzen haben soll – da die Frantzosen die Macht in Händen haben – die dürfen ja nur befehlen – wer will es wehren – genung von der Sache – die Deuschen sind kein Volck keine Nation mehr und damit punctum.

So wiedersinnig es klingen mag so ist mein Trost daß meine Kinder nicht hir sind und ich das jenige was mir das liebste auf der Welt ist in Sicherheit weiß – Darinn liegt nun eben das wiedersinnige nicht – aber wohl darinn – daß die meisten Menschen gern im Unglück Gesellschaft haben und ich davon eine Ausnahme mache – sind die meinigen wohl und zufrieden; so bin ich auch vergnügt – denn ich bin an dem allen nicht Schuld, und kan dem Rad des Schicksahls nicht in die Speichen fallen und es aufhalten. In meinem Goldenen Brunnen bin ich froh und vergnügt – und laße die Menschen

gusto: ital. gusto (Geschmack, Gefallen).

der Congreß in Rastadt: In Rastatt sollte nach den verschiedenen Einzelabkommen mit Frankreich ein Friedensvertrag mit dem Deutschen Reich ausgehandelt werden. Die österreichische Delegation stimmte bereits in den geheimen Verhandlungen mit Bonaparte vom 28. November bis 1. Dezember der Räumung von Mainz zu, die am 30. Dezember erfolgte. Am 17. Januar 1798 forderten Frankreichs Delegierte das linke Rheinufer; die betroffenen Fürsten sollten durch säkularisierte geistliche Besitztümer entschädigt werden, eine Forderung, der die Reichsdeputation schließlich zustimmen mußte. – Der Kongreß endete mit der Ermordung der französischen Gesandten durch österreichische Husaren und der Bildung einer zweiten Koalition Rußlands, Englands und Österreichs gegen Frankreich.

um mich herum treiben was ihnen gut deucht. Daß mein Sohn Ihnen ein schönes Geschenck mit gebracht hat war recht und billig – Sie verdienen seine gantze Zärtlichkeit und Liebe – auch ich freue mich Ihnen wieder zu sehn nur müßen die 7 Siegel gelößt und die Engel nicht mehr wehe posaunen – wer weiß geht noch alles beßer als wir jetzt dencken. Von unsern Winterlustbahrkeiten – ist vor mich nichts genüßbahr als das Schauspiel das wird den auch fleißig besucht wir haben auch wieder zwey neue Wesen vom Hamburger Theater bekommen Herrn und Madame Reinhard die ich heute zum erstenmahl beaugenscheinigen werde. Der Liebe Augst hat mir einen so schönen langen Brief geschrieben – daß es unverantwortlich wäre ihm nicht in einem gantz eigenen schreiben zu dancken – da der Brief aber auch heute noch fertig seyn muß; so müßen Sie meine Liebe mit vorstehnendem vorliebt nehmen. Behalten Sie mich auch im neuen Jahr in liebevollem Andencken – so wie ich biß der Vorhang fält seyn und bleiben werde

Ihre treue Freundin und Mutter
Goethe.

N.S. Daß Sie meinen Lieben Sohn recht viele Grüße von mir überbringen sollen – versteht sich am Rande.

83

den 20ten Jenner 1798

Lieber Sohn!

Meinen Besten Danck vor die mir überschickten Bücher – besonders vor den Schillerischen Musen allmanack – ich werde mir etwas mit zu gute thun – In dem Graffen von Donwitz hat innliegender Brief an dich gelegen – und ist vermuthlich aus versehen mit hieher geschickt worden – wenn der 2te

die 7 Siegel . . .: Vgl. Offb., Kap. 5–9.

Musen allmanack: »Musen-Almanach auf das Jahr 1798«. Tübingen: Cotta.

Graffen von Donwitz: »Graf von Donwitz und seine Mutter«. Eine Geschichte aus den Papieren des R. . th H. . Hrsg. von X.Y.Z. [= Friedrich Wilhelm Ernst Follenius].

Theil von oben erwöhnten Graffen von Donwitz in Deine Hände kommt; so habe die Güte mir ihn auch zuüberschicken – weil mir so das Buch defect ist, auch von Schilly von Nehrlich muß ich mir das nehmliche erbitten – Geleßen habe ich noch von alledem nichts – weil ich vermuthe daß es etwas genißbahres ist – und ich mir so was gern vor die ruhigen stunden des Sontags aufspahre – du wirst mir jederzeit Freude machen wenn du mir Dinge die dir aus mangel der Zeit doch nicht viel nützen anhero zu schicken, die Güte haben wilst. Anbey übersende den Commedien Zettel von der zum erstenmahl gegebenen Oper – das ist ein herrlich Product – es streittet mit der Palmire um den Vorzug – Demmer und Madam Canabich haben sich selbst übertrofen – es war gantz herlich. Wir leben hir gantz ruhig und in der besten Hoffnung daß wir bleiben was wir sind. Ich vor meine Person befinde mich wie gewöhnlich gantz zufrieden – und laße die Dinge die ich doch nicht ändern kan ihren Gang gehen – nur Weimar ist der einzige Ort in der gantzen weiten Welt woher mir meine Ruhe gestöhrt werden könte – geht es meinen Lieben dort gut; so mag meinetwegen das rechte und lincke Reinufer zugehören wem es will – das stöhrt mich weder im Schlaf noch im Eßen. Daraus folgt nun daß Ihr mir von Zeit zu Zeit gute Nachrichten zusenden solt, damit ich gutes Muths bleibe – und meine noch übrigen Tage – Freut Euch des Lebens mit wahrheit und frohem Sinn Singen kan. Jetzt Lebe wohl! Grüße deine Lieben hertzlich von derjenigen die ist und bleibt

deine u ihre
treue Mutter
Goethe.

N.S. Bald hätte ich die schöne Musick vergeßen ich dancke davor – mein aufgewachtes kleines Musikalisches Talent hat dadurch einen neuen Sporn bekommen.

Schilly, Roman von Carl Nehrlich, Jena: Voigt 1798.
Oper: »Das unterbrochene Opferfest«. Oper von Peter de Winter, Libretto von Franz Xaver Huber, Wien 1796.
Freut Euch . . .: Vgl. Anm. zum Brief Nr. 51.

84

den 2ten Februar 1798

Lieber Sohn!

Ein Gespräch so ich neulich mit Semmering hatte veranlaßt gegenwärtiges Schreiben – Er ahndete daß Maintz in Frantzöische Hände kommen würde, und hatte daher um seine Dimision gebethen und dieselbe auch erhalten – Er lebt nun hir und hat eine ansehnliche Pracksin – und insofern geht Ihm nun freylich nicht ab – allein Er sagte seine Kunst müßte drunter leiden – die Er doch sehr ungern vernachläßigen möchte – wenn Er also über kurtz oder lang eine Einladung als academien erhalten könte; so würde Er nicht anstehn die Stelle anzunehmen. Dieses alles soll nun zu weiter nichts dienen, als dir seine Gesinnungen kundt zu thun – daß im Fall ihr einmahl so ein Supject nutzen könnet seine Gedancken vor dir ofen liegen – doch merckte ich, daß eine Profeßer stelle auf einer Academi seine Sache so eigentlich nicht wäre – zum Glück hat Er hir sein gutes Auskommen – und die Sache hat gantz und gar keine Eile – daher bedarfs auch wenigstens keiner geschwinden Antwort. Da wir übrigens hir gantz still und ruhig leben – und es gar nichts neues gibt so wünsche dir und deinen Lieben nur noch wohl und vergnügt zu leben und nicht zu vergeßen

Eure

treue Mutter Goethe.

85

den 15ten Februar 1798

Liebe Tochter!

Sie haben mir durch die überschickten Bücher eine große Freude gemacht besonders war ich entzückt Angnes von

Semmering: Sömmering hatte bereits 1794 seine Professur in Mainz aufgegeben.

Angnes von Lilien: »Agnes von Lilien«, autobiographischer Roman von Caroline von Wolzogen, geb. von Lengefeld, der Schwägerin Schillers. Erstdruck in Schillers Zeitschrift »Die Horen«, 8. Band, 10. und 12. Stück (1796).

Lilien jetzt gantz zu besitzen, die ich mit so großer Begirde in den Horen suchte aber immer nur stückweiß fande – ich machte mir also ein rechtes Freudenfest und ruhte nicht biß ich damit zu Ende war – so viel ich mich erinnere von meinem Sohn gehört zu haben ist die Frau Verfaßerin eine Schwägerin von Schiller – – O! laßen Sie dieser vortreflichen Frau meinen besten Danck vor dieses herrliche product kund und zu wißen thun. Auch Julie hat mir sehr behagt wer ist denn die Verfaßerin davon? Ja meine Liebe! Sie können kein beßeres und verdinstlicheres Werck an Ihrer Sie liebenden Mutter thun, als daß Sie die Güte haben, wenn Ihnen solche liebliche Sachen zukommen mich in meiner Geistesarmuth theil darann nehmen zu laßen – auch verbinde ich mich im Fall Sie Ihre Bibliotheke mit ausschmücken wollen – das was Sie etwann verlangen sollten wenn ich es geleßen wieder zurück zuschicken. Wir haben hir das Thirische Leben betrefendt an nichts mangel – aber dem Geist geht es wie Adonia dem Königs Sohn im Alten Testament – von dem geschrieben steht wie wirst du so mager du Königs Sohn. Also nochmahls meinen besten Danck, vor die gute und genüßbahre Speiße womit Sie mich erquickt haben. Es freut mich überaus daß alles was mir in Weimar lieb und theuer ist sich wohlbefindet – Auch das ist recht und brav daß Sie Sich den Winter in Ihrem Häußlichen Circul als außer demselben Vergnügen machen – denn die heiligen Schriftsteller und die profanen muntern uns dazu auf, ein fröliges Hertz ist ein stetes wolleben sagen die ersten – und fröligkeit ist die Mutter aller Tugenden steht im Götz von Berlichingen. Wegen des Krieges wachssen mir auch keine graue Haare – das was ich neulich an Ihnen schriebe – daß wenn es in Weimar gut mit meinen Lieben geht und steht mich das lincke

Julie: »Julchen Grünthal«, eine Pensionsgeschichte von Friederike Helene Unger. Den zweiten Band (1788) verfaßte Johann Ernst August Stutz.
geschrieben steht . . .: 2. Sam. 13, 4 (Jonadab zu Amnon): »Warum wirst du so mager, du Königssohn, von Tage zu Tage?«
Götz von Berlichingen: Bruder Martin: »die Freudigkeit ist die Mutter aller Tugenden« (I. Akt, 2. Bild).

und rechte Reinufer weder um Schlaf noch appetit bringt – ist noch heut dato meine Meinung. Künfigen Montag wird seyn der 19te ist mein Geburths tag – da trincken Sie meine Gesundheit – das werde ich durch Simpathi spüren und fühlen und wird mir wohl thun. Leben Sie wohl! Grüßen meinen Lieben Sohn – und glauben daß ich ewig bin

Ihre Sie von hertzen liebende Mutter
Goethe.

86

den 12ten Mertz 1798

Liebe Freundin!
Das Vergnügen das Sie mir auf neue gemacht haben erfordert meine gantze Danckbahrkeit und es an den Tag zu legen schreibe ich Ihnen meinen besten Danck mit umlaufender Post – wie viel Freude haben Sie mir mit Angnes von Lielien und mit Julgen Grünthal gemacht – auch Julgen hat mich sehr vergnügt – die neuen die ich von Ihrer Güte erhalten habe, habe freylich noch nicht geleßen – die werden zu gantz ruhigen Stunden aufgespart es ist mein bon bon das ich so mit Behaglichkeit genüße – sind sie genoßen da soll noch ein Danck hintendrein kommen. Daß Sie alle bey dem herannahnenden Frühling in Ihrem Garten in der frischen gesunden Luft Sich erlustigen das ist sehr wohlgethan – an jedem schönen Tag werde ich künftig an Sie alle dencken und mich im Geiste mit Ihnen freuen. Jetzt erlauben Sie daß ich ein paar Worte mit meinem Sohn spreche! Lieber Sohn! Dein Looß hat wieder die Einlage zur künftigen Lootheri die im May gezogen wird gewonnen – das alles kanst du aus der Beylage zur gnüge ersehen. Nun ein Wort über unser Gespräch bey deinem hirseyn über die Lateinischen Lettern – den Schaden den sie der Menschheit thun will ich dir gantz handgreiflich darthun. Sie sind wie ein Lustgarten der Aristokraten gehört wo niemandt als Nobeleße – und Leute mit Stern und Bändern hineindürfen – unsere deusche Buchstaben sind wie der Prater in Wi[e]n wo

der Kayser Josephs drüber schreiben ließe Vor alle Menschen – wären deine Schrieften mit den fatahlen Aristokraten gedruckt; so allgemein wären sie bey all ihrer Vortreflichkeit nicht geworden – so recht anschaulich ist es mir auf neue bey Herrmann und Dorothea geworden – Schneider – Nätherinnen – Mägte alles ließt es – jedes findet etwas das so gantz vor sein Gefühl paßt – genung sie gehen mit der Literatur Zeitung – Docter Hufnagel u. a. m. pele mele im Prater Spatziren ergötzen sich seegnen den Autor und laßen Ihn Hoch Leben!!! Was hat Hufland übel gethan sein vortrefliches Buch mit den vor die größte Menschenhälfte unbrauchbahr[en] Lettern drucken zu laßen – sollen denn nur Leute von Stand aufgeklärt werden? soll den der geringre von allem guten ausgeschloßen seyn – und das wird er – wenn dieser neumodischen Fratze nicht einhaltgethan wird. Von dir mein Lieber Sohn hoffe ich daß ich nie ein solches Menschenfeindliches product zu sehen bekomme. Jetz auch noch meinen Danck an meinen Lieben Augst – Liebes Enckel! Vielen Danck vor die schöne und deutliche Beschreibung der vielen vierfüßigen Thire und der herrlichen Vögel das muß ja prächtig an zu sehen geweßen seyn – aber daß du das alles auch so hübsch behalten hast um es der Großmutter so anschaulich zu machen das verdint gewiß daß du recht gelobt wirst – ich hoffe daß wenn wieder etwas neues in Weimar zu sehen seyn wird, daß du mir es wieder schreiben wirst – es macht mir jederzeit große Freude, so einen geschickten Enckel an meinem Augst zu haben – auch übst du dich dadurch im Schreiben das auch sehr gut ist – Sehr gern wolte ich dir auch mit etwas neuem von hir aufwarten aber da ist nichts das der Tinte werth wäre – nur dem Vater

Vor alle Menschen: Der Prater wurde 1766 allgemein zugänglich gemacht. Am Augarten ließ Kaiser Joseph II. am 30. April 1775 die Aufschrift anbringen: »Allen Menschen gewidmeter Erlustigungs-Ort von ihrem Schätzer.«

Literatur Zeitung: die Jenaer »Allgemeine Literatur-Zeitung«, von Friedrich Justin Bertuch begründetes Rezensionsorgan.

pele mele: frz. pêle-mêle (bunt gemischt).

Hufland: Vgl. Anm. zu *Huflandischen Bücher*, Brief Nr. 78.

kanst du sagen, daß unser vortreflicher Theater mahler zwey neue Decorationen beyde Straßen vorstellendt gemahlt hat bey deren Anblick ich den Vater nur auf eine Minute her gewünscht hätte denn *so was* sieht mann nicht alle Tage! Solte die Meße was sehenswerthes herkommen; so will ich dir es schreiben – Behalte die Großmutter in gutem Andencken – das will ich mir ausgebethen haben. Vor Heute genung – Lieber Sohn! Liebe Tochter! Was ich von Augst begehre geht auch Euch an – Behaltet mich lieb und gedencket zu weilen an Eure

treue Mutter und Großmutter
Goethe.

N.S. Auch vor die Lieder dancke auf beste – potz Fischgen! was wollen wir Singen! Der Tittel auf rothpapier bedeutet daß in dem Buch – Herrmann und Dorothea seine Vergötterung erhalten hat.

87

den 2ten Aprill 1798

Liebe Freundin!
Hir kommt das verlangte welsch korn – wünsche gutes Gedeihen. Mein Sohn wird jetzt in Jena seyn darüber freue ich mich, denn Er hat mir bey seinem Hirseyn gesagt, daß seine Geistes producte dort zur Reife kommen – aus dem Grund hofe ich, daß die Gelehrte und ungelehrte Welt bald wieder mit etwas schönes erfreut werden wird – Gott erhalte Ihn gesund – froh und vergnügt diß ist mein innigster und heißester Wunsch. Sie meine Liebe und der brafe liebe Augst sind hoffentlich auch wohlauf und glücklich – was ich in der Entfernung dazu beytragen kan werde immer mit Vergnügen thun. Es fängt jetzt wegen der Meße an recht lebendig bey uns zu werden – wie sie ausfallen wird muß mann abwarten. Übrigens leben wir ruhig und still – und erwarten

Theater mahler: Giorgio Fuentes.
Vergötterung: wohl ein Hinweis auf eine gute Rezension von »Hermann und Dorothea«.

wie die halbe Welt den Frieden. Das ist aber auch alles was ich Ihnen vordißmahl sagen kan. Behalten Sie mich in gutem Andencken – küßen den Lieben Augst von derjenigen die unverändert ist

dero
treue Mutter und Freundin Goethe.

88

den 7ten May 1798

Liebe Freundin!

Meinen besten Danck vor Ihren lieben letzen Brief, ich erkenne es wie ich soll daß Sie mir |: seye es dictirt oder selbst geschrieben :| so angenehme Neuigkeiten von Weimar haben zukommen laßen – Nachrichten von dort her sind die einzigen die mich intereßiren, die mich froh und glücklich machen – Haben Sie auch in Zukunft die Güte mich von Zeit zu Zeit von *Ihrer aller* Wohlbefinden zu unterrichten – und jede gute Zeitung wird vor die Mutter und Großmutter ein Festtag seyn. Auch vor die überschickten Bücher dancke – und wenn ferner in diesem artickel was vorkomt; so dencken Sie gefälligst an mich. Ich glaube gern daß Iflands Gegenwart gantz Weimar froh macht – vor 13 Jahren da Er noch in Mannheim war hatten wir öfferts das Vergnügen Ihn hir zu sehen – das letzte mahl sahe ich Ihn vor 8 Jahren in der Krönung – als Hoffrath in den Hagenstoltzen – Er ist ein großer Mann das streittet Ihm niemand ab – Seine Heyrath bestättig das Sprichwort: alte Liebe rostest nicht – es war eine lange lange Liebschaft. Die Rarit[e]ten die wir die Meße hir hatten – schreibe ich an den Lieben Augst der mir so eine schöne Beschreibung von Verfertigung des Papiers gemacht hat. Unser Theater hat auch einige sehr gute

Iflands Gegenwart: Iffland gastierte vom 24. April bis zum 4. Mai 1798 mit seinem Lustspiel »Die Hagestolzen« in Weimar.
Krönung: zur Krönung Franz' II. am 14. Juli 1792 als Hofrat Reinhold in den »Hagestolzen«.
Heyrath: Er heiratete am 19. Mai 1796 Margarete Louise Greuhm.

Aquisitionen gemacht – Stadler – Otto und Werdi – können jedem Theater Ehre machen – auch Madam Reinhart von Hamburg die sehr schön ist und vortreflich spielt. Sie haben so viele Geschäfte Liebes Weibgen – so was ist nun grade mein Casus nicht – daher sind die Monathe May und Juni meine fatalsten im gantzen Jahr – da wird vor das gantze Jahr Butter eingemacht – da komt vor das gantze Jahr Holtz – da koche ich meine Molcken – da wird die große Wasche besorgt u. d. g. Die Frau Rath kommt da aus ihrem gerick und geschick – kan nicht ordentlich Leßen – Clavir spielen – Spitzen klöpplen – und ist Seelenfroh wenn alles wieder den alten Gang geht – wenn ich aber so einen Lieben Brief aus Weimar bekomme – denn geht alles flinck von statten – und ich fühle mich immer um 10 Jahre jünger – Jetzt wißen Sie das mittel mich zu verjüngen – geben Sie mir zuweilen solche Lebens-tropfen und ich Tantze noch den Ehren tantz auf Augsts Hochzeit. Jetzt muß ich noch an Augst schreiben – Leben Sie wohl! Grüßen meinen Lieben Sohn recht hertzlich – und behalten lieb

Ihre
wahre Freundin und treue Mutter
Goethe.

89

den 22ten May 1798

Lieber Sohn!
Wegen einer zu machenden Reparatur wird unser Theater den gantzen Juli geschloßen bleiben – von den Schauspielern geht der eine ins Baad – der andere wo anders hin – Herr und Madam Reinhardt wollen auf ihrer Rutte die sie nehmen über Weimar gehen – und fragen durch mich an ob in oben benanter Zeit sie die Ehre haben könnten bey Euch einige Gastrollen zu Spielen – es sind ein paar brauchbahre Supjette – besonders die Frau die in Edlen Frauen – Lieb-

Werdi: Friedrich August Werdy.
gerick und geschick: (Unordnung und Ordnung), hier: tägliches Einerlei.
Supjette: Subjekte.

haberinnen Königinnen u. d. g. recht brav spielt, Er macht Helden – Offizire auch gut – nun ist mir aber erinnerlich daß Eure Gesellschaft den Sommer in Lauchstädt spielt – wie lange aber weiß ich nicht – wolldest du also wohl die Güte haben nur mit ein paar Worten zu antworten ob im Juli etwas bey Euch zu thun wäre – oder nicht – im letzten fall würden Sie ihre Reiße-rutte anders einrichten – so viel von Herr u Madam Reinhardt. Demoiselle Schnautz war bey mir, und ich hatte das Vergnügen Ihr gleich beym ersten Empfang einen freudigen Abend zu verschaffen – ich nahme Sie mit ins Schauspiel – das Ihr sehr behagte – auch offeri[r]te ich so ofte es Ihr beliebte einen Platz in meiner Loge welches Sie freudig annahm – wie du weißt ist das vor Frembte ein großer vortheil weil es schwer hält ohne abonirt zu seyn einen guten Platz zu erhalten – Es ist ein sehr angenehmes Frauenzimmer, die mir wohl behagt hat – Sie soll in Franckfurth keine Langeweile haben – davor stehe ich – Heute will ich Ihr die Gegenvisitte machen, und Sie ins Schauspiel einladen, da Ihr lieber Demmer den Sichel so schön spielt – es freut mich daß Sie gerade in einen gläntzenden Zeitpunct unsers Theater eingetrofen ist – denn der geschickte Tenorist Schultze von Wi[e]n ist angelangt und wird in der Palmire Opferfest und Zauberflöthe debitiren – Meine Liebe Tochter und Lieben Enckel grüße hertzlich von

deiner treuen Mutter

Goethe.

90

den 21ten Juli 1798

Liebe Freundin!

Vor dißmahl nur meinen besten Danck vor Ihr Liebes Briefgen, und vor die Bücher – Mich freuts ungemein daß alles

Schnautz: Friederike Christiane Schnauß aus Weimar, heiratete 1799 den Frankfurter Kaufmann Heinrich Mylius.
Sichel: ein Feldscher in Dittersdorfs Komischer Oper »Der Apotheker und der Doctor« (1786; heute »Doktor und Apotheker«).
Palmire: Siehe Anm. zu *Palmira,* Brief Nr. 72.
Opferfest: Siehe Anm. zu *Oper*, Brief Nr. 83.

bey Ihnen wohl ist – das ist mein bestes Labsahl auf dieser Welt – Erfreuen Sie mich von Zeit zu Zeit mit guten Nachrichten – und Sie sollen Lob und Danck davor haben. Der Liebe Augst ist ja auserordentlich fleisig – so viel zu schreiben – und in der Ordnung – mit vergnügen leße ich seine Kunst sachen – es ist ein Lieber herrlicher Junge – Gott erhalte Ihn gesund. Herr Rath Krauße und Demoiselle Schnautz werden jetzt wieder in Weimar seyn wir haben einander öffters gesehen, und es hat Ihr hir wohl gefallen – übrigens ists Jetzt bey uns zimmlich still – alles ist in den Landhäußern – oder in den Bädern – Ich bin auch sehr oft auf dem Land bey guten Freunden – Sie Liebe Freundin kennen nun freylich diese Menschenkinder nicht, aber was thut das, genung Sie hören doch wie sich die Großmutter amusirt und ihren Sommer hinbringt – den gantzen Sontag bin ich vor dem Bockenheimer Thor in Senator Stock Garten – in der Woche vorm Allerheiligen Thor bey Madam Fingerling – dann über Sachsenhaußen auf einem prächtigen Gut bey Herrn Kellner – und so habe ich 3 biß 4 Orte wol es mir sehr wohl behagt. Sie sehen hiraus, daß die Großmutter sich des Lebens noch immer freut – und warum solte es einem auch auf dieser schönen Gottes Erde nicht wohl seyn – das wäre garstiger Undanck vor alle die Wohlthaten die Er mir in meinem Leben erzeigt hat – und unter Gottes Lob und Danck soll so ein Tag nach dem andern hingehn, biß der Vorhang fält. Leben Sie wohl! Grüßen den Lieben Wolf – und behalten Lieb

Ihre wahre Freundin u treue Mutter
Goethe.

91

den 21ten July 1798

Lieber Augst!
So ofte ich ein so schön und deutlich geschriebenes Heft von dir erhalte; so freue ich mich daß du so geschickt bist die

Krauße: Georg Melchior Kraus.
Kellner: Johann Leonhard Kellner, seit 1771 Ratsherr.

Dinge so ordentlich und anschaulich vorzutragen – auch schäme ich mich nicht zu bekennen, daß du mehr von diesen Sachen die von so großem Nutzen sind weißt als die Großmutter – wenn ich so gerne schriebe wie du; so könte ich dir erzählen wie elend die Kinder zu der Zeit meiner Jugend erzogen wurden – dancke du Gott und deinen Lieben Eltern die dich alles nützliche und schöne so gründlich sehen und beurtheilen lernen – daß andre die dieses Glück der Erziehung nicht haben im 30 Jahr noch alles vor Unwißenheit anstaunen, wie die Kuh ein neues Thor – nun ist es aber auch deine Pflicht – deinen Lieben Eltern recht gehorsam zu seyn – und Ihnen vor die viele Mühe die Sie sich geben, deinen Verstand zu bilden – recht viele viele Freude zu machen – auch den Lieben Gott zu bitten Vater und Mutter gesund zu erhalten damit Sie dich zu allem guten ferner anführen können. Ja Lieber Augst! Ich weiß aus Erfahrung was das heißt Freude an seinem Kinde erleben – dein Lieber Vater hat mir *nie nie* Kummer oder Verdruß verursacht – drum hat Ihn auch der Liebe Gott gesegnet daß Er über viele viele empor gekommen ist – und hat Ihm einen großen und ausgebreitnen Ruhm gemacht – und Er wird von allen Rechtschaffenen Leuten hoch geschätzt – da nim ein Exempel und Muster dran – denn so einen Vater haben und nicht alles anwenden auch brav zu werden – das läßt sich von so einem Lieben Sohn nicht dencken wie mein Augst ist. Wenn du wieder so Intreßante Nachrichten gesammelt hast; so schicke sie mir – Ich bin und bleibe

deine treue u gute Großmutter
Goethe.

92

den 15ten September 1798

Lieber Sohn!
Es ist schon langeher daß ich nichts von dir und den Lieben Deinigen vernommen habe – ich frage also einmahl wieder an und erkundige mich nach Eurem Wohlbefinden – auser-

dem habe auch verschiedne Vorfälle zu erzählen, da du über einige dich verwundern wirst – Schlosser ist Franckfurther Syndicus geworden – |:und zwar welches Ihm zur Ehre gereicht und bey unserer Verfaßung ein gar seltner Fall ist:| ohne Kugelung! Der Magistrath – die 51 – die 9 waren alle |:das beynahe unerhört ist:| in dieser Sache einig – Wer hätte sich das träumen laßen! Ich bekomme dadurch eine Stütze die in gegenwärtigen immer noch Crittischen Zeiten mir nicht unlieb ist – auf den Umgang mit der Schlossern freue ich mich – denn ob ich gleich verschiedne weibliche Bekandtschafften habe; so ist doch keine darundter, die mich so gantz begreift und versteht – die alten Zeiten fangen wieder bey mir an aufzuleben – daß die Hanchgen bey uns im alten Hauß am runden tisch bey mir saße – und du manchen schönen Abend unser Gespräch warst – Es ist mit alledem Courios daß Schlosser aus Furcht vor den Frantzsosen biß beynahe ans Ende der Welt läuft – große Aufopferungen macht und doch wieder zu einer Zeit zurück muß – da nahe genung die gefürchteten Menschen um uns herum stehn – und der Ausgang der Sache noch nicht im klahren ist – Ich bin ungewiß ob du weißt, daß sein Bruder der Schöff Schlosser vorm Jahr gestorben ist – sonst hätte freylich die Syndicus wahl nicht auf Ihn fallen können. Dein Looß ist wie das meinige blind heraus gekommen – ich lege es hir bey – da nun jedes blind heraus gekommene Looß ein frey Looß zur ersten Claße der neuen Lootteri die den 6ten November gezogen wird erhält; so ist die No. 712. dir zu theil worden – kommt es in der ersten Claße nicht heraus so stehts es bey

Schlosser: Johann Georg Schlosser.
ohne Kugelung: ohne Wahl.
die 51: »Ausschuß Löbl. Bürgerschaft von 51 Personen«, 1732 bei der großen Verfassungsreform eingerichtete Vertretung der Bürgerschaft mit großen Befugnissen im Bereich der Stadtfinanzen. Alle Ausgaben sowie Steuererhebungen bedurften seiner Genehmigung.
die 9: »Ausschuß von 9 Personen«, prüfte die Rechnungsführung. Seine Mitglieder wurden vom »Ausschuß der 51« vorgeschlagen.
Schlossern: Johanna Schlosser, geb. Fahlmer.
Schöff Schlosser: Hieronymus Peter Schlosser.

dir ob du es renoviren oder fallen laßen wilst – die Nachricht davon solst du so gleich von mir erfahren.
Vor Prachtvolle Castanien wird vor dieses mahl Freund Gerning sorgen. Eine unserer hiesigen Schauspielerinnen Madam Bulle kam vorige Woche zu mir und ersuchte mich bey dir anzufragen, ob Sie und Ihre Tochter ein Mädelein von 17 Jahren bey der weimarischen Gesellschaft angenommen werden könnten – dir Ihre Talente zu Specivizirem würde deßwegen unnütz seyn, weil wie ich in Erfahrung gebracht habe, Ihr Contrackt noch 2½ Jahr dauert – freylich sagt Sie mann habe Ihr den ihrigen in ansehn Ihrer Tochter auch nicht gehalten u. d. g. ich dencke aber mann muß diesen Menschenkindern nicht so schlechterdings erlauben und Ihnen leicht machen von einem Ort zum andern ohne Vorwißen der Direcktoren zu gehen – dieses gantze Geschreibe hätte ich mir erspahren können – aber ich hatte es |: ohne die Umstände gründlich zu wißen :| einmahl versprochen und mein gegebenes Wort ist mir heilig – Du wirst die Güte haben bey Gelegenheit durch deinen Geist mir nur ein paar Worte über obige Sache zu schreiben z. E. Wie es deine Art nicht wäre jemandt zu angaschiren deßen Contract nicht zu Ende wäre, oder was dir sonst gut deucht – damit ich mich Legitimiren kan, daß ich geschrieben habe. In gegenwärtiger Meße ist viel Specktackel – viele Verkäufer – aber wenig Käufer und wenig Geld – so lange kein Friede ist; so lange wirds happern. Was machen denn deine Lieben? Von Augst habe beynahe eine Bibliotheke von seinen Erfahrungen die mich sehr gefreut haben. Grüße und küße die Lieben Hauß geister von

deiner treuen Mutter
Goethe.

Bulle: Edmunda Bulla.
Geist: Johann Jacob Ludwig Geist, seit 1795 Goethes Schreiber.

93

[Ende October 1798]

Lieber Sohn!

Es ist schon wenigstens 6 Wochen daß ich einen Brief an dich abgeschickt habe – ohne eine Zeile Antwort zu erhalten – da ich nun auch seit dem Monath Juni weder Modejournahl noch Mercure empfangen habe; so hofte von Posttag zu Posttag auf diese und haupsächlich auf ein paar geschriebene Zeilen um mich bey Madam Bulle rechtfertigen zu können – Ich frage also hirmit, was das bedeute, daß weder Demoiselle Vulpius – weder Augst – weder du das mindeste von sich hat hören laßen – Ich hoffe daß angenehme Verhinderungen die Ursach Eures Stillschweigens geweßen sind – Bitte nur um ein paar Zeilen – und bin wie immer

Eure treue Mutter
Goethe.

94

den 9ten November 1798

Liebe Tochter!

Haben Sie die Güte und dancken meinem Sohn und dem Lieben Augst – ersterem vor seinen Lieben Brief – dem letzten vor seine schöne Beschreibung* – entschuldigen Sie mich bey meinen beyden Lieben, daß ich nicht jedem inbesondre Antworte – besonders dem Lieben Augst der mir so viele Freude mit seinen Beschreibungen gemacht hat, und von dem ich so manches das mir gantz unbekandt war geler[n]t habe. Ich bleibe seine Schuldnerin und werde das versäumdte nachholen. Jetzt frage ich Ihnen meine Liebe! was dem Lieben Augst zum Heiligen-Crist wohl erfreuen könte? auch was ihm etwa an Kleidungs stücken angenehm und nützlich wäre – die Zeit rückt näher und ich mögte es gerne noch früh genung übersenden, damit es hübsch fix und fertig wäre. Freund Gerning hat die Castanien besorgt – und jetzt wer-

* Loben Sie Ihn in meinem Nahmen – und sagen Ihm, daß Er gegen die Großmutter gerechnet – Ein gelehrter ist – sein Fleiß hat mich sehr gefreut.

den sie wohl angelangt seyn – Was ich zuerst hätte thun sollen thue ich zuletzt – Ihnen hertzlich zu dancken vor überschickung der Modejournahle und Mercure – besonders aber vor Ihren Lieben Brief – ich habe mich gantz in Ihre unruh und sorgenvolle Lage versetzt – daß, wäre ich an Ihrer Stelle geweßen ich gewiß an kein Schreiben gedacht hätte – vor diese Aufmercksammkeit gegen mich – nehmen Sie hirmit nochmahls meinen besten Mütterlichen Danck. Ja wenn die Großmutter nicht so gemächlich wäre; so wäre das gar nicht übel wenn sie einmahl ihre Kinder besuchte – und alles schöne was ich schon längst von Weimar gehört habe selbst in Augenschein nähme – Aber du Lieber Himmel!! Ich und Reißen! Das gescheideste ist meine Kinder kommen zu mir – dabey wirds auch wohl sein Bewenden haben. Leben Sie wohl! Grüßen meinen Sohn und den geschickten – fleißigen – lieben – guten – braven Augst von Eurer allen treuen Euch liebhabenden

Mutter und Großmutter
Goethe.

95

den 23ten November 1798

Lieber Sohn!
Die Beyden Opern haben sehr wohl gefallen – doch hat die gebeßerte Eigensinn[ig]e bey uns vor den Brüder als Nebenbuhler den Vorzug erhalten – der gantz vortrefliche Gesang der Madam Kananbich – der nicht minder herrliche Gesang des Herrn Maure[r]s und sein und Herrn Luxens wahr Comisches Spiel ist die Ursach, daß das Puplicum die Eigensinnige den Brüder vorzieht. Von Eurem schön neu eingerichteten Schauspiel Saal habe schon vor einiger Zeit

die gebeßerte Eigensinn[ig]e: »La capricciosa coretta«, Komische Oper von Vicente Martin y Soler, Libretto von Lorenzo da Ponte (nach Shakespeares »Der Widerspenstigen Zähmung«).
Brüder als Nebenbuhler: »Die Brüder als Nebenbuhler«, Oper (1798) nach dem Italienischen (I fratelli rivali) von Peter de Winter.
Schauspiel Saal: Er war am 12. Oktober 1798 neu eröffnet worden.

Nachricht erhalten – ihn zu sehen – darauf muß ich wohl Verzicht thun! und mich begnügen was auf unserm Theater zu sehen ist – die Direction gibt sich alle Mühe die Sache in gutem Gang zu erhalten – auch ist unser Männliches Personale ohne Übertreibung gesprochen vortreflich – das weibliche ist mehr fehlerhaft – Die kommende Woche werde ich die Christkindleins Sachen Einkaufen und überschicken – eröffne du aber selbst das Kästlein damit weder meine Liebe Tochter noch mein geschickter Correßpondt vor der Zeit die Rariteten zu sehen bekommen. Der Confect komt ein paar Tage vor Christtage. Dancke meiner Lieben Tochter vor Ihren Lieben Brief – mit der Rückantwort muß Sie ein wenig in Gedult warten – den die Großmutter schreibt nur des Morgens – und der ist jetzt sehr kurtz. Grüße meine beyden Lieben hertzlich von

Euer allen
treuen Mutter und Großmutter
Goethe.

96

den 17ten Decemb 1798

Lieber Sohn!
Heute ist der Christ Confect mit dem Postwagen an Euch abgegangen – das Kistgen das den 29ten November an dich abgegangen – wirst du richtig erhalten haben. Gott! Gebe dir und den Lieben die dir angehören fröhlige Feyertage und ein glückliches Neu Jahr. Merckwürdiges pasirt bey uns gar nichts – und andre Dinge verlohnen nicht der Mühe des Schreibens. Ich bin Gott Lob – gesund gehe meinen alten Schlenderian so fort – und das ist alles. Behalte mich lieb in gutem Andencken – Grüße meine Liebe Tochter und bitte Sie mit dem Christgeschenck vorlieb zu nehmen thue ein gleiches mit dem Lieben Augst. Ich bin wie allezeit

Euer allen
treue Mutter Goethe.

97

den 15ten Mertz 1799

Lieber Sohn!

Hier schicke ich meinem Lieben Augst Nanquinette zu einem Sommer Habit – Gott laße es Ihn gesund verbrauchen – wenn in Zukunft wieder ein Kleider bedürfnüß vorfält; so mache mir eine Freude draus das abgehnde zu ersetzen – nur bitte ich, daß der dortige Schneider jedesmahl das Maaß angibt – denn bißher habe immer aufs gerathe wohl den Zeug oder Tuch fortgeschickt – In den Kaufläden wird alles nach Stab oder |:welches einerley ist:| nach Pariser Ehle verkauft – thut das in Zukunft. Dein Looß ist durch alle Claßen gelaufen ich habe es immer Renovirt – am Ende kam es mit 60 f heraus – wenigstens ist der vortheil dabey daß du diese jetzt kommende ohne Geld zu zulegen mitspielts – mir ists nehmlich so geworden. So bald ich das Neue looß habe schreibe ich dir die No. Die Meße rückt herbey, wird aber wohl ein Jahrmarck draus werden! Übrigens leben wir zwischen Furcht und Hoffnung – wißen nicht welchen Gang die Dinge noch nehmen werden – ich habe mich bey dem aufs beste hoffen immer gut befunden – dabey will ich denn auch bleiben. Vor die Mercure – und Modejournahle dancke bestens – Viele Grüße an meine Liebe Tochter und an den Lieben Augst von

Eurer treuen Mutter
Goethe

N.S. Schlossers grüßen vielmahl.

98

Abgeschickt d 2ten Aprill 1799

Lieber Sohn!

Hir das Welsche Korn – wünsche daß es 100fältige Früchte tragen mögte. Dancke dem Lieben Augst vor sein gutes Brieflein, es freut mich daß Ihm das Sommerkleidgen wohlgefält – aber leider ist der Sommer bey uns wieder verschwunden! Heute als den 29ten Mertz ist eine Kälte, daß ich meinen Peltzmandel wieder hervor geholt habe um im Sontagskind nicht zu erfrieren. Lieber Sohn! Was macht, was treibt Ihr denn? der Augst hat mir zwey Briefe geschrieben aber kein Wort weder von dir noch von meiner Lieben Tochter – ich hoffe ja ich weiß sogar daß alles gut ist – und daß die Nägel fest stecken – aber ich höre doch zuweilen gern von Eurem allerseitigen Wohlseyn. Aber O! Wehe!! Madame la Roche geht doch zum Gevatter Wieland – der Vetteran hat Ihr die Einladessten Briefe geschrieben – und ich wette Er langweilt sich wenn Sie ½ Tag bey Ihm ist – vermuthlich wird Sie alle große und Edle Menschen in und um Weimar mit Empfindsamkeit in Contiportion setzen, wobey du gewiß obenan stehts – Faße deine Seele in Gedult – oder gehe im May |: denn da kömt Sie zu Euch :| nach Jena – doch du wirst es schon einrichten. Lebe wohl! Grüße Deine und meine Lieben von

deiner treuen Mutter
Goethe

99

den 10ten May 1799

Lieber Sohn!
Frau Elise von Bethmann – empfiehlt sich dir und ersucht dich – ob du wolstes die Güte haben ihr bey dem Weimarer Hoffgärtner ein Kistgen Nordamerikanischer Holtzarten –

Sontagskind: »Das neue Sonntagskind«, Singspiel in zwei Akten (1797) von Wenzel Müller, Text von Joachim Perinet.
daß die Nägel fest stecken: Jes. 54, 2 f.: »Mache den Raum deiner Hütte weit, und breite aus die Teppiche deiner Wohnung; spare nicht! Dehne deine Seile lang und stecke deine Nägel fest! Denn du wirst ausbrechen zur Rechten und zur Linken, und dein Same wird die Heiden erben und in den verwüsteten Städten wohnen.« Vgl. auch den Brief Nr. 119.
Madame la Roche . . .: Vgl. den Brief Nr. 32.
Contiportion: wahrscheinlich verballhornt ›Kontribution‹. Vgl. »Des Künstlers Erdewallen«: ». . . Göttin du wirst sie letzen / Du gehst in ein reiches Haus / Ihn in Contribution zu setzen« [Geld aus ihm herauszupressen]. Hier: Belagerung, Druck, Zwang.
Elise von Bethmann: Catharina Elisabeth von Bethmann-Metzler.

wie auf beykomdendem Blättgen das mehrrere zu ersehen – kaufen und mit dem ersten Postwagen anhero zu spediren doch unter meiner adreße – auch solst du thun als wäre es vor dich selbst – Sie glaubt – daß Sie dadurch am besten versorgt werden dürfte – Solten außer den hirbey kommenden 4 Louidor noch etwas auslage dabey seyn – so wird alles mit dem besten danck erstattet werden. Vor Euren Lieben Brief vom 24ten Aprill dancke recht sehr er hat mir viel und große Freude gemacht. Dein jetziges Looß ist Nr. 702. Gestern speißte bey Frau Elise und trafe dem Bremischen Gesanden da an – der mit dir in Leipsig studirt hat – der Mann hatte eine Seelenfreude mich als deine Mutter kennen zu lernen – seinen Nahmen habe ich vergeßen – villeicht höre ich ihn noch einmahl – dann solt du ihn wißen – Er kam von Rastadt – Großer Gott!! was ist das vor eine Geschichte!!! Wir sind alle wie vorn Kopf geschlagen – Ich laße mich sonst nicht leicht etwas so mir frembt ist ängstigen aber diese greuel kan ich gar nicht aus dem Sinne kriegen. Gott Lob und Danck! daß du in Weimar und nicht in Paris bist! Ich fürchte wenn die Nachricht unter den Pariser pöpel kommt – sie bringen alle Deusche um – Wenn ich jemand jetzt von den meinen in Franckreich oder wo sonst Frantzosen sind wüßte – ich glaube ich stürbe vor Angst – ich muß nur davon aufhören – sonst kommen mir die Greuelgesichten wieder in Kopf – wie gestern – ich war im Schauspiel, hörte und sahe aber nichts – vor lauter nachdencken über dieser Abscheuliche that. Lebe wohl! Grüße alle deine Lieben von

Eurer allen treuen Mutter
Goethe.

Bremischen Gesanden: Georg Gröning, Kommilitone Goethes in Leipzig, versorgte ihn während seiner schweren Krankheit im Jahr 1768. Vgl. »Dichtung und Wahrheit« II, 8.
Geschichte: Rastatter Gesandtenmord, siehe Anm. zu *der Congreß in Rastadt*, Brief Nr. 82.

100

den 24ten May 1799

Lieber Sohn!

Sage meiner Lieben Tochter vielen und hertzlichen Danck, vor das vortrefliche Exemplar von Herrmann und Dorothea – das Werck verdint solche verschönerungen – denn es ist ein Meisterstück ohne gleichen! Ich trage es herum wie die Katze ihre Jungen – biß Sontag nehme ich es mit zu Stocks – die werden krehen und jublen – ferner hat mir meiner Lieben Tochter ihr Brief große Freude gemacht – weil du jetzt mit Kusche und Pferden gesegnet bist – und dadurch dir nach Leib und Seele viel vergnügen machen kanst – auch hat der Liebe Augst mir wieder ein dickes Heft seiner Frühlings Ergötzlichkeiten überschickt, das ich mit großem Vergnügen geleßen habe, dancke Ihm hertzlich davor. Da ich nun aus eben dem Brief ersehen habe, daß du und alle die deinigen bey Jena auf dem Lande in einem Garten den Frühling genüßest; so habe jegenwärtiges an Herrn Hoffrath Schiller Adreßirt – da es dir denn wohl zu Händen kommen wird – jetzt eine Frage die du die Güte haben wirst, mir durch deinen Geist nur mit ein paar Worten beantworten zu laßen. Mit dem Postwagen der Freytags den 10ten May von hir nach Weimar abgegangen ist, habe 4 Louidor an dich abgeschickt mit Bitte Nordamerikanische Höltzer von dem Hoffgärtner vor Frau von Bethmann einzukaufen, und solche unter meiner Adreße herzuschicken – ob du den Brief nebst dem Gelde empfangen hast – habe die Güte mir melden zu laßen. Übrigens freue ich mich, daß du wieder in oder um Jena bist – da gibts wieder so einen Hermann – oder der gleichen – Gott seegne dich und erhalte dich gesund und froh! Lebe wohl! Grüße deine Lieben – aber auch

verschönerungen: Neue Ausgabe mit zehn Kupfern. Braunschweig: Vieweg 1799.
durch deinen Geist: durch den Schreiber Geist.
Jena: Goethe zog sich häufig zu intensiverer Arbeit nach Jena zurück, das durch die hervorragend besetzte Universität (Fichte, Hegel, Schiller lehrten dort) und durch den Kreis der Romantiker zum bedeutenden geistigen Zentrum Deutschlands geworden war.

Schiller den ich von Hertzen liebe und verehre – Behaltet alle lieb

Eure treue Mutter
Goethe.

N.S. Auch vor die Modejournahle und Mercure dancke aufs beste.
So eben erhalte deinen Brief vom 19 und weiß nun, daß Brief und Geld bey dir glücklich angelangt ist – dancke vor diese Nachricht. Das übrige das du die Güte hattest zu berichten, soll Frau Bethmann pünctlich erfahren.

101

den 20ten Juli 1799

Lieber Sohn!
Hertzlich hat mich die Nachricht von Euer aller Wohlseyn erfreut – So wie mir meine Liebe Tochter schreibt – war ein etwas starcker Roumor in Eurem Haußweßen wegen Anweßenheit der Königlichen Majestät! Die Franckfurther haben auch alles mögliche gethann – um ihren ehemaligen Bekandten zu beleben – Er hat es auch recht freundlich auf und angenommen – mir ist eine Ehre wiederfahren, die ich nicht vermuthete – die Königin ließ mich durch Ihren Bruder einladen zu Ihr zu kommen der Printz kam um Mittag zu mir und speißte an meinem kleinen Tisch – um 6 Uhr holte Er mich in einem Wagen mit 2 bedinten hintenauf in den Taxischen Palast – die Königin unter hielt sich mit mir von vorigen Zeiten – erinnerte Sich noch der vielen Freuden in

Roumor in Eurem Haußweßen: Goethe hatte den Erbprinzen Carl Friedrich von Sachsen-Weimar am 18. Juni 1799 in sein Haus aufgenommen, da dessen Zimmer vom Preußischen Königspaar bewohnt wurden.
Königlichen Majestät: König Friedrich Wilhelm III. von Preußen und Königin Luise von Preußen, geb. Prinzessin von Mecklenburg-Strelitz.
Bruder: Erbprinz Georg Carl Friedrich Joseph von Mecklenburg-Strelitz.
Taxischen Palast: Prinzessin Therese Mathilde Amalie von Mecklenburg-Strelitz hatte 1789 den Prinzen Carl Alexander von Thurn und Taxis geheiratet.
von vorigen Zeiten: Während der Kaiserkrönung Leopolds II. im Jahre 1790 wohnten die beiden »Herrgottsblümlein«, Prinzessin Luise von

meinem vorigen Hauß – der guten Pannekuchen u. s. w. Du Lieber Gott! was so etwas vor Wirckung auf die Menschen macht! Das war gleich in allen Coffe und Weinhäußern, in großen und kleinen Gesellschaften – es wurde in den ersten Tagen nichts anders geredeđet als, die Königin hat die Frau Rath durch den Erbprintzen von Mecklenburg zu sich holen laßen – und wie ich Stapazirt wurde alles zu erzählen was alles da wäre abgehandelt worden mit einem Wort ich hatte einem Nimbus ums Haupt der mir gut zu Gesichte stand. Dancke ja recht schön meiner Lieben Tochter vor Ihren Lieben Brief und vor die überschicken Journahle und Mercure – besonders aber vor das herrliche Werck der Confirmation des Erprintzen – *das hat mir wohlgethan* – das ist ein ander Ding – als von unserm überspanten Hufnagel – mit seinem jemmerlichen a. b. c. Buch worüber in Sachsenhaußen beynahe eine Revolution entstanden wäre. Die Bethmann danck recht sehr vor die Höltzer die wohlbehalten angelangt sind – mit dem überbliebenen Louidor das hast du gantz brav und schön gemacht – In der vorigen Lotteri hast du ja gerade so viel gewonnen – daß gegenwärtige Ziehung nichts kostet die 5te Classe wird den 5 Augst – und die letzte den 2ten September gezogen – da du denn gleich Nachricht haben solst. Der Liebe Augst hat mir wieder ein dickes Heft von seinen Reißen zugeschickt – das mich sehr gefreut hat – grüße Ihn hertzlich von der Großmutter und dancke Ihm. Jetzt eine Theater affäre. Wir haben hir ein junges Demosellgen 17 Jahr alt nahmens Casperts, die gerne nach Weimar auf

Mecklenburg-Strelitz und ihre Schwester Friederike, zusammen mit ihrem Bruder, Prinz Georg von Mecklenburg-Strelitz, bei der Frau Rat im Hirschgraben.

Coffe: Kaffeehäuser gab es seit 1689 in Frankfurt.

Confirmation des Erprintzen: Herders Rede zur »Confirmation Seiner Hochfürstl Durchlaucht Carl Friedrich, Erbprinzen von Sachsen-Weimar und Eisenach. Den 20. März 1799«.

a. b. c. Buch: »ABC-Buch mit kurzen Lese-Übungen für die Stadt- und Dorfschulen von Frankfurt am Main«, ein Büchlein, das den Unterricht mit den Buchstaben i j r statt mit a b c beginnen läßt.

Casperts: Franziska (Fanny) Caspers ging 1800 auf zwei Jahre nach Weimar, wo Goethe ihre weitere Ausbildung übernahm.

Theater mögte – Sie war hir zu ersten Liebha[b]erinnen angenommen, gefiehl auch als Friedericke in den Jägern und als Cora in der Sonnenjungfrau – nachher wolte es nicht recht fort – die Ursach mag in einer gewißen Faulheit und Gemächlichkeit liegen – genung es wurde Ihr aufgesagt – Sie ist von hübschen Eltern aus Mannheim Demoiselle Jagemann kent sie – sie will gern zweyte Rollen übernehmen – hir hat sie 800 f bekommen – Ich würde mich mit der Sache gar nicht befaßt haben – aber Frau Stock – die sich Mutter von ihr nennen läßt bate mich so lange, daß ich es Ihr versprach – Meiner Lieben Tochter würde ich auch geschrieben, und mich bey Ihr selbst bedanckt haben – deßgleichen an den Lieben Augst – aber ich habe durch die Kranckheit meiner Köchin, so eine unordnung in meinen thun und seyn – daß mir diesen Brief zu Ende zu bringen Mühe kostest – da ich nehmlich nichts ordentliches bey mir zu Eßen haben kann; so gehe ich beynahe alle Tage zu Gaste bin also den Nachmittag nicht zu Hauß – da gibts nun die Morgenstunden – aufzuräumen – zu Rechnen und diß und das – daß die Zeit zum Schreiben sehr knapp zugetheilt ist. Ich will bey beßerer Muße alles wieder einbringen. Grüße und Küße einstweilen alles was dir und mir lieb ist von

deiner treuen Mutter
Goethe.

N.S. Viele Grüße von Schlossers.

102

[etwa 20. Oktober 1799]

Lieber Sohn!

Die Nachricht die ich dir jetzt schreibe – wird dir unerwartet und traurig seyn. Schlosser ist nicht mehr! Eine Lungen-

Jägern: »Die Jäger«, Drama von August Wilhelm Iffland, Berlin 1785.
Sonnenjungfrau: »Die Sonnen-Jungfrau«, Drama von August von Kotzebue, Leipzig 1791.
Jagemann: Caroline Jagemann, Schauspielerin in Weimar und Mätresse Carl Augusts, bewirkte 1817 durch ihre Intrigen Goethes Rücktritt von der Leitung des Weimarer Theaters.
Schlosser: Johann Georg Schlosser starb am 17. Oktober 1799.

entzündung entriß Ihn uns am 17ten dießes – die paar Jahre in Eutin schienen auf seine Cörpperliche Umstände nicht gut gewürckt zu haben – als Er hinreißte sahe Er gut ja blühend aus – bey seiner Herkunft vor 11 Monathen kante mann Ihn beynahe nicht mehr – Er war eingefallen – alles – Zähne – Farbe – alles war weg – und so mager daß alle die Ihn sahen – über die große Veränderung erstaunten. Seine Lunge zeigte sich sogleich als den schwächsten Theil an Ihm – durch öfftere Catharr-Fieber u. d. g. Heut vor 14 Tagen war Er in seinem vor gantz kurtzem erkauften Garten. Er steckte Zwieblen – pflantzen u. s. w. Er hörte schießen arbeitete aber imer fort – endlich kammen die Schüße näher – Er eilte fort – kam ans Eschenheimer Thor – das war zu – die Brücke aufgezogen die Frantzosen standen davor – ein Mann sagte Ihm wenn Er *eilte* so käme Er noch zum Neuen Thor herein – nun strengte Er alle Kräf[t]e an – kam auch glücklich noch herein aber erhitzt und in Angst – Er ging zu seiner Schwägerin – die nicht wohl war, und fand da eine sehr heiße Stube – wo Er nathtürlich noch mehr erhitzt wurde – diesen Augenblick wurde Rathsitz angesagt – nun mußte Er in Römmer in die kalte große Raths stube – den 2ten Tag darauf bekam Er Husten – Fieber und gleich röchlen auf der Brust – Er wolte keinen Artz – endlich kam einer der fand Ihn tödtlich kranck – mann nahm noch einen – der erklährte auch daß es sehr gefährlich wäre – Sie hatten dißmahl recht – den Er starb. Die gute Schlossern – und Ihre zwey Liebe Kinder Laßen dich hertzlich grüßen – daß Sie dir nicht selbst schrieben wirst du leicht verzeihen – Sie bitten um die Fortdauer deiner Freundschaft – auch ersuchen Sie dich es Herder – Wieland – und wer Ihn etwa sonst gekandt hat bekandt zu machen. Grüße den Lieben Augst, und sage Ihm – daß sein Oberrock und Westgen nicht vergeßen seye – daß es die andre Woche soll gekauft und Ihm zugeschickt werden – denn die Großmutter wäre jetzt den

Schwägerin: Margarete Rebekka Elisabeth Schlosser, geb. Steitz.
Kinder: Henriette, die 1809 David Hasenclever heiratete, und Eduard, der später Arzt wurde.

gantzen Tag bey Schlossers – und das wäre die Ursach, daß es noch nicht bey der Hand seye. Mama la Roche ist gantz entzückt über die gütige Aufnahme in deinem Hauße – Sie hat mir darüber einen gar lieben Brief geschrieben – Gott erhalte dich das ist mein Morgen und Abend Gebet – Grüße meine Liebe Tochter! Laßt bald wieder etwas von Euch hören Ihr seyd ja überzeugt – daß das Leben und Wonne gibt

Eurer treuen Mutter

Goethe.

N.S. Dein Looß hat 30 f gewonnen – die wollen wir dann wieder anwenden die neue Nummer ist 718 den 5ten November wird die erste Claße gezogen.

103

den Wolfgangs Tag [31. Oktober] 1799

Lieber Sohn!

Hier schicke ich dem Lieben Augst ein Winter Kleidgen – ich hoffe daß es Ihm wohlgefallen und Ihn warm halten wird – grüße Ihn und meine Liebe Tochter hertzlich. Am vergangenen Montag war Herbst – aber ohne Sang und Klang – ich habe noch keine einzige Beere gegeßen – denn sie sind nicht reif geworden – vor meine Trauben werde ½ Carolin bekommen – und bin noch obendrein froh daß ich sie loß werde. Weil du schon so lange aus aller hießigen Connexion bist; so schreibe dir sehr selten Neuigkeiten – denn ich fürchte sie Intreßiren dich nicht – aber daß Bernhardt und Dorville von Offenbach falirt haben das muß du doch wißen – weil du das Hauß in seinem größten Flohr gekandt

Mama la Roche . . .: Goethe empfing sie am 25. Juli 1799 zu einem »deliziesen Gastmahl«, was die La Roche in ihrer manierierten Redeweise kommentierte: »Alte Baucis, Dein scherzender Traum steht nun als Wahrheit vor Dir! Du dachtest in Weimar ein Göttermahl von der Türschwelle eines Tempels zu sehen und bekommst nun selbst einen Anteil von Ambrosia!«
Herbst: Weinlese.
Connexion: Verbindung, Beziehung.
falirt haben: bankrott gemacht haben.

hast – Bernhardt hatte eine Capelle von 22 der geschicktesten Leute unser Theater hat die besten davon angenommen. Ich habe überall mich nach Kastanien umgethan – so wie ich noch so glücklich seyn solte gute zu bekommen – solst du sie sogleich bekommen. Meinen Brief wegen Schlossers Ableben wirst du erhalten haben? das ist alles was ich vor jetzo dir zu berichten habe Lebe wohl! Grüße nochmahls alles in deinem Hauße was dir lieb und werth ist von

Euer allen treuen Mutter und Großmutter
Goethe.

104

den 2ten Decemb 1799

Lieber Sohn!
Dißmahl nur ein paar Worte den Heiligen Christ betrefendt. Meine Liebe Tochter muß wieder etwas von mir bekommen – aber es muß Ihr auch Freude machen – Sey demnach so gütig und schreibe mir |: aber ja gleich :| was ich thun soll. Nun vor den Lieben Augst weiß ich auch nichts so was Ihn etwa freuen könte – ein Winter Kleidgen hat Er bekommen und da Er im Wachssen ist; so sind Kleidungs stücke im voraus nicht rathsam – Ich schicke hirbey ein Verzeichnüß von allerley villeicht findest du etwas darunter was dem Lieben Jungen Spaß machte – du dürftes in diesem Fall mir nur die No. anzeigen da könte ich in meinem Verzeichnüß nachsehen und die Sache überschicken – Findest du aber nichts darinnen was dir behaget, nun so seye so gut und sage mir etwas anders – aber mit umlaufender Post sonst mögte alles zu spät ankommen. Jetzt kein Wort mehr – ich habe allerley zu treiben – Lebe wohl!

deine treue Mutter
Goethe.

N.S. Vor die überschickte Bücher dancke – bald von allem ein mehreres – auch Augst soll ehestens meinen Danck vor seinen schönen langen Brief empfahen.

105

den 16ten December 1799

Lieber Sohn!

Heute ist das Kistgen bepact mit Christgeschencken an dich mit dem Postwagen abgegangen – wünsche daß alles zum Vergnügen ausfallen möge – Auch hoffe ich, daß das Zeug zum Kleid meiner Lieben Tochter gefallen wird – der Judenkram ist vordißmahl etwas ärmlich – ich habe alle Schubladen ausgelehrt um nur dein Begehren in etwas zu erfüllen. Vergangenen Freytag den 13ten ist auch ein Kästgen mit Maronen an dich abgegangen – ich hatte eine große Freude welche zu bekommen – die Castanien sind erbärmlich und nicht zu genißen, da lase ich im Anzeigs Blatt, daß Maronen zu haben wären flugs schickte ich darnach – kaufte und spedirte sie sogleich nach Weimar – wünsche daß sie dir behagen mögen. Lieber Sohn! Nach der Rückkehr der Mama la Roche empfinde erst recht – wie du mir zu liebe dich in meiner kleinen Wohnung beholfen hast – Ei! Was hat die mir und allen deinen Freunden vor eine herliche Beschreibung deines Haußes und deiner gantzen Einrichtung gemacht – das deliziese Gastmahl das du Ihr gegeben hast – das prächtige grüne atlasne Zimmer – der herrliche Vorhang – das Gemählde das dahinter war – Summa Sumarum – einen gantzen Tag hat Sie mich davon unterhalten – was mir das vor ein Tag war kanst du leicht dencken!!! Gott! Erhalte und Seegne dich laße dir es wohl gehen – und lange mögstes du Leben auf Erden – und das wird geschehen, denn der Mutter Seegen baut den Kindern Häußer Amen. Aber dem allen ohnbeschadet – hoffe ich doch daß du mich einmahl wieder mit deinem Besuch erfreuen wirst – ich will so viel mir möglich dir alle Gemächlichkeit zu verschafen suchen. Das wäre denn vordißmahl so ohngefähr alles was ich dir zu berichten hätte – Grüße meine Liebe Tochter und den Lieben Augst hertzlich von

Eurer aller

treuen Mutter Goethe.

Judenkram: Siehe Anm. zum Brief Nr. 49.

106

den 29ten Jenner 1800

Lieber Sohn!

Überbringerin dieses, Demoiselle Caspers empfiehlt Sich deinem Wohlwollen – Wenn Sie Fleiß anwendet und gute Lehrmeister in der dramatischen Kunst Sie unterstützen; so kan etwas – villeicht viel daraus werden. Nirends kan es aber beßer geschehen als in Weimar – wo die größten Meister in diesem Fach zu Hauße sind. Sie hat mich zu diesen Entzweck ersucht Sie dir zu empfehlen – welches ich hirmit bestens gethan haben will. Sie ist jung – hat eine hübsche Theaterfigur – wird gute Lehren willig annehmen – und die Sache wird zu |:beyder seitigen:| Vergnügen und Nutzen gedeihen – Lebe wohl! Grüße deine Lieben von

deiner treuen Mutter
Goethe.

107

den 28ten Februar 1800

Lieber Sohn!

Schon längst hätte an Euch alle schreiben sollen, schon längst mich bedancken bey dem Lieben Augst vor seinen lieben Brief wo ich abermahls so viel gelernt habe – Tausende von Bücher sind in meinen Händen geweßen ohne daß ich jemahls gewusst hatte wie der Buchbinder das Werck anfängt und beendigt – dancke Ihm in meinem Nahmen vielmahls davor – daß Er auch darinn die Großmutter belehrt hat – wenn Er in andern Künsten wieder etwas lernt; so wird es mir Freude machen wenn ich durch Ihn auch in Zukunft belehrt werde. Daß meiner Lieben Tochter das kleine Geschenck Vergnügen gemacht hat that meinem Hertzen sehr wohl – grüße Sie hertzlich, und versichere Sie meiner Mütterlichen Liebe. Auch dancke ich vor die überschickten Mer-

(Zu S. 155.) *Anzeigs Blatt:* »Wöchentliche Frag- und Anzeigungsnachrichten«.

(Zu S. 155.) *Gemählde:* Meyers Kopie der »Aldobrandinischen Hochzeit«.

(Zu S. 155.) *der Mutter Seegen . . .:* »Des Vaters Segen baut den Kindern Häuser, aber der Mutter Fluch reißt sie nieder« (Jes. Sir. 3, 11).

cure und Modejournahle auch vor den Janus – wenn Ihr die Fortsetzung davon erhaltet; so erbitte ich mir sie ebenfals – denn es hatt mich und meine Freunde sehr amüsirt. Nun kommt auch der beste Danck an dich Lieber Sohn! daß du Demoiselle Caspars so gütig aufgenommen hast, Sie ist über ihre Situation entzückt – hat einen Brief von 4 seiten an Frau Senator Stock geschrieben – und kan das liebe Weimar nicht genung loben und preißen. Jetzt bin ich mit meinem Danck zu Ende – und das war der Entzweck meines Briefes denn sonst weiß ich in der Sonnen-Welt nicht zu schreiben, daß Euch nur im mindesten Intresiren könte – Mann Tantzt mann jsts mann trinckt – gerade wie vor 6000 Jahren – die Frantzsoßen laßen uns so zimlich in Ruhe – werden es aber villeicht wie gewöhnlich wieder auf die Meße verspahren. Nicolovius seine Frau und 3 Urenkel kommen im Aprill die Syndicus Schlossern zu besuchen – ich freue mich die kleinen zu sehen, und als Urgroßmutter zu paradiren. Lebe wohl! Laße bald etwas von dir hören – Grüße deine Lieben – Auch Schiller und dancke Ihm vor die Glocke. Ich bin ewig

Eure treue Mutter
Goethe.

108

den 22ten Mertz 1800

Lieber Sohn!
Senior Hufn[a]gel überschickt dir hir etwas – daß von Hermann und Dorothe die Rede darinnen ist kanst du leicht

Janus. Eine Zeitschrift auf Ereignisse und Thatsachen gegründet. Hrsg. von Christian August Vulpius. 1. Jg. Weimar: Gädicke 1800. 2. Jg. Jena: Göpferdt 1801. Der zweite Jahrgang enthält Teile aus Goethes Übersetzung von Voltaires »Tancrède« (1759/60) und den Maskenzug »Der lang ersehnte Friede nahet wieder«, geschrieben zum 30. Januar 1798 in der Hoffnung auf eine friedliche Einigung der in Rastatt versammelten Fürsten.
Nicolovius . . . Urenkel: Louise Nicolovius, geb. Schlosser, mit ihren Kindern Johann Georg Eduard, Georg Friedrich Franz und Friedrich Heinrich Georg.
überschickt dir: Hufnagels Aufsatz »Über das Verdienst vollendeten Ge-

errathen – dieses vortrefliche Werck hat auf Ihn einen Eindruck gemacht der nicht leicht größer seyn kan – Tausendtmahl grüßt Er dich – bittet um deine Freundschaft u. s. w. Daß du und deine Lieben gesund und vergnügt Seid hoffe ich – Ich bin Gott Lob auch wohl – das ist aber auch alles was dich Intreßiren kan. Lebe wohl! Grüße deine Haußgeister von

Eurer treuen Mutter
Goethe.

109

Am Ersten Ostertag [13. April] 1800

Lieber Sohn!
Hirbey kommt das gewöhnliche Welch korn – Ihr habt es zwar noch nicht verlangt – da es aber alle Jahre um diese Zeit begert wurde; so schicke ichs in Hoffnung daß es gerade zu recht kommen wird.
Schöff Hetzler wird dir geschrieben und wegen der Contibuzion alle mögliche Aufschlüße gegeben – auch dabey erinnert haben, daß ich die Bezahlung auf mich nehme – Ich habe dich in Bausch und Bogen auf 10000 f angesetzt und 1797 200 f vor dich bezahlt – auch würde ich alles vor mich stillschweigend abgemacht haben – wenn das Amt deine Erklährung nicht verlangt hätte – du magt dich nun angeben wie du mit gutem Gewißen thun kanst – |:noch einmahl seye es gesagt:| vor die Zahlung braucht du nicht zu sorgen. Am Freytag den 11ten Aprill empfange ich von Weimar

sangs: Hermann und Dorothea, religiösen Bürger- und Familiensinn allgemeiner zu verbreiten«. In Hufnagels Zeitschrift: »Für Christenthum, Aufklärung und Menschenwohl«, Bd. 2, H. 8, XX.
Schöff Hetzler . . .: Hetzlers Brief vom 5. April 1800 enthielt eine genaue Aufstellung von Kontributionsbeiträgen, die Goethe als Frankfurter Bürger zu leisten hatte und die seine Mutter für ihn entrichtete.
auf 10 000 f angesetzt: Seit 1797 mußte in Frankfurt eine zusätzliche Vermögenssteuer gezahlt werden, die vom Gesamtbesitz (ohne Höchstgrenze) und progressiv erhoben wurde, und zwar 1/2 % bis zu 15 000 Gulden, 3/4 % bis zu 30 000, 1 % bei mehr als 30 000 Gulden Gesamtvermögen. (Vgl. Anm. zu *Schatzung*, Brief Nr. 121.)

eine Rolle mit Musick von meinem alten Freund Krantz – das hat mich sehr gefreut – dancke Ihm doch in meinem Nahmen aufs beste und freundliste davor – wenn ich auch selbst nicht so geschickt bin es gleich zu singen und zu spielen; so haben wir hir Persohnen, die mir den Vorschmack davon geben sollen biß ich es selbst executiren kan. Die Edle Musica geht bey mir eifriger wie jemahls – der Marsch aus dem Tittus hat mir wegen der vermaledeiten Sprünge viel noth gemacht!!! Jetzt ein paar Worte mit meiner Lieben Tochter. Sie verlangen feines Tuch zu den Hälsen – das sollen Sie sehr schön bekommen ferner Batist zu Kraußen – nicht auch zu Manschetten? Ich weiß wohl daß die meisten Herrn keine mehr tragen – wie es aber bey meinem Sohn Mode ist – das müßen Sie die Güte haben mir mit ein paar Worten zu schreiben. Auch muß ich Ihnen über Ihren großen Fleiß im Spinnen loben – das ist recht brav – Ihro Demoiselle Schwester ist sehr geschickt – so fein Spinnen zu können das ist viel nützlicher als womit sich die Frauenzimmer bey uns abgeben Dancken Sie Ihr in meinem Nahmen und empfehlen mich Ihr aufs beste. Vielen Danck vor die Bücher besonders vor den Janus der macht mir viel vergnügen – das muß wahr seyn Ihr Weimaraner seyd glückliche Menschen! Alles schöne – alles große – alles Vortrefliche habt Ihr im überfluß – wir dancken Gott! vor die Brosamen die von Eurem Tische fallen! Wenn aus Demoiselle Caspars in Weimar nichts wird, so wird in ihrem gantzen Leben nichts aus ihr – Sie ist aber auch mit ihren Aufenthalt in Weimar ver-

Krantz: Johann Friedrich Kranz, Kapellmeister in Weimar, besuchte zusammen mit Wieland und Merck am 17. Dezember 1777 die Eltern Goethe in Frankfurt. Anschließend schrieb er der Frau Rat: ». . . die Tage bei Ihnen zugebracht zu haben, nenne ich ohne Anstand die glücklichsten meines Lebens. . . . O wie lieb ist mir seitdem die Menschheit worden. Noch nie habe ich mich meines Daseins so sehr gefreut. Ich war so selig, daß ich ganz vergaß, wo und wer ich war.« – Im Jahre 1780 war er zur großen Freude des alten Rates Goethe noch einmal in Frankfurt.
Tittus: Mozarts Krönungsoper »La Clemenza di Tito« (Prag 1791).
Hälsen: Halskragen.
Demoiselle Schwester: Sophie Ernestine Louise Vulpius.

gnügt wie eine Königin. Lieber Augst! Wie sehr hat mich die Beschreibung der Macerade ergötzt – und daß du gedantzt hast das war auch recht schön – hir dürfen keine gehalten werden – Bälle ohne Masken gabs die menge – von hören weiß ich daß die junge Welt sich recht lustig soll gemacht haben – jedes Alter hat seine Freude – die Großmutter geht um 10 Uhr ins Bett – und läßt Tantzen wer Lust und Liebe dazu hat. Wenn du die Großmutter besuchen wilsts; so musst du Vater und Mutter mitbringen – allein mögte dir die Zeit bey der alten Großmutter zu lang fallen. Kranck warst du – das laße unterwegens bleibe hübsch gesund – und behalte diejenige lieb die imer ist

Euer aller
treue Mutter und Großmutter
Goethe.

110

den 27ten Aprill 1800

Lieber Sohn!
Hier schicke ich einen Sommerhut von der neusten Fason – wünsche daß er meiner Lieben Tochter wohlgefallen möge – da er aber ein sehr festliches Ansehn hat; so soll mit kommendem Postwagen – noch ein geringerer von Stroh alle Tage zu tragen nachfolgen – Ferner Nankinett vor den Lieben Augst – Er soll es gesund zerreißen. Da oben erwähnter Hut so Spät fertig geworden – kan ich um den Postwagen nicht zu versäumen – nichts weiter hinzu thun als mich vor die überschickten Bücher zu bedancken – und anzufragen – ob das welsche Korn glücklich angelangt ist? behaltet lieb

Eure treue Mutter
Goethe.

111

Lieber Sohn!
Nur mit ein paar worte benachrichte ich dich daß Schöff Hetzler sehr kranck darnieder liegt – wenn du also noch

nicht an Ihn geschrieben hast; so thue es nicht sondern warte den gang der Kranckheit erst ab. Ehestens erhälts du nähre Nachricht von

deiner treuen Mutter

den 16ten May 1800 Goethe.

112

den 10ten Juni 1800

Lieber Sohn!

Daß du in Leipsig mit deinen Lieben vergnügte Tage verlebt hast hat mich sehr gefreut, solche Nachrichten von dir machen mich allezeit sehr glücklich – Gott! Laße mich immer solche gute Briefe von dir und den Lieben die dir angehören leßen. Madam Elise von Bethmann danckt dir vor den überschickten Catalog – der Pflantzen – und wird es sich zu Hertzen nehmen – vorjetzt ist Sie nach Baad Ems. Unser guter Hetzler ist nicht mehr unter uns! Es ist ein großer Verlust – der Rath mißt ein treuen und fleißigen Mittarbeiter – seine Familie den besten Mann und Vater – seine Freunde den verschwiegenen treusten Rathgeber – so bald wird diese Lücke nicht ausgefült werden. Was du nun an Ihn der Contipucion wegen hast schreiben wollen – das berichte mir – ich will als denn schon sehen wie ich es betreibe – Jetzt ein paar worte mit meiner Lieben Tochter! Wenn Ihnen meine Liebe der Sommerhut Freude gemacht hat; so ists mirs sehr angenehm – daß ich mein versprechen mit dem andern der nach komen solte, nicht gehalten, darann bin nicht ich sondern Frau von Schwartzkopf schuld – die versprach mir einen zu besorgen – und thats nicht – ich bin in diesen Modesachen sehr unwißent – ich werde mich jetzt an Frau Stock wenden, da wird doch endlich noch einer zum Vorschein kommen. Sie haben neulich von mir Halskraußen und Batist verlangt, darauf schriebe ich Ihnen ob mein Sohn

(Zu S. 160.) *Schöff Hetzler:* Er starb am nächsten Tag.
Leipsig: Leipziger Aufenthalt vom 28. April (Christiane und August vom 10. Mai an) bis 16. Mai 1800 anläßlich der Messe.
Contipucion: Kontribution. Vgl. den Brief Nr. 109.

nur Schapo oder auch Manschetten trüge – darauf habe noch keine Antwort erhalten – ich müßte es aber doch wißen – um mich im Einkaufen darnach zu richten. Jetzt noch eins – vor die überschickten Bücher dancke recht sehr – nur haben Sie mir den 4ten theil vom Mercur 2 mahl geschickt – davor fehlt aber No. 3. bey Gelegenheit erbitte ich mir ihn. Dem Lieben Augst würde ich selbst ein eigenes Brief[g]en geschrieben, und mich vor seinen Lieben guten Brief bedanckt haben – aber ich habe so mancherley zu tribschen und zu treiben, daß es vor jetzt ohnmöglich ist – dancken Sie Ihm in meinem Nahmen recht hertzlich davor. Wenn von dem Journahl der Romane wieder etwas heraus kommt; so erbitte ich es mir wieder zuzusenden. Lebt wohl! Liebe Kinder! und gedenckt zuweilen an

Eure treue Mutter
Goethe.

113

den 7ten Juli 1800

Liebe Tochter!
Hier schicke ich Ihnen den verlangten Batist und das Tuch zu Halskrägen ich hoffe daß es Ihnen gefallen wird – Ferner den schon längst versprochenen Strohhut – verwundern Sie Sich nicht das er auch die gelbe Farbe hat – die gantze neumoische Welt trägt jetzt gelb lauter gelb – brauchen Sie ihn gesund und froh! Vor die überschickten Bücher besonders den 3ten theil des Mercurs dancke auf das verbindlichste.
Meinem Sohn sagen Sie viel schönes und liebes – ferner sagen Sie Ihm es hätte mit der bewußten Sache keine Eile – Er soll abwarten, biß Er den weiteren Verlauf von mir hören wird. Dem Lieben Augst dancken Sie hertzlich vor die schöne und ausführliche Reißebeschreibung – der gute Liebe Enckel stelt die Sachen so lebendig vor Augen trägt alles so anschaulich vor daß mann glaubt mann habe es mit eigenen Augen ge-

Schapo: Jabot.
tribschen: betreiben, besorgen.
Journahl der Romane: bei Unger, Berlin 1800 bis 1802.

sehen – küßen Sie Ihn hertzlich vor die Freude die Er der Großmutter gemacht hat. Leben Sie wohl! Und dencken manchmahl an diejenige die jederzeit seyn wird

Ihre wahre Freundin u treue Mutter
Goethe.

114

[September 1800]

Liebe Tochter!
Ihr Liebes Schreiben hat mich wieder sehr froh und glücklich gemacht – wenn ich gute Neuigkeiten von Weimar höre; so werde ich immer verjüngt – und meine Freunde haben meine gute Laune in vollem Maß zu genißen – Ihr guter Brief kam gerade zu rechter Zeit – denn die Freitheits-Männer drohten uns wieder unser Geld abzunehmen welches uns den keinen guten Houmor verursachte – denn es sind kaum 4 wochen – daß sie 300000 gulden auf neue von unserer Stadt erpreßten – da kamen nun gerade gute Nachrichten von Ihnen allen – da ward ich froh – und dachte Geld hin – Geld her – wenn es nur in Weimar bey deinen Geliebten wohl und vergnügt zugeht; so schlafe du ruhig – das thate ich denn auch bey all dem wirr warr. Daß Sie meine Liebe den Sommer vergnügt zu gebracht haben freut mich sehr – die Großmutter hat auch ihr mögligstes gethann um auf Gottes schöner Erde diesen Sommer vergnügt und froh zu seyn – und es ist mir auch gelungen ohne jedoch meine von langen Jahren her gewohnte Ordnung zu unterbrechen – doch mit aller meiner Ordnung will ich doch die Reiße zu Ihnen nicht verschwören – wer weiß was in der Zeiten hindergrund schlummert – das

erpreßten: Nach einem heftigen Zusammenstoß im Frühjahr 1800 zwischen französischen und kurmainzischen Truppen bei Rödelheim forderte der französische General Suham 800 000 Livres »Indemnisationsgebühr«, da die Stadt den Durchmarsch kaiserlicher Truppen gestattet hatte. Frankfurt erklärte sich außerstande, die Zahlung zu leisten, worauf 2000 Franzosen die Stadt besetzten und die Zahlung erzwangen.
wer weiß . . .: »Don Carlos« I, 1: ». . . O wer weiß, / Was in der Zeiten Hintergrunde schlummert?« (Don Carlos zu Domingo).

Verlangen mich einmahl wieder zu sehen kan nicht größer seyn, als das meinige ist einmahl Ihre schöne Häußliche Ordnung und Wirthschaftlichte Beschäftijungen mit meinen Augen anzusehn – und Ihnen meinen Mütterlichen Danck mündlich davor abzustatten. Biß diese schöne Zeit erscheint – erfreuen Sie mich von Zeit zu Zeit mit angenehmen schrieftlichen Nachrichten – wofür ich Ihnen immer hertzlich dancken werde. Mit den Castanien sieht es dieses Jahr schlecht aus, die Zeitigung und ihre güte geht mit den Trauben Schritt vor Schritt – die Trauben werden nicht zeitig – nicht einmahl zum Eßig taugen sie – folglich mögten sie vor dieses Jahr genoßen seyn – doch will ich mein mögligstes thun – ob vielleicht hie und da welche gerathen seyn könnten – Schicke ich keine; so geben Sie Mutter Natur schuld – nur *mir nicht.* Jetzt auch ein paar Worte an meinen Lieben Augst. Nur soviel noch an Ihnen meine Liebe Tochter! Tausend Grüße an meinen vielgeliebten Sohn von

Eurer allen
treuen Mutter Goethe.

N.S. großen und schönen danck vor die Mercure und Modejournahle, sie sind dißmahl sehr Intereßant.

Lieber Augst!
Du hast mir wieder eine rechte Freude mit der Beschreibung von deiner Sommer Wallfahrt gemacht – das war recht schön daß deine Liebe Mutter – Deine Liebe Tante und du Gottes freye Luft so schön genoßen und neues Leben und Gesundheit eingeathmet habt – dadurch hast du neue stärcke erlangt um diesen kommenden Winter brav Schrittschu zu laufen – damit du dich nun nicht erkältest soll ein gantz musterhafter Oberrock und eine warme weste erscheinen. Ich mögte dir gar gerne auch einmahl etwas von meinen wanderungen erzählen – aber das ist ohnmöglich, denn ich wandre um 6 Uhr Abends die Treppe herunter, um 9 Uhr die Treppe herauf – da ist nun nichts Intreßantes zu berichten – doch

Tante: Ernestine Vulpius.

etwas wobey ich deinen Vater hergewünßt habe – in die Oper Tittus – da hat der Italienische Mahler 5 neue Decorationen gemacht – wo ich bey der Erscheinung des Capitohls biß zu Thränen bin gerührt worden – so prächtig war das, und der Einzug des Tittus anzusehen. Lebe wohl! Behalte mich lieb, und glaube daß ich immer bin

deine dich Liebende Großmutter
Goethe.

115

Den 12ten October 1800

Lieber Sohn!
Hir kommen in 2 Kistger 12 ℔ Croneburger Castanien – da sie immer mit dem Wein gleichen schritt halten; gibts sehr wenige und ich war froh durch Gernings Freund den Pfarrer in Croneburg diese zu erhalten – verzehre sie mit den Lieben die bey dir sind, gesund und frohen Muthes. Meine Liebe Tochter hat mir ein hertzliches liebes Briefgen geschrieben davor dancke Ihr – ich freue mich jederzeit etwas von Ihr zu leßen – denn Sie ist wie der Polo[n]ius im Hamlet immer die Überbringerin guter Nachrichten – daher erbreche ich auch jedesmahl Ihre Briefe mit Vergnügen – und nun der gute Augst was hat mir der wieder vor ein dickes dickes Buch geschickt!! Ich bewundre seine Geschicklichkeit, das was er schreibt so anschaulich darzustellen – es hat mich recht sehr gefreut – Küße und dancke Ihm in meinem Nahmen – und ein Glück ists, daß Er keinen so langen Gegenbrief von der Großmutter verlangt – das verbitterte mir die Freude – denn Schreiben ist meine Sache gantz und gar nicht

Tittus: Mozarts Oper »La Clemenza di Tito« (1791), deren prachtvolle und äußerst kostspielige Inszenierung Johann Jacob Willemer angesichts der hohen Kriegskontributionen in seiner Schrift »Frankfurter Theatersorgen« heftig kritisierte: »Alle grossen Opern und Helden-Fratzen sind mit grösseren Tagesausgaben verbunden; feine Stücke kosten im Verhältnis weniger Geld wie sie mehr Verstand erfordern.«
der Italienische Mahler: Giorgio Fuentes.
Decorationen: nach Suphan (Schriften der Goethe-Gesellschaft, Bd. 4) noch 1889 in Frankfurt benutzt.

– aber der gute Junge nimbt mit dem Dank vorliebt – das weiß ich.
Vor die Modejournahle – Mercure – Janus – dancke gar sehr – diß macht mich und meine Freunde immer froh und vergnügt – wenn kommt aber einmahl wieder etwas vom Journahl der Romane heraus? da vergeßt mich nicht – denn Pauline das ist gar schön – und hat mir und meinen Freunden sehr behagt. Georg Jacobi ist hir zum besuch bey seiner alten Freundin der Syndicus Schlosser – Sein Weib |:es ist sonderbahr:| gleicht auserordentlich der Lotte Kästnern – um dieser Gleichheit willen ersucht Sie ja Sie bittet dich in den Musen Allmanach auf das Jahr 1802 etwas von deinem Geistesausfluß an Ihren Mann zu überschicken – Sie bate mich um mein Vorwort welches ich denn hirmit bestens gethan haben will.
Die Meße war äusterst mittelmäßig – und unser Theater hat wegen der gar zu vielen Schnurpfeiereyen auch gelitten – besonders hat der Hanßwurst vielen Schaden verursacht – es war Thon hinzugehen es ist warlich schwer so etwas zu begreifen – zum Spaß schicke ich dir einige Zettel – und über so gantz entsetzlich plattes Zeug – Iflands – Kotzebue – und

Pauline: »Gräfin Pauline«, Roman von Friederike Unger, Journal der Romane I und II, Berlin 1800.
Georg Jacobi: Johann Georg Jacobi, Bruder von Friedrich Heinrich Jacobi, 1766 Professor der Philosophie in Halle. Gab von 1774 bis 1777 zusammen mit Johann Jacob Wilhelm Heinse die »Iris – Vierteljahresschrift für Frauenzimmer« heraus, in der Lieder Goethes erschienen. 1784 Professor der schönen Wissenschaften in Freiburg.
Sein Weib: Maria Jacobi, geb. Müller.
Lotte Kästnern: Charlotte Sophie Henriette Kestner, geb. Buff, Vorbild (neben Maximiliane Brentano) der Lotte im »Werther«.
Musen Allmanach: Taschenbuch für das Jahr 1802, hrsg. von Johann Georg Jacobi. Hamburg: Perthes. Goethe überließ Jacobi nicht den gewünschten Beitrag.
Hanßwurst: »Die Geburt des Harlekins«, große Pantomime mit Tänzen. – Marianne Jung, die spätere Gattin Willemers, trat darin als Harlekin auf.
Kotzebue: August von Kotzebue, produktiver und häufig gespielter Dramatiker der Goethezeit; besonderer Erfolg seines Schauspiels »Menschenhaß und Reue« (1789). Lange in russischen Diensten. Verfasser der Persiflage »Bonaparte, der du bist im Himmel«, Rom 1805. Herausgeber

andre gute Stücke zu vernachläßigen – um den Hanßwurst – der keine Ader von einem rechten Hanßwurst hatte – i hab sein Kragen sei Knopf het i a sei Kopf!!! nein es ist zu Toll! Wir winden und drehen uns noch immer um die Contiputión derer 800000 Lieber zu entgehen – es werden alle Seegel angespant – ob geht werden wir bald erfahren – außer dem Geld geben, führen sie sich sehr brav auf jedermann ist mit ihnen zu frieden – müßen eben alles wies kommt mit Gedult abwarten. Lache nicht daß ich dir 2 Kistgen schicke ich hatte keins wo sie alle hinein gegangen wären – und doch wolt ich auch nichts zurück behalten – du kanst doch eine Ganß mehr füllen – zumahl da die Dinger heuer so rahr sind. Lebe wohl! Grüße deine Lieben von

deiner treuen Mutter
Goethe.

116

den 8ten December 1800

Lieber Sohn!
Künftigen Freytag als den 12ten December schicke ich mit dem Postwagen ein ambalirtes Kistgen, es enthält das Christkindlein vor meine Liebe Tochter und den Lieben Augst – die Ursach warum ich dir dieses zum voraus melde – wirst du leicht einsehen – damit es vorher niemand zu sehen bekommt – und die Freude desto größer ist – den Confect schicke 8 Tage nachher, so gut und schön er zu haben ist – wünsche daß alles wohlbehalten anlangen und Vergnügen erwecken möge.
Mann hat mir gesagt, daß herrliche Anstalten bey Euch gemacht werden um das neue Jahrhundert mit Freude und

der antinapoleonischen Zeitschriften »Die Biene« (Königsberg 1808/09) und »Die Grille« (Königsberg 1811/12). 1819 von einem fanatischen Burschenschaftler ermordet.
Lieber: Livres.
das neue Jahrhundert . . . zu empfangen: Goethe verbrachte den Silvesterabend 1800 mit Schiller, Friedrich Wilhelm Joseph Schelling, Hufeland und dem Physiker Heinrich Steffens, der berichtet: »Nach Mitter-

Würde zu empfangen, und zu begrüßen – Gott! Laße es Euch allen gesegnet seyn. Trettet mit frohem Jubel hinein, und vorzüglich dancket Gott! Der das liebe Sachsen von der Kriegsgeisel noch unberührt gelaßen hat. Wir sind es |: das weiß Gott :| müde und satt! Contiputionen – Requisitionen Einquartirung – Durchmärsche u. s. w. Ich habe Gott sey Lob und Danck! immer noch guten Muth – habe was die Einquartirung anbelangt – beynahe gar keine Last – wenn die Stadt, und also auch das Hauß wo ich wohne nicht mit Truppen überhäuft ist, so nimt mein Hauß wirt meine und der übrigen Einwohner, um ein sehr billiges kostgeld sie zu den seinen – das ist denn vor mich eine große Erleichterung. Jetzt genung von dem leidigen Kriegs-gethümel punctum. Künftige Ostern geht dem verstorbenen Schöff Schlosser sein Sohn nach Jena um Medicin zu studiren – und freut sich hoch auf Jena aber nicht weniger auf Weimar – Seine Mutter und die gantze Freundschaft empfehlen Ihn dir auf beste – auch den guten Georg Jacobi vergiß nicht in seinen Allmanach 1802 etwas von dir Ihm zuzustellen, Er freut sich wie ein Kind darauf. Diesen Winter habe ich alle Mittwoch eine sehr angenehme Unterhaltung – die uns die großen Tichter gewähren – ich bitte dich sage Schillern etwas davon villeicht macht es Ihm einen guten Augenblick. Wir kommen um 5 Uhr Abens bey Frau von Schwartzkopf zusammen – setzen uns um einen runden Tisch und dramatisi[r]en wie folgt

nacht zogen Goethe, Schiller und Schelling sich in ein Nebenkabinett zurück. Ich durfte von der Gesellschaft sein. Einige Bouteillen Champagner standen auf dem Tisch und die Unterhaltung wurde immer lebhafter. Da fiel mir . . . die Veränderung auf, die mit zwei so bedeutenden Persönlichkeiten vorging. Goethe war unbefangen lustig, ja übermütig, während Schiller immer ernsthafter ward und sich in breiten doktrinären ästhetischen Explikationen erging: sie hatten die größte Ähnlichkeit mit seiner bekannten Kritik über Klopstock, und er ließ sich nicht stören, wenn Goethe ihn durch irgend einen geistreichen Einwurf in seinem Vortrag zu verwirren suchte. Schelling behielt fortdauernd seine ruhige Haltung, ich konnte ihm kaum eine Veränderung anmerken. Der Arzt Hufeland . . . trat etwas später herein . . .«

Schlosser sein Sohn: Christian Heinrich Schlosser, jüngster Sohn von Hieronymus Peter Schlosser.

– Wallensteins Tod! Wallenstein, Herr von Forme – seine Gattin, Freulein Jenny von Bethmann – Octavio Picolomine Herr Schauspieler Prand – sein Sohn Max, Herr von Schwartzkopf – Teckla, Frau von Holtzhaußen, Buttler, Heintze – Graf Terckki, Frau Aja – seine Gattin Frau von Schwartzkopf – Isolani – Herr von Henckel u. s. w. Da wir nicht so viele Persohnen haben – so hat eins mehrere Rollen z. E. Ich habe noch den Seni und den Westhaußen – das amusirt uns nun Königlich – Künftigen Mittwoch wird Tasso von dir geleßen – dann Iphigeni – dann Nathan der Weiße – Don Carlos – die meisten declamiren daß es eine Art und Schick hat – jedes freut sich auf den Mittwoch. Fält mir noch ehe dieses fort geht etwas ein das des Schreibens werth ist; so solst du es wißen, wo nicht – so sage ich nur noch: Gott segne dich und dein gantzes Hauß, erhalte Euch alle mir – laße das neue Seculum mit Tausenfachen Seegen über Euch kommen diß ist das Morgen und Abend Gebeth

Eurer Euch Liebenden Mutter und Großmutter
C. E. Goethe.

N.S. Daß du meine Liebe Tochter und den Lieben Aug hertzlich von mir küßen und grüßen solst das versteht sich am Rande.

Herr von Forme: von Formey; mehr nicht festzustellen.
Prand: Schauspieler und Regisseur am Frankfurter Theater.
Holtzhaußen: Erdmuthe Friederike Agathe von Holzhausen, geb. von Hohenstein, Gattin des Schöffen und Bürgermeisters Anton Ulrich Carl von Holzhausen.
Heintze: Näheres nicht festzustellen; Pfeiffer-Belli vermutet einen Kaufmann Johann Andreas Heintz.
Henckel: Näheres nicht festzustellen; Pfeiffer-Belli verweist auf den preußischen General von Henckel-Donnersmarck.
Westhaußen: eventuell der Kaiserliche Gesandte von Questenberg aus den »Piccolomini«, der allerdings in »Wallensteins Tod« nicht mehr auftritt.

117

den 19ten Jenner 1801

Liebe Tochter!

Preiß – Danck und Anbethung sey dem Gott! der vom Tod erretten kan, und der Hülfe gesendet hat, damit unser Glaube an *Ihn* auf neue gestärcket – und wir mit neuem Muth immer auf *Ihn* hoffen und *Ihm allein* vertrauen! *Er* stärcke meinem geliebten theuren Sohn! Schencke Ihm die verloh[r]ne Kräffte, und setze Ihn ferner zum Seegen zur Freude uns und allen die Ihn lieb und werth haben *Amen.* Aber meine Liebe Liebe Tochter! wie soll ich Ihnen dancken, vor alle Liebe und Sorgfalt die Sie meinem Sohn erwießen haben – Gott sey Ihr Vergelter – Er hat Ihn Ihnen jetzt aufs neue geschenckt – Sie werden jetzt ein neues Leben mit Ihm leben – und wird Ihr beyder Wohlseyn zu meinem größten Trost biß in die spätesten Zeiten erhalten Ammen. Nun meine Liebe Tochter! Jetzt eine Bitte – ich muß nun |: will ich ruhig und meine Tage nicht in Sorge und Angst hinleben :| ehestens wieder Nachricht haben, wie es aussieht – ob die Beßerung anhält – und was es denn eigendlich vor ein Übel war – das uns so schrecklich unglücklich hätte machen können – Sie sollen nicht schreiben, erholen stärcken von der großen Mühe und von der noch größeren Angst das sollen Sie, nicht Schreiben, auch mein Sohn nicht der soll sich pflegen und erholen – Aber entweder dictiren Sie Geisten – oder Augst oder laßen Sie Ihren Herrn Bruder die Mühe übernehmen – nur ein paar Zeilen mit der ersten Post!!!! Die Kranckheit, muß doch erst nach neujahr gekommen seyn, denn die Christtage habe ich Briefe die gut lauten von Ihnen und von Ihm – Nochmahls Tausend Danck vor alle Liebe – treue und Besorgung – auch vor den Brief an mich – wie

verloh[r]ne Kräffte: Goethe war im Januar 1801 an einer Gesichtsrose erkrankt.

Liebe und Sorgfalt: Nach der Genesung schrieb Goethe am 1. Februar seiner Mutter: »Wie gut, sorgfältig und liebevoll sich meine liebe Kleine bei dieser Gelegenheit erwiesen werden Sie sich denken, ich kann ihre unermüdete Tätigkeit nicht genug rühmen.«

Bruder: Christian August Vulpius.

leicht hätte ich es von Frembten auf die schreckhafteste art erfahren können – Leben Sie wohl! Grüßen meinen mir von Gott auf neue geschenckten Sohn – auch den Lieben Augst von

Eurer aller
treuen Mutter und Großmutter
Goethe.

118

den 31ten Jenner 1801

Lieber Sohn!
Dancke meiner Lieben Tochter vielmahls vor Ihren Lieben Brief vom 22ten Jenner – Gott sey Lob und Danck! daß Er die dir gedrohte große Gefahr so gnädig und bald abgewendet hat – Ach was ist die Unwißenheit eine herrliche Sache! Hätte ich das Unglück das dich betrofen gewußt ehe die Beßerung da war, ich glaube ich wäre im Elend vergangen – so aber war ich gerade diese krittische Tage froh und vergnügt – nun war es aber wieder sehr gut, daß ich Nachricht von deiner Beßerung hatte, sonst wäre es noch erschrecklicher geweßt – denn der Brief meiner Lieben Tochter kam Sontags früh um 11 Uhr an – ich hatte der Syndicus Schlossern versprochen Sie Abens mit ins Schauspiel zu nehmen weil Johanne von Monfocon gegeben wurde – ich sagte nicht ein Wort von deinem Kranckseín – ein Unglück lauft gleich einem Lauffeuer – und sowas kan ich nicht ertragen – Aber nun kommts warum es so herrlich gut war, daß ich deine Beßerung erfahren hatte: Herr Handelsmann Friederich Schmidt mein Logen Nachbar frag[t]e, was ich vor Nachricht von dir hätte, du müßest sehr kranck seyn – denn der Hertzog hätte einen Eilboten nach Jena geschickt um einen

Schlossern: Johanna Schlosser, geb. Fahlmer.
Johanne von Monfocon: »Johanna von Montfaucon«. Ein romantisches Gemälde aus dem vierzehnten Jahrhundert in fünf Aufzügen von August von Kotzebue. Leipzig 1800.
Jena: Carl August hatte am 17. Januar die Hofräte Loder und Starck aus Jena zur Behandlung Goethes hinzuziehen lassen.

dortigen geschickten Artz um Hülfe zu rufen – Nun bitte ich dich überlege wenn ich den guten Brief deiner Beßerung nicht in Händen gehabt hätte, ich glaube der Schrecken wäre mir tödlich geweßen, so aber sagte ich gantz kurtz, daß du wieder beßer wärest, fragte aber doch woher er das wiße? ein Vetter von mir erwiederte er studirt in Jena – der hat es mir geschrieben. Innerlich danckte ich Gott vor meinen vor ein paar Stunden vorher empfangenen Brief – und war so zimmlich ruhig. Jetzt hoffe ich, daß du völlig wieder hergestelt bist – auch daß du mit deinem schönen braunen Auge Gottes Schöpfung wieder frölich anschauen wirst, und bitte sehr um baldige Nachricht, von den Fortschritten deiner Besserung, damit meine Seele mit freudigem Munde und Hertzen, Gott davor dancken könne! Ihro Hochfürstliche Durchlaucht lege meinen innigsten Danck zu Füssen vor alle die gnädige Sorgfalt und Liebe, die dieser vortrefliche Fürst in diesen Bößen und gefährlichen Tagen dir erzeigt hat – Gott! seegne den Besten Fürsten und das gantze Hochfürstliche Hauß zeitlich und ewig davor Amen. Lebe wohl! und laße mich balde wieder etwas gutes von dir hören – grüße meine Liebe Tochter – und den guten Augst von

Euerer treuen Mutter und Großmutter
Goethe.

N.S. Auch dem Braven Geist dancke vor seine Beyhülfe – und allen die dich erquickt und dein Leiden haben tragen helfen – Tausendmahl danckt die nun wieder frohe Mutter. Gott! vergelte es allen allen allen.

119

den 7ten Februar 1801

Lieber Sohn!
Dein wieder besserbefinden so gar ein Brief von deiner eigenen Hand, hat mich so glücklich so schreibeselig gemacht, daß ich

eigenen Hand: Goethe begann seinen Brief vom 1. Februar: »Diesmal, liebe Mutter, schreibe ich Ihnen mit eigner Hand, damit Sie sich überzeugen, daß es wieder ganz leidlich mit mir geht.«

dir mit umlaufender Post antworte. Der 6te Februar da ich deinen mir so theuren Brief erhilt, war ein Jubel, ein Beth und Danckfest vor mich! ohnmöglich konte ich diese große Freude vor mich behalten, Abens war ich bey Syndicus Schlossern theilte meine Freude mit – und erhilt von allen die hertzlichsten Glückwünsche, auch zeigte mir Schlossern einen sehr guten Brief von dem Braven Seidel – die Stockin hatte auch deßgleichen von Demoiselle Kapspars – wir waren den gantzen Abend froh und frölig und alle alle laßen dich hertzlich grüßen. Unsere gantze Stadt war über deine Kranckheit in alarm – so wie deine Beßerung in den Zeitungen verkündigt wurde – regnete es Zeitungen in meine Stube – jedes wolte der erste sein, mir die frohe Nachricht zu hinterbringen – Herr und Frau Schöff von Wiesenhüten waren die ersten – gleich nach Tische kam Herr von Fleischbein – dann Tante Melbert u. s. w. Was ich gethan habe weiß niemand als – Gott! Vermuthlich ist dir aus dem Sinne gekommen was du bey deiner Ankunft in Straßburg – da deine Gesundheit noch schwanckend war in dem Büchlein das dir der Rath Moritz als Andencken mitgab, den ersten Tag deines dortseyn drinnen aufschlugs – du schriebst mirs und du warst wundersam bewegt – ich weiß es noch wie heute! Mache den Raum deiner Hütten weit, und breite aus die Teppige deiner Wohnung, spahre sein nicht – *dehne deine Seile lang und stecke deine Nägel fest*, denn du wirst aus brechen, zur rechten und zur lincken. Jesaia – 54 v. 3. 4.

Schlossern: Johanna Schlosser, geb. Fahlmer.
Seidel: Philipp Seidel, bereits 17jährig als Schreiber des Herrn Rat im Hirschgraben, von 1775 bis 1786 Goethes Diener und Vertrauter in Weimar, seit 1789 Rentamtmann.
Wiesenhüten: Friedrich August Freiherr von Wiesenhütten, Schöff seit 1798, 1805 Erster Bürgermeister. – Friederike von Wiesenhütten, geb. Freiin von Hügel.
Fleischbein: Johann Daniel Fleischbein, genannt von Kleeberg, 1799 bis 1806 Schöff.
Melbert: Johanna Maria Melber, geb. Textor, Schwester der Frau Rat und mit dem Frankfurter Kaufmann Georg Adolf Melber verheiratet. Goethes »lustige Tante«.
Jesaia – 54 v. 3. 4: tatsächlich Vers 2 und 3.

Gelobet sey Gott!!! der die Nägel den 12ten Jenner 1801 wieder fest gesteckt – und die Seile aufs neue weit gedehnt hat. Nochmahls hertzlichen Danck, vor deinen Lieben Brief – thue mir die Liebe, und laße von Zeit zu Zeit mir Nachricht geben wie es um dich steht – Grüße meine Liebe Tochter – den Lieben Augst und Gott stärcke dich ferner an Seele und Leib dieses ist mein täglicher Wunsch und das Gebeth

deiner treuen – frohen – Mutter
Goethe.

120

den 7ten Mertz 1801

Lieber Sohn!

Vor die große Freude die du mir an meinem Geburths tag d 19ten Februar mit den paar Zeilen von deiner eigenen Hand und mit der vortreflichen Zeichnung der alten und neuen Zeit gemacht hast, dancke ich dir von Hertzens grund – jetzt ist mir im leßen deines kleinen Drama alles recht anschaulich – die Masken! das ist ein herrlicher Gedancke – Ich laße eine schöne Rahme dazu verfertigen – ein Glas drüber – und henge es in mein Schlafzimmer zum beständigen Anschauen auf. Mit deinem Wohlbefinden hofe ich, geht es jetzt täglich beßer, auch wirst du die Güte haben, mir bald wieder Nachricht davon zukommen laßen – denn das ist das einzige was mir das Leben noch wünschens werth macht. Wie befindet sich denn meine Liebe Tochter, und der Liebe Augst? Sie sollen doch auch bald wieder etwas von sich hören laßen – Bey uns geht es so so! Der Friede hat eben so keine auserordentliche Freude verursacht – doch versichert mann daß Franckfurth bleibt was es ist, eine Freye Reichs stadt – nun das gebe Gott! Unsere Oper hat viel ver-

Zeichnung: Titelkupfer zu Goethes Maskenzug »Palaeophron und Neoterpe«, 1800.

Der Friede von Lunéville (9. Februar 1801) zwischen Frankreich und Österreich, in dem der Rhein als Ostgrenze Frankreichs akzeptiert wurde.

lohren die Kanabichs sind nach München – wir haben zwey neue Sängerinnen – Demoisele Mayer u Theu die beyde brav sind und aus denen was großes werden kan – künftigen Montag geben unsere Schauspieler zu ihrem Benefitz Schillers Räuber – wir haben es in 10 Jahren nicht gesehen, und sie werden gute Einnahme haben – noch zwey Batalion Frantzsosen sind in der Stadt das ist alles – sonst leben wir gantz ruhig – Vor die mir im vorigen Jahr überschickte Mercure – Modejournahle und den Janus dancke aufs beste von letzterm fehlt mir No. 12 welches ich mir bey Gelegenheit noch erbitte. Grüße meine Liebe Tochter den Lieben Augst von

Eurer treuen Mutter
Goethe.

121

den 20ten Mertz 1801

Lieber Sohn!
Der erste Gedancke nach deiner Geneßung war dir eine kleine Freude zu machen und dir ein Presendt überschicken, allein ich wußte eigendtlich nicht wie ich es anstellen solte, denn im May müßen wir wieder Kriegsteuer geben auch noch andre Dinge die mich Incomodirten doch truge ich diese Sache Tag und Nacht mit mir herum, spante alle Seegel meines Gehirns an, um dir Freude zu machen: endlich fiehl mir etwas thuliches ein – Ich verspreche dir also Ende May, oder Anfangs Juni 1000 f sage Tausend gulden im 24 f Fuß – so bald ich sie habe solt du das weitre erfahren – Jetzt noch eins – Ich habe dich bey der Kriegs Deputation vor 10000 f angegeben – sind deine Besitztümer mehr werth, so muß ich es wißen – damit ich mich mit der Contriboution auch mit der Schatzung darnach richten kan – denn übers

Theu: Elise Thau, Gattin von Friedrich Müller (»Maler Müller«).
Benefitz: (lat. beneficium), zu ihren Gunsten.
Anfangs Juni: Das Geld wurde am 1. Juni 1801 angewiesen.
Schatzung: 1556 eingeführte, seit 1576 jährlich erhobene Vermögenssteuer von 1/3 % des Gesamtvermögens mit der steuerpflichtigen Höchstgrenze

Jahr soll Abrechnung gehalten werden – da möchte ich nun nicht gern auf einem fahlen Pferde erfunden werden. Gott Lob und Danck! daß mir in meinem 70. Jahre alle diese Unannehmlichkeiten meinen guten Houmor nicht verdrängen können. Die Aufträge von meiner Lieben Tochter sollen diese Meße auch aufs beste besorgt werden. Laßen wir nun alle Kriegs steuern – und sonstige Quelereyen im Rücken – erhalten unsere gute Laune und erzählen daß das gerüchte geht als ob Herr Iffland diese Meße zu uns käme – der soll uns was vortragiren!! es sind jetzt 16 Jahre da ich Ihn in seinem Lüster gesehnen habe – die letzte Krönung war Er auch hir – da war es aber als ob ein bößer Geist in Ihn gefähren wäre; so kalt und Seelenloß hat er gespielt – in der Rolle des Hoffraths Reinhard lief mir der kalte Schweiß dem Rücken herunter – nein so was war unerhört. Heute habe ich noch allerley zu tribschen bald ein mehreres. Grüße meine Liebe Tochter und den Lieben Augst dancke Ihnen beyden vor Ihre Lieben Briefe auch vor die überschickten Bücher – Ich bin wie immer

Euer aller treue Mutter
Goethe.

122

den 13ten Aprill 1801

Lieber Sohn!
Hir schicke ich meiner Lieben Tochter einen Prachtvollen Somerhut – ich hoffe Sie wird Freude dran haben. Die Sacktücher vor dich sind gekauft – da ich aber glaube Euch einen Gefallen zu erzeigen wenn ich sie fis und fertig über-

von 15 000 Gulden. Diese unsoziale Regelung begünstigte natürlich die großen Vermögen (der Frankfurter Rat setzte sich vornehmlich aus Angehörigen der reichen Patrizierfamilien zusammen) und wurde erst 1797 durch eine progressive und unbegrenzte Vermögenssteuer ergänzt.
auf einem fahlen Pferde . . .: beim Lügen ertappt werden.
die letzte Krönung: Zur Krönung Franz' II. (am 14. Juli 1792) trat Iffland am 15. Juli 1792 als Hofrat Reinhold in seinem Lustspiel »Die Hagestolzen« auf.
tribschen: betreiben, besorgen.

sende; so laße ich sie auch nehnen – zeichnen – und waschen – da kanst du sie gleich bey ihrer Ankunft brauchen. Den 31ten May soll das versprochne Geld parat seyn – die Art und weiße wie du es empfangen wilst – steht bey dir – villeicht wie ehemahls durch Herrn Bansa. Dein Lieber Brief hat mich sehr erfreut, und mir die Meße froh gemacht. Lebe wohl! Grüße deine Lieben – und glaube daß ich bin

deine treue Mutter
Goethe.

123

den 21ten Aprill 1801

Lieber Sohn!
Hir schicke ich dir eine Vollmacht zu unterschreiben, und mit deinem Pettschaft zu sieglen – auch von Weimar aus zu bezeugen daß Unterschrift und Siegel von dir sind. Es ist der hiesigen Obserfantz gemäß – weiter hat die Sache nichts auf sich – kostest keinen Heller u. s. w. Die Nicolovius hat das nehmliche überschickt bekommen – so bald du kanst schicke es zurück. Ich hoffe daß der Hut vor meine Liebe Tochter glücklich angelangt ist – die Sacktücher sind in voller Arbeit und werden bald erscheinen – Gerning ist hir, ich habe Ihn aber noch nicht gesehen – Die Meße ist bald zu Ende und wenn viele Specktackel ein Zeichen einer guten Meße sind; so muß diese überaus gut seyn – die Kaufleuthe wollen es aber nicht Wort haben. Schöff Schlosser seyn zweyter Sohn wird ehestens die Musensöhne in Jena ver-

Vollmacht: Beim Verkauf des Hauses im Hirschgraben war die Restschuld des Käufers von 18 000 Gulden als Hypothek eingetragen worden. 1801 übertrug die Frau Rat die verbliebenen 14 000 Gulden den Frankfurter Kaufleuten Johannes Schmidt, Vater und Sohn, wozu sie Goethes Einwilligung benötigte.
zweyter Sohn: Johann Friedrich Heinrich Schlosser, ältester Sohn von Hieronymus Peter Schlosser, studierte Jura in Halle und Jena, promovierte 1803 zum Dr. jur., wurde Advokat in Frankfurt. Goethe setzte ihn nach dem Tod seiner Mutter zum Nachlaßverwalter ein. – Sein Bruder, Christian Heinrich Schlosser, studierte bereits seit 1800 Medizin in Jena.

mehren – die Herbstmeße kommt des verstorbenen Syndicus sein Sohn auch dahin – es sind zwey hoffnung volle Jünglinge aus denen etwas werden kan. Lebe wohl! Grüße meine Liebe Tochter – und den Lieben Augst von

Eurer treuen Mutter
Goethe.

124

den 7ten May 1801

Lieber Sohn!
Hir 24 rechte musterhafte Sacktücher – ich bin froh daß sie endlich fertig geworden sind – aber wie prächtig sind sie auch geneht und gezeichnet!!! Heute müßen sie auf den Postwagen – darum nur ein paar worte. Ich hoffe daß du dich wohl befindest – daß dir die Landluft gut anschlägt – Gerning hat mir viel liebes und gutes von dir erzählt – so was macht mich immer um 10 Jahr jünger – Wenn die Vollmacht vor den Notarius Beyer |: die ich dir vor einiger Zeit zuschickte :| von dir unterschrieben besiegelt, und von Weimar aus bekräftigt ist; so schicke mir sie gefälligst anhero – den 31ten dieses liegt das dir versprochne Geld parat. Grüße meine Liebe Tochter und den Lieben Augst viel viel mahl. Herr Vulpius hat die Güte gehabt mir Modejournhale – und Januße zu überschicken – dancke Ihm davor. Lebe wohl!

Deine treue Mutter
Goethe.

des verstorbenen Syndicus sein Sohn: Eduard Schlosser, Sohn von Johann Georg Schlosser und Johanna Catharina Sibylla Schlosser, geb. Fahlmer, studierte Medizin.
Landluft: Goethe war vom 25. März bis 14. April und vom 22. bis 30. April auf seinem Gut in Ober-Roßla.
Beyer: Johann Reinhard Bayer.

125

den 16ten May 1801

Lieber Sohn!

Zwey Dinge veranlaßen mich dir zu schreiben – Erestlich danckt dir Frau Schöff Schlosser sehr hertzlich wegen der überaus guten Aufnahme Ihres Sohnes – der hat Ihr einen Brief geschrieben der so herrlich, so vortreflich und von oben biß untenaus von deinem Lobe voll war – der junge Mann ist über deine Unterhaltung mit Ihm entzückt – und fühlt sich in deiner Nähe gantz glücklich – Also noch einmahl seye es gesagt – Tausend Danck von Frau Schöff Schlosser. Zweytens werde ich sehr geplagt wegen der Vollmacht die ich dir zugeschickt habe – habe doch die Güte sie in gehöriger Form bald möglichst mir zu zuschicken – die gantze Kauf und währung geschichte beruht bloß *darauf*. Ich hoffe die Sacktücher sind glücklich angekommen? So viel vor heute – Lebe wohl! Grüße meine Liebe Tochter und sage Ihr daß ich doch wißen mögte – wie Ihr der Sommerhut gefallen? den Lieben Augst küße und grüße von

Euer aller
treuen Mutter und Großmutter
Goethe.

126

den 19ten May 1801

Lieber Sohn!

Gestern ist die Vollmacht hir angelangt – und zwar in der besten Form – dancke dir im Nahmen der Menschen die sie nöthig haben. Daß die Sacktücher Euch wohl gefallen haben, freut mich gar sehr – auch daß der Sommerhut meiner Lieben Tochter behagt hat – braucht alles gesund und vergnügt. Daß du das Geld Ende May empfangen wilst, ist mir auch

Frau Schöff Schlosser: Margarete Rebekka Elisabeth Schlosser, geb. Steitz.
Ihres Sohnes: Siehe Anm. zu *zweyter Sohn*, Brief Nr. 123.
währung: städtische Abgabe bei jedem Verkauf von Grundbesitz.

angenehm indem ich erst den 22ten die volle Zahl machen kann. Wir wissen gar noch nicht recht uns in unser Glück zu finden, daß keine Kriegs Völlcker mehr um und bey uns sind – und daß wir |: Gott sey Danck!!!:| bleiben was wir waren! Der Frantzöische Gesande der an unsere Stadt acreditirt ist hat ein sehr freundliches Schreiben von Bonaparte an unsere Obrigkeit mitgebracht. Freylich freylich ist noch etwas Wermuth bey dem Zucker – die Kriegs steuer die in diesem Monath wieder gegeben werden muß erweckt eben keine angenehme Empfindung – doch ich halte es mit Wielands schönem Sprüchlein wenn man den Teufel *muß* verschlucken muß man ihn nur nicht lang bekucken – und überhaubt, wer im Leben nichts erfahren hat – wer von Jugendauf auf seinen Hefen stille gelegen hat – nie aus einem Faß in andre gekommen ist – aus dem wird nichts – der Hefen Geschmack bleibt ihm, es wird nie ein guter Wein, Jeremias das 47 Capitel v. 11. Nicht wahr, wenn die Mutter ins Schwätzen kommt denn gehts rasch weg – ja da sind meine Freunde schuld – die hören so was gern – da war der Georg Jacobi |: ach der arme Dichter kriegt wohl schwerlich etwas von Deuschlands großen Dichter vide die Kayerliche Reichspostzeitung in seinen Musen almanach vors Jahr 1802:| der

Der Frantzöische Gesande: Baron von Hiersinger; sein Beglaubigungsschreiben im Frankfurter Stadtarchiv hat sich erhalten.
Schreiben von Bonaparte: im Zweiten Weltkrieg verbrannt (Auskunft des Frankfurter Stadtarchivs).
Sprüchlein: ». . . Wer sich den Teufel zu verschlucken / entschlossen hat, muß ihn nicht lang begucken.« Aus Wielands »Sommermärchen«, Teil II: »Der Maultiers Zaum«.
47. Capitel: tatsächlich im 48. Kapitel.
Deuschlands großen Dichter: so die »Frankfurter Kayserliche Reichs-Ober-Postamtszeitung« vom 31. Januar 1801: »Der berühmte Dichter S. Weim. Geh. Rath v. Goethe wurde zu Anfang des Jänner an einer Bräune und andern Zufällen so krank, daß man für sein Leben besorgt war. Zur Freude für alle seine Verehrer ist die Gefahr nun so gut wie gänzlich vorüber. Ohne Zweifel hat sich die Nachricht von seiner Krankheit schon durch Privatbriefe verbreitet; und so wird die von seiner Genesung dem Publikum, das ihn verehrt und bewundert, willkommen sein.« (Zitiert nach »Briefe aus dem Elternhaus«, hrsg. von Wolfgang Pfeiffer-Belli, Zürich: Artemis 1960, S. 964.)

hörte gar zu gerne Frau Aja erzählen u. s. w. Grüße meine Liebe Tochter und sage Ihr, daß ich von diesem Jahr überschickt bekomen habe 3 Stück Mercure – 2 Stück Janus – 4 Stück Modejournahl – ersuche Sie mir ferner meine[n] Geist aufklähren zu helfen – wofür ich sehr danckbahr seyn werde. Heute gehe ich ins Opferfest – Morgen speiße ich bey Elise von Bethmann, und jetzt empfehle ich mich Euch allen zu liebevollem Andencken, und bin

Eure treue Mutter
Goethe.

N.S. Daß der Liebe Augst das Clavir lernt freut mich, grüße Ihn, Er soll recht fleisig seyn es wird Ihm vielen Spaß machen treibts doch die Großmutter noch und vor 70 Jahr machts sie gar nicht übel.

127

den 1. Juni 1801

Lieber Sohn!
Einige angesehne Handels Leute die beym hisigen Theater Actien haben, sind mit dem Regiser nicht zu friden, und wünschen bey dem neuen Ackord der künftiges Jahr mit der Obrigkeit aufs neue geschloßen worden einen andern Regiser – unter diesen mit dem Theater unzufriedenen ist mein Freund Willmer einer der eifrigsten: es gelangt also an dich nebst vielen hertzlichen grüßen die Bitte nachstehende Fragen bald und gefälligst zu beantworten: weißt du etwas von Kozebue? ist Er noch in Petersburg? würde Er wohl Franckfurth gegen seinen jetztigen Aufenthalt ver-

Opferfest: Siehe Anm. zu *Oper*, Brief Nr. 83.
Regiser: Regisseur.
Ackord: Übereinkunft, Vertrag.
Willmer: Johann Jacob von Willemer war 1800 zusammen mit Dr. Johann Georg Grambs, Georg Heyder und Simon Moritz von Bethmann in die Oberdirektion des Frankfurter Nationaltheaters gewählt worden.
Petersburg: Kotzebue wurde 1801 als Kollegienrat in Petersburg entlassen, ging nach Weimar und blieb von 1802 bis 1806 in Berlin.

tauschen? ist dir, oder deinen Herrn Schauspielern sonst ein tüchtiger Mann vor dieses Amt bekand? hirüber nur ein paar Zeilen rückantwort – damit im Fall dir oder den andern nichts bekandt ist – die Sucher sich anterst wohin wenden können. Ich bitte um Vergebung dich damit behelligen zu müßen aber Willmer |: der mir noch immer als Freund Farbe helt :| kan ich *nichts* abschlagen.
Lebe wohl! Grüße deine Lieben von

deiner
treuen Mutter
Goethe.

128

den 10ten Juli 1801

Liebe Tochter!
Vielen und schönen Danck vor Ihren Lieben Brief – Es hat mir sehr wohl gethan zu hören, daß mein Sohn und der Liebe Augst sich vergnügt und wohl befinden – Gott segne die Cur und gebe Ihnen allen Gesundheit – Vergnügen und Freude. Der Liebe Augst hat mir einen langen Brief geschrieben, und mein Sohn auch ein paar Zeilen welches mich überaus gefreut hat. Sie meine Liebe Tochter haben sehr wohl gethan das Gut zu verpachten – legen Sie Sich ja nicht mehr Last auf als Sie tragen können – Ihre Gesundheit könte drunter leiden – wo doch so viel sowohl vor meinen Sohn, als vor uns alle darann gelegen ist – Es ist recht schön daß Sie meine Liebe, so eine Brave Hauß-mutter sind – aber mann kan auch dem guten zu viel thun. Schonen Sie also ich bitte Ihnen Ihre *uns allen* so theure Gesundheit! Ich hoffe Sie befolgen meinen Mütterlichen rath – Daß Sie meinen Sohn abholen und Ihm biß Cassel entgegen kommen ist ein vortreflicher Gedancke – ich freue mich mit Ihnen –

Cur: zusammen mit August vom 15. Juni bis 17. Juli in Bad Pyrmont.
das Gut: Goethes Gut in Ober-Roßla.
Cassel: Vom 15. bis 20. August blieb Christiane mit Goethe und August in Kassel.

das wird ein Jubel seyn!!! daß ich den hertzlichsten Antheil dran nehme – mich im Geist mit Euch Ihr Lieben freue – das glaubt Ihr mir doch aufs wort, und ohne Schwur. Grüßen Sie meinen Lieben Sohn Tausendmahl wie auch den Lieben Augst – weiter habe ich nichts zu bestellen – Gott! Bringe Euch alle wieder glücklich zusammen *Amen.* Ich befinde mich Gottlob gesund und wohl – genüße den Sommer so viel ich kan und vermag und kommt denn von Zeit zu Zeit eine gute Nachricht von Weimar so bin ich glücklich und preiße Gott! Jetzt leben Sie wohl! und behalten lieb

Ihre treue Mutter u Freundin
Goethe.

129

den 29ten October 1801

Lieber Sohn! Hier extra schöne Croneburger Castanien – laße sie dir wohl behagen. Daß dir die Cuhr und die Reiße wohl bekommen ist – habe von mehr als einer seite erfahren – und mich wie du leicht dencken kanst hertzlich darüber gefreut – und bitte Gott! dich dabey zu erhalten. Jetzt eine Bitte an dich – Meiner Lieben Tochter – und dem Lieben Augst mögte ich gerne wieder etwas zum heiligen Christ bescheren laßen das Ihnen Freude machte – da ich nun in der Entfernung solches nicht rathen und Ihre Gesinnungen nicht wißen kan; so ersuche ich dich unter denen Vorschlägen die ich jetzt thun will – etwas auszusuchen – Vor Augst Kleidungs stücke – dabey bitte ich mir aber das Ehlen Maß entweder Pariser Ehle oder Franckfurther Ehle aus, auch die Farbe – ob dunckel oder hell. Vor meine Liebe Tochter habe dreyerley im Sinn – Eine Neumodische große viereckige Schaal entweder von Seiden, oder Muselin – oder einen Modischen Kopfaufsatz – oder ein Kleid entweder von Taffendt – Catun – oder Englischen feinen Barchend – solte unter diesem nichts behagen – und du weißt etwas beßeres und angenehmeres – so sage es! Denn da ich Freude mit dem Geschenck machen will; so kommt es nicht auf meine Ideen

sondern auf die die es empfangen sollen an. Aus beykommendem Zettel wirst so ersehen daß wir den Wallenstein – aber!!!! Castrirt – und verstümmelt gesehen haben – und mit alle dem, war das Hauß zum erdrücken voll.
Es sind jetzt 3 Schlosser in Jena die *alle* eine große Zuversicht und Vertrauen auf dich haben – ich bin überzeugt daß wo du Ihnen mit Rath und Freundschaft dienen und Ihnen nützlich seyn kanst, du es ohne meine Bitte thun wirst. Morgen muß das Kästgen auf den Postwagen – fält mir noch etwas das der Tinte werth ist ein; so solst du es wißen – wo nicht, so Lebe wohl! Grüße deine Lieben von

Eurer allen
treuen Mutter
Goethe.

130

den 2ten November 1801

Lieber Sohn!
Dein Lieber Augst hat mir am Ende seiner Reisebeschreibung von Cassel einen Fingerzeig gegeben – daß Ihm etwas sehr lieb und angenehm wäre nehmlich ein Caracter Anzug auf das Carneval – nun soll er so was von mir zum Christgeschenck haben – seye demnach so gütig und schreibe mir

Castrirt: in einer Bearbeitung von Vogel (?).
3 Schlosser: Johann Friedrich Heinrich Schlosser, Christian Heinrich Schlosser, Söhne des Schöff Hieronymus Peter Schlosser, und Eduard Schlosser, Sohn des Syndicus Johann Georg Schlosser. – Goethe schrieb am 23. November 1801 an Friedrich Heinrich Jacobi: »Die drei Schlosser und zwei Voße machen eine der wunderbarsten jungen Gesellschaften, die je zu meiner Kenntnis gekommen sind. Der jüngste Sohn des Schöff Schlosser ist ein kleiner Enragé für die neuste Philosophie und das mit so viel Geist, Herz und Sinn, daß ich und Schelling unser Wunder daran sehn. Sein älterer Bruder ist eine ruhige verständige Natur, den, wie ich merke, der Kleine auch nach Jena, zu der seligmachenden Lehre, gerufen hat. Der Sohn meines Schwagers scheint seinen Vater nicht zu verleugnen. Mir kommt vor daß er einen guten geraden Sinn hat, Lust an der Erfahrung. Nicht wenig scheint er betroffen zu sein daß er alles, was man ihm an Philosophie eingeflößt, abschwören soll. Wozu ihn doch wahrscheinlich sein kleiner Vetter endlich nötigen wird.«

|:und zwar bey Zeit:| in welcher Tracht Er erscheinen soll – und was ihm Freude machen mögte – Aber wißen muß ich wie viel Taffendt dazu gehört – obs einerley Farbe oder verschiedne sey[n] sollen – schreibe es deutlich – bestimmt und bald, damit Ihr es beyzeiten bekommt, und es Ihm verfertigen laßen könt – Die Castanien werden Jetzt bey Euch angelandet seyn? Vor die Bücher dancke auf beste – ich werde mich aufs beste damit ammusiren. Der Liebe Augst hat mir Eure gantze Reiße allerliebst beschrieben es hat mir große Freude gemacht, sage Ihm das! nebst vielen hertzlichen grüßen. Lebe wohl! vergiß auch nicht, meine Liebe Tochter hertzlich zu grüßen – und Sie zu versichern, daß ich ewig bin Ihre – und Euer aller

treue
Mutter Goethe.

131

den 20ten November 1801

Lieber Sohn!
Mit dem Montägigen Postwagen den 23ten November geht das Christgeschenck an dich ab, ich hoffe daß es Freude verursachen wird. Vor deinen Lieben Brief dancke hertzlich – es würde Thorheit von mir seyn auf öfftere Briefe von dir Pretention zu machen – erfahre ich nur von Zeit zu Zeit etwas von deinem Wohlbefinden – seyse es durch wen es wolle so genügt es mir – und ich verlange nichts weiter. Deine Entschuldigung an Willmer habe ausgerichtet – Schwartzkopf habe noch nicht in der Zeit gesehen werde es aber besorgen. Bey unserm Theater gehts nach dem alten Sprichwort: viele Köche verderben den Brey u. s. w. warum hat denn mein Lieber Schiller seine Jungfrau von Orleann mit Lateinischen Lettern und noch obendrein so klein drukken laßen, daß es die größte anstrengung braucht es zu leßen?? Wie schön ist dagegen sein Wallenstein! Sage doch meiner Lieben Tochter! Nebst hertzlichem Gruß, daß Sie die

Pretention zu machen: zu beanspruchen.

Güte haben mögte mir bey Gelegenheit No. 7 vom Mercur zu überschicken er fehlt in der Sammlung. Lebe wohl! den Lieben Augst grüße auch hertzlich von

Eurer allen
treuen Mutter Goethe.

132

den kürtzen Tag 1801

Lieber Sohn!
Du hast mir eine große Freude mit dem merckwürdigen Jahr von Kotzebue gemacht es hat mir einige vergnügte Tage gewährt – meinen hertzlichen Danck dafür. Hir das bon bon vor den Lieben Augst – und Pommerantzenschalen vor meine Liebe Tochter – Glückliche Feyertage – den besten Seegen zum Neuen Jahr – Gesundheit an Leib und Seele – Glück – Heil und Wohlergehn – dieses wünschet und erbittet von Gott! Vor Euch alle

Eure Euch liebende Mutter
Goethe.

merckwürdigen Jahr: »Das merkwürdigste Jahr meines Lebens«, Berlin 1801, berichtet von der viermonatigen Verbannung Kotzebues nach Sibirien. Von einem Gespräch mit Goethe im Februar 1801 über dieses Buch berichtet der Weimarer Schriftsteller Johann Daniel Falk: »Abgesehen von den Abenteuern der Reise und dem harten Schicksale des Mannes, das Teilnahme fordere und verdiene, sei es, wie Goethe versicherte, kaum möglich, bei einem von allen Seiten so reich vorliegenden Stoffe, etwas an sich Gehaltloseres zutage zu fördern. Ich bin gewiß, wenn einer von uns im Frühling über die Wiesen von Oberweimar herauf nach Belvedere geht, daß ihm tausendmal Merkwürdigeres in der Natur zum Wiedererzählen oder zum Aufzeichnen in sein Tagebuch begegnet, als dem Kotzebue auf seiner ganzen Reise bis ans Ende der Welt zugestoßen ist. Und das macht bloß, weil er von Natur nicht vermögend ist, aus sich und seinem Zustande heraus in irgendeine tiefere Betrachtung einzugehen. Kommt er wohin, so läßt ihn Himmel Erde, Luft und Wasser, Tier- und Pflanzenreich völlig unbekümmert; überall findet er nur sich selbst, sein Wirken und sein Treiben wieder, und wenn es in Tobolsk wäre, so ist man gewiß damit beschäftigt, entweder seine Stücke zu übersetzen, einzustudieren, zu spielen oder wenigstens eine Probe davon zu halten.«

133

den 18ten Jenner 1802

Lieber Sohn!

Das Käyerliche Present hat mich sehr erfreut – wer hätte vor 25 Jahren gedacht daß die Freundschaft die du Klinger damahls erwießen von seinem Käyser so ehrenvoll recompansirt werden solte – da du diese Sache villeicht schon längst vergeßen hast; so schicke hir ein Briefelein mit |: das ich auf die sonderbahrste weiße bekommen habe :| daraus zu ersehen, wie jede gute That sich hir schon belohnt – darob hatte ich große Freude – weil es meinen Grundsatz auf neue befestigte. Ferner freut es mich, daß du diesen Winter dich in Gesundheit beßer befindest als vorm Jahr Gott! Erhalte dich! *Mir und uns allen.* Vor Kotzebue Merckwürdiges Jahr dancke nochmahls – das hat mir und meinen Freunden sehr wohl behagt – Ich weiß nicht ob du Bekandschaft mit Ihm hast wäre es andem; so dancke Ihm in meinem Nahmen vor sein Epigram – so hat sich das hisige Pupplicum lange nicht amusirt – es ist vortreflich besetzt – besonders Demmer der den Hippeldantz macht hat einen hisigen Herrn so copirt

Das Käyerliche Present: Ein durch Klinger vermitteltes Geschenk des Zaren Alexander I., heute nicht mehr zu identifizieren.
Klinger: Friedrich Maximilian Klinger, neben Jakob Michael Reinhold Lenz bedeutendster Dramatiker des Sturm und Drang, dem er mit seinem gleichnamigen Drama den Namen gab. Er studierte, teilweise mit finanzieller Unterstützung Goethes, den er 1774 kennengelernt hatte, Jura und Philologie. Seit 1780 in russischen Diensten, wurde Generalleutnant, später Kurator der Universität Dorpat.
recompansirt: rekompensiert (entschädigt).
Briefelein: Von Lenz angefertigte Abschrift eines Klinger-Briefes aus dem Jahr 1775: »Nun wollte ich auf Akademien gehn, hatte keine hundert Gulden. Ich ward mit Goethe bekannt. Das war die erste frohe Stunde meiner Jugend. Er bot mir seine Hilfe an. Ich sagte nicht alles und ging so, weil ich lieber sterben wollte, als unverdient was annehmen. Die hundert Gulden waren bald all. Der große Goethe drang in mich, machte mir Vorwürfe und nun leb' ich schon ein ganzes Jahr von seiner Güte.«
Epigram: »Das Epigramm«, Lustspiel in vier Aufzügen von August von Kotzebue, Leipzig 1801; in Frankfurt am 13. Dezember 1801 gegeben.
Hippeldantz: Kommerzienrat in Kotzebues »Epigramm«.

daß es gleich das gantze voll geprofte Hauß wußte die Einnahme war nur vom Parterre und galleri ohne die Logen 660 f. Jetzt ein paar Worte mit meiner Lieben Tochter!
Liebe Tochter! Tausend Danck vor Ihren Lieben Brief, Sie haben mich dadurch sehr glücklich gemacht – beehren Sie mich zuweilen mit Ihrer lieben Zuschrift, und ich werde immer dadurch verjüngt wie ein Adler! Wohl mögte ich einmahl das Weimarer Theater das überall berühmt ist sehen – aber du Lieber Gott!! Ich und Reißen!! Ich wünscht ich hätte Frau von la Roche Ihren Muth und Ihre Reiße seligkeit, den habe ich aber nicht, und da wird es wohl so bey dem alten bleiben. Tantzen Sie immer liebes Weibgen Tantzen Sie – frölige Menschen die mag ich gar zu gern – und wenn sie zu meiner Famile gehören habe ich sie doppelt und dreyfach lieb – Wäre ich eine Regirende Fürstin, so machte ich es wie Julius Cäsar lauter fröliche Gesichter müßten an meinem Hof zu sehen seyn denn das sind der Regel nach gute Menschen, die ihr Bewußtsein froh macht – aber die Duckmäußer die immer untersich sehen – haben etwas vom Cain an sich die fürchte ich – Luther hat Gott zu Cain sagen laßen warum verstelts du deine Geberde, aber es heißt eigendlich im Grundtext – warum läßt du den Kopf hängen. Leben Sie wohl – vergnügt und Tantzen wo Sie Gelegenheit dazu finden – darüber wird sich hertzlich freuen die sich nent

Ihre
treue Mutter Goethe.

Auch ein Wort mit dir Lieber Augst! Vor deinen schönen Neujahrwunsch, und eben so anschauliche Beschreibung – des Christkindleins Maskerade und deines Naturaliens Cabinet – du bist ja recht reich an prächtigen sachen und Seltenheiten! Dancke Gott! der dir so einen Rechschaffenen Vater gegeben hat – der dich zu allem schönen und gutem erzieht

Reiße seligkeit: Vgl. die Briefe Nr. 98 und 102.
Luther . . .: 1. Mose 4, 6: »Warum ergrimmst du? und warum verstellt sich deine Gebärde?«
Christkindleins Maskerade: wahrscheinlich die eines Krippenspieles.

– O! wie viele Kinder sind minder glücklich! In wie manchem liegt der Keim zum schönen und guten wird aber leider unterdrück – Bitte Gott täglich daß Er dir deinen Lieben Vater und Mutter erhält, und sey ferner folgsam – so wirst du bey Gott Gnade haben, und die Menschen werden dich Lieben – Laße wie bißher zuweilen diejenige was von dir hören, die ewig ist

deine
dich Liebende Großmutter
Goethe.

N.S. Vor die mir im vorigen und in diesem Jahr überschickte Modejournahle – Jannuse – Mercure dancke recht sehr und bitte nicht allein damit gütigst fortzufahren sondern mir zu ergäntzen was an obigen noch fehlt. Vom Janus fehlt No. 4. und No. 6. vom Mercur fehlt No. 7 davor habe 2 No. 6 wovon 1 wieder bey Gelegenheit zurück senden werde.

134

den 22ten Mertz 1802

Liebe Tochter!
Hir übersende den Türckischen Weitzen wünsche daß er wohl gedeien möge. Sie haben mir wieder durch Ihr liebes Schreiben einen sehr frohen Tag gemacht – Gott! vergelte es Ihnen! Aber das muß wahr seyn – *Weimar* ist der wahre Sitz der Mußen das Teusche Athen – die glücklichen Einwohner können ihren Geschmack recht bilden – sie bekommen nichts zu sehen – als schönes und vortrefliches – ihr Auge gewöhnt sich an die schönen Formen – genung sie werden in allem Aufgeklärt, da *wir* arme Sterbliche ewig Kinder bleiben – den meisten meiner Landesleute ist der Bauch ihr Gott – wahre Hippeldantze – vor das Geld ihrer Gastereyen könte die größte Mahler und Zeichnungs Academi unterhalten werden – und diese Bachanalien sehen der Langeweile so ähnlich, wie ein Troppen Wasser dem andern. Genung von diesem elenden Geschlecht. Den Aufzug auf der Maskarade hätte ich wohl sehen mögen – besonders den

Lieben Augst – grüßen und küßen Sie Ihn von mir. Was wird es aber erst vor herrlichkeiten bey der Vermählung des Erbprintzen geben!!! Etwas gutes muß ich doch auch von uns schreiben – Willmer hat einen Fond zusammen gebracht – wovon die Schauspieler im Alter unterhalten werden sollen und damit eine große Sorge von diesen Menschen abgewältzt – auch ist der Verlust der Madam Kanabich durch die berühmte Lange reichlich ersetzt. Ihnen meine Liebe Tochter können andre Neuigkeiten kein Vergnügen machen weil Ihnen die Menschen unbekandt sind – aber meinem Sohn sagen Sie daß der Doctor Moors |:sonst Lammsensohn genandt:| der mit Ihm auf einen Tag gebohren Stadtschuldheiß geworden – und unser Vetter der Doctor Textor die Senator würde erhalten – und beyde Ihn hertzlich grüßen laßen. Jetzt eine gantze Litaney von Bitten an Ihnen Liebe Tochter – die Sie die Güte haben werden mir gelegenlich zu besorgen. Vom vorigen Jahr fehlen mir folgende Sachen – vom Mercur 1801 No. 7 – vom Janus 1801 No. 4. 6. 9. 12 – da ich von diesem Jahr noch gar nichts erhalten habe, so vermuthe ich, daß villeicht Sie die Journahle nicht mehr bekommen – da ich dann freylich mich zufrieden geben müßte. Leben Sie wohl! Grüßen hertzlich meinen Sohn und den Lieben Augst zu deßen Confirmation ich Ihm Taußendt Seegen wünsche, und behalten lieb

Euer aller treue Mutter
Goethe.

Vermählung: Erbprinz Carl Friedrich von Sachsen-Weimar heiratete 1804 Maria Paulowna, Großfürstin von Rußland, Tochter des Zaren Paul I.

Lange: Aloysia (Luise) Lange, geb. Weber, Sopranistin, Schwägerin Mozarts.

Moors: Wilhelm Carl Ludwig Moors, Bruder von Goethes Jugendfreund Friedrich Maximilian Moors. 1787 Ratsherr, 1795 Zweiter Bürgermeister, 1800 Schöff, 1802 Schultheiß.

Textor: Johann Wolfgang Textor, Dr. jur., Sohn von Johann Jost Textor, des Bruders der Frau Rat.

Confirmation: Am 26. April 1802 bat Goethe Herder: »Du willst, verehrter, alter Freund, die Gefälligkeit haben meinen Sohn in die christliche Versammlung einzuführen, auf eine liberalere Weise als das Her-

135

den 3ten May 1802

Lieber Sohn!

Die Taborische Handlung schickt heute mit dem Postwagen ein Kistgen an dich ab, worinnen Dinge die zum Amelemang gehören und nach dem neusten Geschmack sein sollen sich befinden – da das Hertzogliche Schloß in Weimar villeicht noch etwas dergleichen brauchen dürfte; so haben sie sich |:auf den Rath des Herrn von Wolzogen:| an dich mit ihrem Anliegen gewendet – auch ist der alte Tabor bey mir geweßen – und hat mich ersucht auch ein Wort zu ihren Gunsten anzubringen – da ich nun weiß, daß sie vortrefliche Sachen haben, auch dem Printz von Oranigen sein gantzes Schloß Mebelirt haben; so habe kein Bedencken getragen – ihnen diesen gefallen zu erzeigen. Das übrige überlaße deiner Klugheit – Ihro Durchlaucht der Erbprintz ist gar ein Lieber Herr, ich hatte die Gnade Ihn bey mir zu sehen – Gantz Franckfurth trägt sich mit der Neuigkeit daß du herkämest – wie mich das freuen würde kanst du leicht dencken – weil ich aber doch als die Hauptpersohn nichts davon weiß, so glaube ich es nicht – machtest du mir aber diese Freude; so müßte es nothwendig wißen indem diesen Sommer alle meine drey vorderen Stuben geweißt und die Schlafstube sogar mit Öhlfarbe angestrichen werden muß, sie sieht einer Wachtstube ähnlich – hätte ich nun die Freude dich bey mir

kommen vorschreibt. Ich danke dir herzlich dafür und freue mich daß er den, für Kinder immer apprehensiven Schritt, an deiner Hand, auf eine Weise macht, die mit seiner gegenwärtigen Bildung zusammentrifft.« – Die Feier fand am 13. Juni 1802 in Goethes Haus statt.

Amelemang: frz. ameublement (Möblierung, Ausstattung).

noch etwas: Tabor hatte bereits die Herzoginmutter Anna Amalia beliefert.

Wolzogen: Wilhelm Ernst Friedrich Freiherr von Wolzogen, Oberhofmeister in Weimar, mit Friederike Caroline von Wolzogen, geb. von Lengefeld, verheiratet. Schwager Schillers.

Oranigen: Wilhelm Friedrich von Nassau-Oranien, wurde nach dem Wiener Kongreß niederländischer König.

Erbprintz: Carl Friedrich von Sachsen-Weimar befand sich in Begleitung des Herrn von Wolzogen auf einer Reise nach Paris.

daß du herkämest: Goethe kam erst 1814 wieder nach Frankfurt.

zu sehen; so müßte das weißen und Öhlfarben weesen – endweder vor, oder nach deinem hirseyn geschehen. Ich verlaße mich auf deine Kentnüß von Frau Aja die unter andern Schwachheiten auch diese hat daß sie alles gerne voraus weiß damit sie ihre siebensachen ordentlich einrichten kan. So viel nur noch zur Nachricht, daß du zum längsten Ziel wenn nicht dieses Jahr |: welches ich doch immer noch so etwas hoffe:| doch gantz gewiß 1803 herkommen muß – es sind jetzt 5 Jahre das ist kein Spaß. Lebe wohl! Grüße meine Liebe Tochter, und den Lieben Augst und wenn Sie mitkommen wollen; so bestelle ich wieder ein Logie im Schwanen. Noch einmahl Lebt wohl!
Dieses ist der erste und beste Wunsch

Euer
treuen Mutter
Goethe.

136

den 18ten September 1802

Lieber Sohn!
Ein so berühmter Künstler als Herr Fischer Baßist bey der großen Oper in Berlin bedarf eigendtlich kein Empfehlungs schreiben zumahl da Er an einen Ort wie Weimar kommt, da alle Künste geschätzt – geschützt und gepflegt werden – da Er aber mit alledem mich um ein Schreiben an dich ersucht hat; so empfehle ich diesen braven Künstler hirmit auf beste – Er hatte die Güte, mir bey Herrn Senator Stock meine alte lieblings Romantze: Zu Steffen sprach im Traumme – in voller Kraft |: so wie ich sie von Ihm vor 16 Jahren

Schwanen: Gasthof am Steinweg, ganz in der Nähe des »Goldenen Brunnen«.
Fischer: Ludwig Franz Joseph Fischer, berühmter Bassist. 1786 Hofsänger des Fürsten von Thurn und Taxis, seit 1788 an der Berliner Oper.
lieblings Romantze: Romanze aus der Operette »Das Irrlicht oder Endlich fand er sie« von Ignaz Umlauff, Text von Christoph Friedrich Bretzner. Unter dem Titel »Der Irrwisch« in Bretzners »Operetten«, Leipzig 1779 erschienen.

hörte:| vorzutragen. Bey dieser Gelegenheit wolte doch auch anfragen was Ihr sambt und sonders macht – Ich habe lange nicht gehört – so viel weiß ich daß Ihr wohl seyd das erfahre ich durch andre Cannäle – und wenn ich das weiß; so bin ich frohl! Lebe wohl! Grüße alles was dir lieb ist von

deiner treuen Mutter
Goethe.

137

den 24ten September 1802

Lieber Sohn!
Herr Schöff Wallacher empfiehlt sich dir aufs beste und bittet eine Frage an dich nicht ungütig zu nehmen, und Ihm durch mich die Antwort zu kommen zulaßen. Er hat eine sehr große Sammlung von Porträt – in Kupperstichen – wo Er jeden Nahmen weiß – nur in Lavaters Phisionockmick sind viele Köpfe die Er nicht weiß und doch gerne wißen mögte – zu dem Ende hat Er mir einen Catalog übergeben wo alle diese Köpfe sorgfältig Numerirt sind und hat mich ersucht dir solchen zu übersenden – das würde aber von keinem Nutzen seyn, wenn du hierinnen Ihm nicht gefällig seyn könnest – wilsts und kanst du Ihm darinn einen gefallen erzeigen; so ist es als denn Zeit ihn dir zu zuschicken. Er glaubt da du mit an der Phisonomi gearbeitet hast; so würdest du Ihm am besten helfen können – und in diesem Fall könstet du so lange Zeit als du nur wolstet damit zu bringen – es hätte damit nicht die geringste Eile – so weit das begehren und die Bitte des Herrn Schöff Wallachers. Jetzt frage ich – was macht Ihr denn sampt und sonders? Es ist eine Ewigkeit daß ich von Euch nichts gehört und gesehen habe – übel nehme ich es Euch nicht – denn wenn bey Euch die Hitze so war wie bey uns, so schließe ich von mir auf Euch denn so

Wallacher: Gerhard Matthias Wallacher, seit 1802 Schöff.
Phisionockmick: »Physiognomische Fragmente zur Beförderung der Menschenkenntnis und Menschenliebe«. 4 Bände. Leipzig und Winterthur: Weidmann und Steiner 1775–78.

faul war ich in meinem Leben nicht, wie diesen Sommer!!! mir genügt indeßen daß ich doch öffters erfahre was Ihr macht, die jungen Studenten schreiben fleisig und wenig Briefe sind, wo deiner nicht mit der größten Veneration gedacht wird – das macht mich denn allezeit sehr glücklich. Heute kommt Eduart Schlosser mit seiner Mutter hieher, der soll mir viel erzählen. Kastanien werde nach dem Herbst besorgen. Lebe wohl! Grüße deine Lieben von

Eurer treuen Mutter
Goethe.

138

den 1ten October 1802

Lieber Sohn!

Meinen Besten Danck vor die Bereitwilligkeit Herrn Schöff Wallacher seinem Steckenpferd hülfreiche Hand zu leisten. Mir thuts immer wohl wenn du einem Franckfurther gefälligkeiten erweißen kanst, denn du bist und lebst noch mitten unter uns – bist Bürger – trägst alles mit – stehts in Farrentraps Calender unter den Advocaten Summa Sumarum gehörst noch zu uns und deine Conpatriotten rechenen es sich zur Ehre, so einen großen berühmten Mann unter ihre Mitbürger zählen zu können. Eduart Schlosser hat mir deinen Lieben Gruß ausgerichtet – ich hoffe Er wird Brav – auch Fritz Schlosser – nur vor Christian ist mir manchmahl bange – dieser junge Mann ist so sehr überspant – glaubt mehr zu wissen als beynahe alle seine Zeitgenoßen hat wunderbahre Ideen u. s. w. du gilst viel bey Ihm kanst du Ihn abspannen so thue es. Daß Ihr mir wieder Geistes producte schicken wolt darann thut Ihr ein gutes Werck es ist eine große Un-

Studenten: Johann Friedrich Heinrich Schlosser und Christian Heinrich Schlosser.

Veneration: lat. veneratio (Verehrung).

Farrentraps Calender: »Des Heil. Röm. Reichs freyen Wahl- und Handelsstadt Frankfurt a. M. verbesserter Raths- und Stadt-Calender«, bei Varrentrapp und Wenner. Dort 1808 der Eintrag: »Joh. Wolfgang Fhr. v. Göthe, J.U.D. 31. Aug. 1771 Ausw.«

fruchtbahrkeit bey uns – und Euer Brünnlein das Wasser die Fülle hat wird mir durstigen wohl thun. Wegen deines herkommen aufs künftige Jahr – habe ich Plaane im Kopf wo immer einer lustiger ist als der andre – es wird schon gut werden – Gott! Erhalte uns alle hübsch gesund – und das übrige wird sich schon machen. Lebe wohl! Grüße meine Liebe Tochter und den Lieben Augst von

Eurer allen
treuen Mutter und Großmutter
Goethe.

139

den 12ten October 1802

Liebe Tochter!
Ich habe verschiedne Dancksagungen an Euch meine Lieben zu entrichten – die erste an meinen Sohn, daß Er Herrn Schöff Wallacher so geschwindt seine Bemerckungen überschickt hat – die zweyte an Ihnen liebe Tochter vor die übersendung der Bücher und Journahle – ich freue mich daß mir dadurch wieder ein angenehmer Zeitvertreib zu theile geworden – zumahl da von meinem Sohn seinen Wercken sich dabey befinden, und ich lange nichts von Ihm gesehen habe – desto erfreulicher ware es mir. Zu dem noch unsichtbahren Wesen wünsche von Hertzen Glück Heil und Seegen – Gott! Bringe es gesund ans Tageslicht; so wird Er auch Nahrung und Kleider bescheren – und es wird mir ein wahres Vergnügen seyn etwas beyzutragen den kleinen Graß-affen in etwas heraus zu Stafiren – da ich aber nicht gern Ihnen ins Gehege kommen – und dadurch auf der einen Seite zu viel, und auf der andern zu wenig geschehen möge; so ersuche ich

Brünnlein: Psalm 65, 10: »Du suchest das Land heim und wässerst es und machst es sehr reich. Gottes Brünnlein hat Wasser die Fülle. Du lässest ihr Getreide wohl geraten; denn also bauest du das Land.«
seinen Wercken: Goethes Übersetzungen der Voltaire-Tragödien »Mahomet« und »Tancred«, beide Tübingen: Cotta 1802.
noch unsichtbahren Wesen: ein Töchterchen, das am 16. Dezember 1802 geboren wurde und bereits am 19. Dezember wieder starb.

Ihnen Liebe Tochter mir gantz offenhertzig zu berichten – was ich thun soll um Ihnen Freude zu machen – Aber schreiben sollen Sie nicht, dictiren Sie nur das ist herrlich wenn ich nur erfahre was es bey Euch gutes gibt schreibe es wer will. Wer einen Brief von mir erhält – kan sichs als ein großes Genaden Zeichen anrechnen denn Unbehaglicheres weiß ich vor mich nichts – als Briefe schreiben!! drum verdencke ich es keinem Menschen wenn er nicht schreibt – Aber schadloß halte ich alle die die zu mir kommen, durch meine Zunge – Künftigen Sommer hoffe ich Ihnen meine Liebe Tochter davon zu überzeugen – Leben Sie wohl! Grüßen Sie meinen Lieben Sohn – und den Lieben Augst

von
Euer aller treuen
Mutter und Großmutter
Goethe.

140

Freytags den 5ten November 1802

Lieber Sohn!
Mit dem heutigen Postwagen ist ein Embalirtes Kästgen an dich abgegangen das allerley Ingredienzien enthält – welche zum guten Gebrauch dienen können. Liebe Tochter! Leinewand neue und Leylacken die nicht mehr neu sind werden Sie finden, in dießem Stück habe Ihren wunsch erfühlt – aber da Sie ferner schreiben etwas Spitzen da muß ich mir nährernen Unterricht ausbitten – ich weiß ja nicht wozu Sie sie brauchen wollen – ob breit oder schmahl u. d. g. Haben Sie also die Güte es mich wißen zu laßen, damit ich Ihnen auch darinn hülfreiche Hand leisten kan. An dem Judenkram ist dißmahl nicht viel besonders, ich habe aus allen Ecken nicht mehr zusamen bringen können – doch hofe ich, daß Ihnen der Englische Barchendt wohl gefallen wird – es wird zu einem Kleid ins Wochenbett nicht übel stehen. Jetzt ein Wort von meinem Lieben Augst – was soll ich dem zum

Leylacken: Leilachen (Bett- und Leintücher).

Heiligen Crist übersenden – sollen es Kleidungs stücke sein; so haben Sie die Güte mir Farbe und Ehlen maaß zu bestimmen, so soll es aufs beste besorgt werden. Vor die überschickte Journahle – Bücher u. s. w. dancke ergebenst – das hat mir viele frohe Tage gemacht – Besonders aber Trancred und Mahomed bey Herrn von Schwartzkopf haben wir beyde in Gesellschaft geleßen und einen seligen Abend gehabt! Capellmeister Reichard war bey mir, da haben wir viel geschwatzt! von alter und neuer Zeit – und waren vergnügt. Jetzt Lebt wohl! dem Lieben Augst dancke vor seinen Lieben Brief – Er soll |: so wie Ihr sambt und sonders :| die Großmutter lieb behalten davor bin und bleibe ich auch zeitlebens

Eure treue Mutter u Großmutter
Goethe.

141

den 25ten December 1802

Liebe Tochter!
Hir kommt das Verlangte – wünsche von Hertzen, daß es Ihnen wohlgefallen möge – das Tuch wird dem Lieben Augst, und die Spitzen den neuen Weltbürger schön zu Gesichte stehn. Gott! Erfreue uns *alle* durch eine glückliche Niderkunft – wozu ich auch die beste Hoffnung habe. Was Sie mir von dem Wohlseyn meines Sohnes und dem ihrigen – auch Augsts schreiben hat mich sehr glücklich gemacht – Gott! Erhalte Sie sambt und sonders *Amen.* Ich befinde mich Gott! sey Danck recht wohl – werde |: ohne daß ich begreifen kan wie es eigendtlich zugeht :| von so vielen Menschen geliebt, geehrt – gesucht – das ich mir offte selbst ein Rätzel bin und nicht weiß was die Leute an mir haben – genung es ist so – und ich genüße diese Menschen güte mit Dancksagung gegen Gott – und bringe meine Tage vergnügt hin – Besonders liebe ich die Lesegesellschaft alle 14 Tage bey

Tancred und Mahomed: Siehe Anm. zu *seinen Wercken,* Brief Nr. 139.
December: verschrieben für November.

Schwartzkopf – Jungfrau von Orleang – Cancret – Mohomet – Maria Stuardt – waren schon an der reihe, das nächste mahl kommt Macbeth von Schiller – Mann glaubt sich immer im Theater denn es wird schön declamirt u. s. w. Das sind aber auch meine Neuigkeiten alle – Lebt wohl! und behaltet Lieb

Eure treue Mutter
Goethe.

142

den 20ten December 1802

Lieber Sohn!

Ich habe durch Herrn Nicolaus Schmidt die Sache wegen des Schauspielers Graf sogleich an Herrn Doctor Grambs als ersten Director gelangen laßen – indem ich vor meine Person weder Grambs noch Leerse noch Schwendel genau genung kenne um als Directoren etwas mit Ihnen zu verhandlen – Schmidt der ein Freund von Grambs ist, hat inliegenden Brief von Ihm erhalten – den ich dir übersende – du wirst nun wißen was du mit diesem falschen Menschen beginnen wirst: kann ich weiter in der Sache etwas thun – so erbiethe mich sehr gern dazu. Solte unser neuer Regiser Büchner herkommen |: woran doch noch starck gezweiftelt wird:| so geht unser voriger Regisser Prandt von uns weg – da wäre es nun möglich daß Er zu Euch ginge, und ich glaube daß Er Herrn Graf ersetzen würde – biß Neujahr

Cancret: »Tancred«.
Macbeth: Schillers Übersetzung »Macbeth ein Trauerspiel von Shakespear«, Tübingen: Cotta 1801.
Graf: Johann Jacob Graff.
Grambs: Johann Georg Grambs, Dr. jur., Advokat in Frankfurt.
Leerse: Jacob Philipp Leerse, Kaufmann und Bankier auf dem Großen Hirschgraben.
Schwendel: Georg Heinrich Schwendel, Kaufmann und Bankier in Frankfurt.
Directoren: des Frankfurter Theaters.
Büchner: Johann Ludwig Büchner (Künstlername: Rennschüb), 1791 bis 1796 und 1803 Regisseur am Frankfurter Theater.

muß diese Sache entschieden seyn. Heute ist mit dem Postwagen der Christkindleins Confect an Euch ab – wohl bekoms! Ich hoffe das das Tuch vor Augst und die Spitzen wohl angelangt sind.
Liebe Tochter! Nun wie gehts mit der mir so werthen Gesundheit – Gott gebe daß ich bald erfreuliche Nachrichten erhalten möge – Grüßen Sie den Lieben Augst. Gott! Schencke uns allen ein freudiges Neujahr. Leben Sie wohl! und behalten Lieb

Euer aller
treue Mutter und Großmutter
Goethe.

143

den 31ten December 1802

Lieber Sohn!
Dein letzes Schreiben hat mich sehr betrübt – getaüsche Hoffnungen thun weh – nichts hielft als die Zeit die wohltäig den Schmertz in den hintergrund stelt – das trösten habe ich nie leiden können – den wenig Menschen sind im stande sich in die Lage des Traurigen zu setzen und werden demnach leidige Tröster – von mir erwartet keinen Trost – aber Dancksagung an Gott! der Euch gesund erhalten hat – und Bitte, dieses theure Gleinod wohl zu bewahren – und mich immer gute und frohe Nachrichten hören zu laßen – das meinem Hertzen jederzeit so wohl thut.
Tausend Seegens wünsche zum Neuen Jahr! Frohen Sinn – Gesundheit – Häußliche Glückseligkeit – alles was zum Leben und wandel gehört wünschet von Gott! und erbittet vor Euch –

Eure
treue Großmutter u Mutter
Goethe.

N.S. Daß du meine Liebe Tochter hertzlich von mir grüßen

getaüsche Hoffnungen: Siehe Anm. zu *noch unsichtbahren Wesen*, Brief Nr. 139.

solst – deßgleichen meinen Lieben Augst das hoffe ich würdest du thun – wenn ich es auch nicht ausdrücklich geschriben hätte.

144

den 7ten Jenner 1803

Lieber Augst!
Es ist lange daß ich nicht an dich geschrieben habe – denn leider ist die Großmutter |:wie schon längst bekandt:| auserordentlich dinten scheu – heute aber solst du trotz allem dem einen gantz marnirlichen und ordentlichen Brief von mir erhalten. Daß dir das Tuch zum Heiligen Christ bescherschel wohl gefallen hat freut mich sehr – auch alles was du mir von deiner Stube und übrigen Sachen schreibts – war mir sehr angenehm zu hören – Ja Lieber Augst – wenn ich Doctor Faust Mandel aufzufinden wüßte, da käme ich dich besuchen – Aber! Aber! die Großmutter ist so an ihre Häußliche Ordnung von langen Jahren her gewöhnt – daß ich glaube es mögte vor meine Gesundheit nicht zuträglich seyn – komme du nebst Vater und Mutter zu mir das ist beßer. a propo! du schreibst mir ja kein Wort wie Sich Vater und Mutter befinden, es wird doch alles hübsch wohl auf seyn???
Lieber Augst! Jetzt habe ich eine Bitte an dich wollest du wohl so gut seyn, und mir die fehlenden Mercure und Modejournahle mit Gelegenheit über senden; so würdest du mich sehr verbinden. Vom Mercur fehlt das 3te 5te – 11 und

bescherschel: Christgeschenk; Kontraktion aus ›bescheren‹ und ›Kerschel‹ (mundartlich für ›Kram‹).
Doctor Faust Mandel: Bereits im alten Volksbuch »Historia von D. Johann Fausten – dem weit beschreyten Zauberer und Schwarzkünstler«, zuerst: Frankfurt 1587, wo Faust einen großen Mantel benützt, um »drei fürnehme Grafen ... gen München auf des Beyernfürsten Sohn Hochzeit« zu fliegen. Die Frau Rat kannte selbstverständlich auch Goethes unvollendete Faust-Tragödie aus dem ersten Druck: Leipzig: Göschen 1790. Dort Mephisto zu Faust: »Wir breiten nur den Mantel aus, / Der soll uns durch die Lüfte tragen. / ... Ein Bißchen Feuerluft, die ich bereiten werde, / Hebt uns behend von dieser Erde.«

12te Stück – von Modejournahle fehlt – das erste und letzte Stück. Grüße deine Liebe Eltern

von Eurer treuen Mutter u Großmutter
Goethe.

145

den 10ten Jenner 1803

Lieber Sohn!
Demoiselle Mayer ist wegen ihres guten Lebens wandels – ihres Fleißes – ihrer Anstrengung bey dem Pupplicum sehr beliebt – es hat also Nachsicht mit ihrer schwachen Stimme – mich dauert Sie immer Sie würde mit Ihren Anlagen eine Brave Sängerin werden denn Ihre Stimme ist lieblich und angenehm, aber Ihre Brust ist sehr schwach – In einer großen Oper z. E. Sextus kan Sie am Ende fast nicht mehr fort – aber wie oben gesagt wir haben Sie Lieb bedauern Sie und ablautiren – als Schauspielerin hat Sie gar keinen Werth – Sie kaut alles mann versteht Sie kein wort – in stille Wasser sind tief macht oder verdirbt Sie vielmehr die kleine Rolle der Thereße – so auch in den kleinstädter – es ist auch bey uns nur aus Noth wenn Sie gebraucht wird – indem drey unseren besten Schauspielerinnen von hir weg sind. Ihre Stimme ist seit voriges Jahr nicht stärcker geworden – also gebeßert hat Sie sich wenigstens nicht – Ich habe Sie hirmit gezeichnet nach Leib und Seele – Solte ich etwas vergeßen haben; so berichte es mir und ich will es nachholen – dem Lieben Augst seinen Brief habe erhalten – auch schon beantwortet – daß Ihr *alle* wohl seyd – macht mir heute einen frohen tag – Gott! Erhalte Euch ferner Gesund und vergnügt – Lebt wohl! Tausend grüße an meine Liebe Tochter und an Augst von der alten Mutter u Großmutter

Goethe.

Sextus: Sopranpartie in Mozarts Oper »La Clemenza di Tito«.
Stille Wasser sind tief: Lustspiel nach Francis Beaumont und John Fletcher von Friedrich Ludwig Schröder, 1784 erschienen.
Thereße: Rolle einer Kammerjungfer.
kleinstädter: »Die deutschen Kleinstädter« von August von Kotzebue, Leipzig 1803.

146

den 18ten Februar 1803

Lieber Sohn!

Der junge Tenorist der zum Weimarer Theater kommt, hat mich ersucht Ihm ein paar Zeilen an dich mitzugeben – ob ich Ihn nun gleich gar nicht kenne – da Er hir als Statist angenommen war; so konte doch so etwas nicht abschlagen – weil Er gutes verspricht – eine große Freude bezeigt zum Weimarer Theater zu kommen – und aufkeimende Talende unterdrücke ich nicht gern – du wirst Ihn prüfen und Ihm nach seinem Kunstfleiß schätzen u. s. w. Vor die überschickten Journahle dancke in meinem nahmen meiner Lieben Tochter – Seit beynahe 6 wochen hat mich beynahe wegen der enormen Kälte kein Mensch zu sehen bekommen – heute ist der erste Tag wo mann ein Fenster ohne zu zittern und zu zagen öffnen kan – der Mayn wird noch Zeit haben biß er aufgeht – es gehen noch die größten Lastwägen drüber. Lebe wohl! Und grüße deine Lieben von

Euer allen
treuen Mutter u Großmutter
Goethe.

147

den 8ten Mertz 1803

Lieber Sohn!

Ich habe durch die 3te Hand einen Auftrag von der hiesigen Theater Direcktion an dich darinn bestehnd: Demoiselle Mayer Ihr Contrackt lauft noch ein Jahr die Direcktion will Sie aber in 3 Monnathe gehen laßen – wenn du ein gleiches mit dem Schauspieler Graaf thun kanst und wilts – diese Demoiselle Mayer ist ein gutes liebes Wesen, wie ich dir schon geschrieben habe – und was Ihre Stimme anbelangt; so glaube ich daß Weimar Ihr sehr zuträglich seyn würde, weil das dortige Schauspiel Hauß nicht die größe die höhe und nicht den fürchterlichen Luftzug wie das hisige hat, daher alle Augenblicke jemand beym Theater kranck ist, die berühmte Madam Lange, die nie kranck war – hat beynahe ein 1/4 Jahr nicht spielen können – mit Madam Böttiger ists das nehmliche – die schlußfolgen daraus zu ziehen, überlaß ich dir. Herr Doctor Gladni – hat mir dein Liebes Briefgen überbracht, und mich dadurch sehr beglückt – Er läßt Sich dir bestens empfehlen – ich hoffe daß es Ihm hir gut gehen soll – denn so eine Musikalische Welt wird nicht leicht angetrofen – und wir haben Liebhaber, die es manchen Meistern gleich thun. Lebe wohl – Grüße meine Liebe Tochter – und den Lieben Augst von

Eurer treuen Mutter u Großmutter
Goethe.

148

den 14ten Aprill 1803

Lieber Sohn!

Vor deinen Lieben Brief dancke dir aufs beste – es macht mich immer sehr froh wenn ich von Euch gute Nachrichten höre – ich habe mich diesen Winter auch recht wohl befunden – die sogenandte Krippe hat sich auch hir eingefunden, und hat der Meße einen großen Stoß gegeben – den auserhalb war von nichtweniger als von der Pest die Rede – und viele Kaufleuthe wanden wieder um u. s. w. Der beygelegte Comedien Zettel hat mir große Freude gemacht – es ist aber leicht zu dencken – daß ich mich des Trauerspiels wegen |:das zu seiner Zeit uns allen zum Vergnügen erscheinen wird:| hoch gaudi[r]te!! Auch dem Lieben Augst sein Brief hat mich gefreut – da ich dadurch die Rückkunft des Erpprintzen erfahren habe grüße meinen Lieben Augst recht

Böttiger: Charlotte Christiane Bötticher.
Gladni: Ernst Friedrich Chladni, Physiker und Erfinder neuartiger Musikinstrumente, hatte Goethe am 26. Januar 1803 in Weimar besucht.
Krippe: Grippe.
Trauerspiels: Goethes Trauerspiel »Die natürliche Tochter«, Tübingen: Cotta 1803, war am 2. April 1803 im Weimarer Hoftheater uraufgeführt worden.
Rückkunft des Erpprintzen: aus St. Petersburg, wo am 13. Januar 1803 die Verlobung mit Großfürstin Maria Paulowna stattgefunden hatte.

hertzlich – deßgleichen meine Liebe Tochter – dein Gruß an Madame Untzelmann soll wohl ausgerichtet werden – villeicht ist Sie ehe ich dießes fortschicke angekommen – Wünsche daß das Welsche Korn wohl gedeihen möge. Lebt wohl!

Eure treue Mutter
Goethe.

N.S. Die 3 Schlosser haben nun Jena verlaßen – über den Christian ist seine Mutter in nicht geringen Sorgen – seit einem Jahr sagen alle Briefe so wohl die seinigen als die von seinem Bruder daß Er kranck sey aber nicht was Ihm eigendlich fehlt – könstes du darüber nur einige wincke geben so wüßte mann doch wenn Er herkäme wie mann sich benähmen solte. Ich halte Ihn vor überspant.

149

d. 24ten Juni 1803

Die große Freude die mir am Sontag den 19ten Juni zu theil geworden ist, würde ich mich Sünde fürchten dir zu verschweigen also vernim was sich zugetragen hat. Der König und die Königin von Preußen waren am Willhelmsbaad – die Königin äußerte daß Sie die Räthin Goethe sehen und sprechen müßte – und daß demnach Anstalten getrofen werden mögten mich hinzubringen – die Gräffin von Leiningen ließe mir den Befehl von Ihro Majestätt demnach zu wißen thun, und kamen um 2 Uhr Mittags mich in einem schönen Wagen bespant mit 4 raschen Perden abzuholen. 4½ Uhr waren wir im Willhelms Baad – ich wurde in ein schönes Zimer geführt da erschien die Königin wie die Sonne unter den Sternen – freute Sich hertzlich mich zu sehen presentirte mich an Dero 3 Schwestern die Herzogin von Hillburg-

Untzelmann: Friederike Unzelmann war vom 27. April bis 19. Mai 1803 in Frankfurt.
Willhelmsbaad: in der Nähe von Hanau.
Gräffin von Leiningen: Marie Louise Albertine von Hessen-Darmstadt, geb. Gräfin zu Leiningen-Heidesheim, Großmutter der Königin Luise.

haußen – Erbprintzses von Turn und Taxis – Fürstin von Solms – letztere und die Königin erinnertten Sich noch mit vieler Freude der Zeiten der Krönungen, meines Haußes u. d. g. Da ich so recht zum Jubel gestimt war *wer kam da dazu??* Unser Hertzog von Weimar! Gott!!! welche Freude vor mich – o! wie viel liebes und gutes hat Er von dir gesagt – ich dancke Ihm mit gerührtem Hertzen vor die Gnade die Er dir in der letzen fatalen Kranckheit erwißen – Er sagte |: auch sehr gerührt :| das hat Er auch an mir gethan – schon 30 Jahre gehen wir miteinander und tragen miteinander. Ich war so aufgespant daß ich hätte lachen und weinen zu gleicher Zeit mögen – in dieser Stimmung ließe mich die Königin in ein anders Zimmer rufen – da kam auch der König – die Königin ging an einen Schranck und brachte ein kostbahres goldenes Halsgeschmeide und nun erstaune!!! Befestigte es um meinen Hals mit Ihren eigenen Händen – biß zu Thränen gerührt – konte ich nur schlecht dancken. In diesem kostbahren Schmuck kam ich wieder in Zimmer wo unser vortreflicher Hertzog und die 3 Schwestern der Königin waren – die dann große Freude ob meiner prächtigen Verwandlung bezeigten. Alles zu erschöpfen was an diesem vor mich so gloreichen Tag geschah ist ohnmöglich – genug, ich kam Abens um 10 Uhr vergnügt und Seelig im goldenen Brunnen an.

Auszug eines Briefes aus Weimar.

Wir haben einen innigen hohen genuß gehabt *Goethes Eugenia* ward gegeben – Ein hohes tiefgedachtes tiefempf[und]enes Stück an Inhalt wie an Kunst. Goethes gantz würdig, Sein bester Genius war mit Ihm. Der Inhalt ist gantz politisch – das Menschliche im Kampf – oder villmehr durchflochten mit den Verhältnüßen des

Herzogin von Hillburghaußen: Herzogin Charlotte Georgine Louise von Sachsen-Hildburghausen.
Erbprintzses von Turn und Taxis: Prinzessin Therese Mathilde Amalie von Thurn und Taxis.
Fürstin von Solms: Friederike Fürstin zu Solms-Braunfels.
Krönungen: Siehe Anm. zu *von vorigen Zeiten*, Brief Nr. 101.
Eugenia: Eugenie, Hauptfigur in Goethes Drama »Die natürliche Tochter«.

Lebens – das ewige Schauspiel der Welt! Und diß alles in der Einfachsten edelsten Sprache – in den schönsten Jamben. Er will das gantze in 3 Abtheilungen geben. Ach! es wird noch sehr tragisch kommen – es ist hochtragisch angelegt uns innig ansprechend wahr. Unsere Seele ist davon erfült und bewegt. Freuen Sie Sich mit uns über diß reine ästhetische Kunstwerck. *Herder.*

Von rechtwegen solte dieser Brief jetzt zugesiegelt werden und die darinn befindlichen Herrlichkeiten nicht mit unedlen Dingen und schlechten Menschen befleckt werden auch würde ich es nicht gethan haben, wenn nicht zu gleicher Zeit eine Gratulation von mir erfolte – daß das Reibeißen die Müllern nicht nach Weimar geht, und Euch die Ohren voll kreißt – alles ist hir unzufrieden daß wir sie behalten – der Mann ist ein braver Violonist – aber seine Frau wird nirgends Glück machen – genug von dem Volck. Meiner Lieben Tochter dancke hertzlich vor die überschicke Mercure und Modejournahle – auch hatte Sie die Güte zu versprechen die fehlende Mercure vom Jahr 1802 mir mit Zeit und Muße zu übersenden – die fehlenden No. sind No. 5. No. 11.

in 3 Abtheilungen: »Die natürliche Tochter« war als erster Teil einer Trilogie über die Französische Revolution konzipiert; von den weiteren Teilen existieren nur Skizzen.

Herder: Goethe berichtet in den »Tag- und Jahresheften« 1803: »Herder hatte sich nach der Vorstellung von ›Eugenie‹, wie ich von Andern hörte, auf das Günstigste darüber ausgesprochen, und er war freilich der Mann, Absicht und Leistung am Gründlichsten zu unterscheiden. Mehrere Freunde wiederholten die eigensten Ausdrücke; sie waren prägnant, genau, mir höchst erfreulich . . . Eines Abends fand er sich bei mir ein und begann mit Ruhe und Reinheit das Beste von gedachtem Stück zu sagen. Indem er als Kenner entwickelte, nahm er als Wohlwollender innigen Theil, und wie uns oft im Spiegel ein Gemälde reizender vorkommt als beim unmittelbaren Anschauen, so schien ich nun erst diese Produktion recht zu kennen und einsichtig selbst zu genießen. Diese innerlichste schöne Freude jedoch sollte mir nicht lange gegönnt sein: denn er endigte mit einem zwar heiter ausgesprochenen, aber höchst widerwärtigen Trumpf, wodurch das Ganze, wenigstens für den Augenblick, vor dem Verstand vernichtet ward. Der Einsichtige wird die Möglichkeit begreifen, aber auch das schreckliche Gefühl nachempfinden, das mich ergriff; ich sah ihn an, erwiderte nichts, und die vielen Jahre unseres Zusammenseins erschreckten mich in diesem Symbol auf das Fürchterlichste. So schieden wir, und ich habe ihn nicht wiedergesehen.«

No. 12. Den Lieben Augst grüße ich von Hertzens grund – deßgleichen meine Liebe Tochter – und bin und bleibe

Euer aller
treue Mutter u Großmutter
Goethe.

N.S. Alles grüßt dich besonders Christian Schlosser der anfängt sich recht wohl zu befinden.

150

den 24ten September 1803

Liebe Tochter!
Sie haben also wohl zugenommen, sind hübsch Corpulent geworden das freut mich, denn es ist ein Zeichen guter Gesundheit – und ist in unserer Familie üblich – Auch schreiben Sie mir von dem wohlbefinden und frohseyn meines Sohnes – und von dem Wachsthum des Lieben Augst – lauter Dinge die mich froh und heiter gemacht haben – und immer Lebens balsam vor mich sind – Ich bin Gottlob wohl! Bey meiner sehr einfachen Lebens weiße, geht so ein Tag nach dem andern hin manchmahl werde ich durch angenehme Zuvälle etwas aus der alten Ordnung heraus gehoben – so war die Geschichte mit der Königin von Preußen, und dem goldenen Halsband – so mußte ich vorige Woche zur Margräffin von Bareith kommen – so war Madame Unzelmann hir u. s. w. Dieses alles ist aber nichts gegen dem, wenn Ihr würcklich herkommen soltet – die Pfanne in der Faßnacht würde ein armer Narr gegen mich seyn – so fest und steif glaube ich aber nicht dran – den da mein Lieber Sohn so sehr viele Geschäffte hat – und da Er jetzt die Gelehrte Zeitung mit

Geschichte mit der Königin von Preußen: Vgl. den vorhergehenden Brief.
Margräffin von Bareith: Sophie Caroline Marie Markgräfin von Brandenburg-Bayreuth, geb. Prinzessin von Braunschweig, Schwester der Herzoginmutter Anna Amalia von Sachsen-Weimar.
Unzelmann: Siehe Anm. zum Brief Nr. 148.
die Pfanne: die vom dauernden Kräpfelbacken (Frankfurter Schmalzgebäck) zur Fastnachtszeit nicht kalt wird.
Gelehrte Zeitung: »Jenaische Allgemeine Literaturzeitung«, ein durch

Schüller schreibt – da wird Ihm Seine Zeit sehr zusammen gehn – da es aber doch möglich ist, daß Er sich Luft machen und froh und frey |:denn das bitte ich mir aus:| hirher kommen kan; so solt Ihr mit offenen Armen und fröligen Gesichtern empfangen werden. Die Meße soll nicht sonderlich seyn wens wahr ist so muß es am Geld und nicht an den Menschen liegen, denn so eine menge Menschen sind hir, daß die Gasthäußer alle voll sind – darunter befanden sich denn – Könige – Churfürsten – Fürsten u. s. w. Lotte Kästnern war hir, läßt dich vielmahls grüßen – ist jetzt in Wetzlar – und ist aus Hanover geflüchtet. Die bewusten Castanien sollen so bald sie reif sind erscheinen. Vor die überschickten Mercure und Modejournahle dancke recht schön – auch ist von diesem Jahr alles in der schönsten Ordnung – aber vom vorigen Jahr 1802 fehlen vom Mercur No. 5. 11. 12. Können Sie Liebe Tochter! ohne viele Mühe sie mir verschaffen; so soll es mir Lieb seyn – eile hat es nicht. Lebt wohl meine Lieben! Behaltet Lieb

Eure
treue Mutter und Großmutter
Goethe.

N.S. Daß Sie meinen Sohn und Augst hertzlich von mir grüßen – das vergeßen Sie ja nicht.

151

den 10ten November 1803

Lieben Kinder!

Die Castanien machen mir dißmahl viel unlusten – da der Wein nicht gerathen; so sind es die Castanien auch nicht – aller Orden habe ich bestellungen gemacht – und das Genie Gerning genant – der mir sie sonst von Croneburg verschaft hat, ist im Reingau bey den sauern Trauben – habt also noch

Goethes Initiative entstandenes Konkurrenzblatt der nach Halle verzogenen »Allgemeinen Literaturzeitung«.

Hanover: Hannover war Ende Mai 1803 beim erneuten Ausbruch des Krieges zwischen Frankreich und England von französischen Truppen besetzt worden.

ein wenig Gedult ich will schon sehen wo ich ihrer noch habhaft werden kan. Jetzt etwas über den Heiligen Christ! Soll der Liebe Augst etwas von Kleidungs stücken bekommen; so seyd so gut mir bey Zeiten Farbe und Ehlen maß zu bestimmen – wüßt Ihr etwas das Ihm mehr Freude macht, so verkündigt es mir – vor meine Liebe Tochter habe mir was ausersonnen, das hofe ich Ihr angenehm seyn wird. Lieber Sohn! die Nathüliche Tochter hat mir frohe Stunden gemacht davor ich dir hertzlich dancke. Am vergangenen Dinstag sind die Geschwister recht brav gegeben worden – Clavigo wird jetzt einstudirt überhaupt hoffe ich, daß es mit unserer Theater wirthschaft in Zukunft beßer gehen wird – von Meyer ist Intendant mit 2500 f Gehalt – hat Freude am Werck und ist täthig. Noch eins über dein neues Meister-werck – das Ende hat mich überrascht mich verlangt sehr wie es weiter werden wird – der 2te Theil wird doch bald nachfolgen?? Lieber Sohn! Liebe Tochter! Lieber Augst Lebt wohl! Morgen geht der Brief fort, fält mir biß dahin noch was ein, das des schreibens werth ist; so kommts ins procriptum. Lebt wohl! Dieses Wünscht und hofft

Eure treue Mutter u Großmutter
Goethe.

N.S. Heute sind mir Castanien zuverläßig versprochen worden ich hoffe sie demnach bald überschicken zu können.

152

den 2ten December 1803

Lieber Sohn!
Dein Liebes schreiben vom 21. November hat mir viele Freude gemacht es herschte so ein froher Geist darinnen der mir wohl that – Jetzt vom Christkindlen! Künftigen Mon-

Die Geschwister. Erstdruck: Leipzig: Göschen 1787. (Entstanden 1776.)
Clavigo. Zuerst: Leipzig: Weygand 1774.
von Meyer: Johann Friedrich von Meyer, Schöff und Bürgermeister, verfaßte Dramen, auch Schriften theologischen und philosophischen Inhaltes.
Meister-werck: »Die natürliche Tochter«.

tag den 5ten December geht das päckgen mit dem Postwagen an Euch ab, ich hoffe Freude damit zu verbreiten – öff[n]e es allein damit der spaß dem Christag nicht entzogen wird – vor meinen Lieben Augst war die Sache etwas unbestimt angegeben – Blau Tuch aber nicht ob hell oder dunckel – da aber hir kein Mensch hell blau trägt; so kommt dunckel blau – ferner war nicht bestimmt zu was ob zum Kleid oder Überrock oder sonst was – ich nahm daher ein mitteltuch – im Fall es nicht recht ist; so wasche ich meine Hände in Unschuld. Meine Liebe Tochter schriebe mir neulich Sie würde etwas Corpulent die Kleider würden zu enge – da hat nun das Christkindlen davor gesorgt und bringt zwey schöne neue Kleider das eine von Taffend die Farbe Egyptische Erde und einen Catun der sich vortreflich waschen läßt – und den Jedermann vor Seidenzeug ansieht – mit einem Wort schön schön – In das kommende päckgen habe auch auf dein Begehren einige Comedien Zettel beygelegt – künftig sollen sie alle Monathe ordentlich erscheinen. Ich hoffe daß das Theater Jetzt eine beßre Gestalt erhalten wird – da ein thätiger Mann an der Spitze steht – und der hoffendtlich der Sache gewachsen ist. Vor die überschickten Journahlen und Mercure dancke schön – besonders aber vor die zwey Taschenbüglein – die Natürliche Tochter und das andre da die mir so lieben Nahmen Wieland und Goethe beysammen stehn – Sage Schiller daß am Neuen Jahrtag seine Jungfrau von Orleang bey uns zum erstenmahl aufgeführt wird – der Erfolg soll von mir treulich berichtet werden. Die Castanien werdet Ihr erhalten haben – und damit Gott befohlen! Grüße an deine Lieben Hauß geister von

Eurer treuen Mutter
Goethe.

ein thätiger Mann: Johann Friedrich von Meyer.
zwey Taschenbüglein: »Taschenbuch auf das Jahr 1804. Die natürliche Tochter«. Tübingen: Cotta 1803, und »Taschenbuch auf das Jahr 1804«. Hrsg. von Wieland und Goethe. (Enthielt u. a. »Der Geselligkeit gewidmete Lieder. Von Goethe«.) Tübingen: Cotta 1803.
am Neuen Jahrtag: erst am 18. Mai 1807 aufgeführt.

N.S. Daß zu rechter Zeit prächtiger Christags Confect erscheinen wird – darauf gebe ich Euch mein Ehren wort.

153

den 13ten Jenner 1804

Lieber Sohn!
Hirbey die Commedien Zettel! Die Geschwister |:wie du ersehen wirst:| sind an der Tages Ordnung – Frau von Stael ist wie ich höre jetzt in Weimar – mich hat Sie gedrückt als wenn ich einen Mühlstein am Hals hangen hätte – ich ging Ihr überall aus dem Wege schlug alle Gesellschafften aus wo Sie war, und athmete freier da Sie fort war. Was will die Frau mit mir?? Ich habe in meinem Leben kein a. b. c. buch geschrieben und auch in Zukunft wird mich mein Genius davor bewahren. Ich hoffe das Christkindlein ist wohlbehalten angelangt? Grüße deine Lieben von

deiner treuen Mutter
Goethe.

154

den 24ten Jenner 1804

Liebe Tochter!
Tausend Danck vor Ihren Lieben Brief, Sie haben sehr schön und klug gehandelt mir von der |:Gott Lob und Danck:|

Frau von Stael: Anne Louise Germaine Baronne de Staël-Holstein, Tochter und Erbin des reichen Bankiers (und Finanzministers Ludwigs XVI.) Jacques Necker. Lebte nach der Revolution in Coppet am Genfer See. Längere Deutschlandreisen in den Jahren 1803/04 und 1807. Hauptwerk: »De l'Allemagne« (1810, von Napoleon unterdrückt, dann London 1813), in dem sie das Bild eines verschlafenen und unpolitischen Deutschland von Philosophen und Dichtern zeichnete, ein Werk, »das in die chinesische Mauer antiquierter Vorurtheile, die uns von Frankreich trennte, sogleich eine breite Lücke durchbrach, so daß man über dem Rhein und, in Gefolg dessen, über dem Kanal endlich von uns nähere Kenntnis nahm, wodurch wir nichts anders als lebendigen Einfluß auf den ferneren Westen zu gewinnen hatten« (Tag- und Jahreshefte, 1804). – Frau von Staël war vom 13. Dezember 1803 bis zum 29. Februar 1804 in Weimar, wo Goethe sie erst Wochen nach ihrer Ankunft empfing und

wieder kehrenden Gesundheit meines Sohnes mich zu benachrichtigen, denn es gibt aller Orden Menschen die sehr gerne Unglück verbreiten – und es zum Schrecken noch vergrößern – also nochmahls meinen Besten Danck! Auch bin ich auf Ihre Liebe Zusage gantz beruhigt – doch erbitte mir bald die Fortdauer der mir so theuren Gesundheit zu berichten denn des Menschen Hertz, ist wie längst bekandt, trotzig und verzagt – Es hat hir verlautet, daß Frau von Stael Sich sehr vergnügt in Weimar befindet – und daß diese Fürstliche Residents den Ruhm über alle Orde wo Sie bißher war den Preiß davon tragen – und durch Sie verewigt werden wird. Daß das Christkindlein von Ihnen und dem Lieben Augst beyfall erhalten hat, war mir sehr erfreulich – daß aber die Schurcken den Confect gefreßen haben hat mich sehr geärgert – Erfahrung macht klug – auf einandermahl sollen die Gaudiebe es wohl bleiben laßen. Die Mode Journahle und Mercure erwarte mit Vergnügen. Die Comedien Zettel vom Jenner wird mein Sohn erhalten haben? Bald wird es in Weimar prächtig hergehn, wenn der Erbprintz mit seiner Gemahlin seinen Einzug halten wird – auserdem hoffe ich, daß Sie Liebe Tochter die Carnewahl Zeit hübsch lustig zubringen werden die Nachricht davon wird mir ein Zeichen seyn, daß mein Lieber Sohn sich völlig wohl befindet – Dancken Sie in meinem Nahmen dem Lieben Augst vor seinen Lieben Brief – die Großmutter die ohnehin nicht gerne schreibt, kan es heute nun gantz und gar nicht – denn die Witterung ist wie im May – ich schreibe bey offenen Fenster und Thüren und diesen Nachmittag bleibe ich nicht zu Hauße – und doch muß dieser Brief heute auf die Post denn Morgen und übermorgen ist kein Posttag – und länger kan ich meinen Danck nicht aufschiben – Also

sich ihr rasch verschloß, als er von ihren Absichten hörte, ein Buch über Deutschland zu schreiben.

wieder kehrenden Gesundheit: Goethe war zu Beginn des Jahres 1804 an einem schweren Katarrh erkrankt.

des Menschen Hertz . . .: Jerem. 17, 9: »Es ist das Herz ein trotzig und verzagt Ding; wer kann es ergründen?«

Gaudiebe: Gauner (nddt. ›gau‹, schnell; Gaudieb = behender Dieb).

nochmahls meinen wärmsten und hertzlichsten Danck! Grüße ohne Zahl an meinen Lieben Sohn – und eben so viele ditto an den lieben Augst und an Ihnen ditto ditto von

Eurer allen
treuen Mutter und Großmutter
Goethe.

155

den 9ten Mertz 1804

Lieber Sohn!
Hier erscheinen zwey Monathe Januar u Februar, da kanst du sehen was bey uns Tragirt worden ist. Daß Demmer fort ist, ist vor die Bühne ein großer Verlust – denn ein so brauchbahres Supjeckt findet sich nicht leicht, Tittus und Hippeldantz beydes gleich brav!! Drey neue sind angenommen – Baßist Fischer von Caßel – Keilholtz und Reinhold von Prag – müßen es nun erwarten wie es ausschlägt. Vor die überschickten Jounahle und Mercure dancke recht schön – auch dem braven Geist dancke vor sein Liebes Briefgen – und grüße Ihn von mir. Ein guter Freund von mir Herr Kaufmann Tesche schickt dir im Vertrauen auf deine Güte – große Einsicht u. s. w. durch mich ein Geistes product von Ihm – mit Bitte es bey Gelegenheit durchzuleßen – und Ihm gefälligst gutes und schlimes darüber zu sagen. Ich befaße mich nicht gern mit so etwas – habe es auch bißhieher noch nie gethann – denn mir ist die viele Arbeit so du zu bestreiten hast, gar wohl bewußt – auch bescheidet Er sich gern, daß die Sache keine Eile hat – sondern mit deiner völligen Gemächlichkeit geschenen müße. Aber was treibt Ihr denn in aller welt, mit der Frau von Stael!! der ist ja Weimar das Paradiß! Die wird Euch einmahl Loben und preißen – wer hir von Damen nur ein wenig vom gelehrten Thon ist, z. E.

Tittus: Tenorpartie in Mozarts Oper »La Clemenza di Tito«.
Hippeldantz: Kommerzienrat in Kotzebues Lustspiel »Das Epigramm«.
Tesche: Friedrich Wilhelm Tesche, Tabakwarenhändler. Sein »Geistes product« war ein Lustspiel »Die drei Billetts«, das Goethe offenbar nie gelesen hat.

Freulein Lousia von Barckhauß – Frau Geheimdte Räthin von Wießenhüten – Frau von Schwartzkopf u. s. w! erzählen Wunderdinge – wie vergnügt die Damme dort ist – So was freut mich von Hertzen – wenn ich davon wegbleiben kan. Lebe wohl! Grüße meine Liebe Tochter und den Lieben Augst – von

der Euch Liebenden Großmuter –
Goethe.

N.S. Vergangenen Mittwoch hatte ich bey Schwartkopf einen sehr vergnügten Abend – Torquato Tasso wurde vorgeleßen.

Alphons Herr Willmer
Leonore von Este Frau von Schwartzkopf
Leonore Sanvitale Frau von Holzhaußen
Tasso Herr von Schwartzkopf
Antonio Frau Räthin Goethe.

Diese Menschenkinder grüßen dich alle hertzlich.

156

den 9ten Aprill 1804

Lieber Sohn!

Mit dem heutigen Montägigen Postwagen ist in einem Embalirten Kästgen das welsche Korn – die verlangten nacht Kappen auch zwey Stück ostindischen Nanckien zu einer Somerkleidung vor den Lieben Augst abgegangen – wünsche das es alles wohl anlangen und wohl behagen möge. Das welsche korn ist wegen dem ausgebliebenen Regen nicht so schön, die Körner sind klein viel kleiner wie sonst – ich konte es nicht beßer schicken – so wenig größer machen, als die Rosine im Jurist und Bauer die Eyer. Vor den mir überschickten Comedien Zettel von Willhelm Tell dancke gar

Barckhauß: Louise Friederike Auguste von Barckhauß, aus gelehrter Frankfurter Patrizierfamilie.
Torquato Tasso. Zuerst: Leipzig: Göschen 1790.
Jurist und Bauer: »Der Jurist und der Bauer«, Lustspiel von Johann Rautenstrauch, Wien 1773. Rosine, Tochter des Bauern Kuntze.
Willhelm Tell: am 17. März 1804 in Weimar uraufgeführt.

gar schön, er hat mir mehr als eine Freude gemacht, erstlich habe ich das Weimarer Theater personahle daraus ersehen |: freylich weiß mann manchmahl nicht weil kein Herr – keine Madam u Demoiselle dabey steht welches von den dreyen die Person eigendlich ist und vorstelt – da wir auf unsern Zettlen gleich wißen woran wir sind: | zweytens da das Kind nun das Tages Licht erblickt hat; so werde ich es auch zu sehen bekommen – und diese Erwartung macht mich sehr glücklich – Grüße Schiller! Und sage Ihm, daß ich Ihn von Hertzen Hochschätze und Liebe – auch daß Seine Schrieften mir ein wahres Labsahl sind und bleiben – Auch macht Schiller und du mir eine unaussprechliche Freude das Ihr auf allen den Schnick – Schnack – von Rezenziren – gewäsche – Frau Baaßen geträsche nicht ein Wort antwortet; da mögten die Herrn sich dem sey bey ergeben – das ist prächtig von Euch – Hätte das Herr von Meyer verstanden; so hätte Er sich nicht so viel ärger zugezogen! Fahrt in diesem guten Verhalten immer fort – Eure Wercke bleiben vor die Ewigkeit – und diese armselige wische zerreißen einem in der Hand – sind das planiren nicht werth punctum. Lieber Sohn! Hast du denn die Güte gehabt das Kindlein von Freund Tesche die 3 Billiet benamset mit gnädigen Augen anzusehn, und Ihm ein wort des Trostes darüber mitzutheilen – Lieber Himmel! Es krablen ja so viele um den Parnaß – laße Ihn mit krablen. Grüße meine Liebe Tochter – den Lieben Augst –

von Eurer treuen Mutter u Großmutter
Goethe.

157

den 15ten Juni 1804

Lieber Sohn!
Bey Übersendung der Comedien Zettel muß ich mich doch auch wieder einmahl vernehmen laßen, und dir einiges er-

das Tages Licht erblickt: bei Cotta, Tübingen 1804.
Frau Baaßen geträsche: Weibergeschwätz.

zählen, daß dich wahrscheinlich Intreßiren wird – dein Brief an Stadtschuldheiß Moors hat Wunder gethann, denn Doctor Kästner ist gleich Examinirt und sodann rezipirt und Burger geworden – dir hat Er es also zu verdancken – Nicolanus Schmidt hat Caucion vor Ihn geleistet daß Er eine Burgers Tochter Heyrathen wird. Dieser Nicolaus Schmidt ist sehr traurig von Weimar weggeganen weil Er nicht so glücklich war dich zu sprechen ohngeachtet Er zweymahl und zwar einmahl expreß um 9 Uhr zu dir bestelt – und doch nicht seinem Zweck erreicht hat – mir that das auch leid – denn Erstlich ist Er einer meiner Besten Freunde der mit Rath und That hielft wo Er kan und mag – zweytens – ist Er auf mein Vertrauen Stoltz – und muß nun allen die nach dir fragen die Antwort geben – ich habe Ihn nicht gesprochen u. d. g. Höre ich will dir etwas unters Fuß geben – das dir zwey worte weiter nichts kostest – laße durch deinen braven Schreiber Geist – |: mit Gelegenheit versteht sich :| ein kleines Brieflein an mich gelangen worinn du bedauerst Ihn nicht gesprochen zu haben – du kanst ja so was so excelent verfertigen – und Schmidt ist erfreut – erzählts der gantzen Stadt – und mir geschied ein gefallen. Aus bey kommenden Zettel wirst du ersehen, daß den 31ten May Mahomet bey vollem Hauße ist gegeben worden – ich zweifle ob ein Theater im stande ist das Stück so zu geben wie es bey uns gegeben worden ist – Alle thaten was möglich war besonders Otto – der alle Rollen vortreflich spielt, aber so!! Nein so was habe ich von Ihm noch nicht gesehn – ohngeachtet nun wegen Schwäche der Nerven womit die Jungen Frauenzimer hir sehr geplagt sind eine Demoiselle Protzler ohnmächtig hinaus getragen wurde und zwey Demoiselle Sintzheimer davon liefen – so wird es zu ende dieser Woche doch wieder gegeben – worauf ich mich sehr freue. Auch

Kästner: Theodor Friedrich Arnold Kestner, Sohn von Goethes Wetzlarer Freunden Johann Christian Kestner und Lotte Kestner. 1804 in Frankfurt als Arzt zugelassen, 1812 Professor an der neugegründeten »Medizinisch-chirurgischen Spezialschule«.
unters Fuß geben: heimlich raten (gleichsam insgeheim unterschieben).

trägt mann sich mit folgender Neuigkeit – Götz von Berlingingen wäre auch von dir vor Theater bearbeitet – Auch hat Herr von Meyer Clavigo ausgetheilt – welcher vortreflich gerathen muß – indem unsere drey besten Schaus[p]ieler |: wie näthtürlich :| die ersten Rollen haben. In einem deiner Briefe räths du mir an den Sommer zu genüßen – das thue ich auch – Alle meine Freunde wohnen auf dem Lande oder in Gärten – Syndicus Schlosser – Fleischbein – Burgemeister Metzler – Senator Steitz – Fingerlings – und mein alle Sontags besuch bey Stocks das geht nun immer so seinen gang. Daß es bey dir auch wohl steht habe auch erfahren Nicolaus Schmidt hat dich im Schauspiel gesehen und mich versichert du sähest recht schön und gut aus – ob ich mich darüber erfreut habe kanst du leicht dencken – Auch hoffe ich, daß meine Liebe Tochter und der Liebe Augst sich wohl und vergnügt befinden werden – Grüße sie hertzlich von mir – so viel habe ich lange nicht geschrieben drum wirds auch am Ende schief und bucklicht – Lebe wohl! diß wünscht von Hertzen

Euer alle
treue Mutter u großmutter
Goethe.

158

den 20ten Juli 1804

Lieber Sohn!
Vielen und schönen Danck vor deine Lieben Briefe, jetzt wird mein Haußfreund schmuntzlen wenn Er so etwas vorgeleßen bekömt – denn in Weimar geweßen |: besonders ist die Rede von einem Franckfurther :| und Goethe nicht gesehen haben – wird nicht partonirt – also sey nochmahls bedanckt. Ehe ich an Demoiselle Böttiger ihre Caracktéristick kome; so muß ich eines herrlichen Abens erwähnen den ich

bearbeitet: die klassizistisch geglättete Bühnenbearbeitung von 1804.
Clavigo: am 14. Juli 1804 aufgeführt.
Haußfreund: Nicolaus Schmidt. Vgl. den vorhergehenden Brief.

und unsere Franckfurther dir zu dancken haben – Es war der 14te Julius – in 20 Jahren hatte man ihn nicht gesehen – und da paßte das auf dem Zettel Zum erstenmahl mit Fug und recht – könte ich dir nur recht lebendig darstellen wie vortreflich alles ging, wie die Schauspieler es wie ihr eigen kind behandelten so recht mit Lust und Liebe es ausführten – wie eine Stille in dem großen – voll Menschen voll gepropften Hauße war – mann hätte eine Stecknadel fallen hören – wie nur zuweilen wenn es die Menschen zu sehr angrief – ein einstimiges ablautiren und bravo rufen entstand z. E. wie Beaumarschais die neue untreue von Calvigo erfährt – wie Carlos Calvigo auf neue zur untreue beredet – beßer größer kan diß Trauer spiel schwerlich auf welchem Theater es seyn mag gegeben werden – Herr von Meyer ist gantz entzückt daß das Pupplicum Geschmack am großen und schönen gewindt. Jetzt von Demoiselle Böttiger – Wenn Sie Sich bey Eurem Theater auf das Rollenfach der Frau Roße – in Armuth und Edelsinn – Jungfer Schmalheim in der Aussteuer – als Haußhälterin im großen looß u. d. g. Carackter und Carikatur sich verbindlich macht; so kan Sie zumahl wenn Ihr noch hie und da aufgeholfen wird in die Fußstappen Ihrer Mutter tretten und in diesem Fach viel leisten – Aber solte Sie der Einbildunng Teufel treiben, wie es Ihr unglücklicher weiße schon begegnet ist daß Sie Liebhabrinnen – im Trauer – Lust – und Schauspiel vorstellen will; so laße dich nicht ein – erbärmlicher läßt sich nicht dencken – auch Singen will Sie können – es ist eben so jämmerlich. In dem Verhältnüß wo Sie bey uns war, war das wieder gantz etwas anders – Ihre Mutter war 20 Jahr bey uns – der Mutter zu Liebe bekame Sie verschiedne Rollen von jungen Liebhaberinnen – nur die Art von Respeckt die

Armuth und Edelsinn, Lustspiel von August von Kotzebue, zuerst: Leipzig 1795.

Aussteuer: »Die Aussteuer«, Lustspiel von August Wilhelm Iffland, zuerst: Leipzig 1795.

großen looß: »Das große Loos«, Lustspiel von Johann Gottfried Lucas Hagemeister, Erstdruck: Berlin 1791.

mann gegen die Mutter hatte verhinderte das Auspfeifen – die Mutter starbe – Sie redete den von Meyer an Ihr die Rolle von Ihrer Mutter die Jungfer Schmalheim zu geben – Meyer that es – Sie spielte über alle Erwartung brav – der Mutter Ihrem Andencken zu Liebe munterten wir Sie durch aplaudiren auf und Sie bekam die Rollen ihrer Mutter – und bey uns |: als aus obigen Gründen :| wäre Sie nie verstoßen worden – nun beloge Sie aber die Direcktion – sagte Sie besuchte eine Freundin – ging nach Cassel spielte die Ariadne u. d. Rollen – du kanst dencken wie kam wieder – bekam Ihren Abschied – und ist jetzt sehr übel dran. Also sage ich noch einmahl – bra[u]cht du oben genandtes Rollenfach so ist Sie gut, und kan noch unter guter Leitung beßer werden – aber um aller welt willen keine Liebhaberinnen – keine Sängerinn! Nun weiß du von Demoiselle Böttiger alles Haarklein Punctum – Herr Brand hat sich zweymahl im Opperfest als Murney und in der Lilla als Infant hören laßen – hat recht gut gefallen hat alle Ehre empfangen ist als Murney heraus gerufen worden, als Infant weiß ich das Ende nicht, weil ich nicht darinn geblieben war. Eine große Theatraliche Herrlichkeit steht uns bevor – Iffland! Komt den 4ten Augst hieher – Spielt 6 mahl die 3te Vorstellung ist Sein Benefitz und zwar im Wallenstein – ferner Spielt Er – den Eßigmann – Gabrecht! die andern wollen mir jetzt nicht einfallen. Hoffräthin Kästnern ist noch hir und läßt dich freundlich grüßen. Ich hoffe daß die überschicketen Comedien Zettel imer richtig angelangt sind? Meiner Lieben Tochter dancke vor die überschicken Mercure und die Donau

Ariadne: »Ariadne auf Naxos«, Singspiel von Georg Benda, Text von Johann Brandes, anonym Gotha 1777.
Opperfest: Siehe Anm. zu *Oper*, Brief Nr. 83.
Lilla: Siehe Anm. zum Brief Nr. 40.
Sein Benefitz: d. h., der Erlös geht an ihn.
Eßigmann: »La brouette du vinaigrier« (1775) von Louis-Sébastien Mercier, deutsch 1804 von Friedrich Ludwig Schröder.
Gabrecht: in Ifflands Schauspiel »Der Spieler«, Leipzig 1798.
Donau Nimpfe: »Die Nymphe der Donau«, Volksmärchen in drei Aufzügen von Carl Friedrich Hensler, zuerst anonym: Wien 1803.

Nimpfe, einige Mercure sind doppelt z. E. No. 1. und 2. mir zu Handen kommen dagegen fehlt No. 3. bey Gelegenheit kan es nachgeschickt werden – so wie ich die überzähligen mit den Comedien Zettel zurück senden werde. Wenn Hoffrath Starcke etwa noch im Weimarer Staats Calender steht – so laße Ihn aus streichen, den Er lebt nicht mehr. Mit vielem Vergnügen werde ich die Bekandtschaft des würdigen Mannes Herrn Voß machen. Lebe wohl und vergnügt – Grüße deine Lieben von

Eurer allen
treuen Mutter u Großmutter
Goethe.

159

den 10ten Augst 1804

Lieber Sohn!

Hir von zwey Monathe die Schauspiel Zettel – daraus kanst du ersehen was bey uns ist getragirt worden. Herr von Mäyer würde es eine große Freude seyn dich zu sehen, und zu hören – auch würden die Schauspieler alle ihre Kunst aufbieden um dir Freude zu machen – und wie froh würde ich seyn und deine alten Bekandten u. s. w. Allein wen uns allen dieses Vergnügen zu theil werden solte; so muß ein ordentlicher und Musterhafter Plan verabredet werden – daß meine Wohnung zu klein ist um mehr als dich allein zu beherbergen ist dir bekandt – in einem Privat Hauß gehts aus vielen Ursachen gar nicht – nichts bleibt übrig als ein Gasthauß – alle diese Dinge trage ich schon lange Zeit in mir herum – und bin biß jetzt noch nicht recht mit mir einig – auch würde ich biß mein Plängen ficks und fertig geweßen wäre – nichts davon gesagt haben – aber die Äußerung in deinem Brief *du mögstes wohl einmahl von Meyer und unser Schauspiel sehen* auch schriebe Augst |: vermuthlich aus Schertz :| Er hätte Lust allein zu kommen diese Äußerungen

Starcke: Georg Adolph Starck, seit 1787 Herzogl. Sachsen-Weimarischer Hofrat.
Voß: Johann Heinrich Voß, der Übersetzer Homers.

geben Anlaß obiges dir wißen zu laßen – recht oder gar nicht, ist mein wahlspruch – Habe ich meinen Plann aus gekocht – dann solt Ihr ihn zu wißen kriegen – und ihn mir verbeßern helfen – Bißdahin habt mich auch ohngesehen lieb!! Jetzt fragt in tiefter Demuth Herr Tesche ob du seinem Kind einen Liebevollen blick gewährt hast? thue es doch und sage Ihm |:mir zu Liebe:| etwas das wenn man sagte Baal Seemen, daß man es könte vor Balsam nehmen. Meine Liebe Tochter war also in Leipsig und hat Madam Unzelmann gesehen und gehört – das hat mich sehr gefreut, denn meine Liebe Tochter verdindt daß man so viel es möglich ist Ihr Freude und Vergnügen macht – grüße Sie hertzlich von mir – den lieben Augst des gleichen – ich lobe Ihn daß Er so fleißig ist – Lebt wohl! Behaltet lieb, und in gutem Andencken

Eure treue Mutter
Goethe.

N.S. beykomende Mercure habe ich doppelt empfangen erbitte mir davor No 3.

160

den 11ten October 1804

Lieber Sohn!

Es ist beynahe eine Ewigkeit daß ich sowohl von dir als von den deinigen nicht vernommen habe – hie und da hat mir die Fama gute Nachrichten von dir überbracht – als z. E. Herr Consul Bethmann – Herr von Schwartzkopf die haben die herrlichsten Nachrichten von dir – deinem schönen Hauß – deinen übrigen vortreflichen Kunstsachen und über *alles* die gütige Aufnahme die du Ihnen erzeigt hast nicht genung rühmen und preißen können – So was macht mich denn auf lange Zeit wieder froh und glücklich. Hir kommt ein gan-

seinem Kind: Siehe Anm. zu *Tesche*, Brief Nr. 155.
Balsam: Siehe Anm. zu *Baal Samen*, Brief Nr. 32.
Bethmann: Simon Moritz (seit 1808 von) Bethmann, Bankier und russischer Staatsrat.

tzer schwaal von Comedien Zettel – weil die Meße alle Tage ist gespielt worden drum ist die Anzahl so ansehnlich – auch war die Einnahme nicht schlecht sie betrug 12000 f.
Lieber Sohn! Ich habe in diesen Tagen ein Werck von dir geleßen welches ich nicht genung habe bewundern können, und welches mir große Freude gemacht hat – das Leben von dem großen Künstler und noch größern Menschen Benvenouto – das ist herrlich und hat mir auch frohe Tage gemacht. Es geht das gerede daß wir das Vergnügen haben sollen Demoiselle Jagemann bey uns zu sehen – Sie würde in einigen Gastrollen auftretten und uns dadurch großes Vergnügen gewähren. Die Castanien die ich überschicken werde – sollen hoffe ich dißmahl vortreflich seyn – denn der Wein ist Gottlob und Danck dieses mahl herrlich gerathen – viel und gut – und so wie der Wein, so die Castanien. Herr von Schwartzkopf hat mir den Comedien Zettel vom Götz von Berligingen gegeben – potz Fischgen was Menschen gehören zu der Aufführung! Indeßen schmeichlen wir uns ihn auch hir aufführen zu sehen. Syndicus Schlossern komt so eben zu mir hört daß ich an dich schreibe – und grüßt dich hertzlich. Neues gibts nichts als daß die Meße wieder einmahl recht gut war – das war das erste mahl in langer Zeit, daß ich sie loben hörte – Kayser Napoleon war in Mäntz – mich ging das nun weiter nichts an – sehr viele Franckfurther haben Ihn ——— gesehen.
Lebe wohl! Grüße deine Lieben – wenn die Castanien kommen als denn wieder etwas von

Eurer treuen Mutter
Goethe.

das Leben . . .: »Leben des Benvenuto Cellini«, Tübingen: Cotta 1803.
Schlossern: Johanna Schlosser, geb. Fahlmer.
Mäntz: Napoleon (er hatte am 18. Mai 1804 den Titel eines Kaisers angenommen und krönte sich am 2. Dezember 1804) empfing am 23. September deutsche Gesandte in Mainz, unter ihnen zwei Frankfurter, die er unfreundlich vor dem gesamten Hofstaat abkanzelte: ». . . beim nächsten Krieg auf dem Kontinent . . . werde ich Euch ganz gehörig verprügeln und Euch irgend Einem benachbarten Fürsten geben, der nichts mehr als das verlangt.« (Der Bericht der Frankfurter Gesandten befindet sich im Frankfurter Stadtarchiv.)

161

geschrieben Freytags den 9ten
fortgeschickt Samstags den 10ten
[November 1804]

Lieber Sohn!
Mit dem heutigen Postwagen sind die Kastanien nach Weimar spedirt worden – ich würde sie ohne sang und klang haben abmarschiren laßen denn ich weiß daß du jetzt wegen Ankunft der Erbprintzeß alle Hände voll zu thun hast – wenn ich nicht eins und das andre anzubringen hätte. Der Heilige Christ nährert sich wieder, und Augst muß ein Kleid nach seinem Geschmack haben – also erbitte mir die Farbe und das Ehlen Maß – ditto was die Farbe betrift vor meine Liebe Tochter – denn ich kaufe nicht gern in den Tag hinein. Jetzt eine Bitte – Schickt mir keine Mecure mehr – diese Last muß einmahl aufhören – die ersten Jahre die ich alle besitze haben mich dazumahl aus leicht zu begreifen Ursachen sehr intresirt – jetzt ist er mir nicht mehr so lieb wie ehemals – die paar No: die ich von diesem Jahr habe, schicke ich bey Gelegenheit zurück – Wenn die Feyerlichkeiten *alle* vorbey sind; so komte ich mit noch einer Lieteralischen Bitte angezogen aber ehnder nicht – weil ich die große Resingnation keinen Taback mehr zu schnupfen glücklich ausgeführt habe; so ist alles recht gut, nur meine Briefe!!!! die werden gantz erbärmlich höltzern, wie Figura zeigt. Lebt wohl! behaltet lieb

Eure treue Mutter
Goethe.

162

den 30ten November 1804

Lieber Sohn!
Dein Lieber Brief hat mir doppelte Freude gemacht – erstlich wegen des guten Inhalts – Eures allerseitigen wohlseyns

Ankunft der Erbprintzeß: am 12. November 1804 mit Schillers »Huldigung der Künste«, Tübingen: Cotta 1804, gefeiert.

und der geschwinden rückantwort wegen des Heiligen Christ, da denn jetzt alles mit Zeit und Muße auf das beste besorgt werden kan. Zweytens daß der gantze Brief von deiner eigenen Hand war daraus ich ersahe, daß du noch wie ehemahls so schön schreibst, daß es vor mich eine Lust war diesen Lieben Brief anzuschauen. Wenn du ein Exemplar von Cellini übrig hast; so schicke es mir – es soll mich sehr freuen.

Herr Thesche ist ein unglückseliger Papa – Iffland hat den armen wicht entweder verlohren – oder verbrand denn Er läugnet grade weg es empfangen zu haben – weiß weder Tittel noch sonst was. Nun ist zu befürchten daß es in Weimar eben so zugeht – Ach! erbarme dich doch – und laß den armen Menschen nicht in Verzweiflung fallen – glaube aber ja nicht daß was du mir sonst schuld gabst – noch jetzt meine Mode ist |: nehmlich wie du mir besonders beym Doctor Jung seiner Hirtenschleuder schuld gabst – ich ersparte den Leuten eine Ohrfeige – damit sie ein Loch in Kopf bekämen :| Nein das thue ich nicht mehr so viel und starck – freylich gantz und gar ist dieser guthmüthig fehler nicht aus getilgt – ja es kommt noch zu weilen der fall – daß ich wie der *Pater Brey* die Wand glatt mache um mein Gesicht – oder meinen Steiß drauf zu mahlen – Ich dencke nun so:

Cellini: Siehe Anm. zu *das Leben*, Brief Nr. 160.
unglückseliger Papa: Iffland hatte offenbar Tesches Lustspiel auch erhalten und ebensowenig beachtet wie Goethe.
Jung: Johann Heinrich Jung, genannt Jung-Stilling, Dichter des Pietismus. Kommilitone Goethes in Straßburg, der den ersten Band seiner Autobiographie »Henrich Stillings Jugend. Eine wahrhafte Geschichte«, Berlin und Leipzig: Decker 1777 drucken ließ.
Hirtenschleuder: »Die Schleuder eines Hirtenknaben gegen den hohnsprechenden Philister, den Verfasser des Sebaldus Nothanker« [Roman von Friedrich Nicolai, Berlin und Stettin 1773–76], Frankfurt am Main 1775.
Pater Brey: Goethes »Fastnachtsspiel . . . vom Pater Brey dem falschen Propheten«, zuerst anonym: Leipzig und Frankfurt 1774. Darin der Würzkrämer zu Balandrino: »Hab euch nun gesagt des Pfaffen Geschicht / Wie er alles nach seinem Gehirn einricht / Wie er will Berg und Thal vergleichen / Alles Rauhe mit Gips und Kalk verstreichen / Und endlich mahlen auf das Weiß / Sein Gesicht oder seinen Steiß.«

gantz schlecht ist nicht leicht etwas – da hebe ich denn das gute heraus und sage Baal Semen, das mögen sie dann vor Balsam nehmen – Jetzt genung und aber genung und zu was anderm. Ich gratulire Euch von Hertzen zu der Vortreflichen Erbprintzeß – es wäre aber ein Wunder wens anders wäre – was ist die Mutter – was der Kayser – was sind das vor herrliche Menschen! Gott seegne Sie!! Das Christkindlein soll zu rechter Zeit erscheinen – den Confect sollen die Spitz buben dißmahl ungefreßen laßen – die Schachtel wird Ambalirt – was mich am meisten geärgert hat waren die Pomerantzen Schaalen, die ich vor meine Liebe Tochter selbst ausgesucht hatte – und die der schwere wegen oben lagen – und also am ersten in ihre Diebs finger fielen – aber wie gesagt – dißmahl solls anders werden. Lieber Sohn! Wenn also ein Päckgen in Wachstuch eingenäth erscheint; so mache es allein auf – damit vorher die Herrlichkeit nicht eclat wird. Daß die Castanien Euch behagen freut mich, ja das wahr ein herrliches Jahr! Lebe wohl! Grüße deine Lieben hertzlich und freundlich von

Eurer allen
Mutter u großmutter
Goethe.

N.S. Zu befehlen habe ich weiter nichts, als wenn dir etwas gutes und schönes zu leßen vorkommt – an mich zu dencken – Den Neujahrs Tag wird Tell von Schiller bey uns aufgeführt. Da denckt Abens um 6 Uhr an mich – die Leute um und neben mir sollen sich nicht unterstehen die Naßen zu putzen – das mögen Sie zu Hauße thun.

Baal Semen: Siehe Anm. zu *Baal Samen*, Brief Nr. 32.
Erbprintzeß: Maria Paulowna, Erbprinzessin von Sachsen-Weimar.
Mutter: Zarin Maria Fjodorowna, geb. Prinzessin von Württemberg.
Kayser: Zar Paul I. von Rußland.

163

den 10ten December 1804

Lieber Sohn!

Hir kommt der Heilige Christ wünsche daß alles nach gusto seyn möge – keine Mühe habe ich zwar nicht gespart um pünctlich nach der Vorschrift zu handlen – das weiße Seidenzeug habe weder bey Juden noch Christen von der Güte wie das Muster ist bekommen können – unter allen war beykommendes das beste – meine Schuld ist es also nicht wenn es nicht gefallen solte. Bey kommender Catun hat mir wegen seiner niedlichkeit sehr gefallen – und wird als Haußkleid meiner Lieben Tochter gar nicht übel stehen. Auch meinem Lieben Augst wird die Prachtweste wohl gefallen u. s. w. Hirbey kommen die Mercure von diesen Jahr zurück – Euch machts immer Mühe – und mir keine sonderliche ergötzlichkeit – wenn aber sonst etwas vor meinen Gelusten dir zu Handen komt; so gedencke meiner im besten. Neues pasirt gar nichts das dich ammusiren könte, als daß deine Büste im Lese kabinet aufgestelt ist – zu beyden Seiten Wieland und Herder – drey Nahmen die Teuschland immer mit Erfurcht nennen wird. Jetzt Lebe wohl! ich muß packen daß die Herrlichkeiten auf den Postwagen kommen! Kuß u Gruß an deine Lieben von

deiner treuen Mutter
Goethe.

164

den 12ten Jenner 1805

Liebe Tochter!

Ich habe eine Unruhe in mir und niemand kan mich beruhigen als Sie meine Liebe – Demoiselle Jagemann ist hir besuchte mich brachte einen Brief von meinem Sohn der gantz gut lautete nur war die Nahmens unterschrift gantz Carikatur – ich lege den Brief bey damit Sie es selbst sehen können – auch sagte Sie Sie hätte meinen Sohn nicht selbst gesehnen

Lese kabinet: Siehe Anm. zu *Lesegesellschaft*, Brief Nr. 18.

Er hütete sich kranck zu werden – u. d. g. Vom 26ten December hatte ich vom Augst einen sehr guten Brief auch etliche Zeilen von meinem Sohn dem nehmlichen Brief angehenck – Jagemann ihr Brief war auch vom 26ten dadirt – da ich nun in diesen 8 Tagen nichts weiter hörte – nicht eine Zeile von Ihnen Liebe Tochter ob Ihnen der Heilige Christ wohlgefallen hat – auch wurde mir versprochen die Ehren pforten und was bey dem Einzug sich zugetragen mir zu übersenden, und ich davon auch weiter nichts hörte; so wurde wie oben gesagt unruhig – Haben Sie also die Güte Liebe Tochter! mich zu frieden zustellen – und mir von dem Befinden meines Sohns Nachricht zu geben – ferner was es mit der Curiosen unterschrift vor ein Bewandnuß hat – Sie werden dadurch sehr verbinden

die
Sie Liebende Mutter
Goethe.

165

den 12ten Februar 1805

Liebe Tochter!
Dem Lieben Augst dancke ich gar sehr, daß er die Güte hatte mir die Unbäßlichkeit meines Sohnes zu berichten – den der Ruf vergrößert und verschlimert gemeiniglich das Übel – Ich hoffe zu Gott daß diese Kranckheit bald vorüber seyn wird – und ich weiß daß ich Gott vor die Geneßung

kranck zu werden: Goethe war Mitte Dezember 1804 an einem schweren Katarrh erkrankt und litt seit dem 11. Januar 1805 unter schweren Nierenkoliken.
Ehren pforten: In einem nicht erhaltenen Brief vom 15. Januar 1805 beschrieb Goethe seiner Mutter die Feierlichkeiten beim Einzug des Erbprinzenpaares, und am 20. Februar sandte er ihr das »Taschenbuch für Weimar auf das Jahr 1805« mit den »Feierlichkeiten in St. Petersburg und Weimar, bei Gelegenheit der Vermälung und des Einzugs Sr. Herzogl. Durchlaucht des Herrn Erbprinzen Carl Friedrich . . . und Ihro Kaiserl. Hoheit der Frau Erbprinzessin Maria Pawlowna, geb. Großfürstin von Rußland«. Dazu gehörte ein Bilderatlas, dessen letztes Blatt die »Ehrenpforten« abbildete.

meines Sohnes von Hertzen werde dancken können. Doch ersuche ich Ihnen meine Liebe Tochter mir so wie Sie diesen Brief erhalten – mir weittere Nachricht von dem Befinden meines Sohnes zu berichten – Ich habe nicht nöthig Ihn Ihrer Vorsorge zu empfehlen – ich weiß zu gewiß daß Sie alles anwenden werden – um Ihn bald wieder frisch und munter zu sehen – Grüßen Sie ihn hertzlich von mir – und erfreuen mich ehestens mit guten Nachrichten – davor bin und nenne ich mich ewig

Ihre treue Mutter
Goethe.

166

1805 den 19ten Februar als die
Großmutter 74 Jahr alt war.

Liebe Tochter!
Tausen Danck vor Ihren Lieben Brief vom 15ten dieses! Er war das herrlichste Angebinde an meinem 74ten Geburths tag – Von meinen Freunden die mich mit mancherley gutem beschenckten kam keine Gabe der Ihririgen gleich – die machte das Maaß meines glücklich erlebten Geburthstag voll – Gott vergelte es Ihnen! Auch vor Ihre treue – Sorge und pflege dancke ich Ihnen von Hertzen – Gott erhalte uns Ihnen meine Liebe Tochter noch lange lange in bestem Wohlseyn – Ihro Durchlaucht dancke Unterthänigs vor die meinem Sohn erzeigte Gnade – auch dem Braven und geschickten Hoffrath Starck. Summa Sumarum allen die zu seiner Beßerung beygetragen haben – Gottes Seegen über sie alle – Grüßen Sie meinen Lieben Sohn – und den Lieben Augst

von Ihrer treuen Mutter
Goethe.

Ihro Durchlaucht: Herzog Carl August.
Starck: Professor Dr. Johann Christian Starck, Hofrat und Leibarzt in Weimar.

167

den 5ten Mertz 1805

Lieber Sohn!

Nur mit ein paar Zeilen will ich meine Danckbahrkeit an den Tag geben – die Beschreibung von den Feyerlichkeiten hat mir Freude gemacht – aber über alles gingen mir die paar worte von deiner eigenen Hand – Ich bin wieder wohlauf – jeder Brief der von dir kommt wird aus gebreitet und unter Danck Gott vorgelegt – das habe ich vom König Hiskia gelernt und habe mich 30 Jahr schon dabey wohl befunden. Dieser Brief [hat] ein etwas feierliches Ansehn – welches sonst so eigendtlich mein Thon nicht ist – aber mein Lieber Schöff von Fleischbein ist kranck – und der Artz macht es gefährlich – das wäre vor mich ein wahrer Verlust – es ist das Hauß wo ich mit am liebsten hingehe nun ich will hoffen daß trotz seines schwächlichen Köppers Er sich doch heraus reißt. Verzeihe daß ich dich mit Dingen unterhalte die gar kein Intereße vor dich haben können – Laß mich vielmehr noch zu obigen Danck noch hinzufügen – wie sehr es mich gefreut hat in den Zeitungen zu hören, daß die Kayerliche Hoheit – an der Gesellschaft die sich Donnerstags bey dir einfindet Sich vergnügt und ofte dabey ist. Lebe wohl! Grüße alles was dir Lieb ist

von deiner treuen Mutter
Goethe.

168

den 8ten Aprill 1805

Lieber Sohn!

Das war gestern als ich um 9 Uhr Abens nach Hauße kam eine gar liebliche Erscheinung – ich erkandte Ihn nicht Er

Feyerlichkeiten: Siehe Anm. zu *Ehren pforten*, Brief Nr. 164.
König Hiskia: Jes. 37, 14: »Und da Hiskia den Brief von den Boten empfangen und gelesen hatte, ging er hinauf in das Haus des Herrn und breitete ihn aus vor dem Herrn.«
Fleischbein: Er starb im Jahre 1807.
Kayerliche Hoheit: Maria Paulowna, Erbprinzessin von Sachsen-Weimar.

ist sehr groß und sehr hübsch geworden – gantz erstaund stand ich da als Er mir den so lieben Nahmen nandte – Er schläft in der Stube neben mir – und ich hoffe es soll Ihm wohl bey mir werden – wollen sehen wie wir Ihm die Zeit verkürtzen – erstlich hat Er mit der Großmutter einerley Liebe zum Theater da habe ich Ihn nun gleich auf 18 Vorstellungen Meß abonement abonirt – zweytens hat die Urgroßmutter ein zimliches Talent im schwatzen das soll Ihn aufheitern – was nun noch zu sagen ist mag Er selbst vortragen – nur laße bald etwas im Punct deine Gesundheit betrefendt von dir hören – dann werden alle Meß vergnügungen doppelt schön.

Lieber Vater,
Ich bin hier glücklich und unverschert angekommen und befinde mich bei der Großmutter sehr gut. Ich fuhr den Freitag um 7 Uhr abends von Erfurth ab und kam den Sontag um 7 Uhr abends in Frankfurt an, und ließ mich von einem Manne nach den goldenen Brunnen führen. Die Großmutter war aber nicht zu hause und man sagte mir sie wäre im Theater, ich eilte also dahin aber fand sie auch nicht. Es wurde gerade Aline Königin von Golkonda aufgeführt welches mir sehr gefallen hat. Heute werde ich mit der lieben Großmutter in die Pagenstreiche gehen. Die Liebe Mutter grüßen Sie Tausendmal von mir, wie auch Herrn Riemer, und das ganze Haus. Ich bin noch wie in einen Traume wenn ich durch die großen Straßen gehe.
Leben Sie recht wohl und schreiben Sie mir bald wie sich der gute Vater befindet.
Frankfurt d. 8. Aprill 1805.

Aug. Goethe.

Aline Königin von Golkonda, Heroische Oper aus dem Französischen von Henri-Montan Berton.
Pagenstreiche, Lustspiel von August von Kotzebue, zuerst: Leipzig 1804.
Riemer: Friedrich Wilhelm Riemer, 1803 bis 1808 Erzieher Augusts; Sekretär Goethes.
die großen Straßen: Als Goethe 1775 nach Weimar kam, hatte Weimar gerade 6000 Einwohner, etwa so viel wie Sachsenhausen. Erst nach den napoleonischen Kriegen stieg die Einwohnerzahl auf etwa 10 000 an.

169

den 12ten Aprill 1805

Lieber Sohn!

Hir das verlangte Welsch-korn – Augst lebt – Heysa lustig ohne Sorgen so wie König Salomo u. s. w. Ich habe Ihn ins Schauspiel abonirt – heute geht Er ins Oratorium die Schöpfung von Heiden zu hören – Montags den Tell zu sehen und zu Hören – Willmer hat Ihn an den Augen gleich erkandt – Syndicus Schlossern auch – den ersten Osterfeyertag macht Er Visitten bey Stocks – Schöff Schlosser u. s. w. Ich hoffe die Zeit soll Ihm bey mir nicht lang werden – die Lücken füllen wir mit Schachspielen aus. An unserm Vergnügen fehlt nichts – als auch etwas gutes von Weimar aus zu hören – wir hoffen dieses u grüßen Euch –

die Großmutter und Augst Goethe.

170

Sontags d. 21ten Aprill 1805

Lieber Sohn!

So eben erhalte ich deinen Lieben Brief – Augst ist nicht zu Hauße – Er speißt heute bey Frau von Mallabert – es ist seine Lust alle seine Kreutz Züge Euch selbst zu berichten – da muß ich Ihm denn wohl die Freude laßen – Die alten Bekandten die du in deinem Briefe nenst soll Er sehen – und überhaubt alles was möglich zu sehen und zu hören ist soll Er sehen und hören – Seinen Reiße Conpaniong solte mann nach dem alten Sprichwort in Gold einfaßen – der nimbt sich des jungen Reißenden so freundschaftlich an, daß mir Ihn sehr schätzbar macht – auch ist die Rückreiße schon völlig in Ordnung – unser Lieber Augst geht mit diesem eben

Die Schöpfung, Oratorium (1798) von Joseph Haydn.
Syndicus Schlossern: Johanna Schlosser, geb. Fahlmer.
Schöff Schlosser: Margarete Rebekka Elisabeth Schlosser, Witwe des Schöff Hieronymus Peter Schlosser.
Mallabert: Susanna Elisabeth von Malapert-Neufville, geb. Edle von Schneider. Vgl. Anm. zu *Maleberth,* Brief Nr. 66.

erwähnten Braven Kaufmann der Ihn hergebracht hat – den 1ten oder Längstens den 2ten May wieder biß Erfurth zurück – das nähre soll Euch kund werden. Der Liebe junge hat was besonders glückliches in seiner Bildung alle die Ihn sehen lieben Ihn – Willmer sahe Ihn im Schauspiel ohne zu wißen wer Er sey – kommt Tags drauf zu mir und sagt ist das nicht der junge Goethe – ich habe Ihn an den Augen erkant – die Stockin ist gantz verliebt in Ihn – und so *alle*. Die Luftschiftfahrt hat deßwegen keine statt gehabt – das Billiet solte 2 Carolin kosten – und unter 1000 unterzeichneten wolte Er nicht – die waren nicht zusammen zu bringen – also unterbliebe es.
Augst hat nun seinen wohlhingebrachten Sontag der länge nach erzählt – Heute ist er um ½ 11 Uhr aufgestanden – hat sein Frühstück in dulci Jubilo verzehrt – putzt sich jetzt geht zu Gaste u. s. w. Lebt wohl. Dieses wünscht die

Großmutter.

Montags d 22ten Aprill 1805

171

Franckfurth d. 2ten May 1805

Ich endes unterzeichnete bekenne öffendtlich mit diesem Brief, daß Vorzeiger dieses Julius Augst von Goethe Sich währendt seines hiesigen Aufenthalt brav und Musterhaft aufgeführt; so daß es das Ansehn hat, als habe Er den Ring im Mährgen |: Nathan des Weisen :| durch Erbschaft an Sich gebracht der den der ihn besitzt angenehm macht vor Gott und Menschen – daß dieß bey oben erwähnten Julius Augustus von Goethe der fall ist bestättigt hirmit

Seine Ihn
Liebende Großmutter
Elisabetha Goethe.

Luftschiftfahrt: Garnerins Ballonfahrt fand erst am 12. September 1805 statt.

172

den 11ten May 1805
Morgen ist Pancratius – Montags
Servatius – O! weh!! Da gibts
noch Schlossen und Schnee.

Lieber Sohn!

Meinen Besten Danck vor deinen guten lieben Brief er hat mich erfreut, und meinem Hertzen wohl gethan – auch mir einen sehr frohen Tag gemacht – Ihr habt Ihn nun wieder gesund an Leib und Seele – Gott! erhalte Ihn uns so wie Er ist und Freude und Wonne wird Euch und mir nicht fehlen *Amen.* Seine Abreiße hat mir sehr wehe gethan – ich war die Virthalb wochen so an Ihn gewohnt – daß ich imer glaubte in der neben Stube seine Stimme zu hören – nur das tröstete mich, daß hir nichts vor Seine Bestimmung zu thun ist – platterdings nichts – und daß also Sein zukünftiges Glück obschon in der Ferne mir mehr gelten muß als das nahesein bey der Großmutter! Doch diese vergnügten Tage werden mir lange wohlthun – Sein hir gelaßenes Stambuch ist jetzt in den Händen des Consuls Bethmann – Schwartzkopf hat sich ein hübsches Andencken drinnen gestiffet. Es ist kein Geschäffte das von der Hand geht – denn wo es in ein Hauß kommt, da ließts das gantze Hauß – Frau – Mutter –

Pancratius: Mamertus, Pankratius und Servatius: die sog. Eisheiligen (11., 12. und 13. Mai).
Schlossen: Schloße, Schlosse, mitteldt.: Hagelkorn.
Brief: vom 6. Mai 1805: »Nehmen Sie, liebe Mutter, tausend Dank für alles das Gute da Sie unserm August erzeigt haben! Ich wünsche daß die Erinnerung seiner Gegenwart Ihnen nur einen Teil der Freude geben möge die uns jetzt seine Erzählung verschafft. Wir werden dadurch ganz lebhaft zu Ihnen und meinen alten Freunden versetzt. Danken Sie herzlich allen die ihn so gütig aufnahmen. Dieser erste Versuch in die Welt hinein zu sehen ist ihm so gut gelungen daß ich für seine Zukunft eine gute Hoffnung habe. Seine Jugend war glücklich und ich wünsche daß er auch heiter und froh in ein ernsteres Alter hinüber gehe. Seine Schilderung Ihres fortdauernden Wohlbefindens macht uns das größte Vergnügen, er muß sie oft wiederholen. Auch ich befinde mich bei mehrerer Bewegung, in diesen bessern Tagen recht wohl. Wir grüßen alle zum schönsten, besten dankbarsten.«
Bethmann: Simon Moritz von Bethmann.

Schwestern – Töchter – aber es wird auch das warten reichlich belohnt werden! Potz Fischgen! Was lehrreiche Sententzen – Sprüche – Verse u. s. w. werden darinnen erscheinen, drum Gedult. Noch in einem punct muß unser Lieber Augst diese edle Tugend ausüben – Sein hir zurück gelaßener Reichthum hat einen so großen Kasten erfordert, daß die Speßen auf dem Postwagen etwas theuer gekommen wären – ich habe daher meine Zuflucht zu meinem Haußfreund Nicolaus Schmidt genommen der auf das bald möglichste ihn wohl Eampalirt nach Weimar spediren wird – Sage Augst – es wäre doch gescheider daß noch ein schönes Schemisett mit käme – als daß mann der Post das Geld gegeben hätte. Heute wird der Kasten Herrn Schmidt übergeben – und sobald er die Reiße von Stolppe nach Dantzig angetretten hat – soll es Euch kund und zu wißen gethan werden. Wir haben ein gantz jämerliches Frühjahr. Feuer im Offen – nichts wächts – ich trincke schon 20 Jahr die Molcken – muß warten, es ist noch nichteinmahl kerbel da!!! Nun bleiben wir alle nur hübsch gesund – das andre gibt sich. Nochmahls Danck vor Augsts besuch und den lieben Brief von seiner glücklichen Zurückkunft, behaltet lieb – diejenige die Euch jetzt doppelt und dreyfach liebt und die sich nent

Euer aller
treue Mutter u Großmutter
Goethe.

N.S. Daß du meine Liebe Tochter u meinen lieben Schachspieler küß u grüßt das ist mein ernster Wille.

N.S. An meinen lieben Augst! So eben erhalte deinen Lieben Brief – daß es dir bey mir gefallen hat freut mich und wird mich noch lange freuen – behalte mich lieb – alles übrige steht in dem Brief an den Vater. Ewig deine dich Liebende Großmutter

Goethe.

Eampalirt: frz. embaler (verpackt, embaliert).
von Stolppe nach Dantzig: In Kotzebues Lustspiel »Pagenstreiche« (1802) sagt ein alter Junker mit dem sprechenden Namen Kreuzquer unzählige Male: »Sie wissen, ich bin einmal von Stolpe nach Danzig gereis't«, eine

173

den 26ten Augst 1805

Lieber Augst!

Vermuthlich hast du geglaubt dein Stammbbuch machte die Reiße um die Welt – und ist doch nur aus einer Straße in die andre hin und her marschirt – allein die Leute wollen in ein Buch darinen solche große Nahmen stehn, sich nicht prostituiren und auch was prächtiges sagen – warten von Tag zu Tag auf Inspirationen geths so ists gut – geths nicht; so machen sie es so gut sie können – das mag die Ursach des verzögers seyn – Ergötze dich an den allerley Einfällen und Gedancken – Moritz Bethmanns seines hat mir sehr gefallen – und die Handschrift ist prächtig. Ließel danckt Tausenmahl vor Herrmann und Dorothea – das war ein großer Jubel!!! Vermuthlich ist das Blatt von Frau Stock verlegt worden – hirbey kommt ein anders – Bitte doch den Vater daß Er Ihr etwas zum Andencken drauf schreibe – sage Ihm wie viele Freundschaft das gantze Hauß dir erzeigt hat – das wird ein Sporn mehr seyn Ihr diese Freude zu machen. Freund Tesche wird wohl in seinem Leben keine Antwort über sein Lustspiel erhalten – wahrscheinlich hat Er selber Verzicht drauf gethann – denn Er fragt kein Wort mehr. Montags den 1ten September ißt Karl wieder mit mir nach der alten Gewohnheit und nach alter Art und Weiße. Was macht Ihr denn alle zusammen? seyd Ihr wohl? was macht der Vater, wie ist Ihm der Aufenthalt in Halle bekommen? gebt einmahl Kunde und Nachricht davon – Habt Ihr denn auch solches Regenwetter – bey uns ists alle Tage Regen – Wind – Sturm u. s. w. die Leute die in Gärten wohnen finden dißmahl ihr Conto nicht. Ein junger Mensch 16 Jahr alt Conrad Wenner von hir gebürtig und von angesehnenen

Entfernung von wenig mehr als 100 Kilometern. Sprichwörtlich im 19. Jh. für den angeblich weitgereisten Provinzler. Auch im Holländischen gebräuchlich (›van Stolpe naar Dantzig‹).

Ließel: Elisabeth Hoch, Mädchen der Frau Rat.

Karl: eventuell Carl Stock, ein Sohn von Jacob und Esther Stock.

Halle: Goethe hatte im August 1805 zusammen mit seinem Sohn den Gräzisten Friedrich August Wolf in Halle besucht.

Eltern die Handels Leute sind – hat einen unwiederstehligen Trib Schauspieler zu werden – alle Vorstellungen dagegen helfen nichts – ich werde ein schlechter Kaufmann – aber ein großer Schauspieler das fühle ich – nun haben die Eltern nachgeben – nun ist die Frage, wo soll Er sein Probestück machen? in Franckfurth geths aus sehr begreiflichen Ursachen nicht wohl an – Mann hätte also Lust Ihn nach Weimar zu schicken und dort zu erproben – ob sein Gefühl Wahrheit oder Narrheit sey – will nun dein Vater erlauben – daß Er komme und Ihm einige kleine Rollen zur probe geben; so wird die Verwandschaft es mit Danck erkennen – denn betrügt sich der Junge Mensch – so kan Er erst 16 Jahr alt noch zeitig genung ein anders Geschäfte anfangen – es verstehts sich von selbst daß Er umsonst seine proben ablegt – noch eins! Ich bin im Nahmen des jungen Menschen irre geworden Er heiß mit dem Zunahmen Friederich – seine Mutter ist eine gebohrne Wennern. Heut über acht Tage geht die Meße an – Garnerin wird auf der Pfingweide in die Höhe steigen – da Er in der gantzen Welt herum zieht; so kommt Er gewiß auch nach Weimar – ich werde |: da ich vor 20 Jahren den Blanchart nicht gesehen habe :| in einen gelegenen Garten gehn – außer diesem weiß ich diese Meße nichts besonders – eine erstaunliche Hütte wird zwar auf dem Paradeplatz aufgebaut – sind aber weiter nichts als Springer – Seiltäntzer – dieses Hals brechende Mettje kan ich aber nicht ausstehn – ich werde demnach bey meinem Schauspiel bleiben. Herr Unzelmann hat hir ohne Beyfall 3 Rollen gespilt – und das gantze Publicum wünschte Ihm eine glückliche Reiße – zu seinem Unglück sahen wir in der nehmlichen Zeit den großen Cursächsischen Schauspieler Ochsenheimer – den sogar Ifland mühe haben würde her-

(Zu S. 235.) *Conrad Wenner:* Johann Conrad Friedrich, wurde Offizier und Memoirenschreiber.
Blanchart: François Blanchard unternahm am 3. Oktober 1785 auf der Bornheimer Heide den ersten Ballonflug in Deutschland.
Mettje: Metier.
Unzelmann: Sein Gastspiel dauerte vom 25. bis 30. Juli 1805.
Ochsenheimer: Ferdinand Ochsenheimer.

unter zu spielen. Da hast du Lieber Augst einen Langen Brief – Alle Freunde und bekandten grüßen dich – besonders diejenige die ist und bleibt

deine treue Großmutter
Goethe.

N.S. An Vater und Mutter Tausend Grüße.

174

den 10ten October 1805

Lieber Sohn!

Verzeihe wenn Überbringer dieses durch eine Anfrage dir villeicht beschwerlich fält. Er heißt Graf ist Gastwirth im sogenandten Rebstock – ihm ist ein Weimaraner Geld schuldig – der Schuldner soll noch Vermögen besitzen – will auch gern bezahlen – schibts auf seine in Weimar lebende Brüder die nichts heraus geben wollen u. d. g. Gastwirth Graf hat schon mehrmahl nach Weimar geschrieben ohne Antwort zu erhalten – da ist Er nun selbst da – nur um zu erfahren wie die Sachen stehn – und hauptsächlich wo Er sich zu melden hat – bey welchem Ampte – bey welcher Behörde – und das will Er bey dir erfahren – und bittet um eine Auskunft in dieser Sache – von Bekanden wurde ersucht Ihm ein Recomodations Brieflein an dich mitzugeben, und das thue ich hirmit. Kanst du diesem Lands mann in dieser Begebenheit etwas nützen so wird Er es in seiner Gaststube erzählen – und die Burger-Capitaine – und diese Claße von Menschen, die wein bey ihm trincken, werden ihren gnädigen Lands mann hoch leben laßen.

Über die glückliche Niederkunft Euerer Erbprintzseß habe ich große Freude gehabt Gott seegne Sie und das gantze

Recomodations Brieflein: Rekommandation (Empfehlung).
Burger-Capitaine: Frankfurt wurde 1616 in sechzehn (seit 1700 vierzehn) sog. Quartiere eingeteilt, denen je eine Kompanie Bürgerwehr zugeteilt war. An der Spitze jedes Quartiers stand der Bürgerkapitän, unter ihm ein Leutnant und ein Fähnrich.
Niederkunft: Erbprinzessin Maria Paulowna gebar am 6. Oktober 1805 den Prinzen Paul Alexander, der schon am 10. April 1806 wieder starb.

Fürstenhauß. Daß wir so vel quasi wieder Krieg und Kriegs geschrey haben wißt Ihr aus den Zeitungen – wir sind die Dinge jetzt schon so gewohnt, daß uns Cannonen und Pulver wägen nicht mehr ängstigen – Vor ohngefähr 20 Jahren sang Mefistovles im Docter Faust –: Das liebe heilige Römische Reich – wie hälts nur noch zu sammen?: Jetzt kan man es mit recht fragen. Die Churfürsten – Fürsten – laufen quir und quer – hin und her – es geht her wie in Schnitzel putz Häußel – es dreth sich alles im Kreusel – man weiß gar nicht mit wem mans halten soll – es wird schon wieder ins Gleiß kommen – denn der Liebe Vater überm Sternen Zelt – werth doch den Bäumen daß sie nicht in Himel wachssen – *der* wirds schon wieder in Ordnung bringen. Ohnlängst habe ich von meiner Lieben Tochter einen sehr guten Brief erhalten wegen deinem Wohlbefinden – ich hoffe zu Gott, daß dieser Winter gut und angenehm vorübergehnen soll – laßt mich zuweilen etwas von Eurem Befinden hören, das wird sehr erfreuen

Eure treue Mutter
Goethe.

Meine Liebe Tochter u den braven Augst grüße freundlich. Egmonth wird einstudirt.

175

den 16ten December 1805

Lieber Sohn!
Hier die kleinen Christ geschencke gedencket meiner dabey und behaltet mich lieb. Ich habe so alles zusammen getromelt

so gewohnt: Im dritten Koalitionskrieg Englands, Österreichs und Rußlands gegen Frankreich, der mit der Dreikaiserschlacht bei Austerlitz (am 2. Dezember 1805) endete, wurde die Neutralität Frankfurts weitgehend geachtet. Im Frieden von Preßburg (26. Dezember 1805) blieb die Unabhängigkeit der Stadt, obgleich als Sitz englischer Agitation und Spionage von Baden diffamiert, erhalten.
Das liebe heilige . . .: aus dem ›garstig, politisch Lied‹ Froschs in »Auerbachs Keller«.
Schnitzel putz Häußel: aus dem Lied »So geht es im Schnützelputz Häu-

darum kommts 8 Tage ehnder als ichs versprochen hatte – der Confect kommt in der Christwoche – da ich von Augst vernommen habe, daß du die roth und weiße Quitten liebst; so habe sie vor dich aus gesucht – hoffe daß sie dir wohl schmecken und bekommen werden – auch Pomerantzen schalen bekommt meine Liebe Tochter – auch soll die Schachtel wohl |:wie vorm Jahr:| eingenäht werden – damit die Leckermäuler nicht davon Naschen. Ich muß eilen – damit der Postwagen nicht versäumt werde. Liebet immer – Eure treue Mutter

Goethe.

176

den 15ten Februar 1806

Lieber Sohn!

Schon längst hätte Frau Stock und ich dir vor dein liebes Andencken gedanckt – aber unsere neue Geschichte die du aus den Zeitungen wißen wirst hat uns daran verhindert. Also den besten Danck im Nahmen der Frau Stock Sie hat vor Freuden geweint – ferner soll ich dir sagen – daß alle Jugendtliche Auftritte Ihr gantz klahr vor den Augen stünden – Sie ließt jetzt aufs neue Willhelm Meister, das macht

sel, / Da singen und tanzen die Mäusel, / Und bellen die Schnecken im Häusel . . .« (»Des Knaben Wunderhorn«, Bd. 2, S. 406).

Andencken: »Was uns Günstiges in fernen Landen / Auch begegnet, sehnt, bei allem Glück, / Doch das Herz zu seiner Jugend Banden / Zu dem heimischen Kreise sich zurück. Seiner Jugendfreundin der Frau Senator Stock sich bestens empfehlend Goethe.«

neue Geschichte: Am 18. Januar 1806 besetzte Marschall Augereau, Oberkommandierender des 7. Korps der Grande Armée und späterer Herzog von Castiglione, Frankfurt und forderte am 5. Februar 1806 wegen der Handelsverbindungen mit England eine Kontribution von vier Millionen Franken: »Es ist mir durch meinen Souverain, den Kaiser der Franzosen und König von Italien, befohlen, von der Stadt Frankfurt eine Kontribution von 4 Millionen Francs zu fordern. Da ich keineswegs zweifle, meine Herren, daß Sie allen guten Willen bezeigen werden, um die Absicht Ihrer Majestät zu erfüllen, so fordere ich Sie auf, sobald als möglich, jene Summe in die Hände des Herrn General-Kassiers der Grande Armée abzuliefern.«

Sie unbeschreiblich glücklich – besonders das Puppenspiel – du hast große Freude verursacht also nochmahl vielen Danck – auch grüßt Sie den Augst vielmahl und läßt Ihn Ihrer hertzlichen Liebe versichern. Jetzt kommt mein Danck! Du hast mir durch dein eigenhändiges Briefgen große Freude gemacht mich mit allen Calamiteten ausgesöhnt ich habe Gott gedanckt der dich mir gegeben und so gnädig erhalten – der es ferner thun wird Amen. Wir leben wie mitten im Kriege müßen Contriboution geben – haben Einquartirung die Hüll und die Füll den Generahl-Stab oben drein – das lustigste ist, daß wir nicht wißen warum das so ist – Es ist Friede |: wenigstens mit uns :| wir sind selbst vom Napoleon vor Neuterahl erklährt – alles ist vor unsern Augen verborgen – es wird schon klahr werden punctum. Lieber Sohn! Ich habe dir etwas weitläufig unsern Zustand gemeldet – damit nicht etwan falsche Nachrichten dich in Besognüße setzen mögten – Ich bin Gott sey Danck! Frisch und gesund habe gute Freunde die mir mit Rath und That aushelfen – habe in diesem Stück – die Lebens Weißheit des Schach Bahams in Wielands Winter Mährgen –: sorge immer vor den Augenblick – und laße Gott vor die Zuckkunft sorgen – zur Einquartirung habe einen garde Atileristen einen höfflichen artigen Mann. Den Mercur wo Frau Stock Ihre große Freude eingeschlagen war, schicke bey Gelegenheit zu rück – weil sonst der Jahrgang defect seyn würde – Künftigen Mittwoch den 19ten werde ich 75 Jahr alt – da trinckt meine Gesundheit hoch!!! Jetzt Lebe wohl Grüße meine Liebe Tochter – den Lieben Augst – und behaltet lieb

Eure treue Mutter
Goethe.

Lebens Weißheit des Schach Bahams: Der Sultan in Wielands »Wintermärchen« (1776): »Verschiebt so viel ihr könnt auf morgen; / Sorgt immer für den Augenblick, / Und Gott lasst für die Zukunft sorgen.«

177

wenn ichs noch packen kan wirds
fortgeschickt d 21ten wo nicht d 25ten
Aprill 1806

Liebe Tochter!

Ihr Lieber Brief hat mir große Freude gemacht – es ist mir allezeit große Wonne von dem guten Fortgang der Gesundheit meines Sohnes zu hören – aber jetzt sind freudige Nachrichten doppelt wichtig – doppelt hertzerquickend! Die Frantzsosen scheinen uns noch nicht verlaßen zu wollen – unsere deputirten sind noch in Paris – was aus uns werden wird wißen wir nicht – u. s. w. Wer also in diesen nicht sehr erfreulichen Zeiten – den Geist aus der Düsternheit empor hebt – verdint Lob und Danck und das haben Sie Liebe Tochter an mir in reichem Maaße gethan. Da nun gutes gethan auch hir schon belohnt wird; so übersende Ihnen hirmit etwas das wie ich glaube in Ihrem Haußweßen brauchbaar sein wird – auch kommt ein Mercur zurück – damit der Jahrgang bey Ihnen nicht defect seye – er kam hieher – damit das Blättgen ins Stammbuch der Frau Senator Stock nicht verknittet werden möge. Die Beyden Todesfälle die Sie gehabt haben sind mir nahe gegangen – Augst hat mir sehr viel gutes von beyden erzählt – es thut freylich weh – gute Freunde zu verliehren – und kein Trost vermag was über ein betrübtes Hertz nur die Zeit ist der einzige Tröster – der wird auch bey Ihnen sein Ampt verrichten – und der Schmertz über den Verlust, wird je länger je mehr in den Hintergrund gestelt werden – Gott! Erhalte Ihnen noch lange und ihr Wohlbefinden wird mir immer glückliche Tage machen. Unser Augst reißt also in die weite Welt – weiter

unsere deputirten: Die Herren Friedrich Max von Günderode und Peter Clemens Müller waren in Paris und baten erfolglos um den Erlaß von zwei Millionen Franken Kontribution.
Blättgen: Siehe Anm. zu *Andencken* im vorhergehenden Brief.
Todesfälle: Am 7. Januar 1806 starb Christianes Stiefschwester Sophie Ernestine Louise und am 1. März 1806 ihre Tante Juliane Auguste Vulpius. Beide hatten eine Zeitlang in Goethes Haus gelebt.

als von Stolppe nach Dantzig – wenn Er die Königin von Preußen zu sehen bekommt; so kan Er Ihr melden, daß die Großmutter noch gesund wäre – was wird Er Euch alles von dem prächtigen Berlin erzählen – Gott! Bringe Ihn gesund und vergnügt zurück. Jetzt kommt ein groß mächtiger Auftrag an den Herrn Geheimdten Rath von Goethe – den Sie Liebe Tochter wenn Er gut gelaunt gut gestimbt – und an seine Vatterstadt noch mit einigem warmen Antheil denckt – die Güte haben mögen Ihm vorzutragen. Unsere Schauspieler haben seit kurtzem einen Pentions-fond errichtet – jedes Mittglied Männer und Frauen gibt Montlich etwas von seiner Gage ab – zwey Vorstellungen im Jahr zu diesem Entzweck werden dazu gelegt – die erste Vorstellung in diesem Jahr war Nathan der weiße – und 900 f war die Loo[s]ung – Jetzt komme ich auf den Fleck jetzt zur Sache – das sämptliche Personahle der hiesigen Schauspieler Gesellschaft bittet durch mich um das noch ungedruckte Exemplar des Götz von Berlichingen! Sie mey[n]en |: wie der Patriach im Nathan :| So was würde ihrem Fondt sehr wohl thun – und da doch Franckfurth sein Vaterland wäre; so hofften Sie auf gnädige Erhörung – und wenn Herr von Goethe zu dieser Gnade noch ein paar Zeilen an das Personale schreiben – seinen Nahmen drunter setzen wolte; so würde ihr Danck ohne Grentzen seyn. Jetzt Liebe Tochter! Wissen Sie die gantze Geschichte – Übelnehmen wird mir mein Sohn den Auftrag an Ihn nicht – Finden Sie Ihn einmahl gut gelaunt – so tragen Sie es Ihm vor u. s. w. Jetzt einmahl vom Wetter! das ist erbärmlich – ich habe von neuem Feuer im Offen – wir

(Zu S. 241.) *in die weite Welt:* August sollte Carl Friedrich Zelter in Berlin besuchen. Die Reise unterblieb wegen eines Trauerfalls in Zelters Familie. Vgl. Goethes Briefe an Zelter vom 5. und 26. März 1806.
von Stolppe nach Dantzig: Siehe Anm. zum Brief Nr. 172.
Pentions-fond: Vgl. den Brief Nr. 134.
Loo[s]ung: Erlös.
Götz von Berlichingen: die geglättete Bühnenfassung von 1804.
der Patriarch im Nathan: der die Festung an König Philipp verraten will, »in der die ungeheuren Summen stecken, / Mit welchen Saladins vorsicht'ger Vater / Das Heer besoldet und die Zurüstungen / Des Kriegs bestreitet« (Nathan der Weise I, 5).

wollen Gedult haben – denn die Ungedult verdirbt nun gantz und gar alles – Laßen Sie mich nur bißweilen etwas gutes von Ihnen meinem Lieben Sohn – und dem Augst hören – das wird mir Kraft geben die Einquartirung und die Witterung zu ertragen. Behaltet Lieb

Eure treue Mutter
Goethe.

178

den 3ten Juni 1806

Lieber Sohn!
Dein Lieber Brief hat mir sehr großes Vergnügen gemacht du hast gar nicht nöthig dich wegen der abschlägigen Antwort zu entschuldigen – du hast überaus wohlgethan – mir kanst du es deßwegen nicht übel deuten – daß ich anfragte, weil ich von allen deinen sehr guten Gründen nicht das geringste wißen konte – diese Sache ist also abgethan – und keine ähnliche soll dich je wieder behelligen – auch soll keine Seele kein Wort davon erfahren und damit Basta! Der Commedien Teufel ist wieder in einen Jungen Burschen – einen Enckel des ehemahl berühmten Öhlmängen Handelsmanns Streng gefahren – und die Kerls wollen immer ihre erste Ausflucht nach Weimar nehmen – ich werde ihm also gantz kurtz sagen lassen, ich wüßte daß du der jungen Leute so viel hättest daß du niemand mehr brauchen könstest – und das ist keine Lüge – denn Augst hat mir ja auf deinen Befehl vor ohngefähr einem Jahr das nehmliche geschrieben. Doch bin ich froh über dieße Geschichte, den ohne sie hätte ich doch so keinen kern und kraftvollen Brief von dir erhalten – und das ist immer Lebens kraft und Öhl in mein 75järiges Leben – Gott seegne dich davor Amen! Unsere Umstände weiß du aus den Zeitungen – es wäre mir langweilig etwas davon zu sagen. Ich glaube an Gott! und der ist doch größer als alle Monarchen der Erde – und Sie

Streng: Ulrich Thomas Streng, verheiratet mit einer Tochter des Zinngießers und Stiefbruders des Herrn Rat, Hermann Jacob Goethe.

dürfen nicht ein Haar weiter gehn – als Er es haben will – und in diesem Glauben bin ich ruhig – und genißе jeden frohen Tag. Lebe wohl! Grüße meine Liebe Tochter – den lieben Augst und behalte Lieb

Eure treue Mutter
Goethe.

N.S. braucht Ihr dann in diesem Jahr keinen Türckischen weitzen?

179

den 19ten Augst 1806

Lieber Sohn!
Du kanst leicht dencken wie freundlich Herr Frommann von mir empfangen wurde da ich durch Ihn deinen Lieben Brief empfing – Gott sey danck! der das Baad gesegnet und deine Gesundheit auf neue befestigt hat! Er wird alles übel auch in Zukunft von dir entfernen, diß traue ich Ihm mit fester Zuversicht zu – und dieses Zutrauen hat mich noch *nie* |:in keiner Noth:| stecken laßen – dieser Glaube ist die einzige Quelle meines bestängigen Frosinns – bey unserer jetziges Lage ist eine große Stütze nothwendig – auf wen also? alle Menschen sind Lügner sagt David aus eigner Erfahrung denn Seine Mäjestät hat saubre Stückger gemacht – Unsere jetzige Mäjestätten – da hat mann auch Trost die Hülle und Fülle! Ich werde nicht betrogen, den ich habe mein Vertrauen nicht dahin gestelt – Bey meinem Monarchen verliert mann weder Capital noch Intereßen – den behalt ich. Mir

Frommann: Carl Friedrich Ernst Frommann, Buchhändler in Jena, bei dem Goethe häufig zu Gast war. Pflegevater Minna Herzliebs.
Baad: Goethes Karlsbader Aufenthalt hatte vom 29. Juni bis 4. August 1806 gedauert.
unserer jetziges Lage: Am 12. Juli 1806 war in Paris der Rheinbund unter dem Protektorat Napoleons geschlossen worden. Anschließend forderte der Frankfurter Gesandte in einer Denkschrift die politische Selbständigkeit seiner Stadt, andernfalls werde durch die zu erwartende Emigration von Kaufleuten lebenswichtiges Kapital abgezogen.
alle Menschen . . .: Psalm 116, 11: »Ich sprach in meinem Zagen: Alle Menschen sind Lügner.«

ist übrigens zu muthe als wenn ein alter Freund sehr kranck ist, die ärtzte geben ihn auf mann ist versichert daß er sterben wird und mit all der Gewißheit wird mann doch erschüttert wenn die Post kommt er ist todt. So gehts mir und der gantzen Stadt – Gestern wurde zum ersten mahl Kaiser und Reich aus dem Kirchengebet weggelaßen – Iluminationen – Feyerwerck – u. d. g. aber kein Zeichen der Freude – es sind wie lauter Leichenbegengnüße – so sehen unsere Freuden aus! Um mich Lieber Sohn! Habe keine Besorgnüße, ich komme durch – wenn ich nur zuweilen etwas guts von Euch meinen Lieben höre; so stört mich nichts in meinem Frohsinn – und meine 8 Stunden schlafe ich richtig in einem fort u. d. g. Der Primas wird täglich erwartet – Villeicht geht alles beßer als mann denckt – müßen erst den neuen Rock anprobiren – Villeicht thut er uns nur wenig geniren – drum laßt hinweg das Lamentiren u. s. w. Lebt wohl! Behaltet lieb – diejenige die unter allen Regirungs Veränderungen ist und bleibt

Eure
Euch Liebende Mutter u Großmutter
Goethe.

N.S. Tausend hertzliche Grüße an meine Liebe Tochter u an den Lieben Augst, deßen Strumpfbänder ich immer noch zum Andencken trage.
Noch eine Nachschrift! Das Zusammentrefen mit der Printzeßin von Mecklenburg hat mich auserordentlich gefreut –

Kaiser und Reich: Franz II. hatte am 6. August 1806 die deutsche Kaiserkrone niederlegen müssen.
Iluminationen: Am 15. August sollte auf Befehl Augereaus der Geburtstag Napoleons festlich begangen werden. Trotz glänzender Illuminationen und Paraden verlief die Feier unter völliger Teilnahmslosigkeit der Bürger.
Primas: Carl Theodor Anton Maria Freiherr von Dalberg, seit 1802 Kurfürst von Mainz, 1806 als Fürstprimas an der Spitze des Rheinbundes, übernahm am 6. September 1806 die Herrschaft in Frankfurt, das 1810 Hauptstadt des Großherzogtums Frankfurt wurde.
Printzeßin von Mecklenburg: Fürstin Friederike zu Solms-Braunfels, geb. Prinzessin von Mecklenburg-Strelitz, Schwester der preußischen Königin Luise. Goethe hatte die Fürstin in Karlsbad getroffen.

Sie – die Königin von Preußen – der Erbprintz werden die Jungendliche Freuden in meinem Hauße genoßen nie vergeßen – von einer steifen Hoff-Etikette waren Sie da in voller Freyheit – Tantzendt – sangen und sprangen den gantzen Tag – alle Mittag kamen Sie mit 3 Gablen bewaffnet an meinen kleinen Tisch – gabelten alles was Ihnen vorkam – es schmeckte herrlich – nach Tisch spielte die jetzige Königin auf dem piano forte und der Printz und ich waltzen – hernach mußte ich Ihnen von den vorigen Krönungen erzählen auch Mährgen u. s. w. Dieses alles hat sich in die jungen Gemüther eingedrück daß Sie alle 3 es nie bey aller sonstigen Herrlichkeit nimmermehr vergeßen – bey etwaiger Gelegenheit werde es anzubringen wißen – daß du deines Auftrags dich bestens entlegigt hat. Lebt nochmahls wohl u gedenckt meiner.

180

Sambstag d 18ten October 1806

Lieben Kinder!
Nachdem dißmahl die Castanien so auserordtlich gerathen sind; so überschicke ich hirmit eine Noble Quantität – auch habe wohl bedachtsam die größern von den kleinern mit eigenen Händen auf beste separirt und von einander abgesondert um Euch die Mühe zu ersparen – welches wie ich hoffe Ihr mit dem gebührenden Danck erkennen werdet – mein Wunsch ist, daß sie Euch in Gänßebraten – und blau kohl wohl schmecken und noch beßer bekommen mögen. Wie lebt Ihr denn in diesen kriegerischen Zeiten? bey uns ists jetzt pasabel stille – aber vor 14 tagen da gings durcheinander pele melle – 5 Mann bekamme ich vor mein theil zum Einquatiren – alles ging gut ich war froh und heiter – die Bursche wurdens auch – Eßen u Trincken schmecke ihnen gut u. s. w. Bald kan ich dir auch umständliche Nachricht

Erbprintz: Erbprinz Georg von Mecklenburg-Strelitz.
in meinem Hauße: Siehe Anm. zu *von vorigen Zeiten*, Brief Nr. 101.
pele melle: frz. pêle-mêle (durcheinander).

von unserer jetzigen Verfaßung geben – denn da du noch immer Franckfurther Burger bist; so mußt du doch auch von der großen Umwältzung etwas erfahren – was ich so hir und da davon gehört habe gefält mir wohl. Lebt wohl! Gott! Erhalte Euch und gebe uns den lieben, theuren, und werthen Frieden. Amen.

Eure treue Mutter
Goethe.

N.S. Montags den 20ten dieses – gehn die Castanien mit dem Postwagen an Euch ab.

181

den 27ten October 1806

Lieber Sohn!
Mein erstes Geschäffte |:nach erhaltung deines mir so zu rechter Zeit gekommenen Briefes:| war Gott dem Allmächtigen auf meinen Knieen zu dancken und laut mit Anbettung zu jublen: Nun dancket alle Gott mit Hertzen – Mund und Händen! Ja Lieber Sohn! das war wieder eine Errettung – wie die 1769 – 1801 – 1805 da nur ein Schritt ja nur ein Haar, dir zwischen Tod und Leben war. Vergiß es nie; so wie ich es auch nie vergeße. Er der große Helfer in allen Nöthen, wird ferner sorgen, ich bin ruhig wie ein Kind an der Mutter Brust, den ich habe Glauben – Vertrauen – und feste Zuversicht auf *Ihn* – und niemand ist noch zu Schanden worden – der Ihm das Beste zugetraut hat – Jetzt noch einmahl Tausend Danck vor deinen trostreichen – lieben und herrlichen Brief. Zu deinem neuen Stand wünsche dir allen

Verfaßung: das »Fürstliche Organisations-Patent« vom 10. Oktober 1806.
Nun dancket . . .: Lied von Martin Rinckart, 1647 von Johann Crüger vertont.
Errettung: Nach der Schlacht bei Jena am 14. Oktober 1806 wurde Weimar von marodierenden französischen Soldaten besetzt. Auch Goethe wurde von zwei Tirailleurs heftig bedroht und nur durch Christianes beherztes Eingreifen befreit.
1769 war Goethe schwer an Tuberkulose erkrankt, *1801* an einer Gesichtsrose und *1805* an Nierenkoliken.
neuen Stand: Am 17. Oktober 1806 hatte sich Goethe entschlossen, Chri-

Seegen – alles Heil – alles Wohlergehen – da hast du nach meines Hertzens Wunsch gehandelt – Gott! Erhalte Euch! Meinen Seegen habt Ihr hiemit in vollem Maas – der Mutter Seegen erhält den Kindern die Häußer – wenn sie schon vor den jetzigen Augenblick nichts weiter in diesen Hochbeinigen erbärmlichen Zeiten thun kan. Aber nur Gedult die Wechsel Briefe die ich von unserm Gott erhalten habe – werden so gewiß bezahlt als jetzt |: da ich dieses schreibe :| die Sonne scheint, darauf verlaßt Euch – Ihr solt mit Eurem theil zufrieden seyn – das schwöre ich Euch. Grüße meine Liebe Tochter hertzlich – sage Ihr, daß ich Sie Liebe – schätze – verehre – daß ich Ihr selbst würde geschrieben haben, wen wir nicht in einem beständigen Wirrwel lebten – Heute werden die Straßen die zum Bockenheimer Thor führen nicht leer von Preuschischen Gefangenen!!! Es ist ein getümmel ein Romor – daß man beynahe nicht im Stande ist, einen vernünftigen Gedancken zu haben. So bald es etwas ruhiger ist hole ichs nach. Jetzt muß ich nach einer kleinigkeit fragen – Am 20ten October hab mit dem Postwagen 28 ℔ Castanien an Euch abgeschickt habt Ihr sie bekommen? im entgegengesetzten Fall schicke ich andre, doch muß ich solches mit umgehnder Post nur mit ein paar Worten wißen sonst wird es zu spät – Herr Braun der mir deinen Lieben Brief über brachte glaubte daß sie glücklich angekommen wären – weil am 20ten Weimar und die Gegend wieder frey geweßen wäre – also nur ein wörtgen – Augst kan ja schreiben – Alle Freunde grüßen Euch – und freuen sich Eurer Erhaltung – das war ein wirr warr in unserer Stadt Gott sey Danck! daß dein Brief zu rechter Zeit ankamm.
Lebt wohl! Behaltet lieb

Eure treue und hocherfreudte
Mutter Goethe.

stiane zu heiraten. »Dieser Tage und Nächte ist ein alter Vorsatz bei mir zur Reife gekommen«, schrieb er an den Hofprediger Günther, »ich will meine kleine Freundin, die so viel an mir getan und auch diese Stunden der Prüfung mit mir durchlebte völlig und bürgerlich anerkennen, als die Meine.«
der Mutter Seegen . . .: Siehe Anm. zum Brief Nr. 105.

182

den 18ten November 1806

Lieber Sohn!

Heute nur ein paar Zeilen an dem frohen Tag den mir Herr Voß und sein Begleiter Bein gemacht da Sie mir von deinem und der deinigen wohlbefinden die beste Nachricht gebracht haben Gott sey davor gelobet – nur jetzt ein Wort von den Castanien: der Contontuckter des Postwagen hat mich versichern laßen, daß der Postwagen der in Hertzfeld so lange stille gelegen, biß die Pasage wieder frey war in Weimar angekommen wäre – sind die Castanien nun noch nicht angekommen; so weiß ich nicht wo sie hingekommen sind, und ich schicke andre. Augst soll mir also nur zwey worte schreiben – damit ich eilend mich mit andern versehen kan – denn Castanien müßt Ihr haben – sie mögen herkommen wo sie wollen – Heute von nichts andern – der erste folgende Brief handelt vom Christkindlein! Lebe woh[l]! Grüße meine Liebe Tochter – den Lieben Augst von deiner vergnügten Mutter

Goethe.

183

den 24ten November 1806

Lieber Sohn!

Das ist ja Vortrefflich, daß die Castanien endlich angelandet sind – doch bin ich nicht unzufrieden über die verzögernde Ankunft ich hätte villeicht diese mir so liebe Briefe nicht erhalten – also war auch dieses anscheinende übel gut – in der Welt geht es offte in größern Dingen auf diese Weiße – der Postwagen findet übele Wege – endlich kommt er doch glücklich an Ort und Stelle u. s. w. Meiner hertzlich gelieb-

(Zu S. 248.) *Herr Braun:* Näheres nicht zu erfahren.

Voß: Heinrich Voß, Sohn des Homer-Übersetzers Johann Heinrich Voß, Altphilologe, erhielt 1806 eine Professur in Heidelberg.

Bein: Friedrich Boie, Sohn des Hainbund-Dichters und Herausgebers des Göttinger Musenalmanachs Heinrich Christian Boie.

Contontuckter: Kondukteur.

Hertzfeld: Hersfeld.

ten Tochter mögte ich nun gerne zum heiligen-Crist eine kleine Freude machen – da ich aber in der Entfernung Ihren Geschmack nicht wißen kan; so nehme meine Zuflucht zur dir – wenn Sie Sich in den viel jüngern Jahren, so gern hübsch anzieht – wie die Urgroßmutter noch in ihren alten Tagen; so hätte Lusten Kleidungs-Stücke zu übersenden – solte Ihr sowas behagen; so muß ich vor das erste wißen – die Gattung des Zeugs – seiden – Mouselin – Taffend u. d. g. Zum Zweiten das Ehlenmaß so viel habe von Augst gelernt, daß die Weimarer Ehle – bey uns ein 1/2 Stab ist – also nur nach nach der Weimarer gefordert, da werde ich nun nicht mehr irre – doch ists nothwendig, daß der Schneider angibt |: weil die Breiten sehr verschieden sind :| wie viel wenn der Zeug – 4 viertel – 5 – oder 6 viertel breit ist – nun das Hauptstück ist die Farbe – ein stückgen Band mitgeschickt ist das sicherste. Nun frage auch den Lieben Augst – was Ihm nöthig ist – und Freude macht – Ehlenmaß und Farbe muß Er auch bestimen – An Deutlichkeit fehlt es nun glaube ich meiner Erklärung nicht. Daß deine vor uns alle so theure Gesundheit bey diesen großen Unruhen – und erschrecklichem wirr warr sich gut gehalten hat – davor dancke ich täglich – *dem Gott der alle Wunder thut* und bin überzeugt *Er* erhält und stärckt dich – *Er* rüstet dich aus mit neuer Kraft – und führt *alles* herrlich hinaus. Nochmahls hertzlichen Danck vor die 4 lieben Briefe die ich in so kurtzer Zeit erhalten habe – und wovon 2 sogar von deiner eigenen Hand sind! Grüße meine Liebe Tochter – den Lieben Augst von

Eurer aller Euch
Liebenden Mutter
und Großmutter
Goethe.

dem Gott . . .: aus dem Lied »Sei Lob und Ehr dem höchsten Gut« von Johann Jakob Schütz, nach einer Melodie von Johann Crüger.

184

den 12ten December 1806

Lieber Sohn!

Hir erscheint das Christkindlein – hoffe daß es Beyfall erhalten werde! Zwar habe ich einigen Zweifel – erstlich weil ich nicht unterrichtet war, welche Farbe meiner Lieben Tochter lieblings Farbe ist – denn jeder hat so seine Farben die er mag z. E. ich kan die Blaue Farbe seye sie dunckel oder hell nicht aus stehn – da ich nun über diesen Punct im duncklen war; so nahm ich im auswählen das alte Sprichwort in Obacht – was schmutzt, das putzt – daher wählte sowohl zum überrock als zum andern helle Farben – habe ichs getroffen; so ists mirs sehr lieb, wo nicht, so belehrt mich einandermahl eines beßern – vor Augst habe das dunckelte grün das in der gantzen Stadt zu haben war hirmit überschickt – wünsche das es auch das rechte seyn möge, so gantz wie das Muster war in allen Tuch laden keins. Der Confect kommt nach. Unser neuer Herr ist dir längst bekandt ein liebreicher Menschenfreund – Gott! Erhalte Ihn lange.

Einquartirung haben wir freilich noch – aber sehr wenig – wer über die See gefahren ist, fürchtet sich vor dem Main nicht u. s. w. Deinem Lieben Weibgen dancke vor den lieben Brief den Sie mir geschrieben hat – Ihr schönes – heroisches – haußhälterisches Betragen hat mein Hertz erfreut – Gott! Erhalte Ihren frohen Muth – Ein fröliges Hertz, ist ein täglich Wohlleben, sagt Sirach. Ein mehreres auf ein andermahl. Glückliche – vergnügte Feyertage – Ein gesegnetes Neues Jahr – bleibet mir so wie im alten – und ich bin

Eure treue Mutter und Großmutter

Goethe.

längst bekandt: Goethe kannte den Fürstprimas von Dalberg aus Erfurt, wo dieser von 1772 bis 1787 erzbischöflich-kurmainzischer Statthalter war.

heroisches . . . Betragen: Siehe Anm. zu *Errettung*, Brief Nr. 181.

Sirach: Buch Jesus Sirach 30, 23: »Denn ein fröhlich Herz ist des Menschen Leben, und seine Freude ist sein langes Leben.«

185

den 7ten Aprill 1807

Lieber Sohn!

Da deine Liebe Frau gleich nach erhaltung deines Lieben Briefes mit zwey guten Freunden nach dem Willhelms Baad gefahren ist, und erst diesen Abend wieder komt; so hat Sie mich ersucht dir folgendes zu berichten, daß Sie Sontags den 12. Aprill Vormittags in Erfurth im Römischen Kaiser ankomen wird – Was Ihr daraus vor Euers Thun und machens etwa thun wolt – könt Ihr nun betreiben – Gerne schriebe ich mehr aber es ist keine einzige Feder im Hauße die etwas taugt – Bey uns herrscht eine herrliche Schreiberey das wißt Ihr ja von je Gelobet sey die Crespel und die Salome. Vielen Danck vor deinen Lieben Brief, er kam grade einen Augenblick vor dem Einsteigen – also sehr zu rechter Zeit. Mit der Miserabelen Feder schreibe nur noch daß ich bin

deine treue Mutter
Goethe.

186

Freytag d 17ten Aprill 1807

Lieber Sohn!

Dein Brief welcher die glückliche Ankunft meiner Lieben, Lieben Tochter mir verküntigte hat mir Hertz und Ange-

deine Liebe Frau: Christiane war am 23. März zum Besuch der Frau Rat nach Frankfurt abgereist, blieb die Messe über und kehrte am 12. April nach Weimar zurück.

deines Lieben Briefes: vom 30. März 1807, darin zu Beginn: »Daß uns die liebe gute Mutter noch als Genien in Worten und Werken erkennt, freut mich recht sehr. Es ist mehr als jemals nötig, genialisch zu sein, wenn man nur einigermaßen leben und sich des Lebens erfreuen will ... Auf die Erzählung des Vergangenen freue ich mich.«

das wißt ... Salome: Das offenbar spielerisch niedergeschriebene Verspaar stammt aus einem Wallfahrtslied »Der Binschgauer Bußgang«, enthalten in der »Sammlung Deutscher Volkslieder«, Berlin 1807, hrsg. von Johann Gustav Büsching und Friedrich Heinrich von der Hagen. Es heißt dort: »Juch Juchhe! Kyri Kyrie! / Gelobet sei die Krispel und die Salome!«

sicht frölich gemacht – Ja wir waren sehr vergnügt und glücklich beyeinander! Du kanst Gott dancken! So ein Liebes – herrliches unverdorbenes Gottes Geschöpf findet mann sehr selten – wie beruhigt bin ich jetzt |: da ich Sie genau kenne: | über *alles* was dich angeht – und was mir unaussprechlich wohl that, war, daß alle Menschen – alle meine Bekandten Sie liebten – es war eine solche Hertzlichkeit unter ihnen – die nach 10Jähriger Bekandtschaft nicht inniger hätte seyn können – mit einem Wort es war ein glücklicher Gedancke Sich mir und allen meinen Freunden zu zeigen *alle* vereinigen sich mit mir dich glücklich zu preißen – und wünschen Euch Leben – Gesundheit – und alles gute was Euch vergnügt und froh machen kan Amen. Die Schriefen werden mit Jubel empfangen werden – den 1ten Band kriege ich nun einmahl nicht satt! die 3 Reuter die unter dem Bett hervorkommen, die sehe ich leibhaftig – die Braut von Corindt – die Bajadere – Tagelang – Nächte lang stand mein Schief befrachtet – der Zauberlehrling – der Rattenfänger u alle andre das macht mich unaussprechlich glücklich – meinen besten Danck davor. Meine Liebe Tochter wird eine Freude haben über das Kleid das die Stocks verfertig haben – ein Kaufmann überbringts Ihr. Die Meße war nicht gantz schlecht – verschiedne Waren gingen starck ab – müßen froh seyn daß die Sache noch so ist. Sonst ist alles still – unser Fürst kommt im May – Einquartirung haben wir wegen der Durchmärsche fast täglich – mann wird aber alles gewohnt – und macht sich nicht mehr draus. Grüße meine Liebe Tochter hertzlich, und dancke Ihr nochmals vor das Vergnügen das Sie mir und meinen Freunden ge-

Die Schriefen: »Goethe's Werke«, 12 Bände, Tübingen: Cotta 1806 bis 1810.
die 3 Reuter: aus dem »Hochzeitlied« (1802): »Da kommen drei Reiter, sie reiten hervor, / Die unter dem Bette gehalten.«
die Bajadere: »Der Gott und die Bajadere«, Indische Legende (1797).
Tagelang . . .: »Lange Tag' und Nächte stand mein Schiff befrachtet« – Beginn des Gedichtes »Seefahrt« (1776), das Goethes Vater so geliebt und sich eigenhändig abgeschrieben hatte.
unser Fürst: Fürstprimas Carl von Dalberg.

währt hat – auch den Lieben Augst grüße auf freundlichste – Lebe wohl! Behaltet lieb

Eure
Euch sambt u sonders liebende
Mutter und Großmutter
Goethe.

187

den 2ten May 1807

Lieber Sohn!

Der Todes fall von unserer Lieben Herzogin hat mich ungemein gerührt! die schönen Andencken die ich noch von Ihr habe sind mir jetzt doppelt theuer und werth – seit vielen Jahren sind wir |: wie das so im Menschlichen Leben öffters geht: | von einander abgekommen aber nie ist die freundliche Erinnerung der Vorzeit aus meinem Gedächnüß erloschen – besonders die Freuden tage im Rothen Hauß. Ich und alle die Sie kanten seegnen Ihre Asche – und Ihre Wercke folgen Ihr nach. Das feierliche Andencken an die Verewigte das du die Güte hattest mir zu schicken ist vortreflich und hat mir und allen denen denen ich es mittheilte auserordentlich gefallen – besonders der Schluß – welcher der guten Syndicus Schlosser ein Troppen Balsam in die Ihre geschlagne Wunde war – Sie hat Ihren einzigen Sohn in der Blüte des Lebens mitten im thätigen Lauf seines Berufs als Medicus und Obergirurg in Konigberg am Nerven Fieber verlohren 22 Jahr

Der Todes fall . . .: Herzoginmutter Anna Amalia war am 10. April gestorben. Am 30. März hatte Goethe noch an Christiane geschrieben, »daß der Frau Herzogin Mutter Durchlaucht drei bis vier Tage bedeutend krank waren. Nun aber hat sichs wieder gegeben und baldige Herstellung ist zu hoffen.«
im Rothen Hauß: Gasthof auf der Zeil in Frankfurt, wo die Herzogin 1778 auf ihrer Reise nach Düsseldorf und Ems wohnte.
Andencken: Goethes Grabrede »Zum feyerlichen Andencken der Durchlauchtigsten Fürstin und Frau Anna Amalia, verwittweten Herzogin zu Sachsen-Weimar und Eisenach« (1807).
Syndicus Schlosser: Johanna Schlosser, geb. Fahlmer.
einzigen Sohn: Eduard Schlosser war am 26. März gestorben.

war sein kurtzes aber Musterhaftes hirseyn – Sie grüßt dich hertzlich – danck vor deine Wercke die Ihr und Ihrer Tochter viel Vergnügen gewären – daß Sie nicht selbst schreibt und danckt – wirst du Ihr gewiß unter diesen Umständen verzeihen. Fortunatus soll ehestens erscheinen – Bey dem Einkauf der Volckmährgen gabe es einen Spaß den ich dir doch mittheilen muß: Doctor Schlosser der mein Literaischer Trippscher ist sagte dem Buchhändler – Sie bilden sich wohl nicht ein vor wen diese Bücher sind – vor den berühmten Goethe – Bewahre sagte der Mann erschrocken – Goethe wird mir die Bücher doch nicht persifliren das wäre mir ein großer Verlust! – Im Gegentheil Er hat sie sich vor sein Vergnügen gekauft – nun ärgerte den Mann doch noch daß er nicht vor dem Verkauf den Käufer gewußt hatte – so wohlfeil hätte Er sie nicht bekommen sagte er bitter böße. Meine Liebe – Brave gute Tochter grüße hertzlich und sage Ihr, daß die Bouteillien vor das einzumachende Obst erscheinen werden – Ferner, daß ich was prächtiges vor kommenden Winter zu einem Überzug über Ihren Peltz mir aus gedacht habe. Alle Freunde grüßen – das hirseyn meiner Lieben Tochter ist bey *allen* noch in Liebevollem Andencken besonders aber bey

Eurer treuen Mutter u Großmutter
Goethe.

N.S. Viele hertzliche Grüße an den Lieben Augst.

188

Samstag d 16ten May 1807

Liebe Tochter!
Noch vor den Pfings Feyertagen muß ich Ihnen vor Ihren lieben Brief dancken – das Wohlbefinden von Ihnen hat meinem Hertzen wohlgethan – und trägt dazu dabey die

Fortunatus: das weitverbreitete Volksbuch »Fortunatus' Glückssäckel und Wunschhütlein«. Zuerst: Augsburg 1509.
Doctor Schlosser: Johann Friedrich Heinrich Schlosser.
Trippscher: von tribschen: betreiben, besorgen.

Festtage frohl und freudig zu zubringen – Da Sie nun in etwas mit meiner Lage bekandt sind; so will ich Ihnen meine Festtags Pläsirs hererzählen: den 1ten besuche ich meine Lieben von Fleischbein, da bin ich immer sehr gern – den 2ten wird im Schauspiel die Jungfrau von Orleang gegeben – auf die großen Veränderungen die damit haben vorgehen müßen bin ich sehr neugirig – den 3ten weiß ich noch nichts bestimmtes – villeicht gehe ich zu Stocks in Garten – den 4ten bey Senator Steitz in seinem Garten denn die Armen und Wäisen kinder haben da ihr großes Fest – werden auf der sogenandten Pfingst weide öffentlich gespeißt – und in oben benandten Garten – kan man die fühle von Menschen und Kuschen recht in Augenschein nehmen. Nach den Feyertagen gibt unser Fürst Primas Franckfurths Bürgern ein hir noch nicht gesehnes Specktackel – schon an dem heutigen Tag ist keine Kusche – kein Pferd mehr zu haben – Der Liebe Fürst scheint seine Franckfurther gut zu kennen – Leichsinn und gutes Hertz ist ihr Wahlspruch – Aber alles was wahr ist – die gantze Woche sind sie fleisig – Sontag und die Lieben feyertage ein Täntzgen u. s. w. und alles ist gut. Villeich habt Ihr von so einem Fest eine beßre Einsicht wie ich – darum schicke ich Euch beyliegendes gedrucktes Blat. Jetzt wäre es von uns genung geschwatzt. Nun von Ihnen Liebe Tochter! Sie sind bey Ihrer Nachhauße kunft recht in Thätigkeit gesetzt worden – da ich aber nun das Vergnügen habe Ihnen genauer zu kennen – durch die Kriegs trublen die Sie so meisterhaft bestanden haben in meinem Glauben an Ihnen gestärckt und befestigt; so haben meine Sorgen um alles was in Ihrem Wirckungs[kreise] liegt – von oben biß gantz herunter ein Ende. Das alles hat die nähre Bekandschaft mit Ihnen Bewerckscheligt – Gott erhalte und seegne Ihnen vor alle Ihre Liebe und Treue. Vor den Lieben Brief den mein Sohn an die Frau Stock geschrieben dancke recht sehr – er wird wie ein heiligthum bewahrt und allen

öffentlich gespeißt: ein von 1733 bis etwa 1840 geübter Brauch, der zahllose Neugierige anzog.
Specktackel: Am 21. Mai begann ein einwöchiges Schützenfest.

guten Freunden vorgeleßen. Da hat den doch die kleine Brentano ihren Willen gehabt, und Goethe gesehen – ich glaube im gegen gesetzten Fall wäre sie Toll geworden – denn so was ist mir noch nicht vorgekommen – sie wolte als Knabe sich verkleiden, zu Fuß nach Weimar laufen – vorigen Winter hatte ich ofte eine rechte Angst über das Mägchen – dem Himmel sey Danck daß sie endlich auf eine musterhafte art ihren Willen gehabt hat. Sie ist noch nicht wieder hir, ist noch so viel ich weiß in Cassel – so bald sie kommt solt Ihr alles was sie sagt erfahren. Die Stocks freuen sich, daß Ihnen das Kleid wohlgefält – das gantze Hauß grüßt und danckt nochmahl vor den Brief – die Obst Bouteillen werden gepackt – und suchen nach den Feyertagen einen Fuhrmann – mein Finantz Minister Nicolaus Schmidt wird es bestens besorgen. Eine neue Probe Ihrer Erfindsamkeit im sparen ist, daß Sie den alten schwartzen Lappen haben noch benutzen können. Hirbey kommt auch die Wundergeschichte des Fortunatus – ich habe mir die Geschichte zu sammen gezogen, alles überflüßige weggeschnitten und ein gantz artiges Mährgen draus geformirt. Ja Liebe Tochter! der verwünschte Catar und Schnupfen hat Ihnen mein Briliantes Talent Mährgen zu erzählen vorenthalten – Bücher schreiben? Nein das kan ich nicht aber war andre geschrieben zu Erzählen – da suche ich meinen Meister!!!

Diesem langen wohlstilisirten Brief |: wozu ich schon die zweyte Feder genommen habe :| müßen Sie doch verschiedenes Ansehn – Erstlich daß Doctor Melber die Sache wieder in Ordnung gebracht und durch seine Kunst die Urgroß-

Brentano: Bettina Brentano, Tochter von Goethes Jugendfreundin Maximiliane von La Roche, später Gattin des Romantikers Achim von Arnim, war mit der Frau Rat in deren letzten Lebensjahren sehr eng befreundet.
Goethe gesehen: Am 23. April 1807 war Bettina – tatsächlich in Knabenkleidern – in Weimar angekommen.
in Cassel: bei ihrem Schwager, dem Bankier Johann Heinrich Jordis.
Fortunatus: Vgl. Anm. zum vorhergehenden Brief.
Melber: Georg David Melber, Dr. med., elftes Kind von Goethes »lustiger Tante« Johanna Maria Melber, geb. Textor.

mutter wieder gut geflickt hat – zweytens, daß da ich mir den Taback wieder habe angewöhnen müßen – derselbe seine Würckung besonders im fließenstiel vortreflich thut – ohne ein prißgen Taback waren meine Briefe wie Stroh – wie Frachtbriefe – aber Jetz! das geht wie geschmirt – das Gleichnüß ist nicht sonderlich hübsch aber es fält mir gerade kein anders ein – Leben Sie wohl Liebe Tochter! Grüßen Sie Ihren Lieben Mann – die Lieben Augst und behalten lieb

Ihre
Sie hertzlich liebende Mutter
Goethe.

N.S. Daß das Bustawiren und gerade Schreiben nicht zu meinen sonstigen Talenten gehört – müßt Ihr verzeihen – der Fehler lage am Schulmeister.

189

den 19ten May 1807

Liebe Tochter!
Ich thue durch gegenwärtiges eine kleine Bitte an Ihnen: Demoiselle Polecks von Langensaltza eine Nichte des Geheimdten Raths Schmidt kommt mit Ihrem Bräutigam zum Besuch nach Weimar – nun ist diese Demoiselle eine Schwester Tochter von meinem sehr guten Freund Nicolaus Schmidt – diese will nun Ihre, nicht sowohl meines Sohnes sondern wie gesagt Ihre Bekandtschaft machen – nun weiß ich zwar gar wohl, daß Sie Liebe Tochter die Freundlich und Gefelligkeit selbst sind – aber ich bin überzeugt – daß Sie es in doppeltem grade sind, wenn ich Ihnen darum ersuche – nehmen Sie demnach ihren Besuch gütig an, erzählen ihr, wie ihr Franckfurther Onckel Nicolaus Schmidt ein sehr guter

im fließenstiel: in fließendem Stil.
Polecks: Tochter von Christoph Ernst Polex.
Schmidt: Johann Christoph Schmidt, Vetter und Freund Klopstocks, Bruder von Marie Sophie Schmidt, der »göttlichen Fanny« in Klopstocks Oden; als Legationsrat Mitglied des »Geheimen Conseils«.

Freund von mir wäre – wie ich immer mit Loben von ihm spreche u. d. m. Das ist alles was ich mir von Ihnen Liebe Tochter erbitte. Hirbey kommn ein Briefelein von der kleinen Brentano – hiraus ist zu sehet daß Sie noch in frembten Landen sich herum treibt – auch beweißen die Ausdrücke ihres Schreibens – mehr wie ein Alvabeth wie es ihr bey Euch gefallen hat – auf ihre Mündliche Relation verlangt mich erstaunlich – wenn sie nur die allerkürtze Zeit bey Euch war; so weiß ich zuverläßig daß kein ander Wort von ihr zu hören ist als von Goethe – Alles was Er geschrieben hat, jede Zeile ist ihr ein Meister werck – besonders Egmont – dagegen sind alle Trauerspiele die je geschrieben worden – nichts – gar nichts – weil sie nun freylich viele Eigenheiten hat; so beurteilt man sie wie das gantz nathürlich ist gantz falsch – sie hat hir im eigentlichen Verstand niemand wie mich – alle Tage die an Himmel kommen ist sie bey mir das ist ihre beynahe einzige Freude – da muß ich ihr nun erzählen – von meinem Sohn – als dann Mährgen – da behaubtete sie denn; so erzähle kein Mensch u. s. w. Auch macht sie mir von Zeit zu Zeit kleine Geschencke – läßt mir zum Heiligen Christ bescheren – am ersten Pfingstfest schickte sie mir mit der Post 2 Schachtelen – mit 2 Süperben Blumen auf Hauben so wie ich sie trage – und eine prachtige portzelänerne Schocolade Taße weiß und gold. Jetzt einen großen Sprung von Betinen zu den gläßern Obst flaschen – die kommen auf anrathen von Herrn Nicolaus Schmidt ohn Franckkirt – bezahlt ich die Fracht – welches sonst bey mir immer gewohnlich ist; so mögte es gehen wie es einmahl mit dem Kistegen gegangen ist – das 1/2 Jahr in der Ire herum fuhr – weil es bezahlt – und der Fuhrmann deßhalb auf den

Briefelein: wahrscheinlich jene erste Nachricht Bettinas (vom 5. Mai 1807) von ihrem Besuch bei Goethe: »Den Wolfgang hab ich endlich gesehen; aber ach, was hilft's? Mein Herz ist geschwellt wie das volle Segel eines Schiffs, das fest vom Anker gehalten ist am fremden Boden und doch so gern ins Vaterland zurückmöchte.« Darauf die Frau Rat: »Was hab ich von Deinem geankerten Schiff? da weiß ich soviel wie nichts. Schreib doch, was passiert ist.«
Alvabeth: ein 25 Bogen (= ein Alphabet) starkes Buch.

Fracht brief nicht achtete und ihn verlohr. Gott befohlen! Grüßen Sie Mann u Sohn von

Ihrer
treuen Mutter Goethe.

190

den 9ten Juli 1807

Liebe Tochter!
Mit dem heutigen dato ist Fuhrmann Valentin Fräbel von Schmalkalden mit 50 Bouteillien Spaawasser nach Weimar abgegangen: mein Sohn hat mir von Karls baad aus den Auftrag gegeben Ihm Spaawasser zur Nach Cur zu überschicken welches ich hirmit gethan habe – Gott seegne das Carls baad und das Spaawasser! Jetzt eine Frage? schon lange habe ich Ihnen Liebe Tochter 36 Bouteillien vor Obst einzumachen überschickt – da ich nun nicht das minsteste ob sie glücklich angekommen sind vernommen habe; so ersuche Ihnen mir solches mit ein paar Worten zu berichten – auch bitte bitte wenn das Spaawasser ankommt nur weiter nicht als ebenermaßen ein paar Worte davon zu melden, ich weiß, daß Sie Liebe Tochter! Sehr viel Geschäffte haben aber Augst soll so gute seyn und folgende Zeilen an mich schreiben: Liebe Großmutter! die Obst Bouteillien sind glücklich angekommen Lebe wohl. So soll Er es auch machen wenn das Spaawasser anlangt – Ich verlange keinen langen Brief – aber um aus der Ungewißheit zu kommen – nur obige paar Worte – ich bin überzeugt Augst thut mirs zu Liebe. Schlosser ist glücklich angelangt – und kan nicht genung rühmen und preißen wie gut und herrlich es Ihm bey Euch ergangen ist. Noch eins – das Spaawasser kommt gantz Franco zu Euch. Lebt wohl! Und gedenckt meiner im besten.

Eure treue Mutter
Goethe.

Spaawasser: Wasser aus Spa, Badeort in der belgischen Provinz Lüttich, Modebad Europas im 18. und 19. Jh.
Schlosser: Johann Friedrich Heinrich Schlosser.

N.S. Inliegenden Brief geben Sie meinem Sohn bey seiner Zurückkunft – ich hoffe er wird Ihn freuen.

[An Goethe]

Eine Rezention aus den Theoloigen Annalen über die Bekentnüße einer schönen Seele im 3ten Band von Göthens Wercken.

Dieses in das Fach der religiösen Schrieften einschlagende Kunstwerck, ein mit Liebe gearbeitetes Meisterstück unsers größten Dichers, der Klarheit mit Tiefe, Einfalt mit Erhabenheit wunderbahr verbindet, – wird zugleich mit Iphigenie von Tauris und mit den Leiden des Jungen Werthers, in den Tempel der Unsterblichkeit eingehn. Villeicht ist es nicht allgemein bekandt, daß der Verfaßer mit diesen Bekenntnüßen einer schon seit länger als 30 Jahren zu Franckfurth am Main entschlafenen Freundin seiner noch lebenden Frau Mutter, einer Freulein von Klettenberg, die Er wie eine Mutter verehrte, und die Ihn wie einen Sohn liebte, ein beyder Theile würdiges *Unvergängliches* Denckmahl gesetzt hat.

Je öffter man diese geistreiche Bekentnüße liest, um somehr bewundert man sie, und der Verfasser dieser kurtzen Anzeige wird sich, so lange ein Odem in ihm ist, jedes der hohen Achtung, die einem solchem mit Gottes Finger als einzig bezeichnetem Geiste gebührt, zu nahe tretenden Urtheils über andere Theile seiner Schriften enthalten, welche villeicht eines solchen Geistes nicht gantz würdig gefunden werden mögen.

Auf der andern seite steht meine Rezention. Psalm 1 – Vers 3 – auch seine Blätter verwelcken nicht.
Das ist der Lieben Klettenbergern wohl nicht im Traume eingefallen – daß nach so langer Zeit Ihr Andencken noch grünen – blühen und Seegen den nachkommenden Geschlechtern b[r]ingen würde. Du mein Lieber Sohn! warst von der Vorsehung bestimt – zur Erhaltung und Verbreitung dieser

Inliegenden Brief: die folgende Rezension.
Theoloigen Annalen: »Neue Theologische Annalen«, hrsg. von Ludwig Wachler, Stück 19, Marburg 1807.
verwelcken nicht: Psalm 1, 3: »Der ist wie ein Baum, gepflanzt an den Wasserbächen, der seine Frucht bringt zu seiner Zeit, und seine Blätter verwelken nicht; und was er macht, das gerät wohl.«

unverwelcklichen Blätter – Gottes Seegen und Tausend Dank davor! und da aus dieser Geschichte deutlich erhelt – daß kein gutes Saamen korn verlohren geht – sondern seine Frucht bringt zu seiner Zeit; so laßt uns gutes thun – und nicht müde werden – den die Ernte wird mit vollen Scheuern belohnen.

191

den 17ten Augst 1807

Liebe Tochter!

Gott seegne meinen Lieben Sohn vor die Freude die Er mir an dem heutigen Tag gemacht hat!!! Herr Städel brachte mir einen Brief vom 20ten Julius von Carls baad – dieser Brave Mann, erzählte mir so viel gutes und schönes von meinem Sohn – von seiner Gesundheit, gutem Aussehn daß ich mich von Hertzen freute – und Gott Lob und Danck sagte, auch das Carls baad von gantzer Seele liebgewan – Aber die Ließel!! die war vor Freude halb närisch wegen denen vortreflichen Spitzen – danck Tausenden mahl und wünscht nur Gelegenheit zu haben ihren Danck recht aus brechen und aus laßen zu können – dazu könte sie kommen, sagte ich, wenn nehmlich jemand von Weimar – Sohn, Tochter – Enckel hieher kämen – dann solte sie recht thätig seyn, und alle ihre Kräfte zur guten Bewirthung anwenden – welches sie dann auch nicht ermanglen wird – es ist wahr, die Spitzen sind vortreflich – Haben Sie die Güte, und dancken meinem Sohn in meinem und in der Ließel nahmen. Da Herr Städel noch eine Thur hie und dahin machte; so brachte Er mir am

laßt uns . . .: Gal. 6, 9: »Lasset uns aber Gutes tun und nicht müde werden; denn zu seiner Zeit werden wir auch ernten ohne Aufhören.«
Städel: Johann Friedrich Städel, Kaufmann und Bankier in Frankfurt; bestimmte sein Vermögen und seine Kunstsammlungen zur Errichtung eines Kunstinstitutes, das zugleich Galerie und Akademie (mit kostenlosem Unterricht für Frankfurter Bürger) sein sollte.
Carls baad: Goethes Karlsbader Aufenthalt dauerte vom 28. Mai bis 7. September 1807.
Ließel: Elisabeth Hoch.

16ten Augst erst meines Sohnes Brief – mein Sohn erinnert mich an das Spaa wasser, das nun schon lange bey Euch ist – Gott! Seegne die Nachcur! Jetzt ein Wort mit Ihnen Liebe Tochter! Ihr letzter Brief aus Lauchstätt hat mir gar nicht behagt, Sie schreiben daß seit der Zeit Ihrer Abreiße von hir ein immerwährender Catar Sie incomodire, machen Sie mit Husten und Catar keinen Spaß – ich habe Doctor Melbert gefragt – Er hoft die warme Witterung soll alles wieder gut machen – wenn die Wärme die Genesung vor Ihr Übel ist; so müßen Sie Radicaliter Curirt seyn – denn seit 1748 habe ich so keinen anhaltenten Sonnenschein; so keine Hitze zum Ersticken erlebt wie dieses Jahr. Noch einmahl machen Sie keinen Spaß – Schreiben Sie mir so bald Sie wieder in Weimar sind – ehrlich – redlich und aufrichtig Ihr befinden – der Husten muß weg – ehnder habe ich keine Ruhe – ein großer Artz den nahmen habe ich vergeßen sagt: Es starben mehr Menschen am Cathar als an der Pest – folgen Sie mir, fragen Sie Ihren Artz um Rath und geben mir Nachricht von Ihrem Wohlbefinden – das wird mir einen Freudenreichen Tag machen – ich glaube noch imer die Verkältung in dem verwünschten Willhelms baad – war Schuld – Nun wenn Ihr meine Lieben wiederum beysamen seid; so hoffe ich gute Nachrichten von Euch zu hören das gebe Gott Amen. Jetzt noch ein paar Worte von der Ließel – sie hat mich sehr gebethen ihren Unerthänigen Respeckt an die Frau Geheimde Räthin – und den besten Gruß an Jungfer Caroligen mit Bitte sich ihrer zuweilen zu erinnern, und sie lieb und in gutem Andencken zu behalten. Leben Sie wohl! Liebe Tochter! Beklücken mich bald mit guten Nachrichten – grüßen den Lieben Augst und glauben, daß ich bin und seyn werde

Meinen Lieben
treue Mutter
Goethe.

Caroligen: Caroline Ulrich, Gesellschafterin Christianes und Goethes sog. »Nebengeschöpf«, heiratete später Riemer.

192

den 8ten September 1807

Lieber Sohn!

Dein Aufenthalt in Carls baad hat mir große Freude und manches Vergnügen gewärt – denn ich hörte lauter gutes und schönes von dir – Herr Städel kam mit großem Jubel – brachte mir liebe Nachrichten – und ich hatte einen frohen Tag – Aber die Lisel! daß die vor Freude nicht närrisch wurde war ein großes Wunder – die Spitzen sind ganz herrlich – und daß du sie gekauft hast, daß ein Mann wie du an sie gedacht hat – das verwirlwete sie so, daß der Wahnsinn nicht weit entfernt war |: denn Stoltz ist ihre Hauptleidenschaft :| Wie kan ich das je vergelten? – Das will ich ihr sagen – wenn jemand von Weimar her kommt – Sohn – Tochter, oder Enckel dann mache sie ihre Sachen so brav wie bey der Frau Geheimde rathin – das ist das beste womit sie sich danckbahr beweißen kan – auch ich dancke dir vor das schöne Geschenck – und habe schon an deine Liebe Frau geschrieben – und meinen Danck mit der Liessel ihrem vereingigt. Deine Liebe Frau hat mir auch bey Ihrer Ankunft in Weimar einen gar lieben Brief geschrieben. Das Spaa wasser hatte sogleich besorgt – Gott! Seegne die Nach Cur! Den Brief an Herrn Milius habe sogleich bestelt. Jetzt habe alles fein und richtig beantwortet – nun Franckfurther Neuigkeiten. Vergangenes Jahr war Frau Syndicus 4 Monath in München bey Ihrem alten Freund Fritz Jacobi – ein gewißer Profeßer Breyer wurde von Landshut nach München an die neue Academi – |: wo Fritz Jacobi Semmering und andre sich schon befanden :| berufen – Frau Syndicus Ihre Tochter Hennriette und oben benanter Breyer Logirten sampt und

verwirlwete: offenbar eine Kontraktion von ›verwirrte‹ und ›verwirbelte‹; in der Frankfurter Mundart wird ›b‹ häufig wie ›w‹ ausgesprochen. Vgl. im Brief Nr. 181 *Wirrwel.*

Milius: Heinrich Mylius, Frankfurter Kaufmann und Mäzen, später in Mailand; seit 1799 mit Friederike Christiane Schnauß aus Weimar verheiratet.

Frau Syndicus: Johanna Schlosser, geb. Fahlmer.

Breyer: Carl Wilhelm Friedrich Breyer, Historiker.

sonders bey Fritz Jacobi – Breyer dem gefiehl das Mägchen Er trug Ihr seine Hand an, und wurde —— abgewißen – Sch[l]ossers kamen im Herbst hieher zurück – und die Sache war bendigt. Im Mertz dieses Jahr, hatte die gute Schlossern das große Unglück ihren Sohn an einem Nerfenfieber das Er sich in den Preusischen Spietälern in Konigsberg zugezogen hatte zu verliehren – da Sie mit Ihrer Tochter allein war und beide äußers niedergeschlagen; so wurde beschlossen Lotte Jacobi von München hieher kommen zu laßen um eine kleine Diversion zu machen: Sie kam – unter allerhand Gesprächen und gespräsel kam auch Profeßer Breyer wieder aufs Tapet Tante Lotte wußte so viele gute Eigenschaften; so viele edle Thaten von Ihm zu erzählen daß Hennriette in einem Anfall |: Gott mag wißen wie und aus was Grund :| Ihm in einem Brief Hand und Hertz anbot – Ihn einlude herzukommen u. s. w. Mittlerweile war man beschäfftigt alles nach München zu schaffen – Ihre Wohnung küngigte Sie auf – Tag und Nacht wurde gepact – Ballen auf Ballen gingen nach München, die Betten wurden eingepact ich liehe Ihnen ober und unter Betten – die Kupperstiche wurden abgenommen – lehre Wände – lehre Stuben – es sahe aus wie in der Zerstöhrung Jerusamen – Nun kommt der Herr Profeßer Breyer als Bräutigam – Er macht mir wie billig eine Visitte – ich finde an Ihm einen artigen Mann – Er hat in Jena studirt – erzählte viel von dir und wie ich schon gesagt habe Er gefiel mir – das war Donnerstag, ich sahe Ihn Abend im Schauspiel – den andern Tag also Freytags – kommt um Mittag der älteste Doctor Schlosser – sagt mir mit verstöhrtem Gesicht Hennriete nähme Breyer nicht, die ehemahlige Abneigung wäre bey seiner Erscheinung wieder aufgewacht – hätte seinen Abschied – und ging den Augen-

(Zu S. 264.) *Hennriette:* Henriette Schlosser.
Sohn: Eduard Schlosser.
Lotte Jacobi: Charlotte Jacobi, Halbschwester von Georg und Fritz Jacobi.
Diversion: Ablenkung.
Doctor Schlosser: Johann Friedrich Heinrich Schlosser, Vetter von Henriette Schlosser.

blick nach München zurück. Der krim der Jacobi einen braven Mann so zu beschimpfen – das Geträsche in Franckfurth – das fragen wie u warum das mahle dir selbst aus – nun gings an ein Logi suchen – Kisten und Kasten musten zurück u. d. mehr die Frau Syndicus bleibt also vor der Hand hir. Ist das nicht eine drollige Geschichte?? Ich vor meine Persohn schreibe nun alle Narrheiten die sich in kurtzer Zeit hir gehäuft haben der erstaunlichen Hitze zu, in Rom sind 60 Menschen Närrisch worden – so arg ists nun freylich bey uns nicht – aber auch Rom und Franckfurth!!! Der Herr Geheimde Rath von Gerning hat einen Geistigen Umgang mit einer empfindsamen wittwe – verspricht sich mit ihr – wird in der Kirche dem Gebrauch nach aufgeboten – wird aber so offte das Wort Coupolation ausgesprochen wird ohnmächtig – sie scheiden in Pace von einander u. s. w. Demoiselle Busmann Enckelin von Frau Bethmann Schaff hat einen Bräutigam – soll nur noch etwas warten läßt sich aber von Clements Brentano entführen – die Hitze ist gantz einlein Schuld – denn wenn es schlechte Menschen wären ja da wäre es ein anders anders – aber es sind allezusammen edle Seelen die schwatzen von Grundsätzen – Pflichten – Moralischen Ausübungen der Pflichten gegen Eltern Verwanden u. s. w. Da lobe ich mir das Stockische Hauß da lieben die Eltern die Kinder – die Kinder die Eltern da ist einem so wohl alles was in dem Circkel lebt freut sich des Lebens – Was habe ich diesen Sommer wieder vor vergnügte Tage mit Ihnen in Ihrem Garten verlebt – da habe ich Mährgen erzählen müßen |: denn unter uns :| das ist meine Briliante Seite – da wurde von dir gesprochen – von deiner Lieben Frau – von allem was das Hertz froh und das Angesicht frölig machte – alles ohne Chrien und Brühen. Die gu-

wittwe: Susanna Magdalena Soldan.
Busmann: Augusta Busmann, Frankfurter Bankierstochter, seit dem 21. August 1807 zweite Frau Clemens Brentanos.
Bethmann Schaff: Catharina Margaretha von Bethmann, geb. Schaaf, Mutter von Simon Moritz von Bethmann.
Chrien: Abhandlungen.

ten Königsberger haben eben erfahren was Ihr leider auch erfahren habt enorme Einquartirung – Nicolovius hat ohnweit Königsberg ein hübsches Landgut das wurde auch sehr mitgenomen Fourage – Pferde – Ochssen – was mit zu nehmen war mußte mit Er mußte aus seiner Wohnung in ein ander Hauß unters Tach in elende Kammern Er hat 6 Kinder 5 Knaben ein Mädelein, der älteste 10 Jahr alt lag kranck auf den Tod – der mußte mit in die Miserabele Wohnung – seine Frau wollten sie prüglen weil sie 12 Eyer verlangten und waren nur 2 im Hauß u. s. w. Louise ist aber gerade so ein braves Weib, wie Ihre Tante Goethe und hatte eben den Muth – die Hertzhaftigkeit und den Frohsinn. Nach einigen Tagen da Ordnung und Ruhe hergestelt waren – ging Sie mit Mann und Kinder ins Fränsoische Lager – Vergaß über der Ordnung – Schönheit – und der Exelenten Musick alle ausgestandene Leiden, bewiße dadurch daß Sie von mir abstammte und von meinem Blut war. Betine Brentano ist über die Erlaubnüß dir zuweilen ein plättgen zu schicken zu dörfen entzückt – antworten solt du nicht – das begere Sie nicht – dazu wäre Sie zu gering – belästigen wolle Sie dich auch nicht – nur sehr selten – ein Mann wie du hätte größeres zu thun als an Sie zu schreiben – Sie wolte die Augenblicke die der Nachwelt und der Ewigkeit gehörten nicht an sich reißen.

Jetz noch ein Wort an meine Liebe Tochter. Eestens werde Ihnen ein Kleid schicken das zu einem Überzug vor Ihren Peltzrock sehr schicklich ist – es ist beynahe noch neu sonst würde es nicht zu dem Zweck paßen – attlas und andere Sei-

Königsberger: Preußen und Rußland hatten auch nach ihrer Niederlage bei Jena und Auerstädt den Krieg gegen Frankreich weitergeführt. Napoleon konnte nach seinem Sieg über eine russische Armee bei Friedland am 16. Juni 1807 Königsberg besetzen.
Louise: Louise Nicolovius, geb. Schlosser, älteste Tochter Cornelias.
Tante Goethe: Christiane. Vgl. Anm. zu *Errettung*, Brief Nr. 181.
Erlaubnüß: Goethe am 10. Juni 1807 an Bettina: »Der Dichter ist manchmal so glücklich, das Ungereimte zu reimen, und so wäre es Ihnen zu gestatten liebes Kind, daß Sie ohne Rücksicht alles, was Sie der Art mitzuteilen haben, ihm zukommen ließen.«

den zeuge sind zu dünne und verschieben sich gleich – finden Sie es aber nicht nach Ihrem Geschmack so tragen Sie es als Kleid. Castanien sollen auch kommen dieses Jahr müßen sie prächtig seyn. Dißmahl habe ich aber geschrieben, daß mir die Finger wehe thun – und vor der Hand weiß ich auch weiter nicht als daß wir täglich noch Einquartirung haben.

Lieber Sohn – Liebe Tochter
Lieber Enckel Lebt wohl
diß wünsch von Hertzens Grund
Eure treue Mutter u Großmutter
Goethe.

193

den 6ten October 1807

Lieber Sohn!
Dein Brief der so ahnmuthig – lieblich und Hertzerquickend war machte mich froh und frölig! Da nahm ich nun sogleich die wohlgeschnitte Feder zu Hand und schriebe das was jetzt folgt. Spaa wasser kanst du haben; so viel du haben wilst – und so lang du es vor gut findest – die Adreße ist: An Frau Räthin Goethe – so offte du es also nöthig hast, so laße es michs wißen – es versteht sich daß du immer schreibst wenn du noch einen Vorath im Keller hast – denn man hat die Fuhrleute nicht immer gleich bey der Hand – an dem Wasser selbst fehlt es nie, Sommer und Winter ist es zu haben, es kommt schon gepackt aus Spaa wird nur wenn es verschickt wird verpicht – die größten Kisten halten 50 – die kleinsten 30 Bouteillien – es wird weit und breit verschickt. Nun hast du eine deutliche Beschreibung des dir so wohlthuenden Wassers. Gott! Seegne ferner den Gebrauch an *dir* und andern. Daß das überschickte Kleid noch zu so einem guten Endzweck gebraucht werden soll freut mich sehr. Fast täglich hat meine Lisse mit den herrlichen Spitzen noch einen Festtag – wer zu mir kommt muß sie sehen,

verpicht: verpecht, versiegelt.

am Freytag waren Stocks auf einen Thee und Rapuse Spielgen bey mir da kammen denn die Spitzen nathtürlich auch zum Vorschein, wurden bewundert – gelobt – und wer war glücklicher als Lisse! Herr Städel hat auch mit großem Jubel von dir gesprochen – und wird nicht müde das Carls baad zu loben – es hat Ihm aber auch gute Dinste gethan. Diese Meße war reich an – Profeßsoren!!! Da nun ein großer theil deines Ruhmes und Rufens auf mich zurück fält, und die Menschen sich einbilden ich hätte was zu dem großen Talendt beygetragen; so kommen sie denn um mich zu beschauen – da stelle ich denn mein Licht nicht unter den Scheffel sondern auf den Leuchter versichre zwar die Menschen daß ich zu dem was dich zum großen Mann und Tichter gemacht hat nicht das aller mindeste beygetragen hätte |: denn das Lob das mir nicht gebühret nehme ich nie an :| zudem weiß ich ja gar wohl wem das Lob und der Danck gebührt, denn zu deiner Bildung in Mutterleibe da alles schon im Keim in dich gelegt wurde dazu habe ich warlich nichts gethan – Villeicht ein Gran Hirn mehr oder weniger und du wärstes ein gantz ordinerer Mensch geworden und wo nichts drinnen ist da kan nichts raus kommen – da erziehe du das können alle Pilantopine in gantz Europia nicht geben – gute brauchbahre Menschen ja das laße ich gelten hir ist aber die Rede vom auserordendtlichen. Da hast du nun meine Liebe Frau Aja mit Fug und Recht Gott die Ehre gegeben wie das recht und billig ist, jetzt zu meinem Licht das auf dem Leuchter steht und denen Profeßern lieblich in die Augen scheint. Meine Gabe die mir Gott gegeben hast ist eine lebendige Darstellung aller Dinge die in mein Wißen einschlagen, großes und kleines, Wahrheit und Mährgen u. s. w. so wie ich in einen Circul komme wird alles heiter und froh weil ich erzähle. Also erzählte ich den Profeßsoren und sie gingen und gehen vergnügt weg – das ist das gantze Kunstück. Doch noch eins gehört dazu – ich mache immer ein

Rapuse: Rabouche, Kartenspiel.
Pilantopine: In Frankfurt war 1805 eine jüdische Schule gegründet und nach Basedows »Philanthropin« benannt worden.

freundlich Gesicht, das vergnügt die Leute und kostest kein Geld: sagte der Seelige Merck. Auf den Blocksberg verlange ich sehr – dieser Ausdruck war nichts nutz – man könte glauben ich wartete mit Schmertzen auf den 1ten May – also auf die Beschreibung deines Blocksberg warte ich; so wars beßer gesagt. Alle Freunde sollen gegrüßt werden. Obst die Hüll und die Füll, mein kleines Gärtgen hat reichlich getragen – zum Eßen wars zu viel zum Verkaufen zu wenig – da habe ich denn brav in Bouteillien eingemacht – Ich und Liesse Eßen daß uns die Backen weh thun.
Die kleine Brand hat ein gutes Angagement in Cassel erhalten. Mit unserm Theater gehts auch gut – in der Meße hatte es gute Einnahme, das ewige Regenwetter halfe mit dazu, die Frembten wußten sonst keinen Ausweg – das ist doch wieder ein gantz manierlicher Brief – Vor heute aber genung – Ich erwarte also Order wenn ich das Spaa wasser schicken soll. Meine Liebe Tochter – den Lieben Augst grüße hertzlich von

Eurer treuen Mutter u Großmutter
Goethe.

194

Dinstags d 27ten October 1807

Lieber Sohn!
Samstags d 24 October ist Fuhrmann Orbel mit den 30 Flaschen Spaa Wasser nach Weimar abgegangen du erhälts sie franck und frey – die Fracht ist bezahlt. Gott! Laße die Nach Cur ferner gesegnet seyn – du darft nur schreiben wenn du in Zukunft es benöthigt bist. Seit dem 24ten dieses haben wir hir ein prächtiges Schauspiel. Die Käyerlichen

Blocksberg: eigentlich des Brocken, des Ortes der Hexen und des Teufels. – Die Frau Rat wartete natürlich auf den »Faust«, dessen Ersten Teil Goethe im Jahre 1807 beenden konnte und 1808 im 8. Band seiner »Werke« gedruckt vorlegte.
1ten May: die Walpurgisnacht vom 30. April zum 1. Mai.
Brand: Caroline Brandt, Sängerin und Schauspielerin, spätere Gattin Carl Maria von Webers.

Garden gehen hirdurch nach Maintz in ihr Vaterland – d 24ten kamen 1821 Jäger zu Fuß – vorgestern 1767 Grenadir zu Fuß – Gestern hielten sie Revüe auf dem Roßmarck – heute kommen 2372 Füselirer Mittwoch 1091 Jäger zu Pferd – Donnerstag 657 Dragoner – und den 31ten 1051 Grenadir zu Pferde – Nein so was hat die Welt noch nie gesehn – alle wie aus einem Glas schranck kein schmützgen – kein Fleckgen – und die Prächdigte Musick – mir gehts wie dem Hund in der Fabel – abwehren kans ichs nicht – zerzaußen mag ich mich nicht laßen – gerade wie [der] Hund, ich —— Eße mit. Das ist verdollmescht – Ich freue mich des Lebens weil noch das Lämpchen glüht – suche keine Dornen – hasche die kleinen Freuden – sind die Thüren niedrig so bücke ich mich – kan ich den Stein aus dem Wege thun so thue ich ist er zu schwer, so gehe ich um ihn herum – und so finde ich alle Tage etwas das mich freut – und der Schluß stein – der glaube an Gott! der macht mein Hertz froh und mein Angesicht fröhlich – ich weiß daß es mir und den Meinen gut geht – und daß die Blätter nicht einmahl verwelcken, geschweige der Stamm. Heute ist uns starcke Einquartirung angekündigt worden, die oben genanden 2372 Mann – Sie sollen bey mir mit Schweinenbraten gelalirt werden u. s. w. Herr von Gerning läßt sich dir bestens empfehlen – und du wirst von Ihm gedörses Obst erhalten – die Kastanien sind noch nicht gut es sind mir aber sehr schöne versprochen – da solt Ihr Euren theil wohl erhalten. Heute wie gesagt gehts bunt bey uns zu der Brief muß also fertig seyn ehe die Gäste kommen – ich muß mich auftacklen um am Fenster den Wirrwar zu besehen. Lebt wohl! Grüße deine Lieben von Eurer

treuen Mutter und Großmutter
Goethe.

Käyerlichen Garden: Französische Soldaten, die nach dem Frieden von Tilsit (9. Juli 1807) zurückmarschierten.
Hund in der Fabel: nach Albert Köster aus Daniel Wilhelm Trillers »Neuen Fabeln«, Leipzig und Bremen 1752: Der Dieb und der Hund.
das Lämpchen glüht: Siehe Anm. zu *Freut euch . . .*, Brief Nr. 51.
gelalirt: regaliert (königlich bewirtet).

195

den 7ten November 1807

Liebe Tochter!

Gestern sind die Kastanien mit dem Postwagen zu Euch abgegangen – Wein und Kastanien sind das nicht geworden was alle Welt geglaubt und gehoft hat, der Regen bliebe zu lange aus – der September war schlecht – der October zwar sehr schön, er konte die Sache aber nicht mehr gut machen. Wollen zu frieden seyn, und Gott vor das dancken. Von Ihnen Liebe Tochter! Habe ja lange nicht gehört, daß Sie immer beschäfftig sind weiß ich gar wohl – denn so eine fleisige – thätige – Sorgliche Haußfrau gibts wenige – Sie sind aber auch überzeugt wie sehr ich Ihnen schätze und liebe – also weiß ich garwohl, daß zum Briefschreiben Ihnen wenig Zeit übrig bleibt – auch verlange ich es nicht – wenn ich nur zu weilen erfahre – daß Sie Liebe Tochter – und Mein Sohn – Augst mit eingeschloßen wohl und vergnügt sind daran genügt mir. Das Spaawasser ist hoffendlich glücklich angelangt? Wenn ich wieder schreibe soll der Brief länger gerathen – nur melde noch, daß ich gesund und vergnügt bin – und daß ich unter Hertzlicher Begrüßung bin

Ihre treue Mutter
Goethe.

196

den 21ten November 1807

Liebe Tochter!

Da die Christfeyertage heran nahen; so mögte gerne wißen mit was ich Euch meine Lieben eine kleine Freude machen könte – Augst soll dißmahl beßer bedint werden als vorm Jahr – mit Schrecken und Verdruß habe vernommen, daß das Tuch so Miserabel aus gefallen war, dem soll vorgebeugt werden – sachverständige sollen |: im fall es wieder etwas von Tuch seyn soll :| es besorgen – bitte was der Liebe Augst aus wählt – Ehlen maß und Farbe genau zu bestimmen. Vor Ihnen Liebe Tochter habe ich im Sinn ein Kleid das Sie zum

Staate tragen könnten – nur ersuche Ihnen mir Ihre Lieblings Farbe anzugeben – wenn mann keine große Gaderobe hat; so bin ich sehr vor ein Kleid portirt das mann Winter und Sommer tragen kan – deß wegen habe ich Ihnen noch nie etwas von Attlas geschickt – sollten Sie aber belieben darann haben; so melden Sie es nur – Ich erwarte demnach über obiges bald eine bestimte Antwort. Lange – lange habe ich von Euch Ihr Lieben nichts gehört – ich hoffe daß das Sprichwort bey Euch eintrift was lang wäret wird gut. Die Castanien werden nun auch glücklich angekommen seyn? Ich habe einen Interssanten Besuch gehabt – Humpoldt der große Reißende war bey mir, und hat sehr beklagt daß Er Nachts um 1 Uhr durch Weimar pasirt ist, und demnach meinen Sohn nicht hat sähen können. Es ist jetzt still und ruhig bey uns, indem wir keine Franschöische Garnison hir haben – wenn die Durchmärsche wieder angehn – wird es schon wieder unruhig werden. Alle Freunde Besonders die Stockische Familie grüßen Euch hertzlich – das thue auch ich – und bin wie immer

Eure treue Mutter
Goethe.

N.S. Daß Sie Liebe Tochter Ihren Lieben Mann, und Augst von mir auf freundlichst grüßen sollen versteht sich von selbst.

197

ich habe das Datum auf die unrechte Seite geschrieben, der Tag ist bald zu Ende ich bleibe zu Hauß und dencke an das Rebhun – belieben weiter unten nachzusehn.

Liebe Tochter!
Hier kommt das Christgeschenck – ich hoffe es wird Ihnen und Augst wohlgefallen der Confect kommt wie allemahl nach – Die Familie Brentano sind |: biß auf die Betina die

portirt: portieren: begünstigen, zur Wahl vorschlagen.
Humpoldt: Alexander von Humboldt.

noch in Caßel ist: | wieder hir – die können nun mit rühmen, lobpreißen – Dancksagungen nicht zu Ende kommen – So wie es Ihnen bey Euch ergangen ist; so ist nichts mehr – die Ehre die Ihnen wiederfahren – das Vergnügen so sie genoßen – Summa Sumarum solche vortrefliche Menschen so ein schönes Hauß; so eine Stiege; so ein Schauspiel – das alles ist nur bey Goethe anzutrefen – das ist alles nur Stückweise erzählt worden, den der Betina dürfen Sie nicht vorgreifen die will mir alles selbst erzählen – Ihr meine Lieben könt leicht dencken welchen Freudentag Sie mir dadurch gemacht haben – und welche Freude mir durch Betinens Erzählung bevorsteht – Auch vor dieße Freude dancke ich Euch von Hertzen. Vor 8 Tagen haben wir Rußen zur Einquartirung gehabt – lauter schöne höffliche wohlgezogne Leute – ich hatte zwey junge überaus liebe Menschen – Sie wurden auch in der gantzen Stadt mit Liebe und Freundlichkeit aufgenomen und das mit Recht – denn nicht eine einzige Klage und waren doch 1800 und alle lieb und gut! Sagt doch das bey Gelegenheit Euerer Erpprinßes – die soll ja so Liebreich und vortreflich seyn – und auch die geringsten Ihres Volcks schätzen – Villeicht macht Ihr so ein Zeugnüß einer gantzen nicht gantz unbedeudenten Stadt einiges Wohlbehagen. Und nun kommt noch was das ist uns noch nicht pasirt – alle Einquartirungs Billiet sind mit dem Stempel worauf ein F. steht gestempelt und dabey wurde gesagt die Einquartirung würde bezahlt – so wenig es vor mein theil tragen mag – so nehme ichs, um mich rühmen zu können von dem Ruschischen Kaiser etwas erhalten zu haben,

(Zu S. 273.) *Familie Brentano:* Bettina, ihre Schwester Magdalena (Meline), Professor Friedrich Carl von Savigny und seine Gattin Kunigunde (Gunda), geb. Brentano, Clemens Brentano und Achim von Arnim, der spätere Gatte Bettinas, waren am 9. November 1807 Goethes Gäste in Weimar.

Rußen: nach dem Frieden von Tilsit (9. Juli 1807) aus Frankreich heimkehrende russische Kriegsgefangene.

Erpprinßes: Erbprinzessin Maria Paulowna von Sachsen-Weimar, geb. Großfürstin von Rußland.

Ruschischen Kaiser: Zar Alexander I. von Rußland, Bruder der Erbprinzessin Maria Paulowna von Sachsen-Weimar.

Verbürgen kan ich diese Sage nicht – allein die gestemmelten Billiet müßen doch etwas bedeuten – von mir solt Ihr es erfahren, denn es sollen noch mehre Rußen hieher kommen. Hir schneidts wie in Lappland meinetwegen mag es schneien oder haglen, ich habe zwey warme Stübger und ist mir gantz behaglich – bey so stürmischem Wetter bleibe ich zu Hauß, wer mich sehen und hören will muß mir eine Kusche schicken – und so gantz allein Abens zu Hauße ist mir eine große Glückseligkeit. Frau Aja! Frau Aja! Wenn du einmahl in Zug komst seys Schwatzen oder Schreiben; so gehts wie ein aufgezogner Bratenwender – Bratenwender? das Gleichnüß ist so übel nicht, man zieht ihn doch nicht auf wenn im Hauß entweder Fast Tag oder Armuth ist – sondern wenn was am Spiß steck das zum Nutzen und Frommen der Famile genoßen werden soll – Ich glaube also ich laße ihn noch laufen biß ich Euch von meiner Abend Glückseligkeit einen kleinen Begrief gemacht habe. Zu dem Heiligen Johannis kam einmahl ein Frembter der viel vom Johannis gehört hatte, Er stellte sich den Mann vor wie Er studirte unter Manusgribten saß verdieft in großen Betrachtungen u. s. w. Er besucht ihn, und zu seinem großen Erstauen spielt der große Mann mit einem Rebhun das ihm aus der Hand aß – und Tausend Spaß trieb Er mit dem zahmen Thirgen – Johannes sahe dem Frembden seine Verwunderung an thate aber als merckte Er nichts – im Diskurs sagte Johannes sie haben da einen Bogen laßen sie ihn den gantzen Tag gespant – behüte sagte der

den 14ten November 1807

Frembte das thut kein Bogenschütz der Bogen erschlaft, mit der Menschlichen Seele ists eben so, abgespant muß sie werden, sonst erschlaft sie auch sagte Johannes. Nun bin ich freylich kein Johannes aber eine Seele habe ich die wenn sie mir gleich keine Offenbahrung dictir – doch den Tag über

aufgezogner Bratenwender: mit einem Federwerk versehener Bratenwender.
November: verschrieben für Dezember.

im kleinen sich anstrengt und gerechnet daß sie einen köprper 76 Jahr alt bewohnt absolut abgespant werden muß – davon ist die Rede nicht wenn ich unter guten Freunden bin, da lache ich die jüngsten aus – auch ist nicht Rede vom Schauspiel da villeicht keine 6 sind die das Lebendige Gefühl vor das schöne haben wie ich, und die sich so köstlich ammusiren. Die Rede ist wenn ich gantz allein zu Haußе bin, und jetzt schon um 1/2 5 Uhr ein Licht habe – da wird das Rebhun geholt – da bin ich aber auch so erpicht drauf, daß keine Seele mehr zu mir darf. Geheimniß ist die Sache nicht den alle meine Freunde kennen das was ich Rebhun nenne – aber das würden sie nicht begreifen, daß eine Frau wie ich ihre Einsamen Stunden damit hinbringen könte – ihre Seelen die den gantzen Tag abgespant sind, das mann sehr an ihrer Unterhaltung merckt – haben demnach von abspannen keine Begrief. Wenn es also bey Euch 5 Uhr ist; so denckt an diejenige die ist u bleibt

Eure treue Mutter
Goethe.

N.S. Die Liesel legt sich Euch allen zu Füßen, und bittet um beybehaltung Eurer Gnade

198

den 25ten December, als am
heiligen Christtag. [1807]

Liebe Tochter!

Es überschickt Demoiselle Meline Brentano inliegendes Käppgen nebst vielen hertzlichen Empfehlungen. Betina ist noch nicht hir sondern in Kassel – Das Christkindlein werdet Ihr wohl empfangen haben auch den Confect? Auf Order der neuen Einrichtung der Postwägen kan man die Sachen nicht mehr gantz Franckirt nach Weimar schicken, sondern nur biß Hersfeld – dieses nur zur Nachricht damit Ihr nicht etwan dencken möget die Mutter wäre so munnsterhaft und ließe vor ihre kleine Geschencke das Porto be-

munnsterhaft: nddt. ›munster‹, muster-.

zahlen. Am kürtzen Tag habe ich wieder zwey Russen zur Einquartirung gehabt – liebe – gute Leute. Auf die Feyertage sind die neuen Wercke meines Sohnes alle aus geliehen – die guten Freunde glauben |: und zwar mit recht: | daß sie sich die 3 Feyertage nicht beßer unterhalten könten – Seine Eugenie das ist ein Meister-Stück – aber die Großmutter hat auf neue die Lateinischen Lettern und den kleinen Druck zum Adrachmelech gewünscht, Er laße ja nichts mehr so in die Welt ausgehn – halte fest an deuschem Sinn – deuschen Buchstaben den wenn das Ding so fortgeht; so wird in 50 Jahren kein Deusch mehr weder geredet noch geschrieben – und du und Schiller Ihr seid hernach Classische Schrieftsteller – wie Horatz Lifius – Ovid u wie sie alle heißen, denn wo keine Sprache mehr ist, da ist auch kein Volck – was werden alsdann die Profesoren Euch zergliedern – auslegen – und der Jugend einpleuen – draum so lang es geht – deusch, deusch geredet – geschrieben und gedruckt. Jetzt Liebe Tochter! Leben Sie wohl! Die Kappe mus auf den Postwagen. Grüßen Sie Ihren Lieben Mann, und sagen Augst auch die Großmutter freue sich aufs Wiedersehn nur viel Wein kriegt Er nicht – damit kein Böserhals mich ängstigt. Behaltet Lieb

Eure treue Mutter u Großmutter
Goethe.

199

Freytags d 15ten Jenner 1808

Lieber Sohn!
Hier kommt das Loos – welche Freude will ich haben, wenn es glücklich aus fält – ich habe es durch meinen Freund Nicolaus Schmidt erhalten, der bey der Lotteri mit Director ist, du braucht dich um gar nichts zu bekümern, gar nicht dich

Wercke: die seit 1806 bei Cotta (Tübingen) erscheinende Gesamtausgabe.
Eugenie: »Die natürliche Tochter«.
Adrachmelech: Adramelech, Gefährte des Teufels in Klopstocks »Messias«.

zu bemühen; so wie eine Claße gezogen ist, bekommt du die Lißte – im glücklichen Fall wird der redliche Freund alles aufs beste besorgen – 1 f habe ich als Agio zurück erhalten es wird Gelegenheit geben ihn vor dich anzuwenden.
Vielen Danck vor das Liebe, schöne Calenderlein – es hat mir große Freude gemacht – Bettine ist vor Freude außer sich über deinen Brief, Sie brachte mir ihn im Triumpf – auch über Herrn Riemers Verse – Weimar ist Ihr Himmel – und die Engel |: das gantze Hauß gehört dazu :| seyd Ihr!!! Betine sagte mir Freulein von Goechhaußen wäre gestorben ist das wahr? ich hatte nach einem langen Zwischenraum wieder einen Briefwechsel mit Ihr wegen gedörtem Obst auf einmahl war alles wieder still, das macht mich die Nachricht glauben. Meine Freude ist aber über allen Ausdruck, daß du diesen Winter so gesund und vergnügt bist – Gott! Erhalte dich ferner – und laße das Jahr 1808 ein Seegens jahr vor uns alle seyn *Amen*. Unter den Christen gibts hir außer Masqen und Casino Bällen nichts neues, aber das Volck Israhel zu deusch die Juden sind an ihrem Mesias etwas irre geworden, Unser gnädigster Fürst Primas erlaubte ihnen zum Anfang Seiner Regirung die Spatzirgänge vor den Thoren mit den Christen gemeinschaftlich zu gebrauchen – da bildeten sie sich nun ein das es immer weiter gehen würde und sie sahen die Thore des neuen Jerusalems sich öffnen – aber da kam bey Varrentrapp und Wenner etwas dedruckes ehraus das dem neuen Jerusalem gar nicht ähnlete und sie stutzig machte – Neue Stättigkeit und

Agio: Aufgeld.
Brief: vom 9. Januar 1808, dem ein Sonett Riemers beigefügt war.
Goechhaußen: Louise von Göchhausen war am 7. September 1807 gestorben.
Juden: Sprachen die neuen Verfassungen von Westfalen, Baden und Bayern den Juden volle Gleichberechtigung zu, so scheiterte die Judenemanzipation in Frankfurt am massiven Widerstand der christlichen Bürger, die ihren Handel gefährdet sahen. Nirgends, soll einer von Dalbergs Räten bei den Verhandlungen geäußert haben, spüre man weniger liberalen Geist und mehr Vorurteil als in Frankfurt.
Neue Stättigkeit . . .: Die bei Varrentrapp & Wenner gedruckte »Neue Stättigkeit und Schutzordnung der Judenschaft zu Frankfurt am Main«

Schutz-Ordnung der Franckfurther Judenschaft – ein wahres Meisterstück in seiner art Bey Gelegenheit schicke ich dir es – nun kommen allerley Epigramen in Umlauf – witzig sind sie ob aber alles von ihnen kommt ist noch die Frage eins aber gefält mir besonders – das sonst sogenandte Eschenheimer Thor heißt jetzt das Carls Thor im hinaus gehen steht ein lateinisches Ɔ – gucke einmahl sagte ein Jude zum andern das erste Virtel – guck einmahl was draus steht sagt der andre C siet du net es ists letze Viertel. Wenn du einmahl wieder her kommen solstest würdest du die Ausenseite deiner Vaterstadt nicht mehr kennen um die gantze Stadt vom Bockenheimer biß zum Allerheiligen Thor gibts einen Parck ein Bosket – freylich ist es noch im Werden denn in einem Jahr ist das gantze ohnmöglich zu beendigen – aber vom Bockenheimer biß zum Karlsthor ists schon gantz vortreflich – und ob deine Lands Leute promeniren? das glaube du und an einem schönen Sontag verprominiren sie alles sonstige Ungemach ihre Devise ist: Leichsinn und gutes Hertz. Nun habe ich einmahl wieder geschrieben daß es art und schick hat, und zwar in einer mir gantz ungewöhnlichen sonst incomoden Stunde das ist nach dem Essen, die Tage

vom 30. November 1807 ersetzte die noch immer gültige »Judenstättigkeit« von 1616. Die Juden erhielten auch jetzt noch nicht das Bürgerrecht, wichtige Handelszweige wurden ihnen weiter vorenthalten, der Erwerb von Ackerland blieb verboten, nur während der Messe durften sie ihre Läden außerhalb des Ghettos aufstellen. Die Zahl der Eheschließungen (seit 1616 waren zwölf jährlich gestattet) blieb weiterhin beschränkt. Das einzig nennenswerte Zugeständnis war die Erlaubnis zum Erlernen und Ausüben eines Handwerks. – Goethe erbat sich schon am 2. Januar 1808 von Bettina die neue Verordnung: »Ich möchte doch sehen, wie sich die modernen Israeliten gegen die neue Stättigkeit gebärden, in der man sie freilich als wahre Juden und ehemalige Kaiser-Kammerknechte traktiert«, und versagte ihr nach der Lektüre nicht seine Zustimmung: ». . . dem Fürsten Primas ist . . . nicht zu verdenken, daß er dies Geschlecht behandelt, wie es ist, und wie es noch eine Weile bleiben wird.«

Bosket: – frz. bosquet (angepflanztes dichtes Gehölz). – Der Frankfurter Rat hatte bereits am 19. November 1805 beschlossen, die Festungswälle zu schleifen. Unter dem Senator Jacob Guiollett und dem Stadtgärtner Sebastian Rinz wurden in den Jahren 1806 bis 1812 die ehemaligen Festungswerke in Parkanlagen und Alleen umgewandelt.

sind aber kurtz, und Morgens ist die Zeit vor meine Bekandten um mir die Cur zu machen – Der Brief ist doch noch nicht zu Ende, denn meiner Lieben Tochter muß ich dancken vor Ihren Lieben Brief – daß das Kleid Ihnen meine Liebe – Beste wohlgefallen hat freut mich ungemein – der Tag an dem Sie es anziehen sey allzeit ein Wonne und Freudentag. Jetzt auch meinen schönsten Danck meinem Lieben Augst vor seyn Liebes Schreiben – ich wolte ich hätte das Schauspiel mit ansehn können – das war ein guter Gedancke von deinem Herrn Oheim und brav von den Schauspielern – Wenn du her komst mußt du mir das alles recht deutlich erzählen. Nun wäre wieder einmahl die Sachen – besorgt – das Loos – die Antwort auf alle Eure Briefe. Melina freut sich sehr daß das Käppgen so gut ist aufgenommen worden. Jetzt nur noch eins – Habe die Güte und berichte die glückliche Ankunft dieses Briefes – damit ich wegen des Looses außer Sorgen komme. Lebt wohl! und seid versichert daß ich ewig bin

Euer aller
treue Mutter und Großmutter
Goethe.

200

den 28ten Mertz 1808

Lieber Augst!
Werthgeschätzer Herr Enckel!
Ich schreibe dir gleich mit umlaufender Post – damit du erfährts wie es mit dir gehalten werden soll – du Logiers bey keinem Menschen als bey mir – dein Stübgen ist vor dich zubereitet – das wäre mir eine saubre Wirthschaft meinen Lieben Augst nicht bey mir zu haben – Incomodiren solst du

die Cur zu machen: den Hof zu machen.
Oheim: Christian August Vulpius.
Melina: Magdalena Brentano.
dein Stübgen: August verließ am 4. April 1808 Weimar, um sein Studium in Heidelberg zu beginnen, und wohnte vom 8. bis 22. April in Frankfurt bei der Großmutter.

mich nicht – dein Vater hat ja sein Wesen drinnen gehabt – deine Mutter ebenfals – und du ditto vor zwey Jahren – Wir wollen recht vergnügt seyn – ich freue mich drauf – daß nicht viel Raum in der Herberge ist das wüst Ihr ja von je – wir loben *doch* die Christel und die Salome. Auf deine Herkunft freuen sich hertzinniglich Betina – Stocks – Schlossers – und noch viele andre brave Menschenkinder – die Großmutter ist auch diesen Winter gantz Alegro – sie steckt aber auch wegen ihrem Todtfeind dem Nord Ost wie in einer Baumwollenen Schachtel – ist den gantzen Winter nicht ins Comedienspiel gegannen – bey gute Freunde desto mehr – aber in Peltz gehült von oben an biß unten aus – und wenn es so fortgeht so triefts du mich gesünder an als deine Liebe Mutter mich vorm Jahr gesehen hat, da war ich an Leib und Seele sehr Contrackt und gähnte die Leute an im Tackt. Wenn ich so gerne schriebe als schwätzte; so soltet Ihr Wunder hören – dieses Glück soll dir beschieden seyn – freue dich einstweilen drauf – Wir haben auch jetzt ein Museum – da steht deines Vaters Büste neben unserm Fürsten Primas seiner – der Ehren Platz zur Lincken ist noch nicht besetzt, es soll von Rechts wegen ein Franckfurther seyn ja könt eine weile warten – bey so einer Occasion oder Gelegenheit fält mir immer das herrliche Epigram von Kästner ein Ihr Fürsten – Graffen – und Prelaten – auch Herrn und Städte ins gemein – vor 20 Spesies Ducaten – denck doch!!! soll einer Goethe seyn. Grüße deinen Lieben Vater! ditto Mutter. *Vivat* die erste Woche im Aprill. Behaltet mich lieb

Goethe.

(Zu S. 280.) *Incomodiren:* belästigen.
Salome: Siehe Anm. zu *das wißt . . . Salome*, Brief Nr. 185.
Alegro: heiter.
Contrackt: steif, gelähmt.
Museum: die am 11. März 1808 gegründete »Museums-Gesellschaft«, aufgegliedert in vier Abteilungen (Literatur, Bildende Kunst, Musik, Kunstfreunde).
Kästner: Abraham Gotthelf Kästner, Professor in Göttingen.

201

Freytags d 22ten Aprill 1808

Liebe Tochter!

Heute Morgens um 5 Uhr ist unser *Lieber* Augst nach Heidelberg abgereißt – in Gesellschaft eines gar lieben jungen Mannes der dort Medicin studirt nahmes Pasavant von hir. Gott Seegne seine Reiße und seine studien – hir hat Er sich sehr beliebt gemacht – durch seine Lieblichkeit – anständiges Betragen – mit einem Wort durch sein äuserliches und innerliches – auch kame Er gerade zu einer Zeit wo manches zu sehen war das mann villeicht nie wieder sieht – z. E. das Fest das unsere Bürgerliche Offizire dem Primas gaben das war – das war so geschmack voll, so schön und prächtig – und sucht seines gleichen – Bethmann verschaffte Ihm ein Billiet – Bey unserm Fürsten hat Er nebst mir gespeißt – der Fürst tranck meines Sohnes gesundheit und war gantz allerliebst – Ein großes Vergnügen war das Schauspiel da war Er alle Abend – Schlossers – Brentano – Gerning – Lononhardi erzeichten Ihm viele Freundschaft – das angenehmste Hauß mangelte Ihm freylich – der gute Schöff Stock lag an einem Gallenfieber sehr kranck darnieder, ist aber auf der Beßerung – So eben kommt ein Brief von Weimar der nun liegen bleiben muß doch so eben fält mir ein daß er nicht liegen bleiben soll ich schicke ihn Ihm heute nach und adreßire ihn an Voß Aber über den Lieben Gast ist das welsche Korn beynahe vergeßen worden – doch soll es die künftige Woche erscheinen. Jetzt Liebe Tochter leben Sie wohl! Grüßen meinen Sohn mündlich oder schrieftlich von Ihrer

treuen
Mutter Goethe.

Pasavant: Carl Passavant, aus Frankfurter Bankiers- und Kaufmannsfamilie.

Bürgerliche Offizire: Siehe Anm. zu *Burger-Capitaine*, Brief Nr. 174.

Bethmann: Simon Moritz von Bethmann.

Bey unserm Fürsten: im Thurn-und-Taxisschen Palais, wo Dalberg während seiner Frankfurter Aufenthalte residierte.

Lononhardi: Peter Freiherr von Leonhardi, Kaiserlicher Rat.

Voß: Johann Heinrich Voß lebte seit 1805, sein Sohn Heinrich seit 1806 als Professor in Heidelberg.

202

den 31ten Aprill 1808

Liebe Tochter!

Um den Postwagen nicht zu versäumen – empfangen Sie vor heute nur diese wenige Zeilen. Diese beyde hir beykommende große und kleine Schaals sind von dem neusten Geschmack – wünsche daß sie Ihnen gefallen mögen.

Unser kleiner ist nun an dem Ort seiner Bestimmung, Gott! erhalte Ihm gesund – und seegne seine Studien – Er ist Brav und alles wird gut gehen. Heute geht meine Zeit sehr zusammen Abschieds Visitte beym Primas – und sonst allerley – also bald ein Mereres – Grüßen Sie meinen Lieben Sohn! und behalten Lieb

Ihre treue Mutter
Goethe.

N.S. Das Welsch korn wird jetzt angekommen seyn?

203

Montags d 2ten Mai 1808

Liebe Tochter!

Mit dem heutigen Post wagen solte an Ihnen – eine groß Schaal und ein Modernes kleines Halstuch abgehn – alles war schön amballirt u. s. w. nun ereigente sich ein Umstand der sich die ältesten Post Offvisianten nicht erinnern erlebt zu haben, nehmlich der Wagen war so voll, daß das kleine Päckgen keinen Raum mehr darauf finden konte – zu dem Ende schreibe ich diese paar Worte – damit Sie nicht glauben daß der Wagen |: der nun erst künftigen Freytag den 6ten May von hir wegfährt :| so lange unterwegs geblieben wäre da mein beyliegender Brief die letzten Tage des Aprills datirt ist – weiter soll dieser Brief nichts Ihnen sagen oder berichten – Grüßen Sie Ihren Lieben Mann – und behalten mich Lieb

Ihre treue Mutter
Goethe.

Offvisianten: Offizianten (untere Beamte).

204

den 17ten May 1808

Lieber Augst!
Hier Lieber Freund ein Briefelein von deinem Lieben Vater – und von der Großmutter einen freündlichen Gruß und eine Frage – hast du die zwey hir zurück gelaßne Kistgen wohl erhalten? wenigstens sind sie gleich nach deiner Abreiße nach Heidelberg spedirt worden – ich zweifle also keines weges an ihrer glücklichen Ankunft. Wie gehts dirs denn in dem schönen Heidelberg? was hat Demoiselle Delpf gesagt? was machen die Lieben Voß? Du wirst dencken, die Großmutter thut auch nichts wie fragen – Hier sind alle Freunde wohl und laßen dich hertzlich grüßen – neues pasirt hier nichts das dich amusiren könte – Rinaldino hat die bleierne Arme[e] bekommen – Lebe wohl! Grüße die würdige Familie Voß – die Delpf – und Pasavand – behalte mich lieb; so wie ich ewig bin

deine treue Großmutter
Goethe.

205

den 3ten Juni 1808

Liebe Tochter!
Aus beykommender Liste können Sie ersehen daß das Looß 75 f gewonnen hat – viel ists freylich nicht, doch beßer wie nichts – Haben Sie die Güte und schicken mir das Looß und benachrichtigen mich ob Sie das Geld – oder davor ein neues Looß und Ihr Glück noch einmahl probiren wollen. Sie sind also vor jetzt allein – haben aber die gute Hoffnung Ihren Lieben Mann neu gestärckt an Leibes und Seelen Kräfften wieder zu sehen, und Sich mit Ihm des Lebens aufs herr-

Delpf: Helene Dorothea Delph, besaß in Heidelberg ein kleines Handelshaus und betrieb Geldgeschäfte. Freundin der Familie Schönemann, hatte einst Goethes Verlobung mit Lili Schönemann vermittelt. Vgl. »Dichtung und Wahrheit« IV, 17.
Rinaldino: Rinaldo Vulpius, Sohn von Christian August Vulpius.
allein: Goethe war am 15. Mai nach Karlsbad gegangen.

lichste zu erfreuen – Unser Lieber Augst befindet sich |: so wie Er mich berichtet hat: | wie der Vogel im Hanfsaamen – macht Sontags Fußreißen – und erfreut sich an der herrlichen Gegend – und wird durch Gottes hülfe recht Brav. Es ist jetzt Gott sey Danck! Sehr ruhig und still bey uns – vortrefliches wetter – Obst – Wein – und Korn alles steht exzelent – wir hoffen es in Ruhe zu genüßen – Meinem Sohn werde ich auch ein paar Zeilen ins Carls baad schreiben – Leben Sie wohl! und behalten lieb

Ihre treue Mutter
Goethe.

N.S. Betina ist im Reihngau die Grüße müßen also warten biß Sie wieder komt.

206

den 3ten Juni 1808

Lieber Sohn!

Dein Brief vom 9ten May hat mich erquickt und hoch erfreut – Ja Ja man pflantzt noch Weinberge an den Bergen Samarie – man pflantzt und pfeift! So offte ich was gutses von dir höre werden alle in meinem Hertzen bewahrte Verheißungen lebendig – Er! hält Glauben ewiglich Halleluja!!! Er! Wird auch dißmahl das Carlsbaad seegnen – und mich immer gute Nachrichten von dir hören laßen. Von deiner Lieben Frau – und von Augst habe auch die besten Nachrichten – heute habe an meine Liebe Tochter geschrieben und Ihr gemeldet daß das Looß 75 f gewonnen hat es ist doch beßer wie nichts – auch habe ich Sie gebethen mir das Looß

Man pflantzt . . .: Am 9. Dezember 1777 schrieb Goethe an Frau von Stein aus Altenau: »Es ist eben um die Zeit, wenig Tage auf und ab, dass ich vor neun Jahren kranck zum Todte war, meine Mutter schlug damals in der äusersten Noth ihres Herzens ihre Bibel auf und fand wie sie mir nachher erzählt hat: ›Man wird wiederum Weinberge pflanzen an den Bergen Samariä, pflanzen wird man und dazu pfeifen‹ [Jer. 31, 5]. Sie fand für den Augenblick Trost, und in der Folge manche Freude an dem Spruche.« Vgl. auch Goethes Briefe an seine Mutter vom 9. August 1779 und vom 9. Dezember 1783.

zu schicken und mich Ihre Gedancken wißen zu laßen ob ich das Geld Ihr übermachen, oder ob Sie den Gewinn an ein neues looß wenden und dem Glück noch einmahl trauen will. Betina ist im Reingau, Sie soll aber alles das gute das du von Ihr geschrieben hast treulich erfahren. Auf deine Wercke warten wir mit Sehnsucht und da wir sie bald bekommen werden indem sie Gestern den 1ten Juni hir in den Buchläden angekommen sind; so statte ich hirmit im Voraus in meinem und in meiner Freunde Nahmen dir den besten Danck ab – das wird uns ein großes Fest seyn, den die 4 ersten Bände sind hertzerquickend – mir besonders der Erste – der kommt mir nicht von der Seite – wolte ich alles dir darlegen was mich himlich entzückt; so müßte ich den gantzen 1ten Band ausschreiben aber nur einiges, das Epigram 34. b,. ist gantz herrlich – die Braut von Corinth – der Gott und die Bajadere – die Hochzeit – Eufrosine genung – wo man nur das Buch aufschlägt ist ein Meisterwerck. Gott! erhalte dich! Gebe dir Freude die Hüll und die Füll – Behalte Lieb

deine
glückliche u treue Mutter
Goethe.

207

d 1ten Juli 1808

Lieber Sohn!
Deine Wercke sind den 29ten Juni glücklich bey mir angelangt – Ich – Sch[l]osserrs – Stocks dancken auf das hertzlichste davor – alle 8 Bände sind beym Buchbinder werden in halb Frantzband auf das schönste eingebunden wie sich das vor solche Meister wercke von selbst versteht. Dein Liebes Briefgen vom 22ten Juni war mir wieder eine tröstliche

deine Wercke: »Goethe's Werke«, seit 1806 bei Cotta (Tübingen).
Epigram: aus den »Venezianischen Epigrammen« (1790): »Klein ist unter den Fürsten Germaniens freilich der meine . . .«
Hochzeit: »Hochzeitlied« (1802): »Wir singen und sagen vom Grafen so gern . . .«
Eufrosine: die Elegie »Euphrosine« (1797/98).

– liebliche – herrliche Erscheinung – Gott! Seegne die Cur ferner – und laße das alte Übel völlig verschwinden – und an Lob und Danck soll es so lang ich athme nicht fehlen. Deinen Lieben – freundlichen Brief an Betinen habe Ihr noch nicht können zustellen Sie fährt wie ein Irwisch bald ins Reingau – bald anders woherum so bald Sie kommt soll Ihr dieses Glück werden. Herr Werner ist hir – Frau von Staell gebohrne Necker war hir. In dieser Jahres Zeit ist Franckfurth mit Frembten immer gepropft voll es ist wie eine Volcks Auswanderung so gar von Norwegen kommen sie, und alle sind erstaunt über die Schönheit in Franckfurth besonders aber außer der Stadt – die alten Wälle sind abgetragen die alten Thore eingerißen um die gantze Stadt ein Parck man glaubt es sey Feerrey – man weiß gar nicht mehr wie es sonst ausgesehen hat – unsere alte Perücken hätten so was biß an Jüngsten Tag nicht zu wegen gebracht – bey dem kleinsten Sonnenblick sind die Menschen ohne Zahl vor den Thoren Christen – Juden – pele mele alles durcheinander in der schönsten Ordnung es ist der rührenste Anblick den man mit Augen sehen kan – und das ist und wird alles ohne Unkosten gemacht – die Plätze der alten Stadt Mauren – Wälle werden an hisige Bürger verkauft – da nimbt der eine viel der andre weniger jeder baut nach Hertzens Lust – einer macht einen Bleichgarten – der andre einen Bleichgarten u. s. d. das sieht denn Schamant aus – und hirmit Basta! Laße mir den guten Augst mit Schreiben ungeplagt ich weiß wo Er wohnt – weiß Er ist gesund – Er macht Fußreißen, was soll ich denn noch mehr wißen – plage den jungen nicht mit schreiben – Er hat villeicht eine Ader von der Großmutter – Schreiben – Daumen Schrauben es ist bey mir einerley – heute habe ich 3 Briefe zu Schreiben!! Einen an Herrn

Werner: Zacharias Werner, Dramatiker der Romantik (»Martin Luther«, 1807; »Der vierundzwanzigste Februar«, 1815), 1807/08 bei Goethe in Weimar. Konvertierte 1810 zum Katholizismus und starb als beliebter Kanzelredner in Wien.
Staell: Frau von Staël machte auf ihrer zweiten Deutschlandreise auch wieder Station in Frankfurt.
Parck: Vgl. Anm. zu *Bosket*, Brief Nr. 199.

Vulpius, einen an dich – einen an meine Liebe Tochter nach Lauchstädt Lebe wohl! Grüße Herrn Riemer – und behalte lieb

deine
treue Mutter
Goethe.

N.S. Wenn ein Schauspieler nahmens Werdi dich ohngefähr antrieft sey Ihm freundlich.

208

den 1ten Juli 1808

Liebe Tochter!
Ich wünsche Ihnen viel Freude in Lauchstädt – Hir schicke ich Ihnen die No. vom neuen Looß – das Looß selbst behalte ich hir – wovor soll es hin und her reißen – Gewinn oder Verlust erfahren Sie durch die Liste – Die 4 neuen Bände habe vor mich – vor Schlossers – vor Stocks – vor Herrn Reichard einen Brief an Augst mit 2 Ducaten alles richtig empfangen alles richtig besorgt. 1 f 30 xr. habe am Looß zurück erhalten – sollens bey Gelegenheit richtig erhalten. Daß meinem Sohn das Carls Baad wieder gut bekommt freut mich wie Sie leicht dencken können von Hertzen – Gott! Wird ferner sein Gedeien geben. Dencken Sie Liebe Tochter! das ist heute der 3te Brief den ich schreibe! Einen zur Dancksagung an Ihren Herrn Bruder – einen an meinen Sohn! Und diesen an Ihnen – die Hitze ist heut starck – gescheides kan ich vor heute nichts zusammen bringen – darum verzeihen Sie die kürtze – einandermahl mehr von

Ihrer
treuen Mutter
Goethe.

Zur vorliegenden Ausgabe

Unser Band beruht auf der Edition von Bernhard Suphan, *Briefe von Goethes Mutter an ihren Sohn, Christiane und August v. Goethe*, Weimar 1889, bietet jedoch einen überprüften Text. Der Wortlaut sämtlicher Briefe wurde mit dem der Ausgaben Albert Kösters und Wolfgang Pfeiffer-Bellis verglichen und überarbeitet. Eingriffe, die Suphan stillschweigend vornahm, wurden eliminiert. Zusätze des Herausgebers sind mit Hilfe eckiger Klammern gekennzeichnet.

Der Kommentar verdankt seinen Umfang den Arbeiten Suphans, Kösters und Pfeiffer-Bellis. Lokalhistorische Zusammenhänge sowie Worterklärungen schienen allerdings als Ergänzungen wünschenswert. Im Anmerkungsteil zu Pfeiffer-Bellis Ausgabe der *Briefe aus dem Elternhaus* findet der interessierte Leser zur Frankfurter Theatergeschichte weitreichende Auskünfte, auf die in unserem Band verzichtet wurde.

Bibliographie

Ausgaben

Frau Rath. Briefwechsel von Katharina Elisabeth Goethe. Nach den Originalen mitgetheilt von Robert Keil. Leipzig 1871.

Briefe von Goethes Mutter an die Herzogin Anna Amalia. Hrsg. von Carl August Hugo Burkhardt. Weimar 1885.

Briefe von Goethes Mutter an ihren Sohn, Christiane und August v. Goethe. Hrsg. von Bernhard Suphan. Weimar 1889.

Briefe von Goethes Mutter. Mit einer Einleitung ›Christiane und Goethe‹ neu herausgegeben von Philipp Stein. Leipzig [1891] (Reclams Universal-Bibliothek. 2786–88.)

Die Briefe der Frau Rath Goethe. Gesammelt und herausgegeben von Albert Köster. 2 Bde. Leipzig 1904. [6]1923.

Briefe von Goethes Mutter. Ausgewählt und eingeleitet von Albert Köster. Leipzig 1907.

Frau Rat Goethe, Gesammelte Briefe. Anhang: Goethe's Briefe an seine Mutter. Hrsg. von Ludwig Geiger. Leipzig [1911]. Neudr. 1922.

Ein neuer Brief der Frau Rat Goethe. Mitgeteilt von Wilhelm Engel. In: Jahrbuch der Goethe-Gesellschaft 15 (1929) S. 1 f. [An den Herzog Carl August, 27. Juli 1787.]

Briefe aus dem Elternhaus. Erster Ergänzungsband der Goethe-Gedenkausgabe. Hrsg. von Wolfgang Pfeiffer-Belli. Zürich 1960.

Christoph E. Schweitzer: Frau Rat Goethe in Philadelphia. In: American German Review 31 (1964/65) S. 36. [Brief Catharina Elisabetha Goethes an Gustav Friedrich Wilhelm Grossmann, 27. Juni 1780.]

Die Briefe der Frau Rath Goethe. Frankfurt a. M. 1969. [Neudruck der zweibändigen Ausgabe von Albert Köster in einem Band.]

Ich bin so tintenscheu. Aus Briefen von Frau Rat Goethe zusammengestellt von Eric Benoit. München 1971.

Fröhliche Feiertage. Weihnachts- und Neujahrsbriefe von Frau Rat Goethe. Gesammelt von Eric Benoit. München 1972.

Correspondenzen und Spiegelungen. Catharina Elisabeth Goethe. Hrsg. von Bertold Hack. Frankfurt a. M. 1973.

Aus den Briefen der Frau Aja. Hrsg. von Karl Scheibenberger. Frankfurt a. M. 1982.
Arnim, Bettine von: Goethes Briefwechsel mit einem Kinde. Hrsg. von Waldemar Oehlke. Frankfurt a. M. 1985. [Darin u. a. der Briefwechsel zwischen Frau Rat Goethe und Bettine von Arnim, geb. Brentano.]
Die Briefe von Goethes Mutter. Nach der Ausgabe von Albert Köster. Hrsg. von Mario Leis, Karl Riha und Carsten Zelle. Frankfurt a. M. 1996. (insel taschenbuch. 1550.)

Darstellungen und Forschungsliteratur

Bettine von Arnim: Dies Buch gehört dem König. (2 Tle. Berlin 1843.) In: B. v. A.: Werke. Hrsg. von Walter Schmitz und Sibylle von Steinsdorff. Bd. 3: Politische Schriften. Hrsg. von Wolfgang Bunzel [u. a.]. Frankfurt a. M. 1995. [Hauptfigur der Dialoge ist Goethes Mutter.]
Karl Georg Jacobi: Goethes Mutter. In: Historisches Taschenbuch N. F. 5 (1844) S. 391–480.
Heinrich Düntzer: Katharina Elisabeth Goethe, geborene Textor, Goethe's Mutter. In: H. D.: Frauenbilder aus Goethe's Jugendzeit. Stuttgart 1852. S. 406–592.
Woldemar Freiherr von Biedermann: Elisabeth Goethe. In: W. v. B.: Goethe-Forschungen. Bd. 1. Frankfurt a. M. 1879. S. 385–395.
Erich Schmidt: Frau Rath Goethe. In: Deutsche Rundschau 47 (1886) S. 133–147. – Wiederabgedr. in: E. S.: Charakteristiken. Bd. 1. Berlin ²1902. S. 239–260.
Karl Heinemann: Goethes Mutter. Ein Lebensbild nach den Quellen. Leipzig 1891. ⁹1921.
Das Stammbuch der Frau Rath. Mittheilung von Carl Ruland. In: Goethe-Jahrbuch 12 (1891) S. 175–178.
Alwin Schmidt: Die Briefe von Goethes Mutter an ihren Sohn, als Quelle zu seinen Werken. In: Zeitschrift für deutsche Philologie 26 (1894) S. 375–399.
Paul Bastier: La mère de Goethe, d'après sa correspondance. Paris 1902.
Johannes Höffner: Frau Rat Elisabeth Goethe, geb. Textor. Bielefeld 1908. ³1920.
Elisabeth Mentzel: Frau Rath Goethe. Ein Lebensbild. Frankfurt a. M. 1908.

George von Hartmann: Königin Luise und die Frau Rat. In: Jahrbuch des Freien Deutschen Hochstifts 1910. S. 372–384.
Clara Tschudi: Goethes moder. Kristiania 1916. [4]1917.
Julius Petersen: Frau Rat und Bettina. In: Geist und Leben im alten und neuen Frankfurt. Frankfurt a. M. 1918. S. 87–104. – Wiederabgedr. in: J. P.: Aus der Goethezeit. Leipzig 1932. S. 223–241.
Oskar Weise: Der Stil der Mutter Goethes. In: Zeitschrift für Deutschkunde 35 (1921) S. 471–477.
Albert Leitzmann: Zu den Briefen der Frau Rat. In: Zeitschrift für deutsche Philologie 49 (1923) S. 89–94.
Otto Bacher: Goethes Mutter und das Ehepaar Unzelmann. In: Jahrbuch des Freien Deutschen Hochstifts 1927. S. 185–216.
Alfons Paquet: Frau Rat Goethe und ihre Welt. Eine Farbenskizze. Frankfurt a. M. 1931.
Hans A. Hajek: Die Mythisierung der Frau Rath durch Bettina Brentano. Diss. Wien 1937.
Bertha Merkel: Die Sprache der Mutter Goethes. Beitrag zur Geschichte der rheinischen Schriftsprache im 18. Jahrhundert. Frankfurt a. M. 1938.
Fried Lübbecke: Der Goldene Brunnen. Goethe Kalender 36 (1943) S. 56–115. [Lebensführung und Freundeskreis der Frau Rath in dem 1795 bezogenen Haus am Roßmarkt.]
Inga Mellen: Studien über den Satzbau und Stil in den Briefen der Frau Rat. Diss. Göteborg 1948.
Alan J. Pfeffer: The proverbs in the letters of Frau Rath Goethe. In: Journal of English and German Philology 47 (1948) S. 156 bis 164.
Gertrud Bäumer: Frau Rath Goethe. Die Mutter der Weisheit. Tübingen 1949.
Helmut Prang: Goethes Mutter. Kleine Chronik einer großen Lebenskünstlerin. Mit einem Anhang: Briefe der Frau Rat Goethe in Auswahl. München 1949.
Albrecht Goes: Goethes Mutter. Rede zum 150. Todestag von Catharina Elisabeth Goethe. Frankfurt a. M. [1958]. (Freies Deutsches Hochstift. Frankfurter Goethemuseum. Reihe der Vorträge und Schriften. 19.) – Neuausg.: Wiesbaden 1960. (Inselbücherei. 711.)
Ernst Beutler: ‚Catharina Elisabeth Goethe.' In: Briefe aus dem Elternhaus. Erster Ergänzungsband der Goethe-Gedenkausgabe. Hrsg. von Wolfgang Pfeiffer-Belli. Zürich 1960. S. 247–300.

Angelica Krogmann: Frau Aja ist immer noch zugegen. In: Merian. Monatshefte der Städte und Landschaften 21 (1968) H. 8: Frankfurt am Main. S. 84–86.
Wolfgang W. Parth: Reise zur Mutter nach Frankfurt. In: W. W. P.: Goethes Christiane. Ein Lebensbild. München 1980. S. 203–218.
Kurt R. Eissler: Goethe. Eine psychoanalytische Studie 1775–1786. 2 Bde. Basel / Frankfurt a. M. 1983–85.
Charlotte M. Craig: Heritage and elective affinity. B. A.'s surrogate mother and the eternal feminine. In: Germanic notes 16 (1985) S. 54–57.
Birgit Weißenborn: Frau Rat Goethe. In: B.W.: Bettina von Arnim und Goethe. Topographie einer Beziehung als Beispiel weiblicher Emanzipation zu Beginn des 19. Jahrhunderts. Frankfurt a. M. [u. a.] 1987.
Anni Engels: Aja – Rätin Goethe (1731–1808). Iserlohn 1988.
Ulrike Prokop: Weiblicher Lebensentwurf der älteren Generation: das Paar Mutter und Sohn – Catharina Elisabeth Goethe. In: U. P.: Die Illusion vom großen Paar. Bd. I: Weibliche Lebensentwürfe im deutschen Bildungsbürgertum 1750–1770. Frankfurt a. M. 1991. S. 200–378.
– Die Freundschaft zwischen Katharina Elisabeth Goethe und Bettina Brentano – Aspekte weiblicher Tradition. In: Frauenfreundschaft – Männerfreundschaft. Literarische Diskurse im 18. Jahrhundert. Hrsg. von Wolfram Mauser und Barbara Becker-Cantarino. Tübingen 1991. S. 237–277.

Nachwort

»Bekenntnisse einer fröhlichen Seele« nannte Bernhard Suphan in einer Anspielung auf das sechste Buch von *Wilhelm Meisters Lehrjahren* die Briefe der Frau Rat Goethe an ihren Sohn und seine Familie in Weimar. Und in der Tat vermittelt jene Auswahl ihrer Briefe, die Suphan als erster in den *Schriften der Goethe-Gesellschaft* 1889 herausgab, das uns so geläufige Bild der »Frohnatur«, der immer heiteren und ein wenig bequemen Mutter Goethes. Aber dieser Eindruck entspricht nicht der ganzen Wahrheit. Er bedarf der Ergänzung.

Die erhalten gebliebenen sind allerdings größtenteils sehr vergnügliche Briefe, aus denen sich unschwer ein handliches Brevier der Lebenskunst zusammenstellen ließe. Sie wurden meist aus einem momentanen Anlaß niedergeschrieben. Unmittelbarkeit des Ausdrucks und elementare Anschaulichkeit sind denn auch charakteristisch für sie und heben sie wohltuend von den zahlreichen allzu literarischen Episteln des »tintenklecksenden saeculums« ab. Wer die Frankfurter Mundart beherrscht, befolge Ernst Beutlers Empfehlung, die Briefe der Frau Rat einmal laut zu lesen, denn sie sind tatsächlich gesprochene Rede, die die Empfindungen der Schreiberin, die Hast der schnellen Mitteilung oder die gemessene Ruhe beim langen Bericht verrät. Albert Köster hat mit Recht darauf hingewiesen, daß selbst der unorthodoxe Gebrauch von Groß- und Kleinbuchstaben die jeweilige Stimmung im Augenblick der Niederschrift deutlich werden läßt.

Catharina Elisabetha Textor wurde am 19. Februar 1731 als älteste Tochter des Frankfurter Schöffen und späteren Schultheißen Dr. jur. Johann Wolfgang Textor und seiner Gattin Anna Margaretha, geb. Lindheimer geboren. Beide

Eltern entstammten angesehenen Juristenfamilien. Als Kind wurde sie wegen ihrer Liebe zu schöner Kleidung und Schmuck, einer Neigung, die sie bis ins Alter behielt, »Prinzessin« genannt. Um die Bildung seiner Töchter kümmerte sich der Vater Textor wenig, sie lernten Rechnen und Schreiben und lasen die Luther-Bibel. Mit siebzehn Jahren heiratete Catharina Elisabetha den mehr als doppelt so alten Kaiserlichen Rat Johann Caspar Goethe, bei dem sie im ersten Jahr ihrer Ehe noch einmal zur Schule gehen mußte. Sie überlebte ihn um sechsundzwanzig Jahre und starb am 13. September 1808. – Zu dem Zeitpunkt, da unsere Briefauswahl beginnt, ist die Frau Rat also einundsechzig Jahre alt. Das hat mehrere, im folgenden noch darzulegende Gründe.
In diesen Altersbriefen bietet sich ihr Leben in geruhsamer Behäbigkeit dar. Auch die Kriegsunruhen und Einquartierungen, unter denen die Stadt während der Koalitionskriege sehr zu leiden hatte, berührten sie nur am Rande; sie waren in ihrem abgeschlossenen Lebenskreis, dessen Zentrum der zu Weltruhm gelangte und abgöttisch geliebte Sohn bildete, rein peripher. Gelassenheit und eine für diese Lebensform notwendige Indolenz gegenüber allem Bedrückenden, die Fähigkeit, sich voll dem Augenblick und seinen Köstlichkeiten hingeben zu können, vervollständigen unser Bild von dieser Frau, der wir vielleicht weniger Interesse entgegenbringen würden, wäre sie nicht die Mutter des größten deutschen Dichters.
»Bekenntnisse einer fröhlichen Seele« also. Aber bereits Ernst Beutler hat in seiner umfänglichen Einführung zu den von Wolfgang Pfeiffer-Belli edierten *Briefen aus dem Elternhaus* nachdrücklich betont, daß uns nur eine höchst einseitige Auswahl der Briefe von Goethes Mutter an ihren Sohn überliefert sei, ja daß diese »unter einem gewissen sinngebenden Zeichen [...], eben jenem ›vom Mütterchen die Frohnatur‹« stehe.
Goethe hat zeit seines Lebens von ihm verworfene Dichtungen, private Dokumente und Briefe in fast periodischen

Abständen vernichtet. Er begründete dieses Tun mit seiner Forderung nach Reinheit, mit der man einen neuen Lebensabschnitt beginnen müsse, und nannte es: die alte Schlangenhaut abstreifen. In seinem letzten Frankfurter Jahr, kurz bevor er sich der ihn einengenden und unbequemen bürgerlichen Lebensform durch die Flucht nach Weimar entzog, schrieb er in einem Brief an Auguste von Stolberg: »Und doch Liebste, wenn ich wieder so fühle dass mitten in all dem Nichts, sich doch wieder so viel Häute von meinem Herzen lösen, so die convulsiven Spannungen meiner kleinen närrischen Composition nachlassen, mein Blick heitrer über Welt, mein Umgang mit den Menschen sichrer, fester, weiter wird, und doch mein innerstes ewig allein der heiligen Liebe gewiedmet bleibt, die nach und nach das Fremde durch den Geist der reinheit der sie selbst ist ausstöst und so endlich lauter werden wird wie gesponnen Gold. – da lass ich's denn so gehn – Betrüge mich vielleicht selbst. – Und dancke Gott. Gute Nacht. Addio. – Amen.« Und solche Reinigung schuf sich ihren eigenen, den Prozeß abschließenden Ritus: »Schöne grüne Farbe der Flamme, wenn das Papier nahe am Drahtgitter brennt.«

So vernichtete Goethe im Jahre 1779 vor seiner Reise gemeinsam mit dem Herzog Carl August »alle alten Schalen«. Es fehlen uns also die Briefe der Mutter an den Studenten in Leipzig und Straßburg, an den Referendar in Wetzlar und an den Höfling in Weimar. Im Jahre 1797 verbrannte Goethe abermals große Teile seiner Korrespondenz »aus entschiedener Abneigung gegen Publikation des stillen Gangs freundschaftlicher Mittheilung«. Diesem Autodafé fielen fast sämtliche Briefe der Mutter aus den Jahren 1780 bis 1792 zum Opfer. Aus den wenigen, die erhalten blieben, schloß Beutler, der eine bewußte Auslese annahm, auf ein »geheimes seelsorgerisches Anliegen« Goethes: »Das Glück von Weimar also, das Glück von Rom, davon sollte die Nachwelt erfahren.« Diese Briefe blieben jedoch rein zufällig erhalten, da sie Goethe im Jahre 1797 nicht zur Verfügung standen. Die beiden nach Weimar vom 23. März

1780 und vom 17. Juni 1781 gab Goethe an den Herzog Carl August weiter. Man fand sie später im Großherzoglichen Hausarchiv. Die unwichtige Nachschrift für Frau von Stein vom Februar 1786 war vom Original abgetrennt und bei den Briefen Goethes an sie aufbewahrt worden. Der Brief nach Rom schließlich war ebenfalls dem Zugriff Goethes entzogen. Der Sekretär des österreichischen Gesandten beim Heiligen Stuhl hatte ihn im Auftrag seines Herrn dem anonym reisenden und also verdächtigen Weimarer Minister gestohlen.

Warum nun Goethe 1797 jene merkwürdige Zäsur im Jahre 1792 zog, läßt sich allenfalls andeutend aus einer Betrachtung jener Briefe beantworten, die Goethes Mutter in den Jahren zuvor an Lavater, an den Hofrat Johann Crespel, an die Herzoginmutter Anna Amalia und an die Schauspieler Großmann und Unzelmann sandte. Diese Untersuchung ist zugleich ein Gang durch einen Lebensabschnitt der Frau Rat, der dem Leser unserer Briefauswahl sonst unbekannt bliebe.

Das Jahr 1775 brachte nicht nur für Goethes Entwicklung eine gravierende Wende, es bezeichnet auch einen schmerzhaften Einschnitt im Leben der Mutter. Mit der Abreise Goethes nach Weimar wurde das große Haus im Hirschgraben, das Goethe mit seinen Freunden, allesamt »Söhne« der Frau Rat, mit Leben erfüllt hatte, leer. Die Frau Rat blieb allein zurück, gebunden an den viel älteren, schon kränkelnden Gatten. Sie verlor den Kontakt zur Jugend, den sie anfangs noch mit der »Samstagsgesellschaft« von jungen Frankfurter Mädchen zu erhalten suchte. Ihr fehlte vor allem das Gegenüber zum Dialog, der ihre Lebensform bestimmte und der durch die nun einsetzende Korrespondenz mühsam ersetzt werden mußte. Einsamkeit wurde allmählich das Kennzeichen ihrer Existenz, in die allein Briefe und Besuche aus Weimar Leben brachten. Das »gebenedeyte Weimar« wurde ihr zum Ort aller Glückseligkeit. Ja häufig genug äußerte sie den der alten Frau Rat dann so fremden

Wunsch, nach Weimar zu reisen, der aber nie realisiert wurde.
Kaum ein Brief verließ zu dieser Zeit den Hirschgraben, in dem es nicht hieß: »ich lebe in dieser großen Stadt wie in einer Wüste« oder: »hätte ich nur eine einzige Freundin, eine einzige theilnehmende Seele«. Ihr bekanntes Lebensrezept, den »rosenfarbenen Humor« immer behalten zu wollen, wurde mehr programmatisch verkündet, als es wirklich befolgt werden konnte. Ihre lebhafte Phantasie, ihre Gabe, sich selbst »Mährgen zu erzählen« und daran zu glauben, ihre große Fähigkeit zur Identifikation, die auch ihre Theatererlebnisse kennzeichnet, halfen ihr, die Zeit bis zum Tode des immer trübseliger werdenden, von zwei Schlaganfällen getroffenen Gatten zu überstehen.
Allein das Theater, das damals noch nicht fest in Frankfurt etabliert war, brachte während der Gastspiele Anregungen von außen. Noch im Jahre 1777 kam mit der berühmten Seylerschen Truppe der Schauspieler Wilhelm Großmann nach Frankfurt. Großmann, auch Theaterdichter und bekannt als Verfasser des sozialkritischen Dramas *Nicht mehr als sechs Schüsseln*, gewann bald Zugang zum Haus im Hirschgraben. Auch der Herr Rat fand noch Gefallen an dem umgänglichen studierten Juristen.
Großmann verließ Ende 1778 Seylers Truppe. Er wurde Direktor des Kurfürstlichen Hoftheaters in Bonn und unternahm nun eigene Gastspielreisen nach Frankfurt, Münster und Göttingen. Zur Theaterzeit füllte sich jetzt das Goethehaus. Großmann nahm seine Frau, die berühmte Schauspielerin Caroline Flittner, und die Mitglieder seiner Truppe mit zu den Eltern Goethes und bot der von Natur geselligen Frau Aja zeitweiligen Ersatz für den seit Goethes Weggang verlorenen Literatentrubel.
Aber die Frau Rat war auch bescheidener und weiser geworden. Am 16. Mai 1780 schrieb sie der Herzoginmutter: ich habe »heilig geschworren, mich mit meinem Maulwurfs Gesicht in gar nichts mehr zu meliren, und zu mengen, es immer einen Tag. dem andern sagen laßen, alle kleine Freu-

den aufzuhaschen, aber sie ja nicht zu anatomiren – Mit einem Wort – täglich mehr in den Kindersinn hineingehen, denn das ist Summa Sumarum doch das wahre, wozu mir dann Gott seine genade verleihen wolle *Amen.*« Der Vergleich mit dem Maulwurf, den auch Hamann liebte, war eine fromme Selbstparodie ihres einsamen Lebens, das sie nun mit Bescheidenheit und der Demut jenes christlichen Gebotes »Werdet wie die Kinder!« meistern wollte.

Trotz der Krankheit des Rates und der damit verbundenen Mühen hält der neue, gedämpft optimistische Ton auch in den Briefen des Jahres 1781 an. Am 16. November teilte sie Anna Amalia mit: »In dieser Werckelstag Welt, kan mann freylich nicht alles beysammen haben, und jeder muß schon mit seinem Looß zufrieden seyn [...] Darum wollen wirs mit unserm bisgen Leben auch noch gantz gut betreiben, uns ohne die größte Noth keinen trüben Tag machen – hübsch in Zucht und Ehren lustig seyn – ins Freytags und Mittwochs Concert gehen – und sonst den Winter über manchen gespaß haben.« Freilich, sie spricht noch im Imperativ, aber die Wendung »in Zucht und Ehren« läßt doch auf ein gewandeltes Verhältnis zur eigenen Situation schließen. Nicht mehr der Drang, sich der ihrem noch jugendlichen Empfinden unangemessenen Lebenslage durch die Reise nach Weimar zu entziehen, auch nicht Resignation, sondern der Wille zu wohltemperierter Genügsamkeit, denn »in der Ungenügsamkeit da steckt der gantze fehler«, war nun vorherrschend. Der Sohn hatte seiner Mutter wenige Monate vorher aus Weimar geschrieben, »daß nur die wichtigsten Betrachtungen oder ganz sonderbare, mir unerwartete Fälle mich bewegen können meinen Posten zu verlassen«. Die Frau Rat wußte seit diesem Brief, daß sie nach dem Tod ihres Gatten ihr Leben allein zu ordnen und zu verbringen hatte.

Schon in der Weihnachtsepistel von 1781 an Fräulein von Göchhausen ist von »Frau Aja wohlgemuth« die Rede, und wir erfahren in etwas holprigen Versen:

»Doch ist Frau Aja auserkohrn
in einem guten Zeichen gebohrn

kent brave Leute deß ist sie froh,
und singt In dulci Jubilo.«

Wir verdanken Ernst Beutler Auszüge aus dem *Spielbüchlein von Gewinn und Verlust* [im Kartenspiel] *vom Jahr 1781*, das uns einigen Aufschluß über ihren gesellschaftlichen Kontakt dieser Zeit gibt. Zweimal in der Woche war sie bei Freunden und Verwandten, bei Schlossers, Stocks, bei Frau Rat Moritz und Herrn Doktor Moors, bei den Brentanos und Tante Melber, und besonders häufig bei ihrer Mutter, der Frau Stadtschultheiß Textor, die regelmäßig zum L'hombrespiel einlud. Im Winter kamen sogar zwei wöchentliche Konzertbesuche hinzu. Aber man ermißt den Optimismus des »Frau Aja wohlgemuth« erst völlig, wenn man sich in Erinnerung zurückruft, daß Johann Caspar Goethe zu dieser Zeit bereits Sprache und Beweglichkeit verloren hatte und in langsamer Agonie dahindämmerte.

Mit seinem Tod im Mai 1782 gewann Goethes Mutter Freiheit und Unabhängigkeit zurück. Sie war gerade einundfünfzig Jahre alt und fühlte sich jung genug, sich einen großen Freundeskreis zu schaffen. Bereits 1783 berichtete sie nach Weimar: »Ich bin ja wohl eine recht glückliche und beneidungs würdige Frau.« Wiederholt versicherte sie die Freunde in Weimar ihrer Gesundheit, ihres Vergnügens und des rosenfarbenen Humors. Von ausgedehnten Visiten, zu denen sie eingeladen wird, ist die Rede wie von Morgenbesuchern, die sie beim Schreiben stören. »Ich weiß dem Himmel sey Danck, die langeweile beßer zu verjagen – auch ohne mich zu prostituieren meine Tage vergnügt durchzuleben . . .«

Vor allem mit den Schauspielern, die nach Frankfurt kamen, pflegte sie lustige Geselligkeit. Sie gab ihnen verschiedentlich große Gesellschaften im »Sandhof«; sogar eine Festlichkeit mit vierzig Personen im Haus am Hirschgraben weist das Haushaltsbuch auf. Kleine Diners und heitere Gelage mit »Tyrannenblut« abends nach der Vorstellung werden sich öfter abgewechselt haben.

Es war ein vorwiegend geistiger Zirkel, den sich die Frau

Rat nun schuf, voll leidenschaftlicher Diskussionen über Aufführungen und Neuerscheinungen. Die Briefe an Großmann geben davon einen lebendigen Eindruck. Auch übernahm sie manche seelsorgerische Aufgabe: »seit einiger Zeit bin ich die vertraute von verschiedenen Menschen worden, die sich alle vor unglücklich halten, und ist doch kein wahres Wort dran«, schrieb sie 1784. Wo sie konnte, leistete sie auch materielle Hilfe: sie besorgte oder gab selbst Darlehen, benützte ihre familiären Beziehungen, um Engagements durchzusetzen, ja sie lieh sogar aus der eigenen Garderobe und aus der wertvollen Gewehrsammlung des Rates Bühnenrequisiten aus.

Hinzu kam, daß sie in dem jungen Fritz von Stein, den Goethe als Zögling in sein Haus genommen hatte, einen treuen Korrespondenten in Weimar gefunden hatte, der sie regelmäßig mit Nachrichten von ihrem Sohn versorgte. Durch seine Briefe verlor Goethes »Abwesenheit viel von ihrer Unbehaglichkeit«. Ihr eigener neuer Lebenskreis hatte sich so gefestigt, daß sie einer Einladung nach Weimar, die Fritz von Stein aussprach, erwiderte: »auch mir würde es großes Vergnügen machen Sie und meinen Sohn zu sehen, – aber das ist auf keine Weise thunlich, – das Reisen war nie meine Sachen und jetzo ists beinahe ganz unmöglich, – alle die Ursachen, die mich verhindern, anzuführen, wäre zu weitläufig, und Sie, mein lieber Sohn, würden weil Sie das Innere meiner Verhältnisse nicht wissen, mich doch nicht begreifen.«

»Das Innere meiner Verhältnisse«: Im Jahre 1784 hatte sich der geniale Schauspieler Ferdinand Unzelmann der Theatertruppe Großmanns angeschlossen, dessen Stieftochter Friederike Flittner er ein Jahr später heiratete, und Zugang zum Goetheschen Haus gefunden. Er galt als launisch und flatterhaft, Iffland nannte ihn einen »abgelebten Weibermann«, und er war ewig in Geldschwierigkeiten. Die Frau Rat hat ihm wohl mehr als nur mütterliche Freundschaft entgegengebracht. Ihrer Leidenschaft, deren Intensität und naturhafte Gewalt wir aus ihren Briefen nach Unzelmanns Weg-

gang nach Berlin ablesen können, war ein kräftiges Maß später Erotik beigemischt. Sie selbst bezeichnete einmal die Zeit mit ihm als die glücklichsten Jahre ihres Lebens. Er war der einzige Korrespondent, den wir kennen, an den sie ihre Briefe mit ihrem Vornamen Elisabeth unterzeichnete.
Unzelmanns Vertrag mit dem Berliner Theater und seine überstürzte Abreise nach Berlin trafen die Frau Rat gänzlich unvorbereitet. Und ihre ersten Reaktionen entbehren denn auch nicht der grotesken Züge: »Den Tag Ihrer Abreise schickte ich die dicke Iris mit einem warmen prächtigen Kuchen, etwas Tyrannen Blut – einem sehr wohl stilisirten Abschiedsschreiben in ihr logie – aber eine mitleidige Oreade rief aus der Bretternen Wand [...] Er ist auf ewig dir entflohn!« Man muß den fast peinlichen Vorgang messen an dem Maß ihrer Betroffenheit. »[...] seit meiner Bekanntschaft mit ihnen«, schrieb sie ihm Monate später nach Berlin, haben »sich solche Revolutionen zugetragen – daß ich an nichts, weder gutes, noch bößes mehr glaube.« Revolution, das Wort bedeutete hier nichts anderes als den totalen Umsturz ihrer bisherigen Wertmaßstäbe. »Ich weiß warrlich nicht, ob ich nach so vielen vorhergegangenem Täuschungen, fehlgeschlagenen Erwartungen, mein Hertz der Hoffnung die mich so offte, so unendlich offte hintergangen hat, ob ich dieser Betrügerin es je wieder öffnen soll: oder ob es nicht beßer ist sie gantz zurück zu weißen, keinen Strahl davon mehr in die Seele kommen laßen – und mein voriges Pflantzenleben wieder anzufangen [...] Die Qual die ich jetzt leide ist unaussprechlich.«
Sie fand sich dennoch schneller wieder mit ihrem Leben zurecht als nach dem Weggang Goethes. Am 7. Januar 1789 schrieb sie ihren ersten Brief an die Schlosserschen Kinder. Sie begann, sich auf ihre Rolle als Großmutter zu besinnen. Und obwohl sie Unzelmann versichert hatte, für sie habe es mit dem Theater nun ein Ende, berichtet sie bereits im Januar 1789 an Fritz von Stein: »Übrigens geht hier Alles seinen Gang fort. Montags ist Ball, – Freitags Concert, – Dienstags, Donnerstags und Sonnabends ist Comedie [...]

die Truppe ist sehr mittelmäßig, die Ballets sind aber gantz artig.«

Goethe hat uns mit seiner Auswahl der Briefe ein unvollständiges, stilisiertes Porträt seiner Mutter überlassen. Wie mag jener Brief ausgesehen haben, der vom Tod Cornelias berichtete? Wir kennen nur den entsprechenden an Lavater vom 23. Juni 1777, in dem es heißt: »[...] die arme Mutter hatte viel viel zu tragen, mein Mann war den gantzen Winter kranck, das harte zuschlagen einer Stubenthüre erschröckte ihn, und dem Mann muste ich der Todes Bote seyn von seiner Tochter die er über alles liebte – mein Herz war wie zermahlt [...]« Goethe schickte der Mutter nach Erhalt der Nachricht nur wenige Zeilen: »Ich kan Ihr nichts sagen, als dass das Glück sich gegen mich immer gleich bezeigt, dass mir der todt der Schwester nur desto schmerzlicher ist da er mich in so glücklichen Zeiten überrascht. Ich kan nur menschlich fühlen, und lasse mich der Natur die uns heftigen Schmerz nur kurze Zeit, trauer lang empfinden lässt. Lebe Sie glücklich, sorge Sie für des Vaters Gesundheit, wir sind nur Einmal so beysammen.« Dieser Brief wäre fast als sarkastisch zu bezeichnen, wüßten wir nicht, wie sehr Goethe selbst erschüttert war: »Mit meiner Schwester ist mir so eine starcke Wurzel die mich an der Erde hielt abgehauen worden, dass die Äste, von oben, die davon Nahrung hatten auch absterben müssen.«
Seltsam distanziert beginnt Goethes Brief vom 9. August 1779, in dem er seine bevorstehende Ankunft in Frankfurt nach vierjähriger Abwesenheit ankündigt: »Mein Verlangen Sie wiederzusehen, war bisher immer durch die Umstände in denen ich hier mehr oder weniger nothwendig war, gemässigt. Nunmehr aber kann sich eine Gelegenheit finden [...] Der Herzog hat Lust den schönen Herbst am Rein zu genießen, ich würde mit ihm gehen [...]« Und noch viel deutlicher, ja fast brutal in seiner Offenheit ist der Brief vom 11. August 1781: »Sie erinnern sich, der letzten Zeiten die ich bey Ihnen, eh ich hierherging, zubrachte, unter sol-

chen fortwährenden Umständen würde ich gewiß zu Grunde gegangen seyn. Das Unverhältniß des engen und langsam bewegten bürgerlichen Kreyses, zu der Weite und Geschwindigkeit meines Wesens hätte mich rasend gemacht.«
Goethe wird seine Mutter kaum ernsthaft eingeladen haben, nach Weimar zu kommen. Der Ton der Residenz, den sich auch Goethe nur mit Mühe angewöhnen konnte, die geglättete Form höfischer Manieren wäre ihrer Natur und ihrem strengen Verlangen nach Wahrheit nur zuwider gewesen.
Goethe waren die Schwierigkeiten anderer unbequem. Problematisches hatte er in sich selbst genug. Er sah daher seine Mutter so, wie er sie sehen wollte: als Frohnatur. »Möge ich doch immer von Ihnen hören, daß ihre Munterkeit Sie, bey dem gegenwärtigen Zustande des Vaters, nie verläßt.«
Aus den achtziger Jahren fehlen uns nicht nur die von Goethe vernichteten Briefe seiner Mutter, auch seine Gegenbriefe sind bis auf die wenigen zitierten Ausnahmen nicht erhalten. Wir haben daher versucht, aus den überkommenen Briefen der Mutter an andere Adressaten ihren Weg in dieser Zeit nachzuzeichnen. Insgesamt zeigt dieser Gang durch die Jahre 1775 bis 1791, daß die »Frohnatur« der Frau Rat nicht nur eine Gabe, sondern, wie Ernst Beutler einmal bemerkte, »vielleicht mehr noch eine Leistung« war.

Am 4. Dezember 1792 beginnt die kontinuierliche Folge der uns erhalten gebliebenen Briefe der Frau Rat an ihren Sohn und seine Familie. Die Reihe endet im Juli 1808 wenige Wochen vor dem Tod der Mutter. Diese letzte Epoche von sechzehn Jahren gehörte dem Sohn allein. Von 230 Briefen, die sich gleichmäßig auf diese letzten Jahre verteilen, sind nur zweiundzwanzig an andere Personen gerichtet: an die Enkelkinder Schlosser, an ihre Freundin Esther Stock und an Bettina Brentano. Diesen zweiundzwanzig Briefen aus den Jahren 1792 bis 1803 stehen etwa 180 aus den Jahren 1774 bis 1792 gegenüber.
Die Briefe der letzten Jahre der Frau Rat sind Zeugnisse eines fast sorglos verbrachten Lebensabends. Die äußeren

Umstände waren nicht eben günstig. Aber die Frau Rat besaß die unvergleichliche Gabe, unangenehmen Ereignissen, die ihre mühsam errungene Ruhe zu gefährden drohten, nun mit Gelassenheit und Gleichgültigkeit zu begegnen. Der Vorgang der Verdrängung war ihr nicht unbekannt. An Unzelmann richtete sie einmal den Auftrag: »Grüßen Sie die Frau Gevatterin und sagen Ihr, Sie sey eine plitz Hexe im verdrängen.« Das war, mit Einschränkungen, auch die alte Frau Rat. Sie verdrängte, indem sie ignorierte oder beiseite schob, was ihr nicht paßte. Den Tod ihrer Schwester meldete sie mit den dürren Worten nach Weimar: »Ich soll dir im Namen des Pfarrer Starcks den Tod seiner Frau melden – Er ist im Schreiben nicht sehr geübt.« Die Frau Rat hatte das Maß des ihr Bekömmlichen in langen Jahren kennengelernt: »Kan ich den Stein aus dem Wege thun so thue ich – ist er zu schwer, so gehe ich um ihn herum – und so finde ich alle Tage etwas das mich freut.«

Voraussetzung für ein solches Dasein war die Befreiung von allen Verpflichtungen. Sie verdankte dem Sohn die Anregung, das große Haus im Hirschgraben zu verkaufen und in eine angenehme, zentral gelegene Stadtwohnung zu ziehen. Ihr Bedürfnis nach Ruhe, nicht nach kontemplativer Muße, sondern nach einem gleichmäßigen, anspruchslosen Leben voll Behaglichkeit und mit den notwendigen Zerstreuungen in »Zucht und Ehren« erklärt denn auch ein wenig die Hast, mit der sie die wertvollen Sammlungen des Vaters von Gemälden und Waffen verschleuderte und unbekümmert drei Zentner Papier auf die Papiermühle trug.

Ihre Gelassenheit und ihr Optimismus beruhten aber nicht nur allein auf Lebenserfahrung, sie wurzelten ebenso in einer unerschütterlichen Religiosität, in ihrem »Felsenfesten Glauben an Gott – an den Gott, der die Haare zehlet dem kein Sperling fehlet – der nicht schläfft noch schlummert, der nicht verreißt ist – der den Gedancken meines Herzens kent ehe er noch da ist«. Es ist ein demütiger und reiner Glaube. »Kind oder Narr« müsse man werden, schrieb einst die fünfzigjährige Catharina von Klettenberg an Lavater, wenn man den rechten Glauben finden wolle; »täglich mehr in den Kindersinn hineingehen« hieß eine Lebensregel der Frau Rat. Es ist der Glaube der Pietisten, nicht »alttestamentliche Gottesfurcht«, wie Goethe meinte, sondern die ungebrochene Überzeugung, von der Hand Gottes sicher geführt zu werden.

Die meisten Autoren, die sich mit dem Leben der Mutter Goethes befassen, weisen immer nachdrücklich auf das sehr oberflächliche politische Interesse, ihr fehlendes Engagement hin, das sich in manchen Sätzen äußere: Ich »habe mir über den gantzen Krieg noch kein grauhaar wachsen lassen«; oder noch deutlicher: »Ich vor meine Person befinde mich wie gewöhnlich gantz zufrieden – und laße die Dinge die ich doch nicht ändern kan ihren Gang gehen – nur Weimar ist der einzige Ort in der gantzen weiten Welt woher mir meine Ruhe gestöhrt werden könte – geht es meinen Lieben dort gut; so mag meinetwegen das rechte und lincke Reinufer zugehören wem es will – das stöhrt mich weder im Schlaf noch im Eßen.«

In diesem Brief ist ihr Stoizismus auf eine prägnante Formel gebracht, wie ihn schon Epiktet als primäre Forderung seiner Ethik ausgesprochen hatte: »laße die Dinge die ich doch nicht ändern kan ihren Gang gehen.« Selbstverständlich findet diese Haltung ihre gleichsam natürliche Einschränkung in der Liebe zum Sohn, dessen Briefe und Nachrichten sie zu ihrer Seelenruhe benötigte. Epiktet ging da weiter: »Liebst du dein Kind oder dein Weib, so sage dir: ich liebe einen Menschen. Stirbt er, so wirst du nicht außer Fassung geraten.«

Die Frau Rat war »keine politica«; aber in der für sie lebensnotwendigen Maxime des dégagements findet sich rudimentär dennoch ein eigentümlicher politischer Instinkt, der die Geschichte der Freien Reichsstadt Frankfurt durch Jahrhunderte bestimmte. In Frankfurt regierte von jeher die christliche Geldaristokratie. Der Sinn für den Besitz, der Primat des Profits forderten konsequent eine Politik der Nichteinmischung und der Neutralität. Das deutsche Bürgertum des 18. Jahrhunderts war durch das sonst überall geltende absolutistische Staatssystem notwendig zur politischen Passivität verurteilt und rettete sich oft in einen weltlosen Idealismus. Die politische Absenz Frankfurts, das zudem das Privileg der Reichsunmittelbarkeit genoß, beruhte auf der freien Entscheidung der Stadt und war Vorbedingung zum ungestörten Geldverdienen.

Frankfurt lebte vom Geld, vom Handel und von den Messen – und es lebte gut davon. Die Stadt am Main war die Metropole der Geldwirtschaft. Maria Theresia, der König von Preußen, der Fürstprimas von Dalberg zeichneten riesige Anleihen bei Frankfurter Bankhäusern. Der Landgraf von Hessen-Kassel überließ vor seiner Flucht vor Napoleon sein großes Vermögen Mayer Amschel Rothschild, der damals noch im Ghetto leben mußte, zur Verwaltung. Keine Farbe – Paquet hat darauf hingewiesen – kehrt in den alten Häusernamen der Stadt so oft wieder wie die des Geldes. Um nur wenige zu nennen: Zur Goldenen Waage, Zum Goldenen Kopf, wo die Brentanos lebten, Zur Goldenen Luft, Zum Goldenen Löwen und natürlich Zum Goldenen Brunnen.

Das merkantile Interesse bestimmte das Leben der Stadt Frankfurt. Ihre Politik war notwendig konservativ und auf die Erhaltung der bestehenden Verhältnisse ausgerichtet, solange diese den ungestörten Ablauf des Handels garantierte. Der Aufruf angesehener Frankfurter Bürger vom 17. Dezember 1793, den »Deutschen Waffen-Brüdern im Felde zwischen hier und Straßburg« zu helfen – auch die Frau Rat stiftete sechzehn Gulden –, war ein politisches Abenteuer, das mit etlichen Millionen Kontribution bezahlt werden mußte. Neuerungen, die der aufgeklärte Fürstprimas von Dalberg nach der französischen Annektierung der Stadt einführte, wie die Einrichtung einer »Medizinisch-chirurgischen Spezialschule«, wurden im Jahre 1813 nach der Befreiung wieder rückgängig gemacht, da der »Flor der Stadt als einer reinen Handelsstadt nur im Emporkommen des Handels« blühen könne, die Pflege der Wissenschaften solle man den

Universitätsstädten überlassen. Es war nur konsequent, daß man 1805 gegen den eigenen Konservatismus beschloß, »für das Wohl der hiesigen Handelsstadt durch Zernichtung der hiesigen Festungs-Werker« zu sorgen.

»Der Frankfurter, bei dem Alles Waare ist« – notierte Goethe im Jahre 1797 bei einer Betrachtung der Frankfurter Wohnhäuser. Wie umfassend freilich das ökonomische Prinzip das gesamte Leben in Frankfurt zeichnete, wie sehr selbst der intime Bereich der Religion noch von den Kategorien Geld und Zinsen geprägt wurde, zeigen deutlich einige Stellen aus den Briefen der Frau Rat: »Bey meinem Monarchen verliert mann weder Capital noch Intereßen – den behalt ich.« und: »Die Wechsel Briefe die ich von unserm Gott erhalten habe – werden so gewiß bezahlt als jetzt [...] die Sonne scheint.«

Der Antisemitismus, von dem auch die sonst so tolerante Frau Rat nicht frei war, war wirtschaftlich begründet. Als Dalberg im Gefolge der Aufklärung auch in Frankfurt die Judenemanzipation durchsetzen wollte, stieß er auf erheblichen Widerstand. Groß- und Kleinhandel würden ruiniert, erklärten Senat und Bürgervertretung, wenn die Juden die volle Freiheit erhielten. Die neue »Schutz-Ordnung«, die Dalberg schließlich einführen konnte – die Frau Rat bezeichnete sie als ein »wahres Meisterstück« – war nur eine Farce und gestattete den Juden als einzige nennenswerte Neuerung die Erlernung eines Handwerks. Unnötig fast zu sagen, daß die neuen Rechte der Juden, denen Dalberg dann doch noch im Jahre 1812 das Bürgerrecht hinzufügen konnte, in der Verfassung von 1815 wieder annulliert wurden.

»Den meisten meiner Landleute ist der Bauch ihr Gott«, lautete 1802 das harte Urteil der Frau Rat über ihre Mitbürger, »vor das Geld ihrer Gastereyen könte die größte Mahler und Zeichnungs Academi unterhalten werden.« Weimar dagegen sei der »wahre Sitz der Mußen das Teusche Athen«, seine Bewohner »bekommen nichts zu sehen – als schönes und vortrefliches – ihr Auge gewöhnt sich an die schönen Formen – genung sie werden in allem Aufgeklärt«.

Selbstverständlich war Frankfurt keine Stadt von Banausen. Heinrich Sebastian Hüsgen registrierte zahlreiche private Gemäldesammlungen. Der Weinhändler Jean Noe Gogel-Hoffstadt besaß allein 408 Bilder, darunter manchen Dürer, Cranach, Leonardo da Vinci, Tizian, Rembrandt und Elsheimer. Auch Goethes Vater hatte eine erlesene Galerie zeitgenössischer Malerei mit Gemälden von Christian Georg Schütz, Trautmann, Tischbein und Seekatz zusammengebracht. Aber das waren eben unzugängliche Sammlungen einiger weniger Privilegierter, die sich kaum um öffentliche Bildung und Aufklärung kümmerten. Goethe bemerkte 1797 in seinen Frankfurter Notizen: »Eines ist zwar nicht auffallend, jedoch einem aufmerksamen Beobachter nicht verborgen, daß Alles, was öffentliche Anstalt ist, in diesem Augenblick still steht, dagegen sich die Einzelnen unglaublich rühren und ihre Geschäfte fördern.«

Die Frau Rat besaß – mit Einschränkungen – einen gewissen demokratischen Impetus, der mit ihrer bürgerlichen Abneigung gegen alle »Leute mit Stern und Bändern« gekoppelt war. Die Schlußverse aus Goethes Prolog zum »Neueröffneten moralisch-politischen Puppenspiel«: »Drum treibs ein ieder wie er kann / Ein kleiner Mann ist auch ein Mann. / Der Hoh stolziert, der Kleine lacht / So hat's ein ieder wohl gemacht.« gehörten zu ihrem Arsenal häufig gebrauchter Zitate. Als Goethe seine Schriften in den ihr verhaßten lateinischen Lettern drucken ließ, schrieb sie empört nach Weimar: »sollen denn nur Leute von Stand aufgeklährt werden? soll den der geringre von allem guten ausgestoßen seyn – und das wird er – wenn dieser neumodische Fratze nicht bald einhaltgethan wird.« Hier wird der Glaube der Aufklärung evident, durch Kunst und Wissenschaft auf die Humanisierung der Verhältnisse wirken zu können.

Die Ideen der Aufklärung waren der Frau Rat nicht fremd. Es werden weniger die Schriften Lessings gewesen sein als Wielands Dichtungen, denen sie ihre Kenntnis verdankte. Die Theorie, das spekulative System waren Goethes Mutter verhaßt. Die Kunst, vor allem das Theater, denn zu Malerei und Plastik hatte sie selbst wenig Beziehung, sollte den Blick auf Humanität und Toleranz lenken und zusätzlich Vergnügen bereiten. Voraussetzung zum intensiven Erlebnis dessen, »was wahr gut und brav ist«, war für sie eine Seele, die »von Jugend auf keine Schnürbrust angekriegt hat, sondern [...] nach Hertzens lust hat wachsen und gedeihen« können, eine Einsicht, die auch Rousseaus *Emile* entstammen könnte. Ihr mehr unbewußtes Ideal war Wielands ›Kalokagathia‹. Das »goldene Mittelmaß« schien ihr allein in der Harmonie von Körper und Geist, von Sinnlichkeit und Sittlichkeit die Ruhe zu sichern.

Das Geheimnis ihrer Zufriedenheit der letzten Jahre faßte sie gegen Ende ihres Lebens in einer Fabel zusammen: »Zu dem Heiligen Johannis kam einmal ein Fremter der viel vom Johannis gehört hatte, Er stellte sich den Mann vor wie Er studirte unter Manusgribten saß verdieft in großen Betrachtungen u. s. w. Er besucht ihn, und zu seinem großen Erstauen spielt der große Mann mit einem Rebhun das ihm aus der Hand aß – und Tausend Spaß trieb er mit dem zahmen Thirgen – Johannes sahe dem Fremden seine Verwunderung an thate aber als merckte Er nichts – im Diskurs sagte Johannes sie haben da einen Bogen laßen sie ihn den gantzen Tag gespant – behüte sagte der Frembte das thut kein Bogenschütz der Bogen erschlaft, mit der Menschlichen Seele ists eben so, abgespant muß sie werden, sonst erschlaft sie auch sagte Johannes. Nun bin ich freylich kein Johannes aber eine Seele habe ich die [...] doch den Tag über im kleinen sich anstrengt und gerechnet daß sie einen köprper 76 Jahr alt bewohnt absolut abgespant werden muß [...] wenn ich gantz allein zu Hauß bin, und jetzt schon 1/2 5 Uhr ein Licht habe – da wird das Rebhun geholt.«

In dichterischer Form findet man in dieser Erzählung die Wurzel der beneidenswerten Heiterkeit der alten Frau Rat Goethe. Sie beruhte auf der konsequenten Anwendung dieser einen auf Selbstkenntnis gründenden Maxime der Äquivalenz von Spannung und Entspannung. Harmonie des Ausgleichs, das Bemühen um einen ausgewogenen, der eigenen Natur angepaßten Rhythmus des Tagesablaufes war das so einfache wie effektive Prinzip der Frau Rat. Es war die Leistung ihres Alters.

Auch Goethe glaubte, sein Leben sei von einer »Systole und Diastole« immerwährend bestimmt gewesen. Aber die Heiterkeit seiner Mutter blieb ihm versagt. Im Jahre 1824 äußerte er im Gespräch mit Eckermann, sein Leben sei »im Grunde nichts als Mühe und Arbeit gewesen, und ich kann wohl sagen, daß ich in meinen fünfundsiebzig Jahre keine vier Wochen eigentliches Behagen gehabt. Es war das ewige Wälzen eines Steines«. Die Frau Rat ging um den Stein herum, wenn er ihr zu schwer war.

Dazu gehörten freilich eine gewisse Begabung, ein Talent zur Ignoranz *und* eine weniger differenzierte Persönlichkeit als die Goethes. Der Konflikt zwischen Innen und Außen, zwischen den Bedürfnissen des Ich und den Forderungen der Verhältnisse war der Frau Rat im Alter unbekannt. Ihre Fähigkeit zur Verdrängung ermöglichte es, sich einen abgerundeten Bereich problemloser Subjektivität zu erhalten.

Das aber kennzeichnet sie auch als einen Menschen des 18. Jahrhunderts. Soviel Lebensweisheit wir im einzelnen von Goethes Mutter immer noch lernen können, so wenig ist ihre Lebensweise im ganzen heute nachvollziehbar. Die Struktur des modernen Bewußtseins, der Verlust naiven »Kindersinns«, das gebrochene Verhältnis zur Religion und die unlösbare Verflechtung des Menschen in ein undurchschaubares soziales Gefüge trennen uns von der selig in sich selbst ruhenden Heiterkeit der Frau Rat, deren Leben uns heute wie eine Idylle scheinen will.

Register

Die Zahlen verweisen auf die Nummern der Briefe

Inhalt